張榮翼、李松・著

文學理論
新視野

目次
Content

目次
Content

緒　論

　　本書的研究對象是文學理論，憑一本書要將古今中西文學理論一網打盡，肯定做不到。充其量也是能是導論、或者概論。因此，本書命名為文學概論也未嘗不可。

　　然而，本書美其名曰「文學理論新視野」。既然標舉「新視野」，那麼，何謂新、新為何、如何新？如果不是為了嘩眾取寵吸引眼球的話，「新」的依據何在？

　　學術研究中的「新」有許多類型，開天闢地、自成一家是「新」；奪胎換骨、點鐵成金也是「新」。「新」是一個相對性概念，它是相對於過時、保守等含義而言的，既然如此，絕對的所謂「新」是不存在的。要認識「新」之為「新」，以及它是否的確成立，我們需要在學術史的參照系統中進行定位。

　　因此，下面我們將對海內外文學理論、文學概論類書籍的觀念、體例進行分析，並且進一步說明本書的意圖。

　　目前海內外文學概論類的書籍數量眾多、觀念各異、體例有別。我們在充分瞭解寫作現狀的前提下，嘗試對文學概論類著作寫作的思路和方法作一些探索。

一、現有的文學概論的思想觀念

　　大體而言，目前《文學概論》的思想觀念體現在以下五個方面。第一，反映論。建國後，中國大陸文藝學界的文學觀念深受蘇聯影響，《文學概論》的寫作自然也不例外。靡菲耶夫的《文學原理》[1]、畢達可夫的《文藝學引論》以反映論作為文學理論的哲學依據，以馬克思主義唯物史觀解釋社會主義社會的文學現象和問題。這兩本書的主題上強調文學與政治的關係，結構上將該書分為本質論、作品構成論、發展論三部分。20世紀60年代初，周揚主持全國文科教材編寫工作時，他提出文學概論體系設計包括本質論、發展論、創作論、鑑賞論和社會主義文學前途五大塊。周揚的思路直接影響了以群主編的《文學的基本原理》[2]與蔡儀主編的《文學概論》[3]。以群主編的《文學的基本原理》，其論述體系分為本質論、創作論、作品論、鑑賞批評論。這一論述框架對後來的文學概論教材產生了很大的影響。蔡儀主編的《文學概論》，其體系分為本質論、發展論、創作論、鑑賞批評論四個部分。童慶炳主編的《文學理論教程》[4]根據文學活動的四要素將文學理論分為本質論、創作論、作品論、接受論，從這一架構可以看到前面兩本教材的影響。第二，意識形態論。伊格爾頓的《當代西方文學理論》[5]貫穿著鮮明的意識形態觀念。該書評述了20世紀西方的文學理論批評流派，認為純文學只是某些特定的意識形態給人造成的錯覺。他提出文學是審美意識形態的主張。童慶炳主編的《文學

---

[1]　[蘇]季摩菲耶夫，查良錚譯，《文學原理》，平民出版社，1953年。

[2]　以群主編：《文學的基本原理》，上海：上海文藝出版社，1983年。

[3]　蔡儀主編：《文學概論》，北京：人民文學出版社，1979年。

[4]　童慶炳主編：《文學理論教程》，北京：高等教育出版社，1992年。

[5]　[英]特里·伊格爾頓：《當代西方文學理論》，王逢振譯，北京：中國社會科學出版社，1988年。

理論教程》則提出了文學活動的審美意識形態屬性的觀點。馬克思主義理論研究和建設工程重點教材《文學理論》⁶是近年來中國大陸具有鮮明意識形態特性的作品。該教材堅持以馬克思主義為指導，體現了鮮明的政治導向。第三，形式主義文論。以形式主義文學理論作為思想資源建構文學理論的觀念體系，最著名的是美國的韋勒克與沃倫合著的《文學理論》⁷，該書影響了 20 世紀 80 年中國大陸整個文學理論界。該書將文學研究分為外部研究和內部研究。外部研究包括個人經歷、社會、時代精神等等問題。內部研究包括文學作品的符號結構和體系，例如聲音層面、意義單元、意象和隱喻等等問題。第四，文化論。英國馬克思主義文學理論家雷蒙・威廉斯將文學視作一種社會文化現象，認為文學理論不能與文化理論相分離。喬納森・卡勒也把「文學」的發展看作隨一定時代文化觀念的改變而不斷地建構的一個過程。他認為文學是一定文化的產物。第五，反本質主義論。文學理論研究中的反本質主義是中國大陸近些年來的重要趨勢。卡勒的《文學理論》從五種角度透視「文學」的做法，解構了通常尋找文學普遍本質的思路。中國大陸學者陶東風主編的《文學理論基本問題》⁸具有十分鮮明的反本質主義意識。該書反對先驗地設定文學的「本質」，主張歷史化地理解各種文學定義。閻嘉主編的《文學理論基礎》⁹、汪正龍等編著的《文學理論研究導引》¹⁰也屬於同一思路。

6　本書編寫組：《文學理論》，北京：高等教育出版社，人民出版社，2009 年。
7　［美］韋勒克、沃倫：《文學理論》，劉象愚等譯，北京：三聯書店，1984 年。
8　陶東風主編：《文學理論基本問題》，北京：北京大學出版社，2007 年。
9　閻嘉主編：《文學理論基礎》，成都：四川大學出版社，2005 年。
10　汪正龍等編著：《文學理論研究導引》，南京：南京大學出版社，2006 年。

二、現有的文學概論的寫作體例

目前中國大陸內外文學概論的寫作體例主要有如下兩種類型。第一，體系型。蔡儀主編的《文學概論》、以群主編的《文學的基本原理》具有典型的教科書體系。其他代表性教材有，十四院校《文學理論基礎》編寫組編著的《文學理論基礎》[11]，童慶炳主編的《文學理論教程》[12]、王元驤的《文學原理》[13]、王一川的《文學理論》[14]等。第二，問題型。卡勒的《文學理論》[15]、拉曼・塞爾登的《文學批評理論：從柏拉圖到現在》[16]、南帆主編的《文學理論新讀本》[17]、陶東風主編的《文學理論基本問題》[18]屬於此類著作。這些著作將文學理論的基本問題和前沿問題結合起來，始終貫穿著問題意識。

三、本書的體例和思路

本書認為，文學是文學活動的產物，它包括五個最基本的要素，即作品、作家、讀者、社會以及發展過程。因此，在體例上也以上述五個論域與問題作為章節框架的依據。在每一章論述的時候，強調文學理論知識的歷史性、建構性因素。

---

[11] 十四院校《文學理論基礎》編寫組編著：《文學理論基礎》，上海：上海文藝出版社，1981年。

[12] 童慶炳主編：《文學理論教程》，北京：高等教育出版社，1992年。

[13] 王元驤：《文學原理》，桂林：廣西師範大學出版社，2002年。

[14] 王一川：《文學理論》，成都：四川人民出版社，2003年。

[15] [美]卡勒：《文學理論》，遼寧教育出版社、牛津大學出版社，1998年。

[16] [英]拉曼・塞爾登：《文學批評理論：從柏拉圖到現在》，劉象愚、陳永國譯，北京：北京大學出版社，2003年。

[17] 南帆主編：《文學理論新讀本》，杭州：浙江文藝出版社，2002年。

[18] 陶東風主編：《文學理論基本問題》，北京：北京大學出版社，2004年。

在寫作思路上，本書注重如下四個要領：

第一，知識性。作為導論性書籍，首要的任務是從中立角度教給學生全面、豐富、客觀性的知識，而不是先入為主帶著強烈意識形態觀點和立場去灌輸。我們在行文方式上注意以第三人稱視角進行陳述和解釋，從古今中西文論思想資源中汲取經典性的、代表性的、多元性的、新穎性的知識。

第二，歷史性。文學理論史不但要呈現文學理論演化的歷史軌跡，揭示文學理論的變化規律，以便人們把握這些規律；而且要注意梳理文學理論知識生成的歷史過程與具體語境，引導學生形成歷史主義的思維方法，理解歷史演化的主要線索和內在邏輯，對歷史的複雜性和豐富性有充分認識。我們並不企圖通過構建完整的文學理論體系，或設定關於文學本質、文學規律去規約整個知識結構。而是放棄對普遍有效的抽象理論原理的追求，從具體的文學文本的閱讀出發尋找解說閱讀經驗的理論話語。

第三，問題意識。本書以基本問題作為論述的框架，結合文學理論的歷史語境認識到知識形成的建構性特徵。避免以本質主義、普遍主義或觀念先行的方式設定理論前提，甚至以觀念硬套事實。以問題為核心的歷史書寫方式對文學理論史的寫作而言，有利於理清並呈現文學思想形成和發展的歷史脈絡。

第四，啟發性。將文學問題納入一定的歷史語境中加以考察，展示多元對話的情景，架構一個中西對話、古今對話的平臺，啟動讀者的文學理解的潛能。為了便於學生學習，我們在體例安排上設計了問題研討、導學思考、學術選題參考、拓展指南四個部分，試圖培養學生的獨立思考能力與科學研究能力，體現開放、多元化的文學觀念與學習理念。

第一章

文學與作品

　　人們談論文學首先離不開分析文學作品，因為作家的創作對象與讀者的欣賞和批評都是圍繞作品而存在的。作家需要作品顯現自身的存在，讀者閱讀也需要作品的存在作為前提條件，文學史則主要是文學作品的發展歷史。談到文學作品又離不開文學作品賴以顯現自身的語言，文學從根本上說是語言性的。無論是探索語言與世界的關係，還是將文學作品看作獨立的文本，尋找文本的結構或者消解文本的結構，都離不開理解文學作品在何種程度上作為語言在說話。

　　既然，文學作品借助語言顯現自身，那麼，對於作品的理解，首先應該建立在對於語言以及文學語言理解的基礎之上。本章將文學作品視作一種獨立的社會存在，來考察文學與語言、文學與文本、文學意蘊以及文學體裁。本章第一節著重講述文學與語言的關係、文學語言的特點。第二節講述文學與文本的關係、文學與話語的關係。第三節講述文學意蘊的內涵，即文學意象、文學意境與文學典型。第四節講述文學的主要體裁，即詩歌、散文、小說、戲劇文學、影視文學與網路文學。

第一節　文學與語言

　　語言作為人類特有的符號系統，它是人類認識自我、溝通他人、走向社會的工具，也是思想情感溝通的物質載體。語言體現了人類的思維活動，它是傳承文化、傳播思想的重要媒介。

　　縱觀中外文論史，學界關於文學與語言的關係主要有兩種看法，第一，認為語言是文學的載體，即語言是手段和工具，文學表達是目的。俄國批評家別林斯基認為，在文學中，「語言的獨立的興趣消失了，卻從屬另外一種最高的興趣——內容，它在文學中是壓倒一切的、獨立的興趣。」[1]高爾基說，「語言把我們的一切印象、感情和思想固定下來，它是文學的基本材料」。[2]第二，語言是文學的本體，即語言是文學存在和顯現價值的本體。

　　文學作品是語言的藝術，這是它與其它藝術作品最大的區別。文學作品是語言表述的產物，語言是文學作品的物質外殼。作家通過語言表達自己的思想和感情，讀者通過語言獲得情感經驗、審美體驗與思想內涵。語言是文學作品傳情達意的工具和載體，它是文學形象與其它藝術形象相區別的基本特徵。高爾基稱「文學的第一個要素是語言」[3]。

　　本節介紹關於文學語言的兩種觀點以及文學語言的基本特點。

---

[1]　[俄]別林斯基：《文學一詞的一般意義》，見《文學的幻想》，滿濤譯，合肥：安徽文藝出版社，1996 年，頁 550。

[2]　[俄]高爾基：《論散文》，見高爾基：《論文學》（續集），冰夷等譯，北京：人民文學出版社，1983 年，頁 337。

[3]　高爾基：《論文學》，北京：人民文學出版社，1978 年，頁 332。

一、文學語言的理解

文學語言的理解，也就是文學語言的意義和解釋問題。關於文學語言的理解，中國古代文論主要有兩種看法：

（一）言可盡意

孔子要求語言表達要「文質彬彬」。「質勝文則野，文勝質則史。文質彬彬，然後君子。」[4]他認為文學語言樸實多於文采，就未免粗野；文采多於樸實，又未免虛浮。文采和樸實配合適當，這才是君子。總而言之，他說「辭達而已矣」[5]。意思是，言辭足以達意便罷了。朱熹對此的合理解釋是，「辭，取達意而止，不以富麗為工」[6]。仲尼曰：「志有之，言以足志，文以足言。不言誰知其志？言而無文，行而不遠。」[7]孔子認為，有志氣的人，說話也充滿了志氣，而且話語裡文采斐然。說話寫文章如果沒有文采，流傳就不會久遠。

語言與意、象之間的關係。「子曰：『書不盡言，言不盡意。』然則聖人之意，其不可見乎？子曰：『聖人立象以盡意，設卦以盡情偽，繫辭焉以盡其言，變而通之以盡利，鼓之舞之以盡神。』」[8]孔子認為，書、言、意之間不可直接通達，於是聖人通過立象來溝通三者。「象」的含義正如下文所解釋的：「是故夫象，聖人有以見天下之賾，而擬諸其形容，象其物宜，是故謂之象。」[9]聖人因為看到天下的事物十分繁雜，從而比擬其形狀容貌，象徵其事物所宜，所以就叫做卦象。

---

[4]　《論語・雍也》。
[5]　《論語・衛靈公》。
[6]　朱熹：《論語集注》。
[7]　《左傳・襄公二十五年》。
[8]　《易傳・繫辭上》。
[9]　《易傳・繫辭上》。

具體說來,《易傳》主要是通過卦辭和爻辭來解釋意義。關於言意關係,《莊子》有一個著名的「言」不盡「意」的觀點。他說「荃者所以在魚,得魚而忘荃;蹄者所以在兔,得兔而忘蹄;言者所以在意,得意而忘言。」[10]他打比方說,竹籠是用來捕魚的,捕到魚就遺忘了竹籠;兔網是用來捕兔的,捕到兔就遺忘了兔網。莊子想說明的問題是,語言是用來表達思想意識的,掌握了思想意識就忘了語言。他指出了言意二者難以得兼的困境,即語言是有言說的邊界的,而意義的內涵無限,非語言所能窮盡。王弼從言、象、意的角度重新解釋,走出了《莊子》言不盡意的困境。他說:「夫象者,出意者也;言者,明象者也。盡意莫若象,盡象莫若言。言出於象,故可尋言以觀象;象生於意,故可尋象以觀意。」[11]他認為,因為「言出於象」,因而可以通過語言追索象的存在;又因為「象生於意」,因而可以從形象之中理解意義之所在。接下來,王弼推論道:「故言者,所以明象,得象而忘言;象者所以存意,得意而忘象。」[12]因為言語是用來解釋形象的,因而獲得形象就往往忘記了言語。因為形象之中包含著意蘊,所以往往獲得了意義就忘記了形象。

(二)言不盡意

言不盡意說的始作俑者是莊子。他的《天道》篇曰:

> 世之所貴道者,書也,書不過語,語有貴也。語之所貴者,意也,意有所隨。意之所隨者,不可以言傳也同。而世因貴言傳書。世雖貴之,我猶不足貴也,為其貴非其貴也。故視而可

---

[10] 莊子:《莊子·外物》。
[11] 王弼:《周易略例·明象》。
[12] 王弼:《周易略例·明象》。

見者，形與色也；聽而可聞者，名與聲也。悲夫，世人以形色
名聲為足以得彼之情！夫形色名聲，果不足以得彼之情，則知
者不言，言者不知，而世豈識之哉！

莊子認為，世人之所以尊貴於道，是根據書上的記載，而書上所記載
的不過是言語，言語有其可貴之處。言語之可貴處在於達意，而意有
所從出之本。意所從出之本，是不可以用語言相傳授的，而世人卻看
重語言，把它記載於書而流傳。世人雖珍貴它，我還是認為它不足珍
貴，因為那被珍貴的並不真正值得珍貴。故而，用眼睛可以看得見的，
是形狀與顏色；用耳可以聽得到的，是名稱與聲音。他感歎道，世人
以為得到形狀顏色名稱聲音就足以獲得其真實本性。依據形狀顏色名
稱聲音確實不足得到其真實本性。他得出結論說，真正知曉的人並不
言說，說話的人並沒有真知，可是世人並不懂得這個道理。

《秋水》篇曰：「可以言論者，物之粗也；可以意致者，物之精
也；言之所不能論，意之所不能察致者，不期精粗焉。」莊子認為，
書寫固然具有記錄的重要功能，但是，意義並不是語言所能完全傳達
的。人們往往停留於語言表現的形象、聲音、顏色，但是沒有洞穿其
背後的深邃內涵。從文學角度來看，莊子對言意困境的揭示，恰恰引
導人們去思考文學表意功能的巨大潛能。後世學者對此也有重要的認
識，劉勰曰：「神道難摹，精言不能追其極。」[13]微妙的道理不易說
明，即使用精確的語言也不能完全表達出來。他談到創作思維的時
候說：「至於思表纖旨，文外曲致，言所不追，筆固知止。至精而後
闡其妙，至變而後通其數，伊摯不能言鼎，輪扁不能語斤，其微矣
乎。」[14]他認為，有些為思考所不及的細微的意義，或者為文辭所難

---

[13] 劉勰：《文心雕龍・誇飾》。
[14] 劉勰：《文心雕龍・神思》。

表達的曲折的情致，這是不易說清楚的，也就不必多談了。必須有精細的文筆，才能闡明其中的微妙之處；也必須有懂得一切變化的頭腦，才能理解各種寫作方法。從前伊尹不能詳述烹飪的奧妙，輪扁也難說明用斧的技巧，這的確是很微妙的。

　　與「言不盡意」的說法有聯繫的是，莊子還提出了「得意忘言」說。「筌者所以在魚，得魚而忘筌；蹄者所以在兔，得兔而忘蹄；言者所以在意，得意而忘言。吾安得夫忘言之人而與之言哉！」[15]他認為，言語是表意的工具，言者不必過於看重言語。獲得了言語所傳遞的意義的話，言語本身則不必在意了。

　　言可盡意與言不盡意兩種關於語言意義的不同解釋的說法，出自不同的理論依據，各有一定的真知灼見。

　　古人主張言不盡意的說法，這是對言與意的邊界的區分，也體現了對於言語背後的意義的探索精神。嚴羽以「妙悟」論詩，提出「禪道惟在妙語，詩道亦在妙悟」，「以禪喻詩，莫此親切」。[16]在文學表意實踐中，語言畢竟是傳情達意的主要工具，因此，應該努力探索如何充分發揮語言的表意功能，從而傳達言外之意、韻外之致。

二、文學語言的特點

　　文學語言，即文學作品中所使用的語言，它是在一般書面語的基礎上，為文學表現的特殊需要而形成的具有特色的語言。文學語言雖然與日常語言、科學語言在文字、語法方面有很大程度的相同，但是文學語言具有特殊的審美和表情功能。它主要有如下三個方面的特點：

---

[15]　《莊子・外物》。
[16]　嚴羽：《滄浪詩話》。

（一）形象性

　　文學語言的形象性表現在，它通過把事物的特性、人物的性格、生活的場景、抒情主體的思想情感，形象生動地描摹出來。只有通過形象性的語言，讀者才能獲得具體感受，如臨其境，如見其人，如聞其聲，如觸其物。

　　與反映內容相聯繫，文學在反映現實生活的形式上也不同於其他意識形態，形象性是它的首要特徵。文學語言的形象性體現在以形象反映社會生活。別林斯基說：「哲學家用三段論法說話，詩人則用形象和圖畫說話。然而他們說的都是同一件事。政治經濟學家被統計材料武裝著，訴諸讀者或聽眾的理智，證明社會中某一階級的狀況，由於某些原因，業已大為改善，或者大為惡化。詩人被生動而鮮明的現實描繪武裝著，訴諸讀者的想像，在真實的圖畫裡顯示社會中某一階級的狀況，由於某些原因，業已大為改善，或者大為惡化。一個是證明，另一個是顯示，可是他們都是說服，所不同的只是一個用邏輯結論，另一個用圖畫而已。形象性的語言是作家塑造藝術形象的基本材料。」[17]蘇軾在《百步洪》中描繪了小船在波濤激流中運動的美景：「有如兔走鷹隼落，駿馬下注千丈坡，斷弦離柱箭脫手，飛電過隙珠翻荷。」詩中設置了七個比喻，展現了七個意象。

　　文學語言塑造形象與繪畫的直觀生動不同，因為文學的媒介是觀念性的語言符號，而不是線條、色彩、造型等視覺符號。文學形象的出發點是文字符號，以及與文字相關的音、形、義。讀者需要根據語言將概念轉換加工成宛如浮現眼前、栩栩如生的視覺形象。讀者一旦通過文字捕捉了意義，文學形象就可以永久固定下來。為了能使文學

---

[17] 中國社會科學院外國文學研究所編：《外國理論家、作家論形象思維》，北京：中國社會科學出版社，1979 年，頁 79。

語言富有形象性，作家往往需要多種手法予以實現。運用修辭手段是體現文學形象的重要途徑。例如，「問君能有幾多愁，恰似一江春水向東流」。（李煜，《虞美人》）「試問閒愁都幾許？一川煙草，滿城風絮，梅子黃時雨」。（賀方回，《青玉案》）上述運用了比喻的手法。「紅杏枝頭春意鬧」。（宋祁，《玉樓春》）運用了通感的手法。「羌笛何須怨楊柳，春風不度玉門關。」（王之渙，《出塞》）「蜀道之難，難於上青天。」（李白，《蜀道難》）運用了誇張的手法。總之，使用語言應當做到準確、鮮明、生動，最大可能體現文學語言的表現力。

（二）蘊藉性

人類的語言有指稱功能和表現功能。普通語言側重運用指稱功能，例如科學著作、論文和報刊雜誌上所運用的一切書面語言。瑞恰慈認為科學語言和文學語言的區別在於，科學語言是指稱性（referential）的，其功用是指稱事物，真是真、假是假、霧是霧、花是花，不容混淆。文學語言則是情感性（emotive）的，其功用在於表達情感，真假難分、非花非霧。例如詩歌、散文、小說、戲劇文學等文學作品中所使用的語言。文學語言的運用，不在於傳達準確的邏輯內容，它主要是營造一種能感染讀者並使之動情的審美氛圍。文學語言使讀者真實地感受人生和體驗人生，獲得心靈的陶冶。文學語言中往往蘊含著作家豐富的知覺、情感、想像、暗示等心理體驗，它始終注意發揮語言的表現功能。因而比普通語言更富於心理蘊涵性。

《周易·繫辭上》：「子曰：『書不盡言，言不盡意。』然則，聖人之意，其不可見乎？子曰：『聖人立象以盡意，設卦以盡情偽，繫辭焉以盡其言，變而通之以盡利，鼓之舞之以盡神。』」[18]闡明易象

---

[18] 《周易·繫辭上》。

的存在本身即是為了超越語言的有限性，去表達深邃的意義。《文心雕龍‧隱秀》曰：「隱也者，文外之重旨也。」所謂「隱」，就是含有字面意義以外的內容。唐詩僧皎然說：「兩重意以上，皆文外之旨。」又說：「但見情性，不睹文字，蓋詩道之極也。」[19]司空圖強調詩貴含蓄，要求「不著一字，盡得風流。」[20]葉燮說，「詩之至處，妙在含蓄無垠，思致微渺，其寄託在可言不可言之間，其旨歸在可解不可解之會，言在此而意在彼，泯端倪而離形象，絕議論而窮思維，引人於冥漠恍惚之境，所以為至也。」[21]歐陽修《六一詩話》引梅堯臣語云：「含不盡之意，見於言外。」楊萬里評論詩歌說：「詩有句中無其辭，而句外有其意者。」[22]文學作品語言這種內指性，深刻地顯示出它與其他文體語言的差異。

（三）音樂性

漢語具有音樂美。從音節上看，漢字原先以單音節為主，但有向複音化邁進的趨勢。漢語文學的詩詞長短音、單複音相結合，造成一種參差交錯、鏗鏘整齊的表達效果。節奏是語言情緒、情感的構成部分，是傳達情感最直接、最有力的方式，它體現在詩歌句子的內部，以及句與句、節與節之間的聯繫和結構上。韻腳在文字上上交替出現，形成迴環綿延的旋律感。文字平仄的變化，不同的音高產生聲律的美感。

魏晉之後，出現了講究對仗、輕重、高低、開闔、抑揚的古典詩歌的「律絕體」的近體形式。近體詩講究平仄、對偶、長短和輕重的

---

[19] 皎然：《詩式》卷一。

[20] 司空圖：《詩品‧含蓄》。

[21] 葉燮：《原詩》。

[22] 楊萬里：《誠齋詩話》。

格律規範,它與古詩不同之處在於開始和音樂分家,而看重漢語言本身的音樂性。這類詩不僅在誦讀上會產生起伏不平的音樂感,意象與情感也在虛-實、明-暗、上-下的變化中推進、對照與轉換,從而衍生出更多的意蘊與內涵。

　　西方語言也具有聲音、節奏與韻律的音樂感。美國美學家布洛克（H. Gene Block）說,藝術表現本身,乃是使某種尚不確定的情感明晰起來,而不是把內心原來的情感原封不動地呈示出來。通過聲音、節奏與韻律來抒情正是詩歌抒情的一個基本路徑。西方詩歌在古代同音樂與節奏有傳統的聯繫。希臘人稱抒情詩歌是「用來演唱的詩」。在文藝復興時期,經常把抒情詩與豎琴和長笛聯繫起來。近代以來西方興起了自由詩,但從愛倫‧坡到葉芝、龐德、瓦萊里的詩仍然強調詩歌抒情的節奏。瓦萊里認為,詩歌與小說不同之處在於它不提供一種虛假的生活幻象,而是引發或再造活生生的人的整體性與和諧,對人的影響是深層的,「詩會擴展到整個身心;它用節奏來刺激其肌肉組織,解放或者激發其語言能力,鼓勵他充分發揮這些能力」。[23]瓦萊里道出了詩歌的音樂本質。凱西爾則認為:「欣賞莎士比亞劇作的情節熱衷於《奧塞羅》《馬克白思》或《李爾王》中『劇情細節的安排』,並不必然意味著一個人理解和感受了莎士比亞的悲劇藝術。沒有莎士比亞的語言,沒有他的戲劇言詞的力量,所有這一切就仍然是十分平淡的。一首詩的內容不可能與它的形式、韻文、音調、韻律分離開來。這些形式成分並不是複寫一個給予直觀的純粹外在的或技巧的手段,而是藝術直觀本身的基本組成部分。」[24]他指出了形式美是文學作品審美價值的重要方面。

---

[23] [法]瓦萊里:《論詩》,見瓦萊里:《文藝雜談》,段映虹譯,南昌:百花文藝出版社,2001年,頁338-339。
[24] [德]恩斯特‧凱西爾:《人論》,甘陽譯,上海:上海譯文出版社,1985年,頁198。

第二節　文學與文本

　　上述第一節對於文學語言特點的分析，是從文學作品的視野來探討語言的。然而，20 世紀西方文論的語言學轉向，將文學的探討推向了作為文本意義的存在來思考。之所以認為 20 世紀是一個語言學的世紀，是因為從哲學到文學理論，「語言學」轉向產生了深刻的影響。理查・羅蒂認為，「所有哲學家是通過談論合適的語言來談論世界的，這就是語言學轉向」。[25]他指出，就語言學轉向對哲學的獨特貢獻而言，這種貢獻根本不是哲學的。「實際上，它的貢獻在於幫助完成了一個轉變，那就是從談論作為再現媒介的經驗，向談論作為媒介本身的語言的轉變，這個轉變就像它所表明的那樣，使人們更容易把再現（representation）問題置於一旁而不予考慮。」[26]維特根斯坦認為：「我之語言疆界即我之世界疆界。」[27]「語言學」轉向包括如下內涵：以索緒爾的語言觀為理論起點，俄國形式主義、捷克布拉格學派、英美新批評以及法國結構主義等諸種文學理論一脈相承。以福柯為代表的後結構主義思潮推動語言向話語轉型，試圖建構帶有跨越學科和文化政治色彩的理論。

　　從語言所指的物質對象來看，作品與文本都指向同一對象，即創作活動之後產生的成果和閱讀活動之中面臨的對象，它們都是指以語言形態存在的實體。從文學理論的不同理解來看，作品與文本是兩個不同的概念。作品更強調與作家主體的聯繫，而文本更強調自身結構和系統的獨立性和自足性。

---

[25] Richard Rorty (ed.), *The Linguistic Turn: Essays in Philosophical Method*, University of Chicago Press, 1992, p.8.

[26] Richard Rorty (ed.), *The Linguistic Turn: Essays in Philosophical Method*, University of Chicago Press, 1992, p.373.

[27] Ludwig Wittgenstein, *Tractatus logico—philosophicus*, London: Routledge, 1961, p. 68.

本節講述的內容是，從作品到文本的轉型，文本的性質與類型。

一、從作品到文本

形式主義文論將文學作品（work）視作自主的結構系統，分析其語言、技巧、風格和結構功能。英美「新批評」文論認為文學文本是一種具有獨立結構的語言系統。法國結構主義文論認為文學文本是一種特殊的文學慣例與代碼定勢。後結構主義文論強調文本的「互文性」內涵。羅蘭・巴特認為任何文本都是未完成和開放的，有賴於讀者的自主的和自由的閱讀。後現代主義文論則將文本（text）視作一種反中心的網路結構，顛覆了作品論所預設的確定意義。正如卡勒所說：「文本這個文學研究的核心概念經歷了許多突變。對古典語文學家來說，文本過去是、現在仍然是一個強有力的學科構成的對象，但文本卻從古典語文學家的著述中旅行出來，走向了後現代的文學理論家，對後者來說，這個概念的意思可用默維特一本精彩之作的書名來概括：『文本：一個反學科物件的譜系學』。」[28]概而言之，文學文本論認為，文本的內涵主要有如下四個特點。

（一）文學的自主性

在現代西方文論範式中，形式主義文論是一種文學自主論。它強調作品是一個自主的、封閉的系統結構，獨立於外在的社會文化。詹姆遜對這一自主文學觀念作此評論說：「（現代主義的）意識形態很容

---

[28] Jonathan Culler, *The Literary in Theory*, Stanford:Stanford University Press, 2007, p99. 另參見 John Mowitt, *Text: The Genealogy of An Antidisciplinary Object*, Durham: Duke University Press，1992. 此處的譯文參考了周憲：《論作品與（超）文本》，北京：《外國文學評論》，2008年第 4 期。

易辨識：首先是它假定美學是獨立自治的，具有最高的價值，如果沒有這種價值，各種批評家和實踐者無論多麼讚揚藝術及其特殊性和不可同化的經驗，這種讚揚也不能真正地被認為是現代的意識形態。……它賦予美學以一種不可比擬的超驗價值（實際上，這不需要以描述其他類型的經驗結構來完成——無論是社會的還是心理的經驗——美學是獨立的，不需要從外部證實）。」[29]文本論強調文學背後的意義，即堅信作品語言和形式背後必定存在的客觀本質和意義，並且通過語言形式的細讀可以最終發現這一意義。

（二）文學文本是一種自主自為的存在

文學自主性是指，作品獨立於作者、讀者以及外在世界，是一種自在自為的存在。文本中心論認為，文學研究應該聚焦於作品本身。對此，艾布拉姆斯認為，以文本客體存在為中心的取向，「是把作品當作有其內在關係的各部分構成的自足實體來加以分析，更重要的是，只能根據其存在方式所固有的標準來加以評判」。[30]文本自在自為存在的理論依據來自對於文學形式本體論的分析。例如，考察文學性問題、陌生化問題、以及作品的「主導」結構、詩歌的張力與悖論以及含混等等，甚至將作品作為技術分析的對象。

（三）文本作為一種方法論的領域

羅蘭・巴特以文本概念取代作品概念，意味著一種新的文學觀的建立，一種新的文學視野的誕生。如果說作品具有物質屬性的話，那

---

[29]　詹姆遜：《單一的現代性》，王逢振主編：《詹姆遜文集》第 4 卷，北京：中國人民大學出版社，2004 年，頁 136。

[30]　M. H. Abrams, *The Mirror and the Lamp*, Oxford: Oxford University Press, 1953, p26. 此處的譯文參考了周憲：《論作品與（超）文本》，北京：《外國文學評論》，2008 年第 4 期。

麼，文本則是作品的穿越之中形成其意義的。他說，「作品可以被拿在手裡，而文本則維繫在語言之中，它只存在於言說活動中（更準確地說，唯其如此文本才成其為文本）。文本不是作品的分解，而作品是文本想像性的附庸；或再強調一次，文本只在生產活動中被體驗到。可以得出的一個結論是，文本決不會停留（比如停留在圖書館的書架上）；文本的構建活動就是『穿越』（尤其是穿越某個作品、幾個作品）」。[31]正如文本在拉丁語意味著「編織物」，不同文本的交叉帶來文本意義的增值，因為文本意義是生產性的、動態性的、開放性的。

（四）文本作為一種能指的遊戲

與作品探索意義指向不同，文本的意義則是在不斷的延異之中，它是一種能指的遊戲，處於差異、斷裂和變化之中。

如果說形式主義文論的作品論認為，文學作品存在一個系統結構的中心的話，文本則恰恰是去中心的，在延異之中衍生生產性的意義。巴特認為：「文本就是回歸語言。像語言一樣，文本是被結構起來的，但卻是去中心化的，沒有終結。……結構是一個既開放又無中心的系統。」[32]克利斯蒂娃認為：「文本也就是生產性，這意味著：（1）文本與它置於其中的語言的關係是重新分配的（解構的－建構的），因而通過邏輯和數學的範疇探究文本要比純語言學的範疇更好；（2）諸文本的交換，亦即一個文本的話語空間中的互文性，這些話語來自其他文本，彼此交錯並中立化了。」[33]文本在此更大意義上已成為一

---

[31] Roland Barthes, *Image Music Text*, London: Fontana Press, 1977, p157. 此處的譯文參考了周憲：《論作品與（超）文本》，北京：《外國文學評論》，2008 年第 4 期。

[32] Roland Barthes, *Image Music Text*, London: Fontana Press, 1977, p159. 此處的譯文參考了周憲：《論作品與（超）文本》，北京：《外國文學評論》，2008 年第 4 期。

[33] 引自 John Mowitt, *Text: Genealogy of An Antidisciplinary Object*, Durham: Duke University Press, 1992, pp105-106.

種關係而不是實體。如果說結構主義文論還專注於文學性問題的話，德里達的解構思想則更為激進，他認為：「沒有什麼內在的標準可以確保一個文本不可或缺的文學性，也不存在什麼確定的文學本質或存在。」[34]

從作品到文本的觀念轉型，其內在理路是現代性與後現代型文學理論的分野。對此，伊格爾頓認為：「後現代思想的典型特徵是小心避開絕對價值、監視的認識論基礎、總體政治眼光、關於歷史的宏大理論和『封閉的』概念體系。它是懷疑論的、開放的、相對主義的和多元論的，讚美分裂而不是協調，破碎而不是整體，異質而不是單一。它把自我看作是多面的、流動的、臨時的和沒有任何實質整一的。後現代主義的宣導者把這一切看作是對大一統的政治信條和專制權力的激進批判。」[35]這一分析對於文本的性質來說也是十分切中肯綮的。

總之，文學觀念的嬗變，可以如此概括：作品論意味著作者可以成為作品意義闡發的中心權威。文本論則意味著對於作品中心、本源或根基的顛覆，從而文學的意義轉向多元化、相對主義和不確定性。

二、文本話語的性質定位

20 世紀「語言學的轉向」（Linguistic turn）主要表現為，在方法論上，人們把語言學的理論模式作為一種新的認知範式，廣泛用於各種學科的研究。在觀念上，人們徹底拋棄了工具論的語言觀，強調語言的本體性，認為人類關於客觀世界的知識其實是由語言「再現」或「建構」的。與其說人在支配語言，還不如說是語言在支配著人。

---

[34] Jacques Derrida, *The Act of Literature*, London: Rout-ledge, 1992, p73. 此處的譯文參考了周憲：《論作品與（超）文本》，北京：《外國文學評論》，2008 年第 4 期。

[35] [英]伊格爾頓：《後現代的幻象》，華明譯，北京：商務印書館，2000 年，頁 1-2。

文學文本（the text of literature）是指創作出的文學作品的文本。從其所指而言，文學文本也就同我們日常語彙中的文學作品極為相近。然而，當我們說文學作品時，這個作品是包含了作者意謂、批評家闡釋、讀者的個人悟解在內的意義網路，它是由一整套內容與形式相互關係所構成的系統。而文學文本則是一件較為單純的存在，它僅是指由作者寫作出來的，由各種語詞按照一定構詞規則、修辭關係構成的表達物。將文學文本與文學作品的概念區別開來，是有學理上必要性的。當我們言說文學的狀況時，我們實際上是融入了我們自己的理解，是涉及到文學作品層面的，也就是說，文學文本在某種意義上是康德哲學中的「物自體」，它只是我們討論的問題的起點，但構設出這樣一個起點並承認它的相對自足的意識構成特點，可以使得人們對於文學作品的討論持一種開放的胸襟，也可以使得同一文學文本在不同時代和不同社會語境中的理解歧義，得到更為方便與合理的解說。

文學的互文本關係。文學文本是一個相對封閉的概念，它是把文學文本看作一個有自我組織和協調能力的整體。在文本中，一些單獨看來有多種釋義可能的話語，在文本的整體性中可以得到合理的安置。

以一個實例來說。清代「揚州八怪」之一的金農應邀參加一個酒宴，席間按文人慣例以賦詩行酒令。眾人約以「飛」、「紅」二字嵌入詩句中，其中一友人在倉促間賦得一句為「柳絮飛來片片紅」，這句詩倒是合乎平仄聲韻的要求，也履行了「飛」、「紅」二字入詩的約定，可人們都知道桃紅柳白這一常識，柳絮的白色與「片片紅」的描寫嚴重脫節，引得眾人在席間的忍俊不禁，使友人頗為尷尬。這時金農就出面解圍，指出該詩看似不合常理，但它是有出處的，並當即杜撰說是出於某古代名人的筆下，全詩如下：廿四橋邊廿四風，憑欄猶憶舊江東。夕陽返照桃花渡，柳絮飛來片片紅。在金農口占的詩中，本來

不合生活邏輯的「柳絮飛來片片紅」，因結合到了一個「夕陽返照桃花渡」的詩句，夕陽餘暉會給天空抹上紅的底色，在這時即使是白色的物體也會因光線的作用而呈現紅色，這就使不合邏輯的詩句成為合乎邏輯的表達了。與此同時，金農由於杜撰說它是一首古詩，那麼這句單獨來看講不通的詩句在全詩中可以說通，由此也就顯示出席間諸人的無知，使友人在被人嘲笑之後挽回了面子。

　　以上一例是說明了文學文本的整體性、結構功能上的自我組織和協調的能力，它可以使各個單個的話語在文本中得到出於整體角度的說明。文學文本賦予其中話語的合理性的能力，使文本成為一種有意義，進一步說是有權威地位的有力理由。但當我們這樣認識之後，那麼附帶地也就有另一問題出現了，就是文學文本的整體性是其權威性的保障，那麼由各文學文本構成的「文學」乃至由文學、宗教、哲學等構成的整體的觀念文化，又何嘗不具有相關的性質呢？對好些文學文本，單獨來看也許是看不出什麼眉目，但將其結合到其它的文學文本之後，其意義、思想深度就會有所不同了。在 20 世紀西方文學批評中，原型批評是其中一支頗有影響的派別，原型批評就是從文學的乃至文化的整體觀念出發，認為單個的文學作品都是對人的某一文化原型觀念的表達，當早先的某一文學表達觸及到了人們的某一文化觀念後，以後的文學就可能圍繞該種藍本進行多種表達，而原本的作品或作品中的某一主題，表達方式、形象、敘事類型等就成為一種原型。只有對於原型有所認識，才可能對圍繞原型來表達的作品有較深認識。如在莎士比亞的劇作《哈姆雷特》中，哈姆雷特與雷歐提斯在決鬥之前，曾在奧菲利亞葬禮上有過爭執，正是由此爭執才引起雙方決鬥，該爭執的雙方都同死者有親密關係。哈姆雷特是死者的戀人，雷歐提斯則是死者的兄長，兩人與死者最後吻別時發生了衝突。這裡的背景原因在於，最後吻別作為一種儀式是由古老的殉葬制演化而來，

而殉葬者是死者生前最可信賴、最為親密、不離左右的人，因此，出於對哈姆雷特有殺父之仇，雷歐提斯要制止哈姆雷特的吻別，並羞辱了他。而哈姆雷特則出於對個人名譽的維護以及對自己戀愛的純潔性的辯白，提出了與對方決鬥的要求。如果不能理解這一文化背景，則會覺得兩人火氣太大，用不著為一點禮節上的差錯就拿生命作為賭注，只有當我們瞭解到殉葬制及其演化而成的吻別儀式之後，這裡衝突的嚴重性才顯露出來。這一點單由《哈姆雷特》的文本並不能提供充分的說明，它必須要有民俗學的有關背景知識作為資源。

　　文學文本的表達雖以文本結構作為相對完整的組織，它也與文本之外的文化有所交流、融匯，其中它包括其他文學文本之間的相互映照、參證。在文學閱讀中，我們讀到的不僅僅是一首單一的詩，而是古往今來許多詩歌的交響。文學作品的表意不像日常工具性語言簡明、淺顯，它置身在人類歷史文化的廣大空間之中，各種情感、觀念、意象通過歷史時空進行對話。文本之間的這種交織、互涉的關係，也是法國結構主義符號學家克利斯蒂瓦所說的符號系統之間的「互文本」（intertext）的問題。在她看來，所有文學作品都是從社會、時代等因素構成的「大文本」中派生而出的，它們有著相近的文化母本，因而它們之間可以相互參照，她相信，「任何文本都是互文本；三個文本之中，不同程度地並以多少能辨認的形式存在著其它文本。例如，先前文化的文本和周圍文化的文本。任何文本都是過去引文（citations）的一個新織體。」[36]此處就說明了所有文學文本之間相互交融的關係。

　　清代有兩位短篇小說領域的大家，一位是《聊齋志異》的作者蒲松齡，另一位是《閱微草堂筆記》的作者紀昀。紀昀晚出，他既受到

---

[36] 轉引自王一川：《語言烏托邦》，昆明：雲南人民出版社，1994 年，頁 250。

蒲松齡小說的一定影響，同時也對蒲氏小說有所不滿。蒲松齡是以狐鬼之事來反襯人間，以狐鬼之行強於人間行事來表達他心中的不平。紀昀則是以寫狐鬼來暗合人間，狐鬼之行體現的是人間行跡的邏輯，以此寓教化之理。在紀昀的小說中，有一則講這樣的故事。兩位老者夜行郊外，二人害怕遇見鬼魅，正猶豫間，又來一老者與其交談，講鬼不可信，也不可怕，為二人壯膽。談到天亮時，有人呼喚新加入的老者離去，老者轉瞬消失，並聲明自己是一老鬼，因孤單而同人交晤，見二人怕鬼便來開導，現在辭行並致謝。在這裡，鬼的言行與人基本無異。在另一則故事中，寫一個不怕鬼之人的經歷。夜半，有物自門隙蠕蠕而入，薄如夾紙。入室後，漸開展作人形，乃女子也。曹殊不畏，忽披髮吐舌，作縊鬼狀。曹笑曰：「猶是髮，但稍亂；猶是舌，但稍長，亦何足畏！」忽自摘其首置之案。曹又笑曰：「有首尚不足畏，況無首耶！」鬼技窮，倏忽滅。在這則故事中，人鬼之別為「猶是……但……」，由此句式表達出人與鬼的邏輯是共同的。如果說蒲松齡小說是以鬼狐世界來表達另一種故事，即所謂「異史氏」說的「別一種歷史」和別一種故事話語，紀昀小說則是講二者為同一故事的不同版本，由此強調了「不乖於風教」的創作。蒲松齡、紀昀的兩種小說作為清代短篇小說的代表，它們之間就有互文本的關係，即兩種文本在講述自己的故事時，也都在對方的言說中顯示出自己的不同風範，離開了這一互文本的性質，則其自身的性質也難以完全澄清。

三、文學文本的社會定位

　　文學文本與文學作品既是同一關係，也存在著差異性。文學文本與文學作品首先是父子式的血緣關係，其次才是所處時代相互作用的社會關係。文本話語性質的定位，對於梳理文學互文本之間的關係，

瞭解各個不同的文本之間的聯繫，有著至關重要的作用，是理解的基礎。文本闡釋學上的定位，對於闡發讀者閱讀作品的意義、價值大有裨益。以大文本的思路看待文學，也許可以比較全面深刻地認識文學。

我們可以從一個實例來看。唐代王勃《秋日登洪府滕王閣餞別序》中有一聯語「落霞與孤鶩齊飛，秋水共長天一色」，該詩在很大程度上是南北朝時庾信《馬射賦》中「落花與芝蓋同飛，楊柳共春旗一色」的翻版。如果從文學作品角度來看，那麼就應聯繫到作者等方面來作分析，那就會說是王勃有意沿襲了前人的文句表達，說它的文句出自何處。這一解說不會有什麼錯訛，但我們從文學文本的角度來看，那麼它們之間是相互鏡映的。固然王勃也許是有意的，也許只是熟讀了前人作品後無意中套用了前人的佳句，有仿襲的性質，但同時由於王勃的句子意境更佳，氣魄更大，意象也更生動，成為中國文學中的名句，又由於王勃的影響反過來使得庾信本來算不上十分有名的文句平添了幾分影響力。從文學文本的角度來看，這種文學現象使我們擴展了視野，開拓了研究思路，同時它也可以為文學研究的新的可能途徑提供更廣闊的天地。

當我們以「文學文本」一詞作為文藝學的語彙時，它是源自於 20 世紀以來結構主義和解構主義理論。在該理論中有一種將文學寫作物孤立起來，將它作為一個相對封閉和自足的整體來看待的基本立場。而我們在這裡論說文學文本的社會定位，顯然是要將文學與社會作為一個相關的整體來看待。這樣，我們與結構主義和解構主義理論，在認識的出發點上就有了不同。不過在結構主義學者那裡實際上也常是將文學與文學之外的其他方面結合起來看的。列維·斯特勞斯在《結構人類學》、《熱帶的哀傷》等著作中，是將文學文本的結構看作人的心理的一種折射，是一種「政治無意識」，或其他社會性的無意識的自然表露。阿爾都塞在《保衛馬克思》中，將文學寫作物視為

整個社會結構的「意識形態國家機器」的重要組成部分。當他對文學
文本相對孤立地看待時，其實是要將文學文本與文學之外的事物的聯
繫都平等看待，使作者、讀者、美學與藝術的觀點等與寫作物相關方
面的優先權消除，以便文學文本能夠更自由地與社會的某一方面建構
起一種認識上的關係。解構主義思想家德里達則明確地對事物結構體
系封閉性、自足性的觀點提出了批判，認為按照結構主義的觀點，結
構的意義是由結構的整體來決定的，同時結構又總被人賦予一個中
心，是中心的性質賦予了結構整體的外延和基本內涵。由此就產生了
一個矛盾，結構的中心如在結構之內，它就應被結構的整體性所制約
而不是由它來支配整體，那麼，中心的決定性意義要想確立，就不能
不作為結構整體的一分子，它是外在於結構的一個因素。可這樣一
來，中心就不能再作為結構的中心來看待了。中心在結構之內，又在
結構之外，這一點貌似背反，其實在理。而這個「理」是現實的存在
之理而不是認識上的合邏輯之理，這個理的存在本身就是對結構主義
觀點的一個嘲弄。因此它的結論是「圍繞中心的結構這一概念，其實
只是建立在某個根本基礎之上的自由嬉戲的概念」[37]。那麼作為自由
的嬉戲，將文本作封閉性的認識與爾後或同時又作更廣泛的開放性聯
繫的研討途徑，其實是完全可以理喻的，如果說它有什麼矛盾的話，
那只是因為結構觀點的前提本身具有的矛盾使然。

　　通過上文一些說明之後，下面論說文學文本社會定位的主要方面。

（一）血緣關係定位

　　血緣關係，是指有機體之間由於遺傳功能而生發的關係。它可以
是父母與子女的關係，也可以是兄弟姐妹之間的關係，還可以是叔侄

---

[37] 德里達：《結構，符號，與人文科學話語中的嬉戲》，王逢振等編：《最新西方文論選》，
　　桂林：灕江出版社，1991 年，頁 134。

之類關係。它的核心是父母與子女的生育關係，而其餘方面的關係都是由生育關係所派生、延伸而來的。

上文曾指出，文學文本的概念是強調寫作物的自足、封閉的性質，它甚至有意割裂開文學的作者與其寫作物的必然關係，那麼這裡又從二者之間的父子關係來論說，豈非自相矛盾。我們應當承認矛盾的存在，然而，我們這裡要著重指出的是，文學寫作物可以從作者方面來看，同樣也可以從批評者角度來看。就寫作物所處的文化背景而言，這實際上已取消了作者與文本之間關係的唯一性和優先權，這一認識實際上體現了文學文本一詞的內涵。在明確了這一認識前提後，我們又可以說作者是寫作出該文本的人，這一事實是誰也無法否認的，只要我們不以作者視角作為理解文本的唯一視角，那麼從作者與文本間的關係來看文本的特性就是很合理的。作者與他寫作出的文本的關係類似於父子關係，正像父親使兒子降生人世一樣，作者使用他的筆來使文本降生於世。美國女性批評的代表人物之一蘇珊‧格巴曾在《「空白之頁」與女性創造力問題》的論文中，將男性生殖功能的器官稱之為「筆」，認為它是在女性身體中書寫自己創造力的工具。從這個意義上看，男性之「筆」作為書寫工具使其對後代具有命名權。那麼作家之筆作為作家書寫出文本的工具，也同樣是給自己的創造物命名的。他不光是實際上給自己的寫作物書寫出標題，而且在讀者看來某一文本由誰而寫，這本身就成為影響閱讀的一個重要提示。在閱讀之前就可以預定出一個閱讀的期待視野，而在閱讀之後，人們也往往會以對作者的一般瞭解來看待該段文本的含義。在文學史上，人們的實際興趣是在文學文本上，但對於文本的瞭解往往是從作者入手的。諸如莎士比亞研究、杜甫研究等專題，是從作者入手來解開他所寫文本的紐結。而作者是誰呢？當然不僅僅是一個人的署名，而且是一個由對他作品、生平研究得來的有關資訊的承載者，他是一個有關

知識系統、有關研究範式的集結點。然而，我們在這一認識中已不同於簡單地以「作者／作品」的方式來看待原來文學的父子關係了，即作者不是一個現實生活中的實際的生活者，而是研究者出於研究目的而擬設的一個目標，它與作者的自我認定可以一致，也可以很不一致，甚至是相互抵牾的。

在簡單地以父子關係來看待「作者／作品」關係時，似乎只是作者決定了作品，作品的表達是由作者所賦予。而我們將作者也作為一個研究對象，作者是誰也有待於我們從其文本入手，在各個方面來加以考察之後，則作者的狀貌也不只是他和文本二者的關係就能完全自足地決定其寫作物了。實際上，對於一件文學文本的歸類可以有多種角度，如《哈姆雷特》劇本，它的作者是莎士比亞，因此它和所有的莎士比亞作品歸為一類。同時它又是文藝復興時代的劇作，於是它又和所有該時期的歐洲劇本歸為一類，這時也就有並非莎士比亞的作品在此系列中，而莎士比亞的一些詩歌則不在此列。在不同的分類角度中，前者我們更多的是看到莎士比亞本人的思想和藝術上的特性，後者我們則更多的是看到文藝復興時代的思想在各位作家那裡的具體化，更多地看到的是時代風格的特性。從文學文本的立場來看文學寫作物，則它既是作者的創造物，也是某個時代的創造物。在美國文論家哈樂德‧布魯姆看來，詩人的寫作不只是他與文本產生父子關係，而且還在於他是在文學前驅者的影響之下來從事寫作的。前驅者是令人信服、敬畏的榜樣，同時也由於前驅者的存在，使詩人在寫作時感到壓抑，他力圖用自己的筆來反抗前驅者的影響。哈樂德‧布魯姆在著作中引述了美國詩人史蒂文斯在一封信中表達的意見：

> 我非常同情你對我這方面的任何影響之否認。提起這類事總會使我感到刺耳。因為，就我本人而言，我從來沒有感到曾經受

到過任何人的影響；何況我總是有意識地不去閱讀被人們尊如泰
斗者如艾略特和龐德的作品——目的就是不想從他們的作品中
吸收任何東西，哪怕是無意中的吸收。可是，總是有那麼一些
批評家，閒了沒事就千方百計地把讀到的作品進行解剖分析，
一定要找到其中對他人作品的呼應、模仿和受他人影響的地方[38]。

布魯姆否定了當事人在創作中受到別人影響，尤其是受到大師級作家
創作的影響。布魯姆對此事的否認，恰恰可以見出受人影響已成為當
代作家在創作中的焦慮之源。作者可以說它與作品是父子關係，可是
在旁觀者看來，可能是他的作品與前人的作品之間有著嗣傳關係，而
後代作者只起了助產士的作用。布魯姆認為，當一個詩人希圖以父親
的身份來看待他的寫作物時，實際上又有一個先在的早於他而且有知
名度的詩人似乎佔據了父親角色的位置，因此後世的詩人首先要同前
代詩人進行一場鬥爭，才能真正被人視為是其所寫作品的父親。在這
裡，「是父親和兒子作為強大的對手相互展開的鬥爭：猶如拉伊俄斯
與俄狄浦斯相逢在十字路口」[39]。

作者與作品，以及前代作者與該作品的關係，使得文學中的血緣
關係呈現出多種定位的可能性，而在不同的定位中，文學文本的內涵
就會折射出不同的色彩。

（二）社會關係定位

文學文本是作者在一定社會條件下寫就的，當一件文本表達出作
者的思想時，該思想也反映了作者在所處時代條件下的生活態度、美
學觀念等。因此，從作者寫作的時代背景入手來分析文學文本，是把

---

[38] [美]哈樂德・布魯姆：《影響的焦慮》，徐文博譯，北京：三聯書店，1989 年，頁 15。
[39] [美]哈樂德・布魯姆，《影響的焦慮》，徐文博譯，北京：三聯書店，1989 年，頁 10。

握文學文本意義的重要途徑。孟子曾提出釋讀活動中的知人論世說，就是說要在閱讀文本時不僅看到字面表達的意義，還要瞭解作者當時的寫作意圖以及他在字面上表達一種什麼樣的意思。孟子就曾對《詩經》中的《小弁》一詩發表過依此方式來作的解釋。當時，孟子門人公孫醜求教於孟子，指出按告子的理解，《小弁》一詩體現了怨的情愫，而《詩經》在儒學體系的觀點來看就應是中和之美的典範，即使有某種怨怒哀懼之情，也是以「怨而不怒，哀而不傷」的分寸來表達的，因此《小弁》一詩體現的情感色彩則似有過之。孟子回答說：「固哉，高叟之為詩也！有人於此，越人關弓而射之，則己談笑而道之；無他，疏之也。其兄關弓而射之，則己垂涕泣而道之；無他，戚之也。《小弁》之怨，親親也。親親，仁也。固矣夫，高叟之為詩也！」[40]孟子在這段論說中，首尾兩次說到「高叟之為詩也」，開頭說這句話像是在同意告子（高叟）的意見，然後再陳述自己的理由。文末再重複這句話時，則可見出只是同意《小弁》一詩有怨的色彩，但並未同意所謂該詩為「小人之詩」，沒有體現《詩經》中和之美的見解。孟子之說的道理何在呢？他的例證是說有人放箭，而旁邊的人可能被傷，如射箭者只是一個外人，那麼在勸阻他的行為時就應「談笑而道之」，注意說話時的禮節分寸。如果射箭者就是自己的兄長，那就不妨「垂涕泣而道之」，直接陳說出其中利害，以自己的真情來打動行為者。在後一種情形下，充分表達了言說者的內心情感，較少掩飾和客套。以此來看《小弁》一詩，儘管各家解說有異，但都是將其理解為詩中主人公由於父親昏聵而遭打擊的事，其中錯處在父親一方。那麼在父與子的矛盾中，由於二者有直接的血緣關係，因此言說時也就沒有講究多少分寸，體現了親人之間更自然的關係。

---

[40] 孟子：《孟子・告子下》。

　　在孟子評詩的事例中，可以見出的一點是，對於詩歌文本的言說不只是看文本字面的意思，還要看該文本在其時其地由何人來言說的問題。這一點是可以明確見到的，但對於一般的普通讀者來說已不是那麼容易瞭解到的。而在孟子的上述言說中還難以直接見出的就是當孟子說「親親，仁也」時，他正是鮮明地表達了儒家關於「仁」的思想。他是以愛人之心來待人，這種愛的最自然、最基本的出發點是家庭成員之間的親情，而儒家所制定的一整套禮法制度，包括禮樂上的規矩，則是將家庭中父子之間的長幼尊卑秩序擴大到社會各階層之間的關係上。禮樂典章體現的尊卑之別，是靠一套固定的規矩來體現的，它要求一種不以當事人的個人心境、愛好為變化的條律。這就自然地要求對個人的情感加以克制。其怨而不怒的中庸姿態，就是在承認人有著自己心理波動的前提下，將其限制在盡可能低的水準上，不要影響到社會秩序的實際運行。

　　以上對文學文本在社會關係上的定位，是在重構文本創作時的寫作背景來立論的，它是評述文學文本時減少誤解和歧見的有效途徑。但對於廣大的讀者來說，他們閱讀文學作品時可能並不那麼仔細地去鑑別其時代背景上的關係，他們也並不都有對作品寫作時狀況加以考察的專業素質。因此，普通讀者是按照他們能夠理解並願意如此理解的方式來接受文本所傳達的意思的。如果說孟子宣導的知人論世的文學閱讀曾以強大的意識形態力量來加以強化的話，那麼廣大讀者的我行我素則也有強大的商業文化力量的支持。讀者個人化的讀解可以推進文學產業化，而把文學作為一項產業來經營的出版商家，則更希望實現圖書的利潤。法國文論家埃斯卡爾皮曾以《格列佛遊記》和《魯濱遜漂流記》兩部英國小說為例來作過分析。這兩部書當時都富於嚴肅的政治意味，其中前者表達了對英國議會政治的批判，後者則描述了英國的海外殖民政策對於文明的積極傳播。兩書的主題在出版時都

是明確的，普通讀者也沒有感到多大玄奧之處。然而，時過境遷，英國的議會政治逐漸成熟並穩定下來，而英國的海外殖民政策作為當年歐洲列強向海外攫取原料、開拓市場的方式，也早已在歷史的演進中成為一段往事。由於這一變化，出版商們就將兩部小說作了新的包裝，將兩部小說作為一種富於幻想，充滿生活奇遇的故事，改編為連環畫或以少兒讀物的姿態推向市場。由此，兩部小說的政治意義淡出而顯示了「外面的世界很精彩」的意義，它並不要求小讀者去瞭解該書的寫作背景，只是將其當成兒童公園裡的一種冒險遊戲來讀就行了。這樣一種改型的包裝，對該小說的意義闡說比許多評論家的反覆說明都更有影響。原有的文本可以在兒童讀物的方式下得以改裝，那麼同樣道理，對成人而言也不難找出相應的改裝理由。因此，特里・伊格爾頓有一段話切中肯綮。他說：

> 但是，也有可能人們事實上根本不是在評價「同一部」作品，儘管他們可能覺得他們是在評價同一部作品。「我們的」荷馬並非中世紀的荷馬（引注：荷馬為古希臘詩人，此言「中世紀」可能論者筆誤），同樣，「我們的」莎士比亞也不是他同時代人心目中的莎士比亞：說得恰當些，不同的歷史時期根據不同的目的塑造「不同的」荷馬與莎士比亞，在他們的作品中找出便於褒貶的成分，儘管不一定是同一些成分[41]。

伊格爾頓所說的「不同」，就在於作者寫作的時代背景的內涵與讀者結合自身處境來閱讀的內涵存在著反差。作者是一個或幾個，有一個確定的數額。而讀者在理論上講是沒有限額的，不同時代有著不同時

---

[41] [英]特里・伊格爾頓：《文學原理引論》，劉峰譯，北京：文化藝術出版社，1987年，頁15。

代的風貌，讀者也就由自身的時代氛圍結合他所理解的寫作背景來閱讀文本。由此，文本與社會之間關係的定位就可以多樣化。

（三）闡釋定位

在對文學文本的定位中，我們還得結合讀者來理解，事實上作為定位也主要是讀者的事。文學文本由作者寫出後就放在那裡，由誰來看，從何種角度來看，最終是要由讀者才能確定的。

對於文學作品來說，每一個人所看到的文學作品中的形象都是由作品文字提供的描寫，經自己大腦中適當的想像而合成的。文學塑造了什麼形象，作者可以給出一個說法，廣大讀者中的每一個人可能給出另一個說法，只要這些說法讓別人看來是可以接受、可以理解的。另一些說法似乎沒有多大的可信度，然而這不同說法中沒有哪一種具備絕對優先的、排他的理由。如果我們將這不同說法的言說者比作戰陣上的驍將，那麼，誰又是統領眾將的凱撒？驍將的數量並沒有嚴格的限定，可等待凱撒的希望卻十分渺茫。由此看來，接受美學宣導者姚斯的觀點具有一定的合理性。他說：「一部文學作品，並不是一個自身獨立、向每一時代的每一讀者均提供同樣的觀點的客體。它不是一尊紀念碑，形而上學地展示其超時代的本質。它更多地像一部管弦樂譜，在其演奏中不斷獲得讀者新的反響，使本文從詞的物質形態中解放出來，成為一種當代的存在。」[42]姚斯認為，文本只是文本，文本的意義是由它的言詞與讀者的悟解二者合成的。就相當於音樂會上演奏的貝多芬樂曲，既有貝多芬作曲的貢獻，也有音樂指揮和樂手的貢獻。因此，在音樂演奏現場並不只是將樂譜轉化為音響的形式傳達

---

[42] [德]姚斯：《接受美學與接受理論》，周甯、金元浦譯，遼寧人民出版社，1987 年，頁 26。

出來，它還涉及演奏人員對樂曲的理解，而這會使得樂曲呈現很大的風格差異。

　　在對文學文本的閱讀上，實際上也有一個閱讀中的再理解、再創造的問題。這裡不光涉及對文本意義的闡釋，意義闡釋已經是對文學文本作出定位再加以理解之後的工作步驟了。對一件文學文本的定位本身就是讀者的一項頗具開拓性的工作。以李白的詩《靜夜思》為例：「床前明月光，疑是地上霜。舉頭望明月，低頭思故鄉。」這是一首以思鄉為主題的詩，我們可以將它與王維的一首思鄉詩放在一起來讀：「獨在異鄉為異客，每逢佳節倍思親，遙知兄弟登高處，遍插茱萸少一人。」李白的詩是由此處之月遙想到月光也照在故鄉，由此處與故鄉可同望一月來寫故鄉之思。王維則乾脆點明了此處的思鄉之情後，將此處的情形隱去，而寫故鄉的親友、兄弟此時的活動，由他們的思憶自己來寫出自己此時對他們的思念。不同的筆法寫出了相同的體驗，可以見出不同文學文本各自的藝術魅力。

　　對李白的《靜夜思》還可換一種角度看，它的思鄉是由月而起的，那麼就可以將月作為一個傳達作者情感的媒介。又由於月在中國古典詩作中是一個常見意象，可以說它是一種詩歌原型，因為按照榮格對原型概念所作的解釋，原型是指某一形象在作品中迴圈出現或反覆出現的文學單位，諸如某種形象、主題、敘事模式（大團圓之類）、情感意向等。李白詩作中出現過多種月的意象，如「少兒不識月，呼作白玉盤，又疑瑤台鏡，飛向青雲端」（《長干行》），「清風朗月不用一錢買，玉山自倒非人推」（《子夜吳歌》），「我欲因之夢吳越，一夜飛渡鏡湖月，湖月照我影，送我至剡溪」（《夢遊天姥吟留別》），「舉杯邀明月，對影成三人」（《月下獨酌》），「人生得意須盡歡，莫使金樽空對月」（《將進酒》），「卻下水晶簾，玲瓏望秋月」（《玉階怨》），「雲想衣裳花想容，春風拂檻露華濃，若非群玉山頭見，會向瑤台月下逢」

（《清平調》）等。在這各種對月的吟誦中，寫出了作者少兒時代的天真，寫出了醉酒狀態中月的親切，寫出了獨處之時內心的孤寂，只有明月可鑑。甚至寫出了一個假想中的女子，與戀人約會戀人卻不至時內心的矛盾，可以說它是生活百態的形象表徵了。那麼在《靜夜思》中，李白由床前的月光勾起鄉情，這一鄉情的具體指涉方面就可以非常豐富，而遠非月的詞義所能概括。在對僅 20 個字的《靜夜思》的解讀中，如果只是從這簡短文字來看，那麼這是文本的方面。如果結合到王維的詩，再結合到李白自己的其他詩作對月的描寫來讀，那麼這是該文本之外的內容。以上還只是就一部文本與另一部或幾部文本結合起來認識的事例，實際上，我們還可以將它與文化整體的「大文本」結合起來認識。

（四）文本定位的可能框架

　　李白《靜夜思》的中心意象是月，除了李白自己在詩中對其有吟詠之外，在別人的大量詩作中也有過吟詠。應該說，在中國文化並不十分崇尚對形而上境界的思辨中，一些具體的藝術意象裡就包含哲思、玄想的成分。試看張若虛《春江花月夜》的一個片斷：

> 江畔何人初見月？江月何年初照人？
> 人生代代無窮已，江月年年只相似。
> 不知江月待何人，但見長江送流水。

這段文字十分抒情，但在抒情的背後也在說理。它是以可見之月寫出了個人生命時間的瞬間性與客觀時間的恆久性之間的矛盾，以恆久之月來代表恆久的客觀時間，個人生命的短暫是依靠「人生代代無窮已」的種群力量來形成一種抗衡。那麼日月山川相對於個人生命來說都是恆久性的，為何是以月而非以日來作喻呢？這在於月之光與陰陽之道是相配的。在中國文化中，至少道家思想是崇尚陰柔一面的。

所謂「知其雄，守其雌，為天下谿谷」，「唯不爭，故天下莫能與之爭」，「江海所以能為百谷王者，以其善下之也」，「天下莫柔弱於水，而攻堅強者莫能之先，以其無以易之也」。[43]月陰柔的一面正合於崇尚道家的詩人的心態，因此意象作為創作心情的寄託，更是一種生活信念的形象表達。如果從張若虛月的意象再來反觀李白詩中之月，道理是可以相通的，因為除了一般的中國文化思想的浸潤之外，李白所信奉的也是道家思想，他對月的吟誦難免投射出道家思想的關照視角。如果我們從《春江花月夜》中體會到月作為永恆性的一種表徵與它同個人之間的某種張力，再回頭來看李白的《靜夜思》，則「舉頭望明月，低頭思故鄉」就體現了落實到個人體驗上的永恆的思鄉主題。由此體會到的作品意蘊當然與僅限於文本範圍的解讀會有很大不同。

那麼，這種從大文本角度來對文本讀解的合法性何在呢？因為人們有權追問這樣的聯繫是否太寬泛了，是否有些隨意。關於這一點，只要看我們前文對李白其他詩作中詠月詩句的引用就可以說明。在上文引述的詩作中，與《靜夜思》的詠月當然有所不同，可由於都是李白作為作者，人們就不會懷疑這一聯繫的依據。實際上，作為一個人的李白與作為一個詩人的李白是可以有所不同的，作為一首詩作者的李白與作為另一首詩作者的李白也同樣可以有所不同。正如利奧塔所指出的：

> 《蘇聯見聞》是「知識份子」的作品，《偽幣製造者》是「創造者」的作品。因為這兩本書是同一作者所作，就從同一角度來判斷它們，這對這兩本書都是不公正的。兩者之間的聯繫不止是微弱，它根本就不存在。[44]

---

[43] 老子：《道德經》。
[44] 包亞明主編：《後現代性與公正遊戲：利奧塔訪談、書信錄》，談瀛洲譯，上海：上海人民出版社，1997年，頁119。

可以說，是因為讀者對李白其他詩作上的穎悟有助於對《靜夜思》的品味，所以這一本來並無必然聯繫的文本間的關係就得以建立了。同樣道理，如果《春江花月夜》有助於對《靜夜思》的鑑賞，那麼這一聯繫也同樣是有理由建立的。

從根本上來說，各個文學文本都是相對獨立的個體，將一件文本與另一件文本聯繫起來，不管是同一作者的聯繫也好，還是具有同一意象、同一主題、同一時代背景、同一寫作風格等方面的聯繫也罷，它都是讀者試圖在更高理解層次來閱讀文本，從而將自己的理解以某種形式再投射到文本之後的結果。從這個意義上講，它是一種真正的對話。文本作為物性的呈現本來只是自言自語的，它不可能面對讀者的困惑來回答什麼，然而當讀者將文本與外界的某一事物聯繫起來認識後，文本的意義在此框架中就有了變化，這就相當於一件物品在不同光線的照射下呈現出不同色彩那樣自然。從文學閱讀、文學批評的角度來說，如何合理化地運用這種聯繫，需要認真、系統地思考。

四、文學潛文本

在論說文學作品時，可以先將作品的意義暫時懸置起來，在承認它是有意義的文字組合的前提下，將它看成是一件獨立的文學的事實，不妨說，它是文學的文本（text）。將文本與作者聯繫起來看是一種文學研究的維度，將文本與讀者聯繫起來看則又是一種維度[45]。在承認了文學文本存在的狀況後，文學的潛文本（the hidden text）的存在就並不意外了。

---

[45] 參見 M・H・艾布拉姆斯《鏡與燈》中有關論述，酈稚牛等譯，北京：北京大學出版社，1989 年，頁 5-6。

　　文學潛文本是指在文學文本中潛藏著的另一套意義系統，必須由對文本之外的內容的探掘方可找到。同一個文學文本潛藏著姿態各異的潛文本，大體有作者寓意型、形象暗示型、文本語境型、社會耦合型等幾種。而文本與潛文本的對話關係也有多種運作方式，甚至要從文本所在的語境，從讀者閱讀時的心理來作分析。因而，文學批評不只是對文學文本的批評，它也涉及到了潛文本的批評，並且潛文本可以滲入到批評中，成為影響批評見解的重要因素。於是，作品（文本）、作品的可能意義和語境意義與批評者三方構成了一種新的對話關係格局──雙向的、乃至多向的話語格局。

（一）文學潛文本概念的提出

　　文學潛文本是相對於文學文本所提出的概念，文學文本是一件有意義的文字組合的系統（可暫時將意義的來源問題懸置起來），那麼文學潛文本就是在文學文本中潛藏著的另一套意義系統。

　　唐代詩人李商隱寫作了不少膾炙人口的好詩，雖然詩的意義顯得撲朔迷離，但從直觀的層面上看大都是可以作為對兩情相悅、相依、相思、相離的情愫的抒寫。在中國傳統文化的語境中，單純表達情思的作品往往被視為濫情。所以，在情思中除了對愛情有所抒寫外，還應該別有寄託。李商隱對自己詩作就作過一段解釋，說是「為芳草以怨王孫，借美人以喻君子」。[46]就是說，在詩中作為形象來塑造的芳草美人是曲筆地表達了「王孫」、「君子」等意象或概念的。芳草美人是文本字面上就可以看到的方面，它是文本的內容；君子、王孫則是由字面來暗示、象徵、比喻的方面，它屬於潛文本的內容。

---

[46] 李商隱：《謝和東公和詩啟》。

　　文學潛文本潛藏於文本的字面表達之中，但是，它的意義卻可能不是由文本字義的發掘中就可以尋覓到的。換句話說，是要由對文本之外方面的探掘才可以找到。這樣的情形可以通過對李清照的五絕《夏日絕句》中的表達來說明。

> 生當作人傑，死亦為鬼雄。
> 至今思項羽，不肯過江東。

這首詩是以懷古、悼亡作為詩文本的主題，沒有什麼深奧難懂之處，當年項羽在與劉邦爭霸中，垓下一戰使得自己全軍覆沒，落得了一個自刎烏江邊的可悲結局。對於項羽之死，《史記》有很精彩的描寫，它仿佛成為了項羽人生旅途中最為光彩照人的一筆。項羽在最後關頭以自戕來表達他不肯屈服的姿態。這種姿態也正像海明威在《老人與海》中表達的人生境界：對於一個英雄，你可以消滅他，但你不可能征服他！

　　但是，《史記》對於項羽形象的描寫涉及到了作者司馬遷的個人情緒。聯繫到他曾被漢武帝劉徹處以宮刑，又再從《史記‧高祖本紀》對劉邦的市井無賴式個性的揭示來看，他對項羽英雄性的描寫恰好反襯出劉氏王朝的卑鄙齷齪，可以說歌頌項羽正是對消滅項羽的劉氏王朝的抨擊。如果撇開個人恩怨的關係來說，項羽烏江自刎的「壯舉」性質就值得商榷了。這一點唐代杜牧《題烏江亭》一詩就提出過異議：

> 勝敗兵家事不期，包羞忍辱是男兒。
> 江東子弟多才俊，捲土重來未可知！

杜牧詩中認為「男兒」本色並不在於像項羽那樣不懼死，而更在於能「忍」，能有「包羞忍辱」的精神，項羽如能做到這一點，也不是沒有重振旗鼓的可能性，不至於因戰敗就放棄逃生的機會。杜牧這一見

解是符合中國文化的精神的。老子認為:「曲則全,枉則直,窪則盈,敝則新,少則得,多則惑,……夫唯不爭,則天下莫能與之爭。古之所謂曲則全者,豈虛言哉?誠全而歸之。」[47]意思是,委曲能求全,屈就會伸展。低窪變高處,敝舊可新鮮。少取反多得,貪求人惑亂。不和人競爭,天下無人可與相爭。老子講述的是委曲可以求全的道理。孟子也說,「我善養吾浩然之氣。敢問何謂浩然之氣?曰:難言也。其為氣也,至大至剛,以直養而無害,則塞於天地之間……」[48]。在孟子看來,人的氣性應達到包容天地的開闊境界的,不應以一時一地的得失而舉止失措。據此,項羽就是以死來躲避了生的選擇,他不敢面對現存的生存境遇,不敢承擔起生的責任。人對死的選擇是困難的,而在有了選擇死的勇氣之後又能再選擇生,則又需要更大的毅力,並非憑一時之勇可以辦到。

　　以此來反觀前述李清照追懷項羽的詩句,就顯得是在杜牧詩作立場上的倒退,她缺乏了一種超脫於具體歷史事件的視點。但是,這恰恰是李清照詩作的潛文本在起著作用了。李清照生活在北宋和南宋之交的年代,經歷了南遷的流離之苦,她的生活也因為戰亂而頻添煩憂,國事家事上的變故連成一體,她在個人生活境遇上的每一件不遂心的事,都可以延伸到對政局時事的焦慮上。當時,南宋軍隊在戰場上往往是一戰即潰,甚至有時還沒有同敵兵正面遭遇就逃跑了,這樣的一個現實使得李清照發出了感慨:至今思項羽,不肯過江東!在這段詩句中,李清照已不是簡單地對古代人物的項羽有何評價,而是希望在軍隊中能出現那種抱定赴死的決心來與敵死戰的將領。這首詩的文本是對古人的讚美,而其潛文本則包含著對現實狀況的諷刺和對未來的希冀。

[47]　《老子》。
[48]　《孟子·公孫醜》。

（二）文學潛文本的類型

同一個文學文本潛藏著不只一個潛文本。對姿態各異的潛文本，可以大體歸納為四種類型。

1. 作者寓意型

這是最為常見的狀況。作者在寫作他的文本時，或者是借題發揮，或者是詠物言志，或者是不便於明言之事以寓意的方式在作品中曲折地表達，或者是作者想到的一個道理要通過文學形象來加以傳移。文學的潛文本在這種狀況下實則是作品營構的文學文本的深層次的思想內容。較為典型的例子如魯迅先生《狂人日記》，用「鐵屋」象徵中國傳統社會的封閉性和牢獄性質，而「狂人」則儼然是在該社會看來極不正常的、有著顛覆性的革命者。

在此類型中，潛文本往往有似於雙關語的作用，它在文本表達意思之外，表達了一種更深層次的意思。在《前赤壁賦》中，作者蘇軾與友人泛舟於赤壁，順著友人的懷古思路也發表了一番感慨：

> 客亦知乎水與月乎？逝者如斯，而未嘗往也；盈虛者如彼，而卒莫消長也。蓋將自其變者而觀之，則天地不能以一瞬；自其不變者而觀之，則物與我皆無盡也，而又何羨乎？且夫天地之間，物各有主，苟非吾之所有，雖一毫而莫取。惟江上之清風，與山間之明月，耳得之而為聲，目遇之而成色，取之無禁，用之不竭：是造物者之無盡藏也，而吾與子之所共適。[49]

---

[49]　蘇軾：《前赤壁賦》。

這一段議論在文本中來看，只不過是蘇軾與友人整個遊覽活動中的一個環節，或者說是文本中極為重要的一環，但畢竟也只是一環，並不具有代表活動整體的意義。而從潛文本的層次來看，上述感慨體現出了蘇軾對宇宙人生的終極價值的認識。這種詩性人生的態度是他生活信念的基礎，這種超越性的存在方式不只是體現在這一遊覽過程之中，而且在他的一生中都起著重要的支配作用。

2. 形象暗示型

這種類型重在「暗示」。它可以是作者有意為之的。然而，作者之意經由形象來傳達時，形象與抽象的意義並不是一一對應的關係，作者之意投射到形象中，而形象在作用於讀者時，讀者卻有可能從該形象中體會到另一種意思，甚至是彼此無關或截然相反的意思。一位英國學者寫過一本小冊子，叫做《哈姆雷特面面觀》，歷數了自《哈姆雷特》問世以來一些有影響的文學批評見解。有些人將哈姆雷特視為人文主義的鬥士，有些人認為他偏離了人文主義精神，只是一味沉溺在狹隘的個人復仇的情愫之中；有人從他的思想中看到了人性的光輝的一面，有人則恰恰由此看到了人的潛意識中齷齪的一面，等等。由於形象提供的暗示並沒有一個明確的解說，所以讀者就可能產生與作者思想不同，但對於形象隱含的意義來講，也多少有可以說得過去的見解。

3. 文本語境型

文本語境型是指，一部作品表達了一個相對完整的意思，但這個意思應如何來讀解，還應結合到它的言說語境、閱讀語境和整個文化氛圍作為背景的「大語境」來進行。解構主義批評家海頓‧懷特指出，在對歷史的講述中，事件只是一個連貫的事實，而這些事實的意義不

是由它自身，而是由如何來講述它才顯示出的[50]。一個人身處半山腰的場景，作為一個事實沒有什麼意義，但講述他是從山腳爬上來的，這就有一種「上進」的含義，但如講述他是從山頂走下來的，這又難免喚起人「下坡」的印象，而這個在半山腰的人在事實上並沒有變化，並且他下一步的行動是「上」還是「下」，其實也並不受講述方式的約束。

　　文本語境應是指文本話語表達所處的語言環境，但它也可能嵌入到了文本中，使文本內部與外部構成一種複雜的交響狀態，使得一個文本與它的潛文本相互擠兌、撕扯、摩擦，成為一種有深度的話語模式。在此可從《論語》中孔子與他學生的一則對話來看：

> 子之武城，聞弦歌之聲。夫子莞爾而笑，曰：「割雞焉用牛刀？」子遊對曰：「昔者偃也聞諸夫子曰：『君子學道則愛人，小人學道則易使也』。」子曰：「二三子，偃之言是也。前言戲之耳。」[51]

這是一段孔子公開向自己學生認錯的事。孔子說這段樂曲的演奏太一般化了，演奏的氣氛又顯得莊重或隆重了些，而弟子子遊認為，老師說過「道」的重要性，音樂是「道」的顯現，怎麼會有「過於」莊重一說呢？孔子承認了子遊對他批評的合理性。其實，從個人感受來講，孔子對所聽的那段樂曲是頗有微詞的，但從與禮教相關的「樂教」來看，「樂」其實是用一套文化儀式來固化中國倫理關係秩序，使尊卑有序、長幼有別，使人在悠揚的樂曲聲中認同社會等級秩序的合法性。由此來看孔子與學生的對話，它就是在師生問答中體現了師生間在「真理」上的平等，老師勇於承認自己言論的有誤，同時也在更大

---

[50] [美]海頓‧懷特：《作為文學虛構的歷史本文》，見張京媛編：《新歷史主義與文學批評》，北京：北京大學出版社，1993 年，頁 163。

[51] 《論語‧陽貨》。

的語境中體現了中國文化的某種特色，而這後一點是必須結合到語境才能看出來的。

4. 社會耦合型

這是指文學作品的表達中，也許是作者有意的寄寓，也許只是無意的巧合，總之是作品中的意義與社會上的某種狀況的耦合起到了密切相關的效果。

譬如，清朝時有人僅因寫下了「清風不識字，何事亂翻書」就被問罪，這一點當然是文化暴政濫施淫威，但反過來看，它算是在詩句中耦合了清朝文壇上的黑暗，那些「不識字」的官吏們，卻來監管文化事業，豈不是正同一陣亂風吹來翻亂了書頁的狀況相似嗎？這類情形的出現當然是不正常的，但它出現的土壤、根基，就在於文學與社會有著耦合機制。

耦合機制在文學傳播和影響上也起著作用。比如影片《秋菊打官司》，秋菊打官司有一個動機：要個說法。為此，她進行了長達數月的上告活動。秋菊的舉動，是農民有了維權意識的體現。美國學者亨廷頓指出，現代化引起了人們自覺的階級意識和其它的自覺意識，「意識到了各自的利益和要求」[52]，那麼，「要個說法」在全國成為流行語，也就使得人們意識到自身利益的某些不足，反映了特定時期人們的一種躁動不安的心理。也就是說，一部本來是反映農村生活的作品，在接受過程中卻被耦合到了遠離鄉村生活的整個社會生活中。

在以上各種類型的潛文本中，潛文本都沒有直接「出場」，但是，要由潛文本的襯托，顯示在字面上的文學文本才有一種較大的思想容量和深度，並且該作品才有耐人尋味的閱讀效果。

---

[52] ［美］撒母耳・亨廷頓：《變化社會中的政治秩序》，王冠華等譯，北京：三聯書店，1988年，頁35。

第三節　文學意蘊

文學意蘊是文學的靈魂，它是文學文本的思想與情感內涵審美化的表達。文學意蘊是外在形象與內在蘊涵的融合統一。它既有形而下的表層意味，又有形而上的深層意味。劉勰在《文心雕龍》中標舉「隱秀」，對文學意蘊有深刻論述。他提出了如下主要觀點：「情在詞外曰隱，狀溢目前曰秀。」「隱也者，文外之重旨者也」，「隱以複意為工」，「義主文外，秘響旁通，伏采潛發」。通常優秀的作品中，作家本人的傾向性非常隱蔽，所謂「深文隱蔚，餘味曲包」[53]。也就說，深厚的作品富有不顯露的文采，包含著婉轉曲折的無窮餘味，而講究以一定的技巧去傳達意蘊。作品「內明而外潤，使玩之者無窮，味之者不厭」[54]。作品含意明確，表現形式卻很圓潤。這就使人玩味無窮，百讀不厭。文學作品的意蘊通常體現為含蓄性、多義性的特點。

本節分別圍繞意象、意境、典型三個關鍵概念予以分析。

一、文學意象

文學意象是作家在文學作品中通過藝術思維與藝術語言所創造的審美形象。中西文論都有意象理論的不同表述，下面分別進行闡釋。

（一）中國的意象理論

漢語文獻關於意與象的關係這一問題，最早明確的說法可以見於《易傳》。如下一段論述從哲學意義上分析了言、意、象之間的關係。

---

[53] 劉勰：《文心雕龍・隱秀》。
[54] 劉勰：《文心雕龍・隱秀》。

　　《易‧繫辭上》記載，子曰：「書不盡言，言不盡意。」然則，聖人之意，其不可見乎？子曰：「聖人立象以盡意，設卦以盡情偽，繫辭焉以盡其言，變而通之以盡利，鼓之舞之以盡神。」

　　孔子認為文字不能寫盡言語（所能表達的意思），言語不能表達盡心意（所想到的意境）。那麼，聖人的心意就不可見了嗎？孔子的意思是「聖人創立卦象以窮盡所要表達的心意，設置卦爻以窮盡所要表達的真偽，用文辭以窮盡所要表達的言語，變動（陰陽爻）使之通達，以窮盡天下之利，鼓動起舞（而行蓍）以窮盡其神妙。」「聖人立象以盡意。」《易傳》解釋說：「易者，象也。象也者，像也。」《周易》是講卦象的，而卦像是象徵萬物的。「天垂象，見吉凶，聖人象之。」「聖人設卦觀象繫辭焉而明吉凶」。《周易》以卦象表徵宇宙萬物的矛盾對立，以卦爻辭形象生動地闡明具體事物的旨趣與人事吉凶，讓人們趨利避害。也就是以言明象，以象顯意。

　　「象」在先秦文獻中是一個哲學範疇，到魏晉南北朝時成為了文學理論概念。這一術語的出現受到過佛教和魏晉玄學的影響。釋僧衛的《十住經合注序》曰：「撫玄節於希音，暢微言於象外。」意象一詞合用，最早見於漢代王充《論衡‧亂龍》：「夫畫布為熊麋之象，名布為侯，禮貴意象，示義取名也。」此處的「意象」指的是以「熊麋之象」來象徵某某侯爵威嚴的具有象徵意義的畫面形象，它與易象的高度抽象性不同，只是在借代和象徵的手法意義上而言，和孕育於心靈、表現為多種藝術形式的審美意象相距甚遠。劉勰在關於藝術構思的論述中提到，應「積學以儲寶，酌理以富才，研閱以窮照，馴致以懌辭。使玄解之宰，尋聲律而定墨，獨照之匠，窺意象而運斤」[55]。他認為，為了做好構思工作，首先要認真學習來積累自己的知識，其次要辨明

---

[55]　劉勰：《文心雕龍‧神思》。

事理來豐富自己的才華，再次要參考自己的生活經驗來獲得對事物的徹底理解，最後要訓練自己的情致來恰切地運用文辭。這樣才能使懂得深奧道理的心靈，探索寫作技巧來定繩墨；正如一個有獨到見解的工匠，根據想像中的樣子來運用工具一樣。他賦予了意象以文學理論的內涵。

意象包括意與象兩個方面。何景明云：「意象應曰合，意象乖曰離，是故乾坤之卦，體天地之撰，意象盡矣。」[56]意與象二者應該和諧統一的。意與象的融合應該自然而然的。如胡應麟所說，達到「意象渾融」[57]。他認為意與像是應該水乳交融的。意象的內涵是含蓄蘊藉、韻味無窮的言外之美。對意象的強調，意味著對含蓄蘊藉、意在言外的韻味之美的推崇。南宋嚴羽從禪理角度認為，「詩者，吟詠情性也。盛唐諸人惟在興趣，羚羊掛角，無跡可求。故其妙處透徹玲瓏，不可湊泊，如空中之音，相中之色，水中之月，鏡中之象，言有盡而意無窮。」[58]他用「空中之音、相中之色、水中之月、鏡中之像」來形容這種「言有盡而意無窮」的空靈玄遠的詩境。明代王廷相提出文藝作品富有意象的緣由。他說：「夫詩貴意象透瑩，不喜事實粘著。古謂水中之月，鏡中之影，難以實求是也。……嗟乎！言徵實則寡餘味也，情直致而難動物也，故示以意象，使人思而咀之，感而契之，邈則深矣。此詩之大致也。」[59]明代李東陽用意象的標準評價了晚唐詩人溫庭筠《商山早行》詩的名句：「雞聲茅店月，人跡板橋霜」，他認為：「音韻鏗鏘，意象俱足，始為難得。」

總之，中國古代文論家追求的藝術最高境界是文學作品的含蓄蘊藉、意在言外的審美效果。

---

[56] 《與李空同論詩書》。
[57] 胡應麟：《詩藪》內編卷五。
[58] 《滄浪詩話‧詩辨》。
[59] 《與郭價夫學士論詩書》。

（二）西方的意象理論

　　西方文論也有意象（image）的說法，然而，中國的意象概念不同於西方文學思維強調客觀性和理性。中國的意象概念建立在天人合一、主張以象體道的中國文化傳統中。康德認為審美意象是一種想像力所形成的形象。人的想像力創造出來的「超越自然的東西」，即審美意象，它是主體的「內心意象」的感性的顯現。意象主義（Imagism）的代表龐德高舉意象的旗幟以對抗客觀和理性，賦予了它以更強的主觀性和反理性的色彩。他認為，一個意象是在一剎那間裡呈現理智和情感的複合物的東西，……正是這樣一個「複合物」的呈現同時給予一種突然解放的感覺：那種從時間局限和空間局限中擺脫出來的自由感覺。龐德還認為意象是「一種超乎系統論語言的語言」，是詩人傳情達意的特殊工具，是詩歌的核心之維。

二、文學意境

（一）意境的界定

　　意境是中國傳統詩學與美學的核心範疇。相對於意象而言，意境是一系列意象的構成。意是指思想感情，境是指景象。意境是指作家的主觀情意與客觀物象相互交融而形成的審美境界。情景交融，心物合一，謂之意境，它具有「境生於象而超乎象」的特點。

（二）意境的類型

　　意境一詞最初來自佛教文獻。佛教經典將修煉者希望達到的某種悟道的境地稱為「境」或「境界」。唐代這一概念被廣泛運用，並進

入到文學理論中。唐代詩人王昌齡最早在詩學中提出意境一詞。他認為，「意須出萬人之境，望古人於格下，攢天海於方寸」。他將詩境分為「三境」：「詩有三境，一曰物境，二曰情境，三曰意境。物境一：欲為山水詩，則張泉石雲峰之境極麗絕秀者，神之於心，處身於境，視境於心，瑩然掌中，然後用思，了然境象，故得形似。情境二：娛樂愁怨皆張於意而處於身，然後馳思，深得其情。意境三：亦張之於意而思之於心，則得其真矣。」[60]關於意境的類型還有兩種說法，劉熙載的《藝概詩概》提出詩歌有四種境界：「花鳥纏綿，雲雷奮發，弦泉幽咽，雪月空明。詩不出此四境。」王國維又從美學上根據作者主觀介入程度的差異而區分為「有我之境」和「無我之境」：「有我之境，以我觀物，故物皆著我之色彩；無我之境，以我觀物，故不知何者為我，何者為物。古人為詞，寫有我之境者多，然未始不能寫無我之境，此在豪傑之士能自樹立耳。」[61]王國維引用西方美學思想中有關優美與壯美的區分，概括說明這兩種境界的基本形態的美學特點：「無我之境，人惟於靜中得之。有我之境，於由動之靜時得之。故一優美，一宏壯也。」[62]

（三）意境的特點

意境的第一個特點是情景交融。

情景是謝榛詩論研討的中心問題之一。他認為「詩乃模寫情景之具」，「作詩本乎情景」[63]。他主張詩歌內在的情感深長，外在的景物要遠大。情景應融合，要做到「情景適會」[64]。怎樣才能做到「情景

---

[60] 王昌齡：《詩格》。
[61] 王國維：《人間詞話》。
[62] 王國維：《人間詞話》。
[63] 《四溟詩話》卷二。
[64] 《四溟詩話》卷二。

適會」呢？這種「適會」是在客體觸發主體的感興過程中發生的。在這種狀態中，主體「思入杳冥」、「無我無物」，主客體之間就達到了完全的融合統一。

王夫之對於情景關係有精彩的解釋，他說：「關情者景，自與情相為珀芥也。情景雖有在心在物之分，而景生情，情生景，哀樂之觸，榮悴之迎，互藏其宅。情、景名為二，而實不可離。神於詩者，妙合無垠。巧者則有情中景，景中情。」[65]王夫之的詩歌創作理論特別注重意境的創造。他認為詩歌意境的構成莫不由情、景兩大元素。「景以情合，情以景生，初不相離，唯意所適。截分兩橛，則情不足興，而景非其景。」[66]王夫之看來，詩歌中的情、景是彼此互相依傍，缺一不可的。他更進一步深入考察，提出詩歌中情景結合的方式有三種：其一是「妙合無垠」，結合得天衣無縫，無法分別，這是最高境界；其二是「景中情」，在寫景當中蘊涵著情；其三是「情中景」，在抒情過程中能讓人感到有景物形象在。總之情景互相融合才能構成詩歌的意境美。

王國維精煉地指出：「文學中有二原質焉，曰景，曰情……苟無敏銳之知識與深邃之感情者，不足與語文學事。」[67]在各種意象的體系構成中，既有鮮活生動的景象，又有頗富玩味的意蘊，這二者有機融合而形成和諧自然的藝術境界。正如上文提到的意與象應該和諧統一。意與境的美學境界也應該體現在二者自然結合。朱承爵提出意境融徹的說法，「作詩之妙，全在意境融徹，出音聲之外，乃得真味」。[68]意與象、意與境的關係實際上是情與景、心與物的關係問題。最高境界可以用「意象渾融」、「情景妙合」、「意境融徹」來概括。

---

[65] 王夫之：《薑齋詩話》。

[66] 王夫之：《薑齋詩話》。

[67] 王國維：《文學小言》。

[68] 朱承爵：《存餘堂詩話》。

第二個特點是虛實相生。歐陽修在《六一詩話》中引梅堯臣的話說，「必能狀難寫之景，如在目前，含不盡之意，見於言外，然後為至矣」。「狀難寫之景如在目前」說的是實境，而虛境則為「含不盡之意見於言外」。虛景與實景、有限與無限彼此融合，相互統一。

王國維認為「境界」具有「言外之味，弦外之響」，正如宋代嚴羽所說的「興趣」、清代王士禎所說的「神韻」，皆體現出「言有盡而意無窮」的美學特色。王國維還舉例指出五代、北宋詞從整體上突出體現了「境界」的這一特色，因而成為他所稱許的詞史上最高藝術成就的代表。同時他又從反面以南宋詞人姜夔為例，說明作品若無意境，即使詞人格調高潔清絕，終不能成為一流詞人。

第三個特點是超以象外。劉禹錫說「境生於象外」，「片言可以明百意，坐馳可以役萬景」。司空圖有「象外之象，景外之景」、「味外之味」、「韻外之致」的說法，嚴羽有「空中之音，相中之色，水中之月，鏡中之象」的著名論述。作家不但通過塑造一定的藝術境界表現情景、事物，而且通過身心感知的人生體悟，表達對宇宙人生深廣的哲理沉思。

王國維將境界標舉為文藝的審美本質。他說：「詞以境界為最上，有境界則自成高格，自有名句。（卷上）滄浪所謂興趣，阮亭所謂神韻，猶不過道其面目。不若鄙人拈出『境界』二字，為探其本也。（卷上）言氣質，言神韻，不如言境界。有境界，本也；氣質、神韻，末也。（卷下）」[69]可見意境是中國古代文學評價的最高標準。王國維認為：「元劇最佳之處，不在其思想結構，而在其文章。其文章之妙，亦一言以蔽之，曰：有意境而已矣。」[70]「文學之事，其內足以攄己而外足以感人者，意與境二者而已。上焉者意與境渾，其次或以境勝，

---

[69] 王國維：《人間詞話》。

[70] 王國維：《宋元戲曲考・元劇之文章》。

或以意勝，苟缺其一不足以言文學。」[71]王國維在《人間詞話》中所提倡的「境界」理論，可以看作是對意境範疇的很好總結，他的意境說成為意境理論走向成熟的標誌。

「意境」與「意象」都有思與境偕，情與景合的含義。二者都追求意在象外，言盡意不盡的韻味。就區別來說，意象是構成意境的基本單位，指作品中具有象徵意義和詩意的形象。意境則指整個作品體現出來的氛圍與境界，它是主體與客體，內容與形式的融合所形成的獨特的審美世界。

（四）意境的營造

中國古代詩人和文論家除了論述意境的內涵、類型和特點之外，還深入結合詩歌創作探討了意境營造的方法和技巧。

皎然認為詩歌創作要處理好「意」與「境」的關係問題。「詩情緣境發」，詩歌創作是詩人的情意受外界觸發而起的結果，情意又要憑藉境象描繪來抒發。他說：「夫詩人之思初發，取境偏高，則一首舉體便高；取境偏逸，則一首舉體便逸。」[72]「取境」的高低是詩歌創作的品格高下的關鍵。具體說來，取境有難易之分。取境容易則創作順暢，表現為「佳句縱橫」、「宛如神助」。「取境」困難則構思艱難，「取境之時，須至難至險，始見奇句」。[73]這辛苦得來的「奇句」，如果「觀其氣貌，有似等閒，不思而得」，即沒有斧鑿痕跡，那麼，也可視作上乘。

司空圖認為神思與情境貴在和諧統一，彼此融會。他說：「長於思與境偕，乃詩家之所尚者。」[74]「思」指創作中的神思，藝術思維

---

[71] 王國維：《人間詞乙稿序》。
[72] 皎然：《詩式》。
[73] 皎然：《詩式》。
[74] 司空圖：《與王駕評詩書》。

活動。「境」指客觀情境。司空圖認為「韻味」是鑑賞詩歌意境的標準。他強調詩歌要有「鹹酸」之外的「醇美」之味。他的「韻味」說本於鍾嶸「滋味」說，但有發展變化。詩歌應具有「韻外之致」、「味外之旨」、「象外之象」、「景外之景」[75]。總之，他認為詩歌應該有豐富的醇美韻味。具體分析，「韻外之旨」是指有意境的作品有表層文字、聲韻覆蓋下的無盡情致；「味外之旨」側重有意境的作品所具有的啟人深思的理趣；而「象外之象」和「景外之景」則是指有意境的作品在表層描寫的形象之外，還能讓鑑賞者聯想到，但又朦朧模糊的多重境象。這種情致、理趣、境象，在作品中都是潛伏著的存在，要依靠鑑賞者以自己的審美經驗去體會、召喚、再現出來。

　　嚴羽認為，詩歌應追求創造含蓄深遠的藝術意境。他在《滄浪詩話》中提出「禪道惟在妙悟，詩道亦在妙悟」的觀點。這些看法使追求言外之意的文學創作方法得到了進一步的繁榮和發展。

三、文學典型

（一）文學典型的含義

　　典型（Tupos／type）一詞源自古希臘，原意是指鑄造東西用的「模子」，其引申義則成為了西方文論的核心範疇。文學典型，也稱為典型性格、典型人物、典型形象。它主要是就敘事類文學而言，是指具有鮮明、獨特個性的藝術形象，是個性與共性、特殊與普遍的高度統一。文學典型能夠深刻反映社會生活某些本質特徵，具有豐富的人生意蘊和內涵，具有獨特審美價值的藝術形象。文學典型通常以獨

---

[75] 司空圖：《與李生論詩書》。

特而鮮明的個性反映出一定歷史時期的社會關係的本質。典型性是文藝創作的基本法則，要使文藝作品能夠反映出生活的本質，並且有更高的審美價值，需要具有典型性。

在典型範疇裡，典型人物占了很重要的位置。真正的典型人物，「每一個人都是一個整體，本身就是一個世界，每一個人都是一個完滿的有生氣的人，而不是某種孤立的性格特徵的寓言式的抽象品」。[76]生活世界是典型人物的土壤，典型人物以其鮮明的個性，獨特的生存方式，成為藝術形象的高級形態。別林斯基認為，典型性是創作的基本法則之一，沒有典型性，就沒有創作。福樓拜認為，必須永遠把自己的人物提高到典型上去。偉大的天才與常人不同的特徵即在於他有綜合和創造的能力；他能綜合一系列人物的特徵而創造某一種典型。

典型人物通常具有獨特、豐滿、鮮明的個性，深刻的社會概括性，以及人物的個性和社會概括性的統一。總之，文學典型是個別與一般、現象與本質、偶然與必然的統一，主觀作家與客觀現實的統一，真善美的統一。敘事藝術所刻畫的人物性格必須達到上述各種因素的綜合統一。從文學批評標準來看，是否具有鮮明的典型是評定優秀作品的重要依據。

（二）文學典型理論的發展階段

文學典型是西方文論的經典概念，具有長久的發展歷史，主要可以分為三個階段。

第一，17 世紀以前的類型說。這一時期的典型概念強調普遍性、共性，以及類型的概括性，實際上將典型視作為類型，即把典型作為類的代表，是某一類人的完備狀態的體現。它的特點是為一般而尋找

---

[76] ［德］黑格爾：《美學》（第 1 卷），朱光潛譯，北京：商務印書館，1997 年，頁 303。

特殊；共性鮮明突出，而個性從屬於共性。亞里斯多德則認為世界是由各種本身的形式與質料和諧一致的事物所組成的。「質料」是事物組成的材料，「形式」則是每一件事物的個別特徵。「形式」這種個性是在「質料」這種共性條件下形成的，體現了個性從屬於共性。

　　第二，18 世紀以後的個性典型觀。歌德、黑格爾等人開始用個性與共性、必然與偶然相統一的觀點來解釋典型。這種個性典型說，重視描寫獨特、豐富、複雜的個性，而把共性融化於個性中。歌德說：「我們應該從顯出特徵的開始，以便達到美。」「不說現實生活沒有詩意，詩人的本領，正在於他有足夠的智慧，能從慣見的平凡事物中見出引人入勝的一個側面。必須由現實生活提供做詩的動機，這些就是要表現的要點，也就是詩的真正核心；但是據此來熔鑄成一個優美的、生氣灌注的整體，這卻是詩人的事了。」[77]

　　黑格爾認為「特徵」（charakteristische／characteristic）是指「組成本質的那些個別標誌」，是「藝術形象中個別細節把所要表現的內容突出地表現出來的那種妥貼性」。[78]黑格爾上述說法重視典型的個性特徵。他還注意到環境對典型形成的作用，開始把典型與具體現實和個別性聯繫起來，形成以強調個性為主的「個性特徵說」。黑格爾認為人物性格素在的原則在於，「性格同時仍需要保持生動和完滿性，使個別人物有餘地可以向多方面流露他的性格……把一種本身發展完滿的內心世界的多彩性顯示於豐富多彩的表現。」[79]黑格爾的話可以理解為，它的外在形象極其具體、生動、獨特，它通過外在形象表現的本質極其深刻豐富。

---

[77] [德]愛克曼輯錄，《歌德談話錄》，朱光潛譯，合肥：安徽教育出版社，2006 年，頁 4。
[78] [德]黑格爾：《美學》第 1 卷，朱光潛譯，北京：商務印書館，1979 年，頁 22。
[79] [德]黑格爾：《美學》第 1 卷，朱光潛譯，北京：商務印書館，1979 年，頁 307。

　　第三，19 世紀 80 年代末的馬克思主義典型觀。主要有馬克思主義文論的代表人物，他們的典型觀基本上是個性——環境說，即要求在典型環境中完成典型人物的個性與共性的統一。恩格斯認為應該塑造典型環境中的典型人物，他在給瑪‧哈克奈斯的信中說：「據我看來，現實主義的意思是，除細節的真實外，還要真實地再現典型環境中的典型人物。」[80]他的意思是，文學典型不但要精細刻畫人物的個性特徵，而且要將個人性格的典型與社會環境相結合，從而充分反映出整個社會環境的現實狀況，深刻揭示出驅使主人公如此思想和行動的社會環境。

　　中國在元代之後也出現了與西方典型理論相關的探討，這與小說、戲曲創作的興起、成熟是有關係的。李漁論述戲曲的人物塑造時說：「欲勸人為孝，則舉一孝子出名，但有一行可紀，則不必盡有其事，凡屬孝親所應有者，悉取而加之，亦猶紂之不善不如是之甚也，一居下流，天下之惡皆歸焉。」他認為，人物的個性既要具有某一方面的特色，又要具有普遍性的特點。具體辦法是，「先以完全者剪碎，其後又以剪碎者湊成。」[81]不妨稱之為「剪碎湊成」說。李贄的容與堂本《水滸傳》評點本，第一次明確地提出人物性格論，開始了對小說人物形象性格的深入評論與分析。他在《水滸傳》第三回回評中指出：「《水滸傳》文字妙絕千古，全在同而不同處有辨，如魯智深、李逵、武松、阮小七、石秀、呼延灼、劉唐等眾人，都是急性的，渠形容刻畫來各有派頭，各有光景，各有家數，各有身份，一毫不差，半些不混。讀者自有分辨，不必見其姓名，一睹事實就知某人某人也。」此處的「同」指人物的共性，「不同」指人物的個性。作家很注重發掘人物性格相同前提下的個性差異。　金聖歎高度評價了《水滸傳》

---

[80]　《馬克思恩格斯選集》第 4 卷，北京：人民出版社，1995 年，頁 683。
[81]　李漁：《閒情偶寄》。

人物性格的典型性。首先是有鮮明的個性。「別一部書，看過一遍即休，獨有《水滸傳》，只是看不厭，無非為他把一百八個性格都寫出來。……一百八個人性格，真是一百八樣。」例如，施耐庵將李逵、武松、林沖、魯智深等人物形象塑造得惟妙惟肖。另一方面又體現了典型人物共性的特點。《水滸傳》中的人物，「任憑提起一個，都似舊時熟識」。[82]賈寶玉、林黛玉這兩個人物形象體現了明清小說人物塑造的最高水準。對此，脂硯齋評論道：「按此書中寫一寶玉，其寶玉之為人，是我輩於書中見而知有此人，實未目曾親睹者，又寫寶玉之發言，每每令人不解，寶玉之生性，件件令人可笑。不獨於世人親見這樣的人不曾，即閱今古所有之小說傳奇中，亦未見這樣的文字。於顰兒處為更甚，其囫圇不解之中實可解，可解之中又說不出理路。合目思之，卻如真見一寶玉，真聞此言者，移之第二人萬不可，亦不成文字矣。余閱《石頭記》中至奇至妙之文，全在寶玉顰兒至癡至呆囫圇不解之語中，其詩詞雅謎酒令奇衣奇食奇玩等類，固他書中未能，然在此書中評之，猶為二著。」[83]上述文字說，「寶玉之為人」「實未目曾親睹」，意味著人物形象的鮮明個性。「合目思之，卻如真見一寶玉」，說明生活中存在寶玉形象的影子，寶玉這一形象具有一定的共性。「其囫圇不解之中實可解，可解之中又說不出理路」，則體現了人物典型的藝術魅力。

　　20 世紀 20 年代中國大陸從西方舶來了典型理論，它深刻影響了中共建政以來的文學批評標準與文學理論建構。

---

[82]　金聖歎：《讀第五才子書法》。

[83]　《脂硯齋紅樓夢輯評》，俞平伯輯，北京：中華書局，1960 年，頁 253。

第四節　文學體裁

　　文學體裁是文學作品的形式因素之一。作品體裁也叫文體、文類等。它是指運用語言、塑造形象、謀篇佈局而呈現出來的文學樣式。所有文學作品的內容都要通過不同的具體樣式來表達，沒有具體表達樣式的文學作品是不存在的。文學體裁是各民族的文學發展歷史中沉澱下來的、相對穩定的結構方式。文學是語言藝術，以語言為塑造藝術形象的材料和傳達媒介。

　　文學體裁除主要分為詩歌、散文、小說和戲劇文學四種類型以外，也包括影視文學與網路文學。下面本節將抓住每種體裁的核心特徵進行分析。

一、文學體裁的分類方法

　　根據中外文學實踐的狀況，具有如下三種劃分體裁的方法：

（一）二分法

　　中國古代和希臘按照是否合韻，將文學作品分為韻文和散文兩大類。劉勰在《文心雕龍·總術》說：「今之常言，有文有筆。以為無韻者筆也，有韻者文也。」即文學作品可分為無韻的筆和有韻的文。亞里斯多德的《詩學》將有韻文類如史詩和戲劇稱為詩，而把無韻的各種文類歸入散文，形成韻文和散文的二分法。

　　上述「兩分法」比較籠統，未能細緻反映各種不同文學體裁的特點。隨著文學體裁更為豐富多彩，科學、精細的分類勢必出現。

（二）三分法

人們根據塑造形象、反映社會生活、表達思想感情的不同方式，將各式各樣的文學作品劃分為敘事類、抒情類和戲劇類三大類。

三分法起源於古希臘。亞里斯多德在《詩學》一開頭就談到史詩、悲劇、喜劇以及其他藝術都是摹仿，只是摹仿所用的媒介不同；摹仿的對象不同，摹仿所採的方式不同。他說：「假如用同樣媒介摹仿同樣物件，既可以像荷馬那樣，時而用敘述手法，時而叫人物出場，（或化身為人物），也可以始終不變，用自己的口吻來敘述，還可以使摹仿者用動作來摹仿。」[84]亞里斯多德所講的三種摹仿的方式實際上形成了三種不同的文學體裁：「像荷馬那樣」用「敘述手法」的就是像荷馬史詩那樣的敘事類作品。「用自己的口吻來敘述」的就是指抒情類作品；而「使摹仿者用動作來摹仿」的就是指戲劇類作品。

「三分法」根據文學作品塑造形象、表達思想感情、反映社會生活的不同表現方式進行分類，鮮明地區別出敘事性、抒情性、戲劇性這三個最基本、最重要的特點，具有相當的科學性和概括力。因此，它至今仍被廣泛地採用，在文學的創作和鑑賞中人們都十分重視這些特點。

（三）四分法

「四分法」根據形象塑造的方式、語言運用、表現方式和結構體系等幾方面的基本特點，將各式各樣的文學作品進行分析歸納，劃分為詩歌、散文、小說、戲劇文學四大類。目前中國文學理論普遍採用這種分法。從中國文學發展的歷史狀況來看，詩歌、散文出現得最早，小說、戲劇是以後逐步發展起來的。

---

[84] [古希臘]亞里斯多德：《詩學》，羅念生譯，北京：人民文學出版社，1962 年，頁 9。

詩歌、散文、小說和戲劇這種四分法是直到今天仍在通行的文類劃分的方法。我國現代通行的上述四分法具有一定的適用性。「四分法」依據的分類標準比較全面，劃分的各種體裁，其內在特點和外部形態比較鮮明，容易區別。同時各種體裁的名稱具體明確，與作品的特點相符，便於掌握。但是，中國近年來迅猛發展的大眾傳播媒介改變了文學的生態，電影、電視、網路、短信的深入普及刷新了傳統意義上的文學狀況，也對以往的文體分類方法構成了挑戰。

二、文學體裁的發展規律

曹丕的《典論‧論文》把文章分為四科：

> 夫文本同而末異：蓋奏議宜雅，書論宜理，銘誄尚實，詩賦欲麗。此四科不同，故能之者偏也；唯通才能備其體。

曹丕認為文章的本質特徵是相同的，用語言文字來表現一定的思想感情。但是文章的具體表現形態，即文體特徵、語言形式、體貌風格等並不相同。上述曹丕列舉出八種文章，分成四類，分析了它們各自的特徵，後世學界稱之為「四科八體」說。曹丕提出四科共計八種，其中奏議與書論屬於無韻之筆，銘誄詩賦屬於有韻之文。其本質相同，都是用語言文字來表現一定的情感。但其「末異」，即，文體特徵上，奏議要文雅，書論重說明，銘誄尚事實，詩賦則應該華美。雅、理、實、美，就是「末異」，這是關於文體的不同風格體貌。

陸機的《文賦》中提出「十體」說：

> 詩緣情而綺靡，賦體物而瀏亮。碑披文以相質，誄纏綿而悽愴。銘博約而溫潤，箴頓挫而清壯。頌優遊以彬蔚，論精微而朗暢。奏平徹以閒雅，說煒曄而譎誑。

陸機的「十體」說比曹丕的「四科八體」說更加細緻、準確了。曹丕對各類文體進行具體排名次時，將純文學的「詩」、「賦」二體排列在八體最後，而把朝廷的應用文體「奏」和「議」放在最前。陸機最先排列的是「詩」和「賦」，最後才是「論」、「奏」「說」，他的文體論把這種次序完全顛倒過來了。陸機更側重對文學的審美觀照。

　　劉勰在論述文學創作的繼承和革新問題時，他對文學體裁的發展有精闢的看法。《文心雕龍‧通變》曰：「夫設文之體有常，變文之數無方。何以明其然耶？凡詩、賦、書、記，名理相因，此有常之體也；文辭氣力，通變則久，此無方之數也。名理有常，體必資於故實；通變無方，數必酌於新聲：故能騁無窮之路，飲不竭之源。然綆短者銜渴，足疲者輟塗；非文理之數盡，乃通變之術疏耳。故論文之方，譬諸草木：根幹麗土而同性，臭味晞陽而異品矣。」[85]劉勰上述看法是指，作品的體裁是一定的規則和特點，但寫作時的變化卻是無限的。怎麼知道是這樣的呢？從詩歌、辭賦、書箋、奏記等等文體的分類即可以得知。名稱和寫作的道理都有所繼承，這說明體裁是一定的；至於文辭的氣勢和感染力，惟有推陳出新才能永久流傳，這說明變化是無限的。名稱和寫作道理有定，所以體裁方面必須借鑑過去的著作；推陳出新就沒有限量，所以在方法上應該研究新興的作品。這樣，就能在文藝領域內馳騁自如，左右逢源。就創作的方法，他打比方說，汲水的繩子太短的人，就會因打不到水而口渴；腳力軟弱的人，也將半途而廢。劉勰認為，其實這並不是寫作方法本身有所欠缺，只是不善於推陳出新罷了。所以講到創作，就好像草木似的：根幹附著於土地，乃是它們共同的性質；但由於枝葉所受陽光的變化，同樣的草木就會有不同的品種了。

---

[85] 劉勰：《文心雕龍‧通變》。

文學是不斷向前發展的，文學體裁也在發展演變之中，因此，文學體裁的劃分只是在已有文學樣式的前提下進行。新的文學體裁會不斷出現，因而文學體裁的分類只能是相對而言的。總之，文學體裁的各種分類不僅有歷史性，而且是相對的。各種體裁之間並不是絕無關係，互相之間常有一些相同或相似的特點。

三、詩歌

在原始時代，詩歌往往同音樂、舞蹈結合在一起。隨著社會生活和文學的發展，詩歌逐漸成為一種特定的文學體裁。

在中國各民族文學的發展中，詩歌藝術是最先興起的一種體裁。其中，文學起源階段，伴隨著勞動號子、祭祀的禱詞咒語、婚娶求偶活動，出現了歌謠，這是基於實用目的的語言表達而發展成為詩歌的。在印刷術未發明之前，創作要能夠流傳下來，其主要手段就是依靠押韻，為了便於人的記誦。因此，詩的韻律就成為詩所應該遵循的範式。現在看來，合轍押韻只是詩的外部特徵，通常將其劃歸到詩歌形式的範疇，這是從詩歌發展史意義上說。合轍押韻是詩歌的根本，是詩之所以為詩的基礎。詩歌不僅講究語言的韻律，還有豐富的想像性和強烈的抒情性。詩歌語言的一系列形式特點之間有著內在聯繫，如講究韻律、節奏、聲調，都與抒情性有著密切的關係。詩歌可以分成不同的品種。從內容的性質分，可分為抒情詩和敘事詩。從形式上分，可分為格律詩、自由詩、散文詩等。

詩是一種文體，更是一種人類對於無限可能性加以思索的話語。在現代科學理性統轄人的思維的狀況下，詩還是現代人的精神避風港和棲息地，是人類的文化得以在精神世界延續的「避難所」。一句話，詩是現代人的神話。作為神話，詩是對人在現實中面臨的不可能性的

克服。可能性的世界屬於哲學研討的課題，不可能性的世界則是哲學的邊界乃至進入到宗教領域的研討課題。在不可能性這個題域來論述詩歌，目的在於在高度抽象的意義上把握詩歌藝術的特性。在對不可能性類別進行甄別的前提下，梳理出詩歌超越不可能性的幾種狀況；並以此說明對詩歌而言的不可能性，其目的在於闡述「不可能性」這樣一個範疇對於詩歌研究的重要意義。

詩最難超越的是語言上的不可能性。這種不可能性體現在多個方面。包括從抽象層次上所說的「書不盡言，言不盡意」，也包括在具體創作時，作品中人物語言與作者感受的不相吻合，語言的韻律對作者的制約等。有時，作者在創作時除了對人物、對自己的構思加以斟酌外，很大程度上就是在同語言進行一場鬥爭。中國古典詩歌中的「煉字」，其實就是利用語詞的邊際意義，即在詞典中未加以標明，在習慣用法上也不會如此表述，但在詩所表達的特殊語境中，又可以增強閱讀效果的特殊用法。「煉字」使得該字詞在閱讀中有一種突兀感，但又能夠被閱讀者所接受，就是所謂的「陌生化」效果。中國古典詩詞中諸如王安石「春風又綠江南岸」的「綠」，晏殊「紅杏枝頭春意鬧」中的「鬧」，都是「煉字」的典型。

「煉字」不是中國文學所特有，而是反映了文學陌生化的普遍性。美國女詩人斯坦因一首詩中的描寫就體現了這個性質，她寫到：玫瑰是一朵玫瑰是一朵玫瑰是一朵玫瑰（Rose is a rose is a rose is a rose）。按理說，玫瑰當然是玫瑰，說玫瑰是它本身，這是一種同語反覆，在語法邏輯上是無意義的，但在詩中通過反覆而達到了強調效果的特別作用。此處的問題在於，玫瑰一詞在英語中已經具有非常強烈的文化色彩，以至於當該詞出現於創作中時，人們首先是想到它在文化中的象徵意義和歷史所賦予它的意義，譬如英國歷史上出現的紅白玫瑰戰爭，英國文化中以玫瑰表達愛情，若干作家在表達玫瑰時的

不同風格，等等。這樣的聯想作用在文學閱讀中往往有著加強閱讀的思想深度的積極意義。但也不應否認，在這種聯想中，玫瑰只是成為了一個語詞，一個符號，一種一旦說出之後其意義就延伸到其他方面，而自身不過就是一種傳達意義的工具的境地。斯坦因強調「玫瑰是一朵玫瑰」，則是停留在視覺經驗，保留文學作為一種體驗途徑的價值，使人能夠從文學表達、文學體驗中感受到世界的色彩、形狀等感性形式的東西，而不至於讓抽象意義吞噬具象的價值。由此可見，詩歌確實是語言藝術的一個門類，但是詩歌的價值還有著超越語言意義的特性。

　　詩是作為對不可能的超越而顯示其魅力的，這樣，它的無所不能就是一種外指性的存在，即指向詩歌之外的世界。那麼，當詩作為詩，作為對不可能狀況的克服時，它也必須在詩的有關假定範圍進行運作，詩不能離開自身規定性的範圍，不能逾越自身的限度。結構主義詩學家喬納森·卡勒曾表達過這樣一個觀點：「應該承認，文學研究的出發點並不僅僅是語言，特別在今天，它是一套印刷成書的寫成的文本。」[86]當我們上文說詩可以超越日常語言經驗時，在這個超越過程中，超越的承載者即文本形式，就成為對詩的規定限度。

四、散文

　　從文學體裁的特點來看，「散文」是指與韻文，尤其是與詩歌相對而言的概念，它是作者自由抒發人生情感與表達思想的產物。目前學界通常認為，廣義的散文概念包括詩歌等韻文以外的一切文學文類，例如小說、詩歌，以及非文學的實用文類，如新聞文類、科學論

---

[86] [美]喬納森·卡勒：《結構主義詩學》，盛寧譯，北京：中國社會科學出版社，1991年，頁198。

著、應用文等。狹義散文才是專指文學意義上的散文文類。從文體的四分法來看，散文是與詩歌、小說和劇本並列的一種文學文類，它的語言形式靈活、表述對象廣泛。就表達方式來劃分，散文主要有抒情性散文、記敘性散文、議論性散文的三種形態。抒情性散文採用「托物言志」、「藉景抒情」等的方式抒發作者的感情。記敘性散文偏重寫人敘事，包括傳記文學、報告文學、遊記等。議論性散文夾敘夾議，偏重議論，包括小品、隨筆、雜文等。

（一）散文之真

　　散文的真體現在作者以真誠的心態抒發真情實感。元好問評點陶淵明的詩歌說：「一語天然萬古新，豪華落盡見真淳」，這一評價體現了對於自然之真的崇尚。

　　正如余光中曾經比較小說、詩歌和散文的區別，他說：

> 　　在一切文學的類別之中，最難作假，最逃不過讀者明眼的，該是散文。我不是說詩人和小說家就不憑實力，而是詩人和小說家用力的方式比較間接，所以實力幾何，不易一目了然。詩要講節奏、意象、分行等等技巧，小說也要講觀點、象徵、意識流等等的手法，高明的作家固然可以運用這些來發揮所長，但是不高明的作家往往也可以假借這些來掩飾所短。散文是一切文學類別裡對於技巧和形式要求最少的一類：譬如選美，散文所穿的是泳裝。散文家無所依憑，只有憑自己的本色。[87]

小說通過虛構的人物和情節來敘事，詩歌通過高度精緻的語言來抒情。而散文是絕不矯揉造作的，忌諱無病呻吟的，它是作者不事雕琢、

---

[87] 余光中：《余光中散文・自序》，《余光中散文》，杭州：浙江文藝出版社，1997 年，頁 1。

任性隨情的本色書寫的產物。作者以散文形式向讀者毫無遮攔坦露自己的真情，表達自己的好惡，書寫自己的感悟。從散文寫作中潛在的對話結構，讀者可以認識到作者的經歷、人品和性情。王充論述文字表達真情實感的原理。「文由胸中而出，心以文為表。實誠在胸臆，文墨著竹帛。外內表裡，自相副稱。精誠由中，故其文語感動人深。」[88] 王國維「境界」、「意境」具有真實自然之美。「大家之作，其言情也必沁人心脾，其寫景也必豁人耳目。其辭脫口而出，無矯揉妝束之態。以其所見者真，所知者深也。詩詞皆然。持此以衡古今之作者，可無大誤矣。」「能寫真景物、真感情者，謂之有境界。否則謂之無境界。」[89]

散文的「散」體現在如下幾個方面：

（二）散文之散

1. 體裁之散

蘇軾談論他的創作方法道：「吾文如萬斛泉源，不擇地皆可出。在平地滔滔汨汨，雖一日千里無難。及其與山石曲折，隨物賦形，而不可知也。所可知也，常行於所當行，常止於不可不止，如是而矣已。其他雖吾亦不能知也。」[90]他認為為文貴在遵循內在的自然。

散文和詩歌、小說、劇本等文學樣式一樣，表達的是作者對人生的審美感受。但是，散文在取材方面比詩歌等文類更為自由、廣泛，它擁有豐富、寬廣的題材領域。散文可以描摹現實生活中的真人真事，也可以虛構故事、自由抒情。其題材可以是歷史遺跡，也可以是

---

[88] 《論衡・超奇》。
[89] 王國維：《人間詞話》。
[90] 蘇軾：《文說》。

自然美景。可以是日常瑣屑小事，也可以是國家民族大業。總之，題材不在於大小，在於自然而然出自作者性靈。舉凡作者有意、有情之事都可以隨筆成文。遵循內在之自然，方為王夫之所謂「不法之法」或「非法之法」，「自然即乎人心」。

2. 結構之散

散文在結構上，都不像詩歌、小說、戲劇文學那樣，有嚴格的文體規範甚至程序。散文一般不要求有完整的情節和人物性格，而是通過某些生活片斷的描述，來表達作家的生活感受與思想情感。然而，散文雖然有形式之散，而內在精神上卻未必是散亂的。在作者自由隨意的書寫中，實際上始終圍繞著所要表現的主要思想情感。形似散而空，實際上密而實，可謂形散而神不散。堪稱典範的有范仲淹的《岳陽樓記》、歐陽修的《醉翁亭記》、蘇軾的《前赤壁賦》以及朱自清的《荷塘月色》等作品。作家李廣田在《談散文》一文對散文這一體裁有著精闢的論述。他認為：

> 散文的特點就是「散」……散文的語言，以清楚、明暢、自然有致為其本來面目，散文的結構，也以平鋪直敍、自然發展為主，其所以如此者，正因為散文以處理主觀的事物為較適宜，或對於客觀的事物亦往往以主觀態度處理之的緣故。寫散文，實在很近於自己在心裡說自家事，或對著自己人說人家的事情一樣，常是隨隨便便，並不怎麼裝模作樣。……如把一個「散」字作為散文的特點，那麼就應當給小說以一個「嚴」字，而詩則給它一個「圓」字。如果把散文比作行雲流水，那麼，小說就是精心結構的建築，而詩則為渾然無跡的明珠。說散文是「散」的，然而即已成為「文」，而且假如是一篇很好的散

　　文，他也絕不應當是「散漫」或「散亂」，而同樣的，也應當
　　像一座建築，也應當像一顆明珠。[91]

雖然散文具有取材方面的廣泛性和結構形式上的靈活性特點，「形散
神不散」是散文的核心特徵。散文的外部形態有散漫的特點，談古論
今，說東道西。但是，散文的內部關係卻相當統一，具有明確的主旨、
通貫的線索。

（三）散文之用

　　散文之用是指散文的文學功能。

　　當代著名散文家余光中認為，散文的功能體現在如下六個方面。

　　第一是抒情。「這樣的散文也就是所謂抒情文或小品文，正是散
文的大宗。」[92]散文抒情貴在將感情寄託於敘事、寫景、狀物之中，
而避免空洞、露骨，淪為濫情。

　　第二是說理。「這樣的散文也就是所謂議論文。但是和正式的學
術論文不盡相同，因為它說理之餘，還有感情、感性，也講究聲調和
詞藻。」[93]傳世名作有韓愈的《雜說四》、王安石的《讀孟嘗君傳》、
蘇軾的《留侯論》等說理散文，氣勢滔滔，聲調鏗鏘，形象鮮活，情
緒飽滿，而不是冷冰冰的抽象說理。

　　第三是表意。「這種散文既不是要抒情，也不是要說理，而是要
捕捉情理之間的那份情趣、理趣、意趣，而出現在筆下的，不是鞭辟

---

[91]　李廣田：《談散文》，《文學枝葉》，益智出版社，1948 年，轉引自王永生主編《中國現
　　代文論選》，第 1 冊，貴陽：貴州人民出版社，1982 年，頁 630-632。
[92]　余光中：《余光中散文‧自序》，《余光中散文》，杭州：浙江文藝出版社，1997 年，
　　頁 2。
[93]　余光中：《余光中散文‧自序》，《余光中散文》，杭州：浙江文藝出版社，1997 年，
　　頁 3。

入裡的人情世故，便是匪夷所思的巧念妙想。表意的散文展示的正是敏銳的觀察力和活潑的想像力，也就是一個健康的心靈發乎自然的好奇心。」[94]余光中認為，例如，「家居不可無娛樂。衛生麻將大概是一些太太的天下。說它衛生也不無道理，至少上肢運動頻數，近似蛙式游泳。」這種雅舍小品筆法既無柔情、激情要抒，也沒有不吐不快的議論要發，卻富於生活的諧趣，娓娓道來，從容不迫，也能動人。

第四是敘事。「這樣的散文又叫做敘事文，短則記述個人的所經所歷，所見所聞，或是某一特殊事件之來龍去脈，路轉峰迴；長則追溯自己的或朋友的生平，成為傳記的一章一節，或是一個時代特具的面貌，成為歷史的注腳，也就是所謂的回憶錄之類。」[95]敘事除了需要記憶力和觀察力之外，反省力和想像力則能賦予文章以洞見和波瀾，而跳出流水帳的平鋪直敘。有時為求波瀾生動，光影分明，也不免用到倒敘、插敘等敘事手段。

第五是寫景。「所謂『景』不一定指狹義的風景。現代的景，可以指大自然的景色，也可以指大都市小村鎮的各種視覺經驗。」[96]現代社會生活，例如田園風光或城市面貌，目之所觸都可入景。廣義的景也不應限於視覺，街上的市聲，陌上的萬籟，也是一種景。景存在於空間，同時也依附於時間，所以春秋代序、朝夕輪迴，也都是景。景有地域性：江南的山水不同於美國的山水，熱帶的雲異於寒帶的雲。大部分的遊記都不動人，因為作者不會寫景。景有靜有動，即使是靜景，也要把它寫動，才算能手。「兩山排闥送青來」，正是化靜為

---

[94] 余光中：《余光中散文・自序》，《余光中散文》，杭州：浙江文藝出版社，1997 年，頁 3。

[95] 余光中：《余光中散文・自序》，《余光中散文》，杭州：浙江文藝出版社，1997 年，頁 4。

[96] 余光中：《余光中散文・自序》，《余光中散文》，杭州：浙江文藝出版社，1997 年，頁 4。

動。「鬢雲欲度香腮雪」也是如此。只會用形容詞的人，其實不解寫景。形容詞是排列的，動詞才交流。

第六是狀物。「物聚而成景，寫景而不及物，是不可能的。狀物的散文卻把興趣專注於獨特之某物，無論話題如何變化，總不離開該物。」[97]所狀之物草木蟲魚之類的生物，也可以指筆墨紙硯之類的非生物，還可以指彈琴、唱歌、開會、賽車等種種人類動態。余光中認為，「狀物的文章需要豐富的見聞，甚至帶點專業的知識，不是初搖文筆略解抒情的生手所能掌握的。足智博聞的老手，談論一件事情，一樣東西，常會聯想到古人或時人對此的雋言妙語，行家的行話，或是自己的親切體驗，真正是左右逢源。這是散文家獨有的本領，詩人和小說家爭他不過」。[98]

上述對散文功用的歸類，是為了論述方便起見。而實際上，一篇散文往往包含了多種功能，並非純粹抒情或者純粹敘事，只是有所偏重而已。抒情、說理、表意、敘事、寫景、狀物六種功能之中，「前三項抽象而帶主觀，後三項具體而帶客觀。如果一位散文家長於處理前三項而拙於後三項，他未免欠缺感性，顯得空泛。如果他老在後三項裡打轉，則他似乎欠缺知性，過分落實。」如果將散文的各種功能對應於小說、詩歌、散文的文體特點而言，則「抒情文近於詩，敘事文近於小說，寫景文則既近於詩，亦近於小說。所以詩人大概兼擅寫景文與抒情文，小說家兼擅寫景文與敘事文」。[99]余光中認為，就作家能力而言，「能夠抒情、說理的散文家最常見，所以『入情入理』

---

[97] 余光中：《余光中散文‧自序》，《余光中散文》，杭州：浙江文藝出版社，1997 年，頁 5。

[98] 余光中：《余光中散文‧自序》，《余光中散文》，杭州：浙江文藝出版社，1997 年，頁 5。

[99] 余光中：《余光中散文‧自序》，《余光中散文》，杭州：浙江文藝出版社，1997 年，頁 5-6。

的散文也較易得；能夠表意、狀物的就少一點；能夠兼擅敘事、寫景的更少。能此而不能彼的散文家，在自己的局限之中，亦足以成名家，但不能成大家，也不能稱『散文全才』」。[100]而他列舉的散文六項功能，可以作為衡量一位散文家是「專才」還是「通才」的基本要素。

五、小說

小說運用虛構手法敘事，以塑造人物形象和敘述故事為主，重視人物性格刻畫。根據字數多少，小說分為長篇、中篇、短篇小說。根據語言的時代性，分為文言小說與白話小說。

（一）小說的歷史

漢語的「小說」一詞最早來自《莊子·外物》：「飾小說以干縣令，其於大達亦遠矣。」此處的「小說」與文體無關。班固的《漢書·藝文志》提到的「小說家」，其「小說」指瑣屑之言。中國古代小說的源頭來自遠古時代的神話和傳說，後來出現了六朝志怪小說、唐代傳奇、宋元話本以及明清章回體小說。中國現代小說則始自五四運動。西方的敘事傳統非常悠久，其小說源自古希臘的神話和史詩題材，還有中世紀的英雄史詩、騎士傳奇、民間故事，以及寓言。17 世紀西班牙作家賽凡提斯的《堂·吉訶德》是西方現代小說的高峰。18、19 世紀則出現了浪漫主義和現實主義小說的新發展。

（二）小說的特點

小說的特點主要體現在敘事性，即以敘述的方式講述故事：

---

[100] 余光中：《余光中散文·自序》，《余光中散文》，杭州：浙江文藝出版社，1997 年，頁 6。

1. 虛構性。小說作為虛構性的敘事文體，不同於一般的日常生活的敘事，它強調以虛構的方式反映社會生活事件，具有假定性、虛擬性。金聖歎比較《史記》和《水滸傳》之後指出提出了「以文運事」、「因文生事」的說法。前者是「以文運事」，後者是「因文生事」。「以文運事」是指「事」是實際存在的，不能虛構，只能對事進行剪裁、組織，以此構成文字。「因文生事」是指「事」本不存在，要靠作家的自由虛構去創作，以此產生文字。他認為這種虛構可以更自由地發揮作家的藝術創作才能。從這種比較中，金聖歎肯定了小說作品可以而且應該虛構。從這種角度出發，他指出《水滸傳》「卻有許多勝似《史記》處」。

2. 敘事者。在小說閱讀中，應該將敘述人與小說家區分開來。敘述人是小說家創造出來替他講述故事的某個人，是敘事行為的承擔者。托多洛夫認為，作品中人物和敘事者的關係可以分為三種類型：第一，敘事者大於人物。敘事者從後面觀察作品中的人物和事件，他知道每一個人分別見到的、感受到的，但這些人物自己卻不知道彼此的想法。第二，敘事者等於人物。敘事者對作品中的人物與事件同時進行觀察。敘事者與人物知道的一樣多，在人物對事件的答案沒有找到解釋之前，敘事者也不能向我們提供什麼。第三，敘事者小於人物。敘事者從外部進行觀察作品中的人物與事件。敘事者比作品中任何一個人物都知道得少，無法進入人物的意識。

3. 敘事視角。敘事視角是敘述話語中對故事內容進行觀察和講述的特定角度，敘述故事的方法，及作者所採用的表現方式或觀點，讀者由此得知構成一部虛構小說的敘述裡的人物、行動、情境和事件。根據敘事者的人稱，敘事人在小說中是以旁觀者的姿態來敘事，還是用作品中人物「我」來敘事的問題，一般可以分為三種

類型：第三人稱敘述、第一人稱敘述和人稱變換敘述，也就是小說的敘事的全知敘事、主觀敘事、純客觀敘事三個類型。通過「我」或「他」來敘述作品中的事，可以有三種不同的聚焦方式。在這三種聚焦方式之中所體現的不僅僅是敘事技巧，還會整合出不同內容。第一，可採用站在人物後面的方式，能看到人物眼前所見，也能見到他的所見所思，還能知曉事件的各個細節和因果關係，它大於人物的視野。這種全知全能的聚焦角度是一種常見的表達方式，在許多作品中都有。第二，可以站在人物的位置，只見到人物的所見所思，等於人物的視野。一些日記體自傳體或意識流類的作品常用這種聚焦方式，可以拉近讀者同人物的心理距離。第三，可以站在人物前面，只寫出人物所見的客觀狀況，但對人物所思則不能見出，小於人物的視野。這種敘事方式較為少見，在一些偵探小說中較為典型，可以展現案件撲朔迷離的特徵。

（三）小說的要素

傳統小說理論強調小說敘事和人物、情節和環境三個要素的關係；討論這三個要素之間的關係，構成了傳統小說理論的主要內容。小說的基本要素有如下三個方面。

第一、小說的人物。

小說故事主人公可以是一個或幾個人，也可以使其他的被賦予人物特徵的對象如動物甚至植物等。在三要素中，人物是核心要素。通過肖像描寫、動作描寫和心理描寫，或者運用語言塑造人物形象飽滿傳神的人物形象。

人物是敘事類作品題材的核心，它受題材的可能性和主題需要的制約，同時又制約著情節結構和環境描寫。小說要以人物描寫為中心，人物形象刻畫得成功與否，是衡量小說成就的重要標誌。它不受

時間、空間的限制，可以自由地轉換場景、時間，展示各種各樣的生活畫面，能兼用人物語言和敘述人語言，通過人物的對話、獨白以及肖像描繪、心理剖析、行動描寫，直至環境烘托，來多方面地刻畫人物形象。塑造人物應該以豐富的生活經驗為基礎，努力做到深刻廣泛的社會概括和鮮明獨特的個別性的有機統一，使人物既要有強烈的時代感又要有濃郁的生活氣息。熟練地掌握描寫人物的各種方法技巧。

第二、相對完整的故事情節或事件場面。

情節是指故事的發展過程，依據一定的時空順序和因果關係組織而成。情節的基本構成是開端、發展、高潮和結局。有的作品的情節構成還有序幕和尾聲。小說情節的發展由人物行動構成，由人物性格、人物的內心欲求以及人物與人物之間關係決定。人物性格是推動情節發展並決定其發展趨向的內在動因，小說借助情節展示出來的也就是人物性格成長和發展的歷史。情節的豐富完善有助於塑造人物豐滿的性格，人物的典型化有賴於情節的典型化。故事的矛盾衝突是作品中人物之間的糾葛、矛盾和鬥爭。情節建立在矛盾衝突的基礎上。就人物類型的劃分而言，「扁型人物」有類型化的特點，是圍繞著單一的觀念或素質塑造的。「圓型人物」則有性格複雜豐滿、人物形象栩栩如生的特點。

第三、典型而具體的環境描寫。

環境是指人物活動於其中的時、空背景，包括人物具體的生活環境和圍繞人物展開的人物與人物之間的關係。人物是小說的核心因素。而從最一般的意義上說，任何一個人物，都只能是一個特定時間、空間中的存在，小說中人物的行動、由人物行動構成的事件，也都是在一定的時間和空間中完成的。因此，小說在刻劃人物時，還必須提供一個人物活動的空間，也就是我們所說的「背景」。環境和人物相互依存，互為條件，環境描寫服從於塑造人物和表現主題的需要。作

品中的環境，應當是文學人物所生活的、能夠體現一定歷史時期社會本質的特定環境，它在某種程度上促成了典型人物性格的形成和發展。

總之，對於敘事類小說來說，三要素之間互相依存，相互滲透。人物是核心，情節是人物性格形成和發展的歷史，環境是人物活動的空間和行動的依據。

六、戲劇文學

戲劇是一種綜合藝術，它包含文學、繪畫、雕塑、音樂、舞蹈等藝術成分。上述藝術部類被劇作家和導演綜合融匯形成了獨特的舞臺語彙。相對來說，戲劇文學的基礎——文學劇本具有一定的獨立藝術價值。作為文學劇本，它為戲劇文學提供舞臺演出的腳本，它的特徵與戲劇的藝術的特點是緊密相連的。戲劇藝術的本質和特徵決定和制約了劇本的創作，同時，劇本在內容和形式上都要充分考慮戲劇舞臺表演的直觀性、長度限制等方面的特點，以及觀眾的接受習慣和劇場環境。劇本的寫作要考慮給表演的二度創作留下空間，劇本敘事只能通過人物的動作和臺詞來實現。劇本具有雙重身份，它既是文學讀本，屬於文學作品（可以成為案頭劇）；又是舞臺演出的腳本，是半成品，屬於戲劇藝術的組成部分。

（一）戲劇的歷史

中國古代戲劇源自秦漢時代的巫覡、俳優和歌舞百戲，後來出現了唐代的參軍戲、宋雜劇、金院本、元雜劇和明清傳奇。中國戲劇文學在宋元時代才成熟。中國傳統的戲文是歌唱、音樂、舞蹈相結合的戲曲底本，話劇是上世紀初從歐洲傳入的。西方古代的戲劇源自祭祀酒神的歌舞表演，後來經過古希臘、羅馬、文藝復興、新古典主義、

啟蒙主義、浪漫主義和現實主義戲劇等等重要的發展階段。當代學者
認為戲劇藝術有四個基本特徵：「一、從言說方式看，戲劇是史詩的
客觀敘事性與抒情詩的主觀敘事性這二者的統一；二、從藝術的構成
方式看，戲劇是一種集眾多藝術於一體的綜合性藝術；三、從藝術運
作的流程來看，戲劇是包括編劇、導演、演員、作曲、舞臺美術、劇
場、觀眾在內的多方面藝術人才的集體性創造；四、從藝術的傳播方
式看，戲劇藝術是具有現場直觀性、雙向交流性與不可完全重複的一
次性藝術。」[101]這是對戲劇藝術非常全面完整的理論概括。

（二）戲劇的特點

戲劇文學的基本特徵如下：

1. 戲劇的衝突性

戲劇文學在處理矛盾衝突、情節線索、舞臺角色以及場景時都必
須做到集中和精煉。戲劇要有「戲」才有吸引力，其戲劇性主要體現
在引人入勝的矛盾衝突，人物性格因而得以彰顯。戲劇衝突是戲劇藝
術表現矛盾的特殊藝術形式，戲劇衝突是戲劇性的集中體現，表現戲
劇衝突是戲劇和劇本的基本特徵之一。

黑格爾認為，衝突是戲劇詩的基本特徵，是藝術理想（理念）在戲
劇中實現的主要途徑（手段）。動作或情節實質上是衝突發生、發展和
解決的過程。理想的發展和實現須通過衝突，衝突則引起人物的動作。
沒有衝突，就沒有戲劇詩。強調戲劇衝突，從根本上說，是為了適應戲
劇舞臺演出的需要。戲劇衝突又要相對集中，矛盾的集中性和激烈性，
是戲劇衝突不同於一般敘事作品矛盾衝突的主要特點。老舍認為：「寫

---

[101] 參見董健、馬俊山：《戲劇藝術十五講》，北京：北京大學出版社，2004 年，頁 13-22。

戲須先找矛盾與衝突，矛盾越尖銳，才越會有戲。戲劇不是平板地敘述，而是隨時發生矛盾，碰出火花來，令人動心，在最後解決了矛盾。」[102]

戲劇衝突的引發源於人物的性格、命運和利益之間的對立。戲劇理論家布羅凱特概括了戲劇衝突的幾種類型，他說：「一個劇本要激起並保持觀眾的興趣，造成懸念的氛圍，就要依賴『衝突』。事實上，一般對戲劇的認識便是：它總包含著衝突在內——角色與角色之間的衝突，同一角色內心諸般欲望的衝突，角色與其環境的衝突，不同意念間的衝突。」[103]在不同的戲劇中，戲劇衝突的表現形態可以是多種多樣的。一種情況是指引起衝突的根本原因源於人物內在的矛盾，由此導致了事件的發生和外在的動作。另一種情況是指引發矛盾的原因雖然是外在的事件，但是矛盾後來的發展、激化，卻是源於矛盾雙方內在的不協調。

2. 戲劇的動作性

亞理士多德很重視戲劇的動作性，他對悲劇的界定就凸顯了動作的意義。他說：「對一個完整、有一定長度的動作的摹仿；它的媒介是語言，……摹仿方式是藉人物的動作來表達，而不是採用敘述法。」[104]他認為，情節是悲劇的首要原則，而一定的動作運行的過程就構成了情節。美國戲劇家理論喬治·貝克說，「通過多少個世紀的實踐，認識到動作確實是戲劇的中心」，「動作是激起觀眾感情的最迅速的手段」。[105]

---

[102] 老舍：《老舍論戲劇》，北京：中國戲劇出版社，1981 年，頁 221。

[103] [美]布羅凱特：《世界戲劇藝術欣賞——世界戲劇史》，胡耀恆譯，北京：中國戲劇出版社，1987 年，頁 28。

[104] [古希臘]亞理士多德：《詩學》，羅念生譯，見亞理士多德、賀拉斯：《詩學 詩藝》，北京：人民文學出版社，1962 年，頁 19。

[105] [英]喬治·貝克：《戲劇技巧》，余上沅譯，北京：中國戲劇出版社，1985 年，頁 25。

3.　戲劇的語言

　　戲劇文學的人物語言是表演的基礎和基本手段。戲劇語言應該高度個性化，含蓄精煉，流暢悅耳。戲劇的語言以對話為主，它具有構建戲劇情境、推動劇情衝突、表現人物性格的功能。

　　第一，戲劇文學的語言做到盡可能通俗易懂，明朗動聽，這是起碼的要求。一方面便於演員琅琅上口上口，另一方面便於觀眾親切入耳。在語言運用上，要注意平仄的排列的音調之美，抑揚有致。書面上美好的字，不一定在口中也美好。創作者必須為演員著想，選用那些音義俱美的字詞。總之，應當從語言的各方面去考慮與調動，以期情文並茂，音義兼美。劇作者有責任去挖掘語言的全部奧秘，不但在思想性上要有「語不驚人死不休」的雄心，而且在語言之美上也不甘居詩人之下。

　　第二，戲劇語言的個性化。老舍從寫小說的經驗中總結出寫戲劇語言的兩個辦法：「第一是作者的眼睛要老盯住書中人物，不因事而忘了人；事無大小，都是為人物服務的。第二是到了適當的地方必須叫人物開口說話；對話是人物性格最有力的說明書。」[106]人物語言要做到什麼人說什麼話，什麼話表現什麼性格。要能夠實現「話到人到」。在小說創作中，作家一邊敘述，一邊加上人物的對話，在適當的時機利用對話揭示人物性格。「劇本通體是對話，沒有作者插口的地方。這就比寫小說多些困難了。假若小說家須老盯住人物，使人物的性格越來越鮮明，劇作者則須在人物頭一次開口，便顯出他的性格來。這很不容易。劇作者必須知道他的人物的全部生活，才能三言五

---

[106] 老舍：《戲劇語言——在話劇、歌劇創作座談會上的發言》，北京：《劇本》，1962 年第 4 期。

語便使人物站立起來，聞其聲，知其人。」[107]如果「對話不能性格化，人物便變成劇作者的廣播員。」[108]

應該全面考慮語言運用的技巧。「所謂全面運用語言者，就是說在用語言表達思想感情的時候，不忘了語言的簡練，明確，生動，也不忘了語言的節奏，聲音等等方面。這並非說，我們的對話每句都該是詩，而是說在寫對話的時候，應該像作詩那麼認真，那麼苦心經營。比如說，一句話裡有很高的思想，或很深的感情，而說的很笨，既無節奏，又無聲音之美，它就不能算作精美的戲劇語言。觀眾要求我們的話既有思想感情，又鏗鏘悅耳，既有深刻的含義，又有音樂性，既受到啟發，又得到藝術的享受。劇作者不該只滿足於把情節交代清楚了。」[109]

第三，根據戲劇表情達意的需要，戲劇文學的人物語言要有動作性的特點，並且要有「話中有話」的潛臺詞。戲劇人物語言的動作性指的是，不僅讓觀眾聽，而且讓觀眾看。語言要和姿態、手勢、表情、形體等等動作結合起來。一個人物的語言能引起其他人物的反動作。「潛臺詞」指的是，有些話人物雖然沒有說出來，但是觀眾卻可以根據劇情，意會到其中潛藏的言外之意，弦外之音。

（三）戲劇的類型

根據容量大小，戲劇文學可分為多幕劇、獨幕劇；根據表現形式，可分為話劇、歌劇等。根據題材，可分為神話劇、歷史劇、傳奇劇、市民劇、社會劇等。根據戲劇衝突的性質，可把戲劇文學分為悲劇、喜劇和正劇。

---

[107] 老舍：《戲劇語言——在話劇、歌劇創作座談會上的發言》，北京：《劇本》，1962 年第 4 期。

[108] 老舍：《戲劇語言——在話劇、歌劇創作座談會上的發言》，北京：《劇本》，1962 年第 4 期。

[109] 老舍：《對話淺論》，《電影藝術》，1961 年第 1 期。

　　「悲劇」作為戲劇藝術的重要種類，亞里斯多德在《詩學》中進行界定：「悲劇是對於一個嚴肅、完整、有一定長度的行動的摹仿；它的媒介是語言，具有各種悅耳之音，分別在劇的各部分使用；模仿方式是藉人物的動作來表達，而不是採用敘述法；藉引起憐憫和恐懼來使這種情感得到陶冶（宣洩、淨化）。」[110]亞里斯多德從摹仿對象、摹仿媒介、摹仿方式三個方面及悲劇摹仿的特殊目的來界定悲劇這一類藝術的性質、特徵和作用。亞里斯多德一方面認為，「悲劇是由悲劇人物」遭受不應遭受的厄運而引起的」，另一方面又認為，悲劇人物的遭受厄運是由於自己的某種過失或人性弱點所致，悲劇人物並非完美無缺，而是與我們十分相似。這是基於悲劇主人公的特點及其「過失」，悲劇效果等方面對悲劇作出的明確界定。魯迅說：「悲劇將人生的有價值的東西毀滅給人看。」[111]悲劇可以分為三類：命運悲劇；性格悲劇；社會悲劇。

　　喜劇是通過內容與形式的錯位而引發讀者笑聲，它的實質是「將那無價值的撕破給人看」[112]。喜劇通過諷刺、幽默、誇張的手法體現對象的可笑性，把戲劇的各個環節，包括戲劇衝突和戲劇情境的許多因素，乃至人物的語言、動作和形態等等，加以漫畫化；通過人物和社會生活不同側面的相互悖逆和乖訛，產生滑稽戲謔的效果。

　　正劇又稱為悲喜劇，它兼有悲劇和喜劇成分。正劇反映的矛盾衝突通常總是以先進戰勝落後、正義戰勝邪惡獲得解決，以正面人物戰勝反面人物獲得勝利而告終。正劇包括社會問題劇和英雄正劇。

---

[110] [古希臘]亞里斯多德：《詩學》，羅念生譯，北京：人民文學出版社，1962 年，頁 19。

[111] 魯迅：《再論雷峰塔的倒掉》：《魯迅全集》第 1 卷，北京：人民文學出版社，2005 年，頁 203。

[112] 魯迅：《再論雷峰塔的倒掉》：《魯迅全集》第 1 卷，北京：人民文學出版社，2005 年，頁 203。

七、影視文學

基於不同的傳播媒介，影視文學包括電影文學劇本和電視文學劇本。這些劇本是電影與電視的文學基礎，也是拍攝影視片的依據，還可以作為讀者閱讀的文學作品。電影文學追求鮮明的動態畫面、逼真的銀幕形象以及蒙太奇效果。電視與電影既有相似點，又有區別。電視在畫面造型上追求以小見大、注重情節鋪設，強調矛盾衝突。電影藝術和電視藝術的特點有內在的聯繫。電影藝術和電視藝術的存在方式影響著電影文學和電視文學的特點。

（一）影視的歷史

電影藝術的出現已經有一百多年了，是現代大工業生產條件下技術發展的產物。攝影師通過以每秒鐘攝取若干格畫幅（無聲片 16 格，有聲片 24 格）的速度，將對象運動過程拍攝在條狀膠片上，這樣許多格動作就逐漸成為了靜止的畫面。這些膠片的拍攝來自不同的距離與角度，記錄了各種不同的人物與場景。創作者將許多段膠片，經過一定的處理銜接組合起來，製成可供電影放映機放映的完整的影片。影片是用能夠連續拍攝鏡頭畫面的攝影機攝製而成的。放映機放映的影片與拍攝的運轉速度相同，一系列鏡頭畫面連續地投映到銀幕上，於是人們就可以看到拍攝保存下來的影像了。電影文學屬於語言藝術，它通過語言敘事情節、描寫鏡頭、塑造形象，反映電影所要表現的社會生活和思想情感。

電視出現於 20 世紀 30 年代。它的拍攝工具是電視攝像機，將景物圖像進行光電轉換變為相應的電信號，用無線電發射機發送給電視機使用者，電視機將信號還原為畫面和聲音。

（二）影視的特點

影視文學的共同特點是，他們都可以根據攝影鏡頭的距離、角度、光線等特性，採取各種表現手法，塑造出多種多樣生動、鮮明、可見的藝術形象。在角度處理上，有仰攝、俯攝、搖攝、倒攝、推拉鏡頭等辦法。在距離方面，有特寫、近景、中景、全景、遠景等各種鏡頭畫面。

蒙太奇結構是影視藝術的核心特徵。

「蒙太奇」結構，並不是一個鏡頭加一個鏡頭的簡單組合，而是一種藝術的創造。它表現的思想感情和產生的藝術效果，也不是兩個鏡頭相加的和，而是不同鏡頭畫面聯結而產生的，是原畫面所沒有的第三種意義。因此，影視文學的創作不能不受「蒙太奇」的影響和制約。電影、電視編劇，都應該熟悉和掌握「蒙太奇」的規律，在劇本中運用「蒙太奇」的結構表現方法，組織鏡頭的生活畫面，創造豐富多樣的藝術形象，表現複雜深刻的思想內容。

蒙太奇結構是影視文學的共同特徵。「蒙太奇」（法語 montage 的音譯），原意指構成、裝配的意思。蒙太奇被挪用為電影術語之後，它指的是影片鏡頭的剪輯與組合。蘇聯電影藝術家普多夫金論述蒙太奇，就明確指出蒙太奇是「將素材分解成許多片斷，然後把這些片斷組織成一個電影的整體」的理論。如何構成呢？他的方法是：「以若干鏡頭構成一個場面，以若干場面構成一個段落，以若干段落構成一個部分等等」，這樣，就能「把各個分別拍好的鏡頭很好地連接起來，使觀眾終於感覺到這是完整的、不間斷的、連續的運動」[113]。普多夫金的蒙太奇觀念是以片段的聯結去敘述思想的，是自成體系的、完整

---

[113] ［蘇］多林斯基編注：《普多夫金論文選集》，史慧生、何力譯，北京：中國電影出版社，1962 年，頁 112、119-120、135。

的。「借助於電影技術而發展到極完善形式的分割和組合方法，我們稱之為電影蒙太奇。」[114]一部影片的全部內容，分切無數不同的鏡頭畫面，分別拍攝完畢之後，根據劇本的既定思路將不同的鏡頭有機剪輯組接起來，各個畫面之間因而產生連貫、呼應、懸念、對比、暗示、聯想等關係，於是故事敘述、人物刻畫、光影表達得以實現。普多夫金和庫裡肖夫做過一個試驗。他們分別拍了四個不同畫面的鏡頭：第一個是一位演員毫無表情的面部特寫；第二個是一盤湯；第三個是一口棺材，裡面躺著一具女屍；第四個是一個小女孩正在玩具狗熊。他們把第一個鏡頭與其它三個鏡頭分別進行聯結觀看，當即產生三種不同心理情感的藝術效果。當第一、二鏡頭聯結時，觀者感到那演員顯出的是面對女屍沉重悲傷的面孔；當第一、四鏡頭聯結時，觀者感覺那演員看著玩耍的女孩而露出喜悅的神色。[115]從上述實驗說明，不同畫面的鏡頭組接的順序和方式，將會呈現不同的影片內容。

八、網路文學

　　網路文學是全球網際網路技術迅猛發展的結果。有人將報紙、廣播和電視之後出現的網際網路媒介稱作為第四媒體。網際網路具有容量巨大的流覽伺服器，快速便捷的資訊傳輸功能。

　　嚴格說來，網路文學並非指印刷作品的網路化，也不是指描寫網路生活題材的文學作品，它應該是指由線民通過電子電腦寫作、通過網路發表與傳播的原創性作品。例如有的網路文本可以將文字、聲

---

[114] [蘇]多林斯基編注：《普多夫金論文選集》，史慧生、何力譯：《普多夫金論文集》，北京：中國電影出版社，1962 年，頁 151。

[115] [蘇]普多夫金：《論電影的編劇導演和演員》，何力譯，北京：中國電影出版社，1984年，頁 121。

音、動畫、攝影、攝像、影視等等多種媒介組合起來，實現多個媒體的綜合傳播。還有，例如利用網路交互作用創作的網路接龍作品，即由眾多網上寫手就某一題目共同續寫一部作品。

網路文學最特別的文本存在樣式是超文本（hypertext），即通過借助網際網路技術和資訊技術製造各種具有文本連結功能的文本，實現閱讀的自主性和自由性。納爾遜認為，「超文本這個概念表示非順序的書寫文本，它給予讀者各種分叉選擇，並允許讀者作出種種選擇，最好在一個互動的螢幕上閱讀。就像通常所想像的那樣，它是一個通過連結而關聯起來的系列文字區塊體，那些連結為讀者提供了不同的路徑。」[116]超文本具有如下三個特點：

（一）超文本連結

將電子文本的關鍵字設置成為不同顏色，或者底線格式，或者不同字體，或者圖案，從而提醒讀者注意超文本連結的關節。通過這些入口，讀者可以不斷根據路徑指引和個人興趣點擊多個文本連結，從而進入一個無限可能的意義迷宮。由一個網路電子文本與其它相關文本連結，從而形成文本之間的互文網路關係，於是超越了原有的特定文本。不僅網路文本自身成為了無限擴展、自由連結的無中心結構，而且也造就了自由無疆的閱讀行為。連結的文本既可以是文字，也可以是聲音、視頻等多媒體資源。超文本實際上創造了一種超媒體的文學形式。

（二）讀者更大的自由度

由於讀者可以根據自己的意志選擇文本內容和路徑，讀者閱讀的自主性和生產性大大得以加強了。印刷文本原有的秩序打破了，電子

---

[116] 引自 George P. Landow, Hypertext 3.0: *Critical Theory and New Media in an Era of Globalization*, Baltimore: The Johns Hopkins University Press, 2006, p2-3.

文本的多媒體提供感覺方式上的新奇感和多元化，以及閱讀內容和方式的無限可能性，並且使讀者對文本的理解變得更加自由。

在網路文學的傳播中，使用者可以對網路裡的文學資訊進行加工、處理、修改、放大或重組，成為文學資訊的操作者，享受個人化的文學資訊服務。同時，用戶可以通過網站設置的評論、論壇、電子郵件等對網站所發佈的文學資訊進行及時回饋，與網站、其他用戶共同探討問題、發表意見。

（三）非線性的文本

文本的非線性，即文本組合的隨機性、偶然性、不確定性和無序化。阿賽特認為：「非線性文本就是這樣的作品，它沒有把文本單元（scripton）置於一個固定的順序之中，無論是時間的順序還是空間的順序。事實上，通過某種控制論的動因（使用者，文本，或這兩者），一種任意的順序由此誕生了。」[117]傳統文學的傳播形式都是線性傳播，都體現出一種時間流程的不可逆轉性和空間介面的不可交替性。網路文學傳播突破了時間和空間的二維的限制，以超連結的閱讀方式，使得網路中的資訊處於相互通融狀況，從而為受眾提供了無限選擇的可能和廣闊探索的自由。

網路文學還可能體現出文學的開放性，使作者成為一個「在場」的主體，文本成為作者與讀者互動的橋樑。超文本學者蘭多認為：「超文本提供了一個可無限再中心化的系統，它暫時性的聚焦點有賴於讀者，在另一種意義上說，讀者變成了真正主動活躍的讀者。超文本的基本特徵之一，就是它是由連結的諸多文字區塊體構成的，因而它們並沒有組織的軸心。……雖說缺少中心會給讀者和作者帶來麻煩，但

---

[117] Espen J. Aarsen, "Nonlinearity and Literary Theory" in George P. Landow, ed., Hyper/ Text/ Theory, Baltimore: The Johns Hopkins University Press, 1994, p61.

這也意味著任何使用超文本的人，都可以把他們自己的興趣作為此刻漫遊的實際組織原則（或中心）。一個人把超文本當作無限的非中心化或再中心化系統來加以體驗，部分原因在於超文本會改變任何一種文獻，只要文獻連結著一個以上的暫時的中心，或連結著可由此來調整自己並決定是否去往下一個文獻的局域位置圖。」[118]網路文學的超文本特性體現了後現代的多元主義、對話主義、非中心主義以及不確定性的特點。

　　網路文學實現了科技與人文的融合，自由與開放的統一。與傳統的文學形態相比，網路文學具有如下幾個鮮明特點。第一是作者身份的匿名化，或者虛擬性。虛擬性造就了網路文學的交流性。這裡所說的網路文學的交流性並不是從媒體的角度來說的，而是指網路文學作者和讀者之間的特殊關係：一種虛擬狀態下的「非常態」交流方式。這首先是一種真實、積極的交流方式。由於網路的虛擬性和說話者的隱匿性，在無所顧忌的情況下，網路文學作者和讀者之間的交流更坦誠、幽默，或者具有鼓動性。在網路環境下，毫無芥蒂的交流和排除功利之外的互動，形成網路文學的創作和接受的獨特交流環境。第二是文本資訊的數位化。第三是寫作手段的多元化。第四是閱讀方式的連結性。第五是溝通方式的網路化。網路文學的上述特點對傳統文學的存在方式產生了巨大衝擊，它的發展方興未艾。

---

[118] 引自 George P. Landow, Hypertext 3.0: *Critical Theory and New Media in an Era of Globalization*, Baltimore: The Johns Hopkins University Press, 2006, P56-57.

問題研討

一、文學潛文本問題研究

（一）文學文本與潛文本的對話效果

　　文學的潛文本潛藏在文本字面的表達中，但它不是一般意義上的隱伏不露，顯示為蟄伏的狀態。它的潛藏更像是一段河流之下的暗流，暗流是不能直接觀察到的，但暗流是在與水面流向相反、相異的運動中存在的。在此意義上，它同文本有一種「對話」關係。作家池莉寫的《煩惱人生》中，主人公印家厚的生活就是以《哈姆雷特》中主人公的煩惱作為潛文本來安排的。當哈姆雷特以「生存還是毀滅」的哲理難題，讓一代代包括中國讀者在內的人們深思時，池莉卻以印家厚式的煩惱來作出了新的煩惱的演繹。她在創作談中說：

> 哈姆雷特的悲哀在中國有幾人有？……我的許多熟人朋友同學同事的悲哀卻遍及全中國。這悲哀猶如一聲輕微的歎息，在茫茫蒼穹裡緩緩流動，那麼虛幻又那麼實在，有時候甚至讓人們留意不到，值不得思索，但它總有一刻使人感到不勝重負。[119]

這種「輕微的歎息」卻又是「重負」，在小說中有詳細的演繹。在這種以哈姆雷特式悲哀作為反襯的潛文本之外，小說中還有一個潛文本，那就是印家厚在故事中寫了一首與詩人北島《生活》同題的詩，北島對生活的詮釋是「網」，印家厚則是寫「《生活》：夢。」是的，這正是印家厚之煩惱所在，他也有生活中的夢幻，但一旦理智地面對

---

[119] 池莉：《我寫〈煩惱人生〉》，北京：《小說選刊》，1988 年第 2 期。

生活時，那種「夢」就被現實的網切割成無數碎片，現實的合理性是建立在夢境的幻滅和破碎基礎上的。

　　哈姆雷特的煩惱是夢境中的煩惱，「生存還是毀滅」作為一個問題，只有在澄靜的心中才有，而印家厚式的煩惱則是走不進一個夢境，哪怕這只是一個煩惱的夢境。住房難、行路難、辦事難，在困難重重中印家厚渴望有一個讓人暫時忘記現實的夢境。但是，達到夢境也難，印家厚的處境就是這樣。小說中有一段描寫：

> 　　空中一絮白雲停住了，日影正好投在印家厚額前。他感覺了陰暗，又以為是人站在了面前，便忙睜開眼睛。在明麗的藍天白雲綠葉之間，他把他最深的遺憾和痛苦又埋入了心底。

可以說，印家厚是想在生活的煩惱中暫時休憩一下，想閉目養神，而在這時一片雲朵投下的陰影也使他想到又「是人站在了面前」，這簡直是一個揮之不去的夢魘，一種無處躲避的尷尬處境。在這裡，印家厚頭腦中的生活之夢就在現實的生活之網中逐漸被捕捉、被驅逐了，印家厚的煩惱是無夢的煩惱。他只好做一個在生活之網中被編好了程序的機件，這樣才能消解掉這一煩惱。

　　這種潛文本與文本之間的對話效果，除了可以作為文本思想層次深度上的建構來安排之外，它也可以作為一種更為明晰的作品的話語風格來演示，譬如王朔小說中人物的「侃」就很典型地體現了這一狀況。在他的《一點正經沒有──〈頑主〉續篇》中，主人公的一些話頗有王朔式的幽默感。

　　文學的潛文本有多種類型，所以，在文本與潛文本的對話關係上也可以有多種運作方式，有時它根本不是由作者，也不是由作品本身就能窺見的，而要從文本所在的語境，從讀者閱讀時的心理來作分

析。樂黛雲在論及文革時期作為「樣板戲」的《紅燈記》時說的一段話，就提供了一個生動事例。她說：

> 例如，「表叔」這個詞表示「父親的表兄弟」，這個原義是不會變的，後來，由於《紅燈記》的廣泛傳播，泛指並非親眷而又比「親眷還要親」的革命同志。「文化大革命」後，人們把「無事不登門」「來必有所求」的人稱作「表叔」，因為《紅燈記》中有一段唱詞：「我家的表叔數不清，沒有大事不登門。」最近，香港有些人把內地出去的，沒有眼光而又急功近利的商人稱作「表叔」，取意於《紅燈記》中表叔的聯絡暗號：「賣木梳，要現錢。」[120]

由此可見一個詞的意義可以變化無窮，一段文本的意義就更不用說了。其實，《紅燈記》的劇作文本在「文革」時作為文藝創作的「樣板」，這本身也很難說就是它應有的位置，因為創作並不是按圖紙來加工的活動，簡單地樹立樣板來作創作圭臬，這本身就是對創作活動的一種束縛。那麼，該劇中「表叔」一詞的多種詞義的變遷過程，實際上並不是文本內在地蘊含的，而是《紅燈記》文本在不同歷史語境中變遷的問題，它由處於文化獨尊中的樣板位置逐漸滑入到被人諧謔，消解了神性的邊緣位置。這一變化正是在語境中潛文本與文本的對話中達成的。

（二）文學的潛文本與文學批評

上面對文學潛文本狀況的一些論述，可以得出的一個結論是：文學批評不只是對文學文本的批評，它也涉及到了潛文本的批評，並且潛文本可以滲入到批評中，成為影響批評見解的重要因素。

---

[120] 樂黛雲：《比較文學與中國現代文學》，北京：北京大學出版社，1987 年，頁 312。

　　這一認識單從上面論述的方面來看，似乎是順理成章，但它已或多或少地觸碰到了人們對於文學批評的一些見解。有些人認為，所謂文學批評，就是應看到、揭示比一般讀者，甚至比作者都更深刻的認識，發掘出作品的有價值的方面。這一認識傾向對於反撥批評中的隨意性的做法是有積極意義的，並且在批評的學科建設上也有一些積極作用，但它只是把批評看成一種「檢驗」，而不是也看作一種「生產」，這是不合乎批評的實際狀況的。

　　馬歇雷認為，文學是一種意識形態生產，文學生產是要在現存意識形態的基礎上，展示出它的新的方面，而這新的方面並不在文本的陳述中，而是在它之外：「對於一部文學作品的認識，不是簡單地解釋或剝開其奧秘，而是一個新的認識的產物，是對這部文學作品中未曾說出的重要意義的闡述。」[121]這種「新的認識」可以是相對於以往作品而來的新的認識，如巴爾扎克小說對於資本主義時代「金錢」的批判。從當時的新興資產階級的眼光來看，資本主義意味著一個平等的社會，貴族在政治上、經濟上的特權被剝奪或至少是受到限制的。它是一個民主的、以法制來實現社會秩序穩定的社會。而巴爾扎克的《人間喜劇》，則從資本主義社會冠冕堂皇的表面，揭示了它在運作中齷齪的金錢的腐蝕性，和金錢對於人性的殘害。這種認識又是在資本主義正處在上升勢頭，並據此來消解掉封建權威的根源上來認識的，在當時來說無疑有一種新穎的特性，所以恩格斯曾稱讚他的作品對於法國社會是「深刻」的描寫。這種「新的認識」還可以是發現作品「未曾說出的」東西，即作品的沉默處，是從作品形象中演繹出批評者可以發現的一種癥結。

---

[121] [法]馬歇雷：《文學分析——結構主義的墳墓》，見陸梅林選編：《西方馬克思主義美學文選》，桂林：灕江出版社，1988年，頁637。

　　以蔡元培的「紅學」研究來說，就是從索隱，即從作品文字來探求微言大義的，其中有些說法從文學角度來看多少有些偏訛。他指出：「《石頭記》者，清康熙朝政治小說也。……書中紅字多影朱字。朱者明也，漢也。寶玉有愛紅之癖，言以滿人而愛漢族文化也；好吃人口上胭脂，言拾漢人唾餘也。……」[122]蔡元培在文中先指出了對《紅樓夢》可以閱讀故事，也可以讀出其中情調，還可以從中見出曲筆，那麼，他的讀法顯然是讀的曲筆隱含的意思了。

　　這種曲筆隱含的意思可能符合作者原意，也可能同作者原意無關，事實上從索隱的方法可以得出若干種不同的見解，而要想把這些見解都統一在一起是很困難的。進一步說，要把它們統一起來再用文學形象來表達則是幾乎不可能的。因此，從理論上說，應該指出這樣的批評見解已不是從作品中發掘意義，而是潛文本與文本的對話、磨合的關係中有所發現。

　　從潛文本與文本的對話關係來看文學批評，可以使批評的自主地位具有合法性。因為，如果把批評僅視為是對文本意義的發掘，那麼批評再深刻、再中肯，再有創意和啟發價值，也不過是對作品中已有之義的呈現，而從這種雙方的對話關係來看文學批評的性質，則對話關係是由批評來梳理和架構的，對話中呈現的意義也不是文本的文中之義，而是批評家從兩者對話的狀況中發現的，這就使得批評有了一個廣闊的活動空間。這一點同傳統的闡釋學批評，僅僅從文本與批評者（闡釋者）雙方的關係來理解文學批評的途徑有了根本不同。對此，伊格爾頓的評論是有洞見的：

　　　　闡釋學無法承認意識形態問題——無法承認這一事實：人類歷史的無窮對話常常是權勢者對無權勢者的獨白；或者，即

---

[122] 蔡元培：《石頭記索隱》，《小說月報》1916 年第七卷。

使它的確是「對話」，對話雙方——例如，男人和女人——也
很少佔據同等地位。[123]

這種不同等的地位就在於「對話」的雙方，往往是一方有「言說」的
權力，而另一方則是沉默的，只能被動聆聽言說者的聲音，伊格爾頓
所說的男人和女人的關係是這樣。同樣地，在文學中也是作者的言
說、作品在傳播過程中的言說佔據統治地位，而批評只是取一種「忠
實」傳達作者原義的作用，實際是作品在「獨白」。

　　反過來，在作品——批評這樣雙方對話的關係中，引入了潛文本
概念後，就使作品（文本）、作品的可能意義和語境意義（潛文本）
與批評者三方構成了一種新的對話關係格局，它使得作者、作品的言
說受到潛文本言說的阻遏，從而雙方有一種對話性，在這對話性中再
加上批評者同這兩者的對話，於是原來的單向話語的格局，才真正地
形成雙向的、乃至多向的話語格局。作品原來的沉默處，那種並未從
字面上凸現的意義也由對話啟動了起來。原來的一部作品，在不同話
語格局的擬構中又形成新的面貌，即形成了新的作品。可以說，創作
上只有一個莎士比亞，而批評的工作則使它有了二十個、五十
個……。在這個意義上講，批評的「正解」，即唯一正確解釋的假說
被撇開了，有一點兒群魔亂舞、正神缺席的意味。但是，讀一部作品
倒並不是要從中找到一個謎底。如果一部作品給人的印象是一片花
園、一個遊樂場，一座由話語和意蘊構築的審美烏托邦，則它也許有
更大的價值，而批評則可以作為這一價值的見證。

---

[123] [英]特里・伊格爾頓：《二十世紀西方文學理論》，伍曉明譯，西安：陝西師大出版社
　　　1986 年，頁 92。

二、文學詩性問題研究

　　文學是語言藝術各類別的統稱，按照文學體裁「四分法」的分類方式，詩是與小說、散文和戲劇文學並列的一種文體，但這一「並列」並非是平等的，詩的性質可以說體現了一切文學乃至藝術的精神蘊涵。黑格爾說：「詩比任何其它藝術的創作方式都要更涉及藝術的普遍原則，因此，對藝術的科學研究似應從詩開始。」[124]在他看來，其他藝術都包含有詩性。俄國革命民主主義的美學家車爾尼雪夫斯基則說得更乾脆：「一切其它的藝術所能告訴我們的，還不及詩所告訴我們的百分之一。」[125]無獨有偶，在中國古代文論中也是強調「詩」的作用，孔子告訴其子孔鯉，說「不學詩，無以言」[126]。這既可以說是孔子要求兒子按照《詩經》的「樂而不淫，哀而不傷」，「發乎情，止乎禮義」的內涵來陶冶性情，同時也是由於言說時以「詩」為基軸，可以使表達合乎規範，增強語言的魅力。在某種意義上講，文學作品作為文學的特性就在於詩性，它使文學表達具有形象感、情感性，並且在文字的有限表達中引發人們無限的想像。

（一）文學詩性與形式

　　文學詩性是詩的，也是其它文體都必備的特性。人們一般所說的「打油詩」並不缺乏詩的形式，而是缺乏與該形式相關的詩性內涵。在這種形式與內涵對舉的認識中，似乎有著將內容與形式二分的傳統見解。其實，20 世紀的一些文論和批評的見解，所反對的就恰恰是

---

[124] [德]黑格爾：《美學》第 3 卷下冊，朱光潛譯，北京：商務印書館，1981 年，頁 14。
[125] [俄國]車爾尼雪夫斯基：《生活與美學》，周揚譯，北京：人民文學出版社，1957 年，頁 74。
[126] 《論語·季氏》。

將文學形式僅僅視為形式，即文學形式應是內容化了的形式，形式本身就包含了內容。如詩的分行排列，表達精煉的特點，就體現了內容的跳躍性，也體現了閱讀時具有更大想像空間的可能性。因此，「打油詩」之類其實是有詩的外觀形式，而缺乏的是詩的詩化了的形式。

下面以李白的一首詩為例，分析文學詩性的特點。

> 松下問童子，言師採藥去。
> 只在此山中，雲深不知處。

首先，松下問童子，問者是誰？從該詩作者是李白來看，它應當是李白的發問。然而，作者在作品中的「我」，可以只是一種敘述視角的表白，並不能同作者自我完全等同，因此這裡的問者也可以不是李白。該詩沒有這個問者的有關提示，可以是「我」，也可以是第三人稱的「他」。在這種模棱兩可中，文本提供了一個可以由讀者去「填空」的想像空間。實際上讀者自己也可以化身為這個問者，從而使閱讀增添一種親歷感。接下來，第二句是對童子回答的描述。「言師採藥去」，這個「師」是上句所問的實質內容，即問童子不是找童子而是找其師。在首句不談問師卻在第二句來回應，就體現了詩句的跳躍感，它使上句殘缺的部分得以補全。並且，這個「師」本來只是童子的老師，但詩中泛言為「師」，也就體現了對他的尊崇。這個「師」不在此處，他採藥去了。如果說一個人的「所是」（Being）是由他的「所為」（Doing）來體現的話，那麼由採藥頗能顯出「師」的風韻，他不像一些山民那樣上山採藥砍柴僅為衣食而勞作，同時採藥也與一些達官顯貴為了政事、名利而奔忙有很大差異。再往下的第三、第四句意為採藥者，只在此山，卻雲深路遙，難以尋覓。由此可以反觀到其師遠避塵世、不落俗務的生活選擇。

　　這首詩只有短短 20 個字，但它包含的詩性內蘊是充分的、豐富的。它在語義表達層面之外還有透過語義而顯露的詩性層面，正是這後一層面的表達使得它成為了詩。

　　我們還可以從一首翻譯的現代詩《留言條》來領會詩性表達的特色，它同上一首詩正好構成了古今、中外之間的反差，同時在詩性表達意義上，二者又有著同一性。

我吃了

放在

冰箱裡的

梅子

它們

大概是你

留著

早餐吃的

原諒我

它們太好吃了

那麼甜

又那麼涼[127]

　　這首詩給人的印象不太像詩，它沒有什麼微言大義式的話語，所寫的東西都是日常生活中細微末節的小事，我們可以很容易地將它還原為生活中的實際的留言條，無需改動一字，只是將分行書寫結構改

---

127 此處漢語譯文據張隆溪：《二十世紀西方文論述評》，北京：三聯書店，1986 年，頁 117-118。

為散文式書寫的方式就能完成這一轉換：「我吃了放在冰箱裡的梅子，它們大概是你留著早餐吃的。請原諒。它們太可口了，那麼甜又那麼涼。」在承認了它可能作為真實的，並且是毫無文采的留言條之後，又發現它是詩，它是以詩體形式來寫的，並且作者是美國負有盛名的詩人威廉斯（William Carlos Williams, 1883-1963）。那麼這首詩的詩性何在呢？這裡得承認詩人名氣和詩行排列的外包裝起到了一些作用。另外，更重要的是它體現了一種對詩的莊嚴性的褻瀆，它表明詩的語言可以是卑瑣的、平庸的，將人們對詩的崇敬感推到了應予懷疑的境地，而這種反美學的詩性表達正是現代藝術和文學中的一種普遍狀況。進一步，我們可以進入到該詩文本的具體分析。前述已指出了它在文采上並沒有什麼值得人去品味的修辭效果，可以將它看成是由話語表達的張力提供的魅力。詩中的講述者是以一種歉疚的心情來表達他對先前行為的反省，但在這一表達歉意的訴說中，講述者在提出「請原諒」的同時，卻津津樂道於那些梅子給他的口感享受，是「那麼甜，又那麼涼」，這裡就有了「吃了梅子──不該吃──終究想吃」的話語轉折。如果說一部好的作品應該是「一波三折」，「文喜看山不喜平」的話，那麼這首詩恰恰就有此特性，它體現了人性的自然成分與文化成分間的衝突。

　　從中外、古今的層面來分析的上面兩首詩，他們當然都是有詩性的。前者短小，似乎還來不及展開就已匆匆結束，但它有詩性，其詩性就在於它有充分的言外之意，讓人在面對詩句時生發出比字面內容大得多的想像。後者顯得平淡，平淡得仿佛是以日常生活中的日用文體來表達的日常感受，但它也有詩性，其詩性的外觀保證是詩的包裝，其內在品質的保證則是寫出了兩種情愫的衝突。也許可以這樣來說，文學的詩性在於它是對語言表達意思這一實用目的的超越。然而是怎樣的超越呢？是審美的超越，即超越不是本體性的，在寫作中並

未真實地改變所寫對象的性質，而是感知性的，是換一角度來看待所寫的生活。對此，什克洛夫斯基的關於藝術特性的論述就顯得確有幾分道理，他認為：「被人們稱為藝術的東西之所以存在就是為了要重新去體現生活，感覺事物，為了使石頭成為石頭的。藝術的目的是提供作為一種幻象的事物的感覺，而不是作為一種認識；事物的『反常化』程度及增加了感覺的難度與範圍的高難形式的程式，這就是藝術的程式，因為藝術中的接受過程是具有自我目的的，而且必須被強化；藝術是一種體驗人造物的形式，而在藝術裡所完成的東西是不重要的。」[128]他提出這一論點時，是為了論證藝術的形式化特徵是藝術的本性，那麼，如果撇開他的論述目的，從文學的詩性表徵來看，也是於理可通的。

（二）文學詩性的傳統形態

當我們將文學的詩性說成是一種對日常生活的審美超越，並且這種超越主要是感知性的而不是本體性的之後，接下來就應該具體地剖析這一超越的基本形態了。這就是意境和典型兩大基本範疇。

關於意境，這一由唐代出現的文論概念在古人的行文中並未加以梳理，他們只是用該概念來評說和描述文學。大體說來，今人對於意境的闡釋有兩大類型。一種是「意加境」，即主觀的意與客觀的境相融合為意境，如有論者指出：「意境的美學特徵在於意與境二者的渾然融切，具體地說，它表現為主觀和客觀的契合無間，藝術形象的情境交融。」[129]這種「意加境」的意境說，在很大程度上代表了今人的

---

[128] 伍蠡甫、胡經之主編：《西方文藝理論名著選編》下卷，北京：北京大學出版社，1987年，頁 383。

[129] 曾祖蔭：《中國古代美學範疇》，武漢：華中工學院出版社，1985 年，頁 287。另李澤厚也持此觀點，見《「意境」雜談》，輯入《美學論集》，上海：上海文藝出版社，1980年版。

普遍認識。另一種是「意之境」，持此論者從語義學角度作了考察，認為「境」是「竟」的變體，其本意是邊界、界線，它是一種尺度而不是實「景」，因此它與「意」並不構成對舉的關係，並且意境說的產生也始於佛經的翻譯，其「境」作為心靈的界限來理解才便於說通。如詩僧皎然曾說，「境非象外，心非境中，兩不相存，兩不相廢」[130]，這裡的「境」就是意境中的境，它是指人的心靈可能很狹小，而狹小的限制就來自心靈自身；人的心靈也可能很博大，這種博大的心靈沒有什麼外在力量可以框定它。再從唐代司空圖、宋代嚴羽等人的詩論來看，也是「意之境」作為意境的闡釋更為恰切。所謂「超以象外，得其環中」，「羚羊掛角，無跡可求」的境界，是說形象可以暗示的意蘊，而不是指意蘊與客觀景物的結合[131]。

　　至於文藝學中的典型一詞，則源於西方文論的系統。雖然在各種具體論著中對典型的定義有所不同，但大體而言都將其表述為以個性化方式塑造出的，比同類個體更具有普遍性意義的客體（形象、作品中的情感、氛圍等）。其實，將典型定義為「個性加共性」的客體只是從文學描寫的結果上得來的認識，而它的原初的含義是類型、代表、有突出特徵者的意思。英語典型一詞來源於拉丁文，它的本義就是如此。就是說，文學中的描寫要達到特殊的效果，就得在對具體形象的描繪中寫出更廣闊的內容，其個性的表達是為了更顯出共性的一種途徑。在某種意義上也是要達到「超以象外，得其環中」。所以有論者指出：「當我們說一件事物是『典型』的，常常不只是指它具有該類事物的某種共性或普遍性，而主要是指它足夠地或明顯地體現了

---

[130] 皎然：《唐蘇州開元寺律和尚墳銘》。

[131] 對此觀點，可參見陶東風：《中國古代心理美學六論》，南昌：百花文藝出版社，1990年版；顧祖釗：《藝術至境論》，南昌：百花文藝出版社，1992年版。

該類事物之所以為該類事物的本質特徵或本質規律。」[132]這一認識是
比「個性加共性」的解釋更深刻地揭示了典型一詞的內涵。

　　當我們將中國古代文論中的意境和西方傳統文化中的典型兩個
範疇作了大致梳理後，可以見出，這兩個範疇都鮮明地體現了文學詩
性的審美超越的特點。具體來說，文學的意境是一種主體移位的感
知，鑑賞者不是看作品中的對象與原物有何關係，而是看它此刻對於
鑑賞者來說有何意味，意境深遠的作品讓人細細品味，而後又感到回
味悠長；文學的典型則是對客體聚焦、放大的感知，它敦促鑑賞者由
對形象的觀照聯想到生活中的原型，反過來又讓人看到典型比之於生
活原型來說，多出的理想成份和色彩，它的效果是讓人震驚（shock），
久久難忘。下面將二者差異作一圖示：

類別	典型	意境
性質	客體移位的感知	主體擬設的感知
心理效果	震驚，難忘	陌生，回味
與生活的關係	結合到生活原型來看	與生活原型有一段距離
哲學性質	以一見多，以一總多	一則為多，留駐於一

　　可以說，典型與意境是兩種不同的審美超越，而它們都是文學詩
性的基本形態。

（三）文學詩性的現代形態

　　剖析了典型與意境這樣兩種詩性形態之後，文學的詩性形態是否
就一覽無餘了呢？應該說這還不能代表全部文學詩性的形態，其原因
如下：

---

[132] 李澤厚：《「典型」初探》，北京：《新建設》，1963 年第 10 期。

　　從文學自身的狀況來看，19 世紀中葉出現的象徵主義詩歌運動，開創了一個詩歌創作革命的時代。也就是人們所說的現代派文藝萌發的時代，再到 20 世紀初哲學領域的「語言轉向」則開創了一個詩學革命的時代，即整個文藝學由對文藝本質的研討開始轉到了更具形而下意義的文學語言的關注。在這一背景下出現了新的文化層次，這種新的文化首先是有破壞性的，它造成了傳統的「文化話語的斷裂」；其次也是具有建設性的，即「當代文化正在變成一種視覺文化，而不是一種印刷文化」[133]。在文明社會以前，人們的資訊攫取與交流是依賴於「看」，即所謂「耳聽為虛，眼見為實」。心理學上的統計資料表明，人對外界資訊的感知中有 90%是由視感官來完成的，由此也可見出「看」的重要性。接下來自文字出現到 20 世紀的上半葉，作為文明社會階段，它的資訊傳播和交流的核心已轉到了「讀」的層次上，在「讀」的文化中，資訊的感受管道仍以「看」為主，但它更多地是涉及到理解的問題，並且「讀」也可以由聽覺管道來獲得。可以說，「讀」的文化是以文化來對人的生理感受方式的修改。自 20 世紀中葉以來，電影、電視在資訊傳播上發揮了越來越大的作用，書本印刷和手寫的傳播方式越來越多地被新的傳媒奪去了地盤。在這電子傳媒的傳達中，圖像、圖表、文字乃至音響的多種資訊傳達途徑的優越性一展無遺，它重新恢復了以前「看」的文化的重要性。在這樣一個變化的背景下，文學中的詩性當然也就會有新的形態。

　　對此問題，德國法蘭克福學派的理論家本雅明曾說到現代藝術與傳統藝術之間的差異。他把傳統藝術稱之為「有韻味」的藝術，其主要特徵是獨一無二性和審美觀照時的距離感，而現代藝術則走向了「機械複製的時代」的階段，它的大量複製的特點消解了傳統藝術由

---

[133] ［美國］丹尼爾・貝爾：《資本主義文化矛盾》，趙一凡等譯，北京：三聯書店，1989 年，頁 156。

於手工製作而具有的獨一無二性，並且又由於複製品可以廣泛出現在不同的場合，就使接受者能夠嘗試自己對作品作出理解和詮釋，而不是像藝術品展廳裡只能對作品作出一種權威性的闡釋那樣。本雅明認為「這兩方面的進程導致了傳統的大崩潰」[134]。試想，在音樂廳演奏某位大師的樂曲時，聽眾們正襟危坐，他們的心靈中是在聆聽樂曲的聖潔的聲音，而錄音磁帶和唱片的生產則可以把演奏複錄出來，那麼它的播放就可以是在餐室、臥室等私人空間，也可以是在候車室、會議廳等公共場所，在這些非音樂廳的現場中，人們的聆聽效果就可以是截然不同的。在這種已不同於傳統的文學創造和接受的氛圍下，文學藝術中的詩性形態也就不能不有所變化。由於「語言轉向」和「讀」的文化向「看」的文化的更高層次的回歸，讀者的「參與」意識得到了肯定，在一定程度上讀者已由被動聆聽轉到了主動參與創造的角色上。又由於機械複製使得藝術品的獨一無二性受到消解，人們閱讀藝術作品時，已由規定的氛圍、場景向著多樣化的狀況發展，人們對作品意義由語境變化而有重新設定的問題。由此也就可以說，設定和參與是當代審美文化實現審美超越的新形態。

關於超越的形態問題，這其實在文學之外的藝術中已有了充分的表達。如音樂中的即興演奏，事先並無規定的樂譜和主題，它是現場演奏中樂手與聽眾相互交流的產物，演奏者通過調動聽眾情緒來達成演奏的效果。在美術中有一種環境藝術，在它的藝術展示中，作品連同欣賞作品的人都是藝術效果的組成部分。有時，環境藝術家甚至鼓勵觀眾由靜觀變為動手，如環境藝術家阿倫・卡普蘭曾說：「在我心目中每個參觀者都是環境藝術的一部分，以前我不是這樣考慮的。所以現在我給予觀眾有機會來搬動某些東西，扭動開關——僅僅是些小

---

[134] 本雅明：《機械複製時代的藝術作品》，引自王才勇：《現代審美哲學新探索》，北京：中國人民大學出版社，1990 年，頁 23。

事情。……它對於參觀者來說暗示一種不可推卸的責任。」[135]卡普蘭這裡說到的「參與」是在形而下的動手意義上說的，它也包括將讀者自行其是的理解合法化，讀者意識回饋給作者，從而影響作者下一步的創作等方面。

至於設定，它首先同接受語境的變化有關，傳統的藝術往往是在規定好了的情境中接受，在闡釋作品的含義時，其實是在規定的情景下來讀出的東西，而當今的藝術接受，由於複製性作品已多於「原作」呈示的狀況，而複製品的欣賞大多是難以規定的，這樣的結果就使得讀者可以而且應該從自身狀況來讀出新的東西，它要求讀者自己來設定新的閱讀語境。

其次，事物的「是」（to be）很大程度上取決於人的「做」（to do），因此創作時就有可能是設定出某種形態、場景，再從該形態和場景中言說它的意義。這兩方面的狀況共同促成了設定成為審美超越的基本形態。以前者來說，英國作家斯威夫特當年寫的《格列佛遊記》是政治諷刺小說，是對當時英國議會民主的委婉抨擊，而在今天它成了有趣的兒童文學作品。至於後者，諸如卡夫卡的《變形記》，寫格里高爾變成了一隻甲蟲，這正是一種典型的設定，是假設在現實的壓力下，成為畸態的人會是什麼樣子。我們也可將參與同設定的差異列表如下：

類別	參與	設定
性質	主體移位的感知	客體擬設的感知
心理效果	陌生，回味	震驚，難忘
與生活的關係	與生活原型關係不大	結合到生活原型來看
哲學性質	多種參與方式，一則為多	以一見多，以一總多

---

[135] 引自[美]艾德里安‧亨利：《總體藝術》，毛君炎譯，上海：上海人民美術出版社，1990年，頁61。

　　將本表與前文的典型與意境對比的表列作一比較，可以見出，它大體是將前一表列的基本元素作了新的調整，元素仍是原來就具有的，只是重新調整後體現的整體的質有了差異。

（四）文學詩性的時代性

　　由上述對文學詩性基本形態的剖析，可以說它是審美活動中主體和客體、移位和聚焦等四種不同組合類型的差異所致，這是對文學詩性形態的靜態分析。由這種分析我們切不要以為文學詩性就是靜態的構成，實際上，這四種基本形態是美學的產物，如中國的意境論美學和西方傳統的典型論美學各有其產生氛圍，根本不可能在同一文化中自然地產生。至於詩性在當代形態中的設定和參與，參與是對機械複製時代藝術僵化的反彈，也是對「看」文化回歸的擁抱，而設定則是由於傳統和權威在當代社會或是部分失效，或是走向多元之後的一種自然狀態的反應，應該說，參與更多地屬現代藝術，而設定則有更多的後現代藝術的成分，雖然對此二者也不能作截然劃分。

　　文學是時代的產物，文學詩性也是時代精神的折光。這種時代精神不是黑格爾意義上的抽象物，而是在我們日常生活中所接觸到的各種事物體現的意義。意識形態的作用是影響人改造人的思維和情趣，而在今天日常生活中的變化就有類似作用。夏季空調、冬季暖氣，這是人們生活中的消費品，在這消費中也改變了人的生活。郭沫若《天上的街市》呈現的遐想是納涼時的詩情，而在空調進入家庭後，納涼的情趣已蕩然無存。白居易《問劉十九》中「綠蟻新醅酒，紅泥小火爐，晚來天欲雪，能飲一杯無？」的圍爐夜話的情趣在一個有暖氣的房間中就成為不合時宜之舉，此時行為、實踐的作用顯然就強於一套舊有規範的作用。如果說納涼或圍爐取暖時，文學常以講故事的方式出現，那在有空調的房間裡，可能是以電視以及電視錄影的方式來呈現了。

　　總之，文學是人「詩意的思」的產物和行為，作為有詩意的對象，它應有一些確定的性質、元素，這在我們前面的剖析中已有述及，同時作為在歷史中的人的「詩意」，它又有著一些特殊的、受著具體歷史條件制約的狀況。而這兩個方面的關係如何調整，將是需要我們作進一步思考的問題。

導學思考

一、關鍵詞

1.　文本：也被譯作「本文」，文本是指由符號組成的系統。人們可以從語言、話語、符號，而不是從作家的角度對文本進行理解和解釋。它具有封閉性、自足性、能指性等特點。廣義的文本泛指一切具有釋義可能的符號鏈，例如廣告、建築、影片等。

2.　話語：話語理論是西方語言學轉向後在學術界出現的一種學術思潮，強調思想文化在本質上是一種「話語活動」。話語理論將一切思想文化現象視作特定的話語形式。「話語」性研究則將「生活世界」中各種文化現象和社會存在看成「話語」形式（包括語言性的和非語言性的），然後分析其形成的機制。「話語」作為一個指涉寬泛的概念，指意義、表徵和文化所由構成的任何路徑。文學包含了複雜的權力關係和社會網路，是壓抑與抵制相抗衡的場域。

3.　意象：在中國古代詩歌理論中，意指作者的思想情感，象指形象與物象。意象即思想情感與形象的融合。西方文論把意象視為詩人的主觀意念與外界的客觀物象猝然撞擊後的產物。

4. 意境：指作家的思想情感與外界環境和諧統一的藝術境界或審美境界。它體現為意象渾融，情景妙合，意境融徹。意境是中國古典詩學特有的重要範疇。

5. 文學典型：指典型人物或典型性格。典型人物是指文學作品中顯示出特徵的富於魅力的性格。典型的美學特徵包括特徵性和藝術魅力。典型環境是指全面而充分顯示了真實的現實關係的社會生活環境。典型人物的刻畫應該基於典型環境，典型環境應該烘托出典型人物。

6. 文學體裁：又稱文學樣式，它是文學作品形式的一個要素之一。根據形象塑造的不同方式，語言運用與結構佈局等因素有機綜合而成，文學體裁呈現出作品的外部形態。

二、思考題

1. 文學語言的特點。
2. 語言轉向的含義。
3. 文學意象的含義。
4. 文學典型的特點。
5. 文學體裁的分類。

三、學術選題參考

1. 語言與話語的區別。
2. 作者中心論的基本內容。
3. 作者之死的含義。
4. 蒙太奇的含義。

5.　超文本的內涵。

四、拓展指南

1.　[古希臘]亞里斯多德，《詩學》（羅念生譯，人民文學出版社，
　　1962 年。）

　　　　該論著主要探討史詩和悲劇問題。他認為，悲劇是用語言對
　　一定長度的行動的摹仿，悲劇的審美效果是藉者引起憐憫和恐懼
　　從而淨化、陶冶人們的性情。悲劇有六個藝術成分：情節、性格、
　　言詞、思想、形象和歌曲，其中最重要的是情節，也就是一連
　　串的人物行動。

2.　[清]李漁，《閒情偶記》（中國戲曲出版社，1959 年。）

　　　　李漁認為戲劇的中心事件對於一部成功的作品十分重
　　要。一個具體人物的一個具體事件可以牽連出其他人物和事
　　件。起「主腦」作用的一人一事可以引發包含戲劇衝突的、情
　　節曲折的戲劇故事。

3.　[俄]巴赫金，《文學作品中的語言》，本文節選自錢中文主編《巴
　　赫金全集》第四卷（河北教育出版社，1998），潘月琴譯。

　　　　作者認為，文學語言是一種具有自我意識的語言，它不僅
　　僅是為一定的對象和目的所限定的交際和表達的手段，更是自
　　身描寫的對象和客體。文學語言作為對象，並不等於作者「心
　　靈的呼喊」，它包含著在語言中早已有之的、各種風格的「他
　　人話語」，是一個複雜而又統一的體系，具有「多語體性」。

4. 聞一多，《詩的格律》，原載《晨報副刊》1926 年 5 月 13 日。

　　他認為詩歌的格律涉及形式與節奏，包括節的對稱與句的均齊，以及句式、音尺、平仄與韻腳。漢語詩歌具有音樂美、繪畫美和建築美。

5. 焦菊隱，《豹頭、熊腰、鳳尾》，本文節選自《焦菊隱戲劇美學論集》（上海文藝出版社，1979）。

　　他認為戲劇結構要做到豹頭、熊腰、鳳尾。「豹頭」指戲劇提出的問題和事件要單一、醒目、富於戲劇性。「熊腰」指作品的中部要做到扎實、飽滿，有如熊腰。「鳳尾」指的是戲劇的結尾要挺拔有力，使複雜錯綜的情節線索重歸於單一，結局最好做到出人意料又合乎情理，因此前面的伏筆不可缺少。

文學與作家

前一章介紹了與作品相關的基本知識,這一章介紹文學創作的主體──作家。沒有作家就沒有創作,作家的創作是整個文學活動重要的組成部分。作家的體驗、心理、個性和修養等主觀因素,對文學創作具有直接的影響。同時,一定時代的歷史環境和文化語境,以及文學傳統、文學體制等外在條件,也會直接或間接制約、影響作家的創作活動。

本章的作家論包括如下四個方面的內容:創作主體、創作意識、創作過程、創作思維。

第一節　創作主體

在文學理論中,關於創作主體的認識有兩大基本觀點:第一,以作家作為文學創作的中心,突出創作主體在創作過程中的作用。中國古代文論的感物說關注主體心靈對外在之「物」的「感受」或「感悟」。與此相關的創作理論有「養氣說」、「虛靜說」;「才、膽、識、力」說,「胸有成竹」等觀點。西方象徵主義則認為文學創作是意識與潛意識交互作用的過程;表現主義認為是表現人的直覺的過程;佛洛伊德的

精神分析學認為創作的動力是潛意識、幻想、夢和性欲；榮格的精神分析則要求表現人類的「集體無意識」。第二，以文本作為文學創作的中心。受西方的語言學轉向和接受美學的影響，出現了突出「文本」作用的各種理論。還有如「作者之死」、「自動寫作」等理論思潮。

本節分別介紹作者中心說、文本中心說以及作者地位變化的原因。

一、作者中心說

作者中心說認為，作者是文學創作的主體，作者的創作動機、價值判斷、情感經歷等個人因素被置於十分重要的地位。

（一）中國文論關於作者中心說的基本觀點

在中國古代文論中，從作者的角度來思考文藝的本質，主要包括言志說和緣情說兩種觀點。言志說認為文藝是心志的表現，緣情說認為文藝是情感的表現。

《尚書·堯典》說：「詩言志，歌詠言，聲依詠，律和聲；八音克諧，無相奪倫，神人以和。」朱自清將這段話稱之為中國詩論的「開山的綱領」[1]。

《毛詩序》曰：「詩者，志之所之也，在心為志，發言為詩。情動於中而形於言，言之不足故嗟歎之，嗟歎之不足故詠歌之，詠歌之不足，不知手之舞之，足之蹈之也。」[2]詩，是用來表現情致的，當多種心裡因素在心裡處於啟動狀態時就是志，用語言表達出來就是詩。情感在心裡被觸動和喚起必然就會表達為語言就是藝術，語言不

---

[1] 朱自清：《詩言志辨》，《朱自清古典文學論文集》上冊，上海：上海古籍出版社，1981年，頁190。

[2] 《毛詩序》。

足以表達情致時，就會籲嗟歎息，籲嗟歎息不足以表達情致時，就會引聲長歌，引聲長歌還不足以表達情致，就會情不自禁地手舞足蹈以盡興。

　　情感說側重從人的心理意識層面來解釋藝術的起源，認為藝術起源於人的情感表現的需要，情感通過聲音、語言、形式等載體表現出來時，就產生了音樂、文學、舞蹈等藝術。「詩緣情」則出自陸機的《文賦》。劉勰《文心雕龍》提出「綴文者情動而辭發」的看法，意即文學創作是作家的內心有所活動，然後才表現在作品之中。

　　揚雄認為：「故言，心聲也；書，心畫也；聲畫形，君子小人見也。」[3]他提出了言為心聲、書為心畫的觀點，由「聲畫形」君子小人之高下人格判然有別。元好問認為，文學作品的思想感情應該真實地反映了作者內在的心靈世界。他說：「心畫心聲總失真，文章寧復見為人。高情千古《閒居賦》，爭信安仁拜路塵。」[4]該詩通過強烈的對比，熱情地歌頌了真情傾訴的陶淵明，毫不客氣地批評了西晉詩人潘岳「心畫心聲總失真」的寫作缺陷。葉燮在《原詩》中，把創作客體分為理、事、情三個方面，把創作主體分為才、膽、識、力四個要素：「以在我者四，衡在物者三，合而為作者之文章。」[5]「曰才、曰膽、曰識、曰力，此四言者所以窮此心之神明。」[6]這是從創作主體出發，分別講述的審美判斷力、審美表現力、主體的自信力、作品的生命力。袁枚提倡「性靈」說：「凡詩之傳者，都是性靈，不關堆垛。」[7]性情是「性靈」的主要內涵。「詩者，人之性情也，性情之外

---

[3]　揚雄：《法言・問神》。

[4]　元好問：《論詩三十首》。

[5]　葉燮：《原詩》。

[6]　葉燮：《原詩・內篇下》。

[7]　袁枚：《隨園詩話》。

無詩。」[8]「文以情生,未聞無情而有文者。」「以為詩寫性情,惟吾所適。」[9]「性靈」說所表現的應該是創作主體的真性情:「嘗謂千古文章傳真不傳偽。」

「言志」說與「緣情」說,共同之處在於都強調了詩歌所表達的是主觀思想感情,不同之處在於「言志」說突出的是理性化的思想感情,「緣情」說則突出詩歌或文學所表達的是感性化的情感或情緒。

王國維作為「意境」理論的集大成者,強調「意境」的形成過程是「情」與景的相互融會過程。五四運動時期,「為藝術而藝術」的主張強調文藝創作是自我表現的過程。總之,上述觀點都認為,文學是作家內在思想、情感、個性、幻覺、心緒等等表達的產物。

(二)西方文論關於作者中心說的基本觀點

西方文論史上,作者中心論有一個延續很長的理論思潮。主要代表有浪漫主義、唯美主義、象徵主義、佛洛德主義、現代主義以及非理性哲學等。這些理論譜系強調作家情感、靈感、天才對於文學創作的影響,重視作家情感的自由表現和個性的解放。

康德提出藝術是類似遊戲的自由活動,主要由天才這種藝術家天生的心理能力創造出來,想像力在其中發揮著首要的作用和功能。康德在《判斷力批判》中提出,文學藝術是一種無須憑藉概念的主體的情感愉悅。他認為,文藝雖然是一種令人愉悅的情感,但它包含著理性內容,並具有判斷先於快感的高級形式。費希特認為只有精神性的「自我」才是唯一實在,「自我」決定「非我」,「自我」創造「非我」。從他的主觀唯心論出發,他將文學看成是主觀心靈的產物,是純然主觀的東西。歌德主張藝術家的心靈與自然的一致,認為藝術家表現了

---

[8]　袁枚:《隨園詩話補遺》卷一之一。
[9]　袁枚:《隨園詩話》。

自己的真實心靈，就能捕捉到自然的奧秘，抵達事物的內在。藝術最終成為藝術家「自己的心智的果實，或者說，是一種豐產的神聖的精神灌注生氣的結果」[10]。歌德認為藝術家的創作能力來自於天才，而天才來自於神的啟示。「人應該把它看作來自上界、出乎望外的禮物，看作純是上帝的嬰兒，而且應該抱著歡欣感激的心情去接受它，尊重它。它接近精靈或守護神，能任意操縱人，使人不自覺地聽它指使，而同時卻自以為在憑自己的動機行事。在這種情況下，人應該經常被看作世界主宰的一種工具，看作配得上接受神力的一種容器。」[11]席勒將文學區分為「素樸的詩」和「感傷的詩」，即大體相當於我們現在所說的現實主義文學和浪漫主義文學。詩人冷靜摹仿現實，儘量避免詩人對所描繪的事物的主觀評價，於是創作了「素樸的詩」。而詩人側重表達事物所激起的感情，則有了「感傷的詩」。他認為，「詩的觀念，那無非是盡可能完善地表現人性」[12]。文學的本質是對人性的反映。由於歷史上人性表現各異，也就有了不同的文學的分類。受康德關於藝術自律性的影響，他認為藝術是以一種特殊的「活的形象」為對象的遊戲。這種遊戲活動的特點是超越現實功利的、自由無羈的。總之，席勒從抽象的人性出發理解文學與藝術的本質。作為德國古典哲學集大成者的黑格爾則認為，世界的本原就是「絕對精神」，美正是「絕對精神」矛盾運動的產物，「美是理念的感性顯現」。

斯達爾夫人認為，詩是詩人情感的自由表達。詩人情感來自於人的內在靈魂。客觀世界是情感表現的象徵物。她說，「只有人心，它的內部活動，是唯一可以引起驚訝的東西，唯一能激起強烈感受的東

---

[10] [德]愛克曼：《歌德談話錄》，朱光潛譯，北京：人民文學出版社，1978 年，頁 137。
[11] [德]愛克曼：《歌德談話錄》，朱光潛譯，北京：人民文學出版社，1978 年，頁 168。
[12] 伍蠡甫：《西方文論選》（上），上海：上海譯文出版社，1979 年，頁 490。

西」。[13]斯達爾夫人認為詩的「天才」是一種內在的氣質,「須通過強烈的感情才能感覺到,而天才便以這種感情滲入一個被賦予天才的人」。[14]而詩歌則是「天才」的事業。浪漫主義作家雨果認為,詩是感情的表現。「詩人乃是這樣一種人,具有強烈的感情,並運用比一般更有表現力的語言,來傳達這種感情。」因而,「除了感情外,詩幾乎就不存在了」。[15]華茲華斯認為詩人「比一般人具有更銳敏的感受性,具有更多的熱忱和溫情,他更瞭解人的本性,而且有著更開闊的靈魂;他喜歡自己的熱情和意志,內在的活力使他比別人快樂得多;他高興觀察宇宙現象中的相似的熱情和意志,並且習慣於在沒有找到它們的地方自己去創造。」華茲華斯極力強調情感對於詩歌的重要性:「詩都是強烈情感的自然流露」,「情感給予動作和情節以重要性,而不是動作和情節給予情節以重要性」。[16]而這種情感並非完全是詩人的原初情感,而是回憶的產物,摻雜有理性思索的因素。他說,詩歌「起源於在平靜中回憶起來的情感。詩人沉思這種情感直到一種反應使平靜逐漸消逝,就有一種與詩人所沉思的情感相似的情感逐漸發生,確實存在於詩人的心中」。[17]柯勒律治認為「激情必定是詩的靈魂,或者換種話說法,想像是靈魂,它在天才詩人的作品中到處可見」。他將「想像說」作為自己批評理論的支柱。詩歌來源於有生命的「觀念」,它的產生涉及到更高級的「想像」能力、「理性」和「意志」,因此是「天才」的作品。浪漫主義詩人雪萊說,「詩是最快樂最良善的心靈中最快樂最良善的瞬間之記錄」。雪萊《為詩辯護》中也說:「人不能說:『我要作詩。』即使是最偉大的詩人也不能說這類話;

---

[13] [法]斯達爾夫人:《論文學》,徐繼曾譯,北京:人民文學出版社,1986 年,頁 297。

[14] 伍蠡甫:《西方文論選》(下),上海:上海譯文出版社,1988 年,頁 122。

[15] 伍蠡甫:《歐洲文論簡史》,北京:人民文學出版社,1985 年,頁 245。

[16] 伍蠡甫:《西方文論選》(下),上海:上海譯文出版社,1988 年,頁 5。

[17] 伍蠡甫:《西方文論選》(下),上海:上海譯文出版社,1988 年,頁 16。

因為在創作時，人們的心境宛如一團行將熄滅的炭火，有些不可見的
勢力，像變化無常的風，煽起它一瞬間的光焰；這種勢力是內發的，
有如花朵的顏色隨著花開花謝而逐漸褪落，逐漸變化，而且我們天賦
的感覺能力也不能預測它的來去。」[18]雪萊接著明確地指出，創作需
要靈感，沒有靈感就不可能有優秀的詩歌。因此，詩人應當留心觀察
並耐心等待靈感襲來的瞬間。總之，浪漫主義顛覆了新古典主義對於
理性的重視，而是側重非理性和個人情感。浪漫主義文學理論將文學
視為作家主觀心靈的產物，文學是作家內心感受、情感體驗的自由表
現，強調情感、想像是成就文學不可或缺的重要條件。

　　第一個主張「為藝術而藝術」並且將這一觀點付諸創作實踐的是
法國藝術家戈蒂埃。他在長篇小說《莫班小姐》的序言中論述了「藝
術至上」、「為藝術而藝術」的唯美主義文學思想。他提出了藝術和社
會生活無關、藝術的目的在於美和藝術形式的美學自律觀。

　　波德賴爾的唯美主義思想含有象徵主義的元素，強調運用想像去
分析、綜合各種素材，利用象徵和暗示來表現內心生活。而外部的物
質世界恰恰是作家應該規避的。他認為，「藝術除了表現它自身之外，
不表現任何東西。它和思想一樣，有獨立的生命，而且純粹按自己的
路線發展」。「生活模仿藝術遠甚於藝術模仿生活。」[19]馬拉美特別強
調「暗示」的重要性，認為通過「暗示」才能體會詩歌的趣味。他說：
「直陳其事，這就等於取消了詩歌四分之三的趣味，這種趣味原是要
一點點的去領會它的。暗示，才是我們的理想。一點一滴地去復活一
件東西，從而展示出一種精神狀態，或者選擇一件東西，通過一連串

---

[18] [英]雪萊：《為詩辯護》，繆靈珠譯，見劉寶端編：《十九世紀英國詩人論詩》，北京：
　　人民文學出版社，1984年，頁153。
[19] [英]王爾德：《謊言的衰朽》，趙澧、徐京安主編：《唯美主義》，北京：中國人民大學
　　出版社，1988年，頁142-144。

疑難的解答去揭示其中的精神狀態：必須充分發揮構成象徵的這種作用。」[20]通過暗示詩人得以溝通不同於現實世界的另外的存在。後期象徵主義者保爾・瓦萊里繼續高舉馬拉美的象徵主義旗幟，他認為，「象徵主義」從此成為與今天起支配，乃至控制作用的思想觀念完全對立的精神狀態，以及精神產物的文字象徵。[21]葉芝認為詩歌應排除外在世界和日常意志的干擾，用各種形式和想像力來充分體現微妙的內心世界。為了求得理性與感性的統一，他把「象徵」分為感情的象徵和理性的象徵。

　　19 世紀末至 20 世紀 50、60 年代是西方現代主義的發展時期。主要的思潮有後期象徵主義、意象主義、未來主義、表現主義、達達主義、超現實主義等。非理性是其思想精髓。現代主義思想主要奠基人有叔本華、尼采、柏格森、佛洛德等人。

　　尼采「酒神精神」的提出，清楚地預示著「強力意志」學說的誕生。「酒神精神」作為生命意志的最高表現方式，其本質意義在於對生命價值的肯定。佛洛德認為文學是性欲的昇華。一般而言，人類的文明可以說是建基在本能的壓抑之上的。佛洛德在《創作家與白日夢》一文中論述了文藝作品與創作家欲望滿足的關係，他認為一篇作品就像一個「白日夢」一樣，藝術是成年人的「遊戲」，是童年遊戲的繼續和替代。佛洛德把有原欲所形成的「個體無意識」確定為藝術表現的客體。瑞士心理學家榮格在此基礎上提出了「集體無意識」的概念，而且由此推論認為，整個人類文化與文學都是「集體無意識」（「原始意象」）的呈現。

20　[法]馬拉美：《談文學運動》，見黃晉凱等編：《象徵主義・意象派》，北京：中國人民大學出版社，1989 年，頁 41。

21　[法]瓦萊里：《象徵主義的存在》，見胡經之、張首映主編：《西方二十世紀文論選》第一卷，北京：中國社會科學出版社，1989 年，頁 86。

綜上所述，作者中心範式的內涵體現在如下三個方面：「第一，作者是一個特殊主體，無論將之界定為神、英雄還是天才，都是把詩人看作一種具有超然能力的創造性主體；由此必然導致了第二個結論：詩人乃是文學活動的重心所在，沒有詩人就沒有文學作品及其讀者，甚至批評和理論也將不復存在；由前兩個觀念邏輯地推出第三個結論：作品及其意義的闡釋的根據在詩人。換言之，作者是作品意義的起源、根源和根據。於是，作者（author）變成了權威（authority）。作者支配作品因而具體呈現為三種關係：發生學的起源關係，亦即作者是作品生產者，作者是因，作品是果；法律上的所有（著作）權關係，作者是作品權利的擁有者；闡釋學的意義關係，作品意義的探究必須溯源到作者生平傳記中去才能獲得根據。這一理論的典型形態是所謂『作者意圖論』（author-intentionalism），認為作者意圖是作品意義闡釋唯一可靠的根據。」[22]這種作者中心論把握住了文藝的主體性、自由性、創造性、虛構性特徵，把握住了文學的情感性和個體性特徵。當然，有必要指出的是，作者中心論應該避免忽視文學與外在世界的關係，避免把情感表現束縛在個人狹隘的主觀空間，成為一種狹隘的情感的宣洩。

（三）作者偶像的形成

文學是由人來創作的，這個創作作品的人便是作者。應該說，文學在只有口頭傳誦的時代是並無作者偶像的。在文學中強調作者的地位，是與文字出現後文學從口頭文學發展到筆錄文學的狀況有關的。之所以強調作者的權威地位，主要有三個原因：

---

[22] 周憲：《重心遷移：從作者到讀者——20 世紀文學理論範式的轉型》，北京：《文藝研究》，2010 年第 1 期。

1. 文字模仿對象表達意義

早期文字的出現，標誌著人類社會已從蒙昧階段過渡到文明階段。但這一過渡是一個漸進的過程，在文化的後一發展階段還會保留前一階段文化的痕跡，由此，原始人的模仿巫術的思維模式就會對採用象形文字的人產生影響力。按照學術界的認識，「模仿巫術是以象徵律（principle of symbolism）原則確立的，即施術給一種象徵的人（紙人、泥人、蠟人等），則同樣的這個人本身卻感受到了魔術力。這種我們將它稱之為模仿巫術（imitable magic）。」[23]如果說用象徵的方式可以給模仿對象施以魔力的話，那麼，象形文字就是採用模仿對象的方式來造型的，而這些文字在使用中又表達了作者的意思，由該邏輯就能認定文字能產生魔力。

2. 閱讀能力的重要性

在早期歷史上，能認字、寫字的人是少數，而文字可以記錄大量有價值的資訊，這就是說，識字者可以更便捷地掌握知識。並且，由於早期歷史的發展節奏是遲緩的，現今人們幾年就可感受到的變化，在古代也許是幾個世紀的進程才能達成，這就使既有知識能長期保持其有效性。「文字的力量來源於它同知識的聯繫；而知識卻來自祖先，生者須借助於文字與祖先溝通。這就是說，知識由死者所掌握，死者的智慧則通過文字的媒介而顯示於後人。」[24]這一認識在今天的人看來也許有些奇特，但在漫長的古代社會中，偉人、哲人似乎是過世之人才能享有的聲譽，一個人的思想學識的魅力，往往要在較長時間後才可能得到社會的確認。因此，能夠同偉人、哲人的思想進行對話，

---

[23] 高國藩：《敦煌巫術與巫術流變》，南京：河海大學出版社，1993年，頁212。

[24] 張光直：《美術神話與祭祀》，瀋陽：遼寧教育出版社，1988年，頁71。

從而間接證實自身的水準，這只有通過閱讀——其中包括文字的辨認——才可能達成的。反過來，由於對閱讀的看重，也就自然地會更看重於提供閱讀內容的寫作。

3. 文字具有穿越時空的能力

　　一個人的言說，可能由於說者的地位而造成「一言九鼎」和「人微言輕」的不同效果，但如果言說不經文字述寫，也就往往會「言之不文，行之不遠」，也會由於口頭話語只能憑記憶傳誦，大都難以傳承很長時間，而文字述錄後的話語就可以較大程度地超越話語傳達的時空界限。孔子在當年自矜地說，要作《春秋》，「使亂臣賊子懼」，也就是依仗著書面寫作具有跨越時空限制的突出能力。書面傳達如此重要，使得社會的統治機制必然會看重它的功能。在中國，南北朝時期的官位世襲制是以教育權的壟斷來達到效果的；隋唐以後的科舉制，則是以「招賢」的方式，使人才攬集在官宦集團中，同樣也是達到了控制書面話語，進而穩定社會秩序的效果。韓愈曾說：「愈少駑怯，於他藝能自度無可努力，又不通時事，而與世多齟齬，念終無以樹立，遂發憤篤專於文學。」[25]由這段自述可以看出，韓愈早年將學文作為謀生手段，而他在後來學成之後，就從所學的學業中覓得了自己謀生的位置，同時也在德教、政教的框架中，被「專於文學」而得到的思想所歸化了。這樣，社會的權力機制承認作者的權威，而作者的權威，又是合乎統治集團的利益的，由此形成了社會權力機制內部的平衡。

　　從上述三方面的原因，我們也就不難理解作者在文化中獲得偶像地位的成因了，以至於作文成了「死而不朽」。人在無法逾越自然生

---

[25] 韓愈：《答竇秀才書》。

命大限後的一種權威或代償性的舉措，使人在自然生命終結後，還能被人紀念、尊崇，這是一種精神上文化生命永垂不朽的途徑。古代典籍記述道：「太上有立德，其次有立功，其次有立言，雖久不廢，此之謂不朽。」[26]這就是所謂立德、立功、立言的「三不朽」。文學作者雖不是唯一的立言者，但他作為立言者之一畢竟可以躋身於不朽者的行列。由此，文學作者由最初的無名作者階段，進入到了可以成為文化偶像的階段。在中國文學史上，屈原是第一個留下姓名的詩人。在他之前的詩人都只是無名作者，但到了屈原，則兩千多年來他一直被人記誦，並且他的英名還會長久地留傳下來，因為文學史上已不能撇開屈原來講述文學的發展線索了。

二、文本中心說

20 世紀「語言學的轉向」其內涵主要表現為：在方法論上，人們把語言學的理論模式作為一種新的認知範式，廣泛用於各種學科的研究。在觀念上，人們徹底拋棄了工具論的語言觀，強調語言的本體性，認為人類關於客觀世界的知識其實是由語言「再現」或「建構」的。與其說人在支配語言，還不如說是語言在支配著人。

（一）索緒爾的語言學理論

從文本角度探討文學與社會的關係，涉及到文學的「內部規律」，而語言恰恰是探討文學內在性不可迴避的問題。從學理淵源來看，索緒爾的語言學理論奠定了文本中心論的基礎。他將語言視為符號系統，具有「能指」和「所指」的界分，而二者關係的基本原則是「任

---

[26] 《左傳・襄公二十四年》。

意性」。同時，索緒爾把語言的研究進行了區別和分類，語言和言語、共時和歷時、縱向和橫向等對立因素，他為結構主義方法論建構了基本的研究模式。索緒爾主張對語言進行「共時」的研究，強調共時性的重要性。按照索緒爾的語言學理論，如果要考察一部文學作品，其目的就是要找出它所用的語法規則，找出語言中的「能指」和「所指」的關係。現實世界與語言世界實際上是分離的。在文學中，語言因素之所以獲得意義並不是語言與外界事物聯繫的結果，而是作為一種結構、一種有關系統的組成部分的結果。

（二）形式主義文論

　　形式本體論把文學作品的「文本形式」作為一種獨立客體，認為文學的本質就在文本形式客體本身。文本形式是一個獨立自足的本體，與它自身以外的作家意圖（意圖謬誤）和讀者傾向（感受謬誤）沒有關係。文學的意義是由文本結構決定的。這種觀點的代表有俄國形式主義和英美新批評派。

　　形式主義文論注重從文學的形式，尤其是語言形式方面來認識文學的本質，認為決定文學之所以為文學的是文學的形式。這主要是俄國形式主義者對文學本質的認識。

　　俄國形式主義者提出了「形式」（form）和「材料」（material）的劃分，主題（包括形象、思想和情感）和語言組成了材料，形式則作為藝術手法，將材料組織起來並使之獲得審美效果。[27]

　　什克洛夫斯基認為，文學藝術的根本在於作品本身的手法，也就是陌生化（又譯為反常化）的組織語言的手法，而不在於作品反映的客觀材料本身。托馬舍夫斯基認為，文學的本質在於一種特殊的藝術

---

[27] 參見[英]特倫斯・霍克斯：《結構主義和符號學》，瞿鐵鵬譯，上海：上海譯文出版社，1997 年，頁 74。

性言語,是具有自我價值並被記錄下來的言語,這種言語與日常語言是有區別的。雅各森認為,文學的本質在於文學作品之所以成為文學作品的東西,即文學性,它存在於文學作品的語言形式之中,就是文學的構造原則、手段、元素等。韋勒克指出:「文學研究界今天首先應當認識到確定研究內容和中心的必要性。應當把文學研究同思想史的研究,同宗教及政治觀念和情緒的研究區分開來,而這些研究往往被建議用來替代文學研究。很多在文學研究方面,特別是比較文學研究方面的著名人物,根本不是真正對文學感興趣,而是熱衷於研究公眾輿論史、旅遊報導和關於民族特點的見解。總之,對一般文化史感興趣。文學研究這個概念被他們擴大到竟與整個人類史等同起來了。就方法論而言,文學研究如不決心將文學作為有別於人類其他活動及產物的學科來研究,就不可能有什麼進展。為此,我們必須正視『文學性』這個問題,它是美學的中心問題,是文學藝術的本質。」[28]這方面主要有形式主義論、結構主義論、意向性客體論等形態。

布拉格學派的理論代表人物穆卡洛夫斯基(Jan Mukarofsky)的理論秉承俄國形式主義的觀點,堅決反對對文學作品「內容」(content)和「形式」的劃分,同時還認為,一件藝術作品並不是作者個人的主觀事件,也不僅僅是社會內容的反映,它是客觀的、獨立於其作者的,由這種特定藝術的整體結構的演變所決定,而文學史家的任務就是建構一個文學作品的演變系列。[29]

---

[28] [美]韋勒克:《比較文學的危機》,黃源深譯,見於永昌等編《比較文學研究譯文集》,上海:上海譯文出版社,1985 年,頁 133。

[29] 穆卡洛夫斯基語,參見 René Wellek, *Theory and Aesthetics of the Prague School, in Discriminations: Further Concepts of Criticism*, New Haven and London: Yale University Press, 1970, p.p.275-301.

　　形式本體論強調的是作品本身及其內在結構。法國文學理論家茨維坦・托多洛夫說:「形式主義理論是結構語言學的起始。」[30]他們的理論追求是對「建立在文學材料的特殊性基礎上的一種獨立的文學學的嚮往」,[31]因此,他們提出了「文學性」的概念,同時還進一步明確提出,「詩學的任務(換言之即語文學或文藝理論的任務)是研究文學作品的結構方式。有藝術價值的文學是詩學的研究物件」。[32]

　　形式主義文論存在如下兩個方面的缺陷:第一,它無視文學的內容和思想性,過分誇大了形式的決定性地位。它通過尋找一種永恆的結構來解釋文學,無視文學本身具有的內涵的豐富性與感性愉悅。第二,它在無視社會文化、創作主體對結構的作用的同時,也忽視了接受者的主體活動對於文學意義的影響。

(三)結構主義與後結構主義

　　結構主義文論認為,文學的本質在於文學作品的結構。

　　根據結構主義語言學的理論,它認為文學是具有自身規律的系統;文學是具有內在性,能夠自我生成、自我調節和自我參照的整體。一個語言成分應當按照其在關係網中所處的位置而不是按照某種因果規律進行解釋。文學文本並未完全傳達了作者的意思,而是創造了一個結構,把它作為一個形式來等待意義的充實。這就使文學活動具有了無限的開放性和可能性。所以,作家並不是意義的決定者,羅蘭・巴特提出了「作者之死」。既然文學本身不再是一個個獨立的文本,

---

[30] [法]茨維坦・托多洛夫:《俄蘇形式主義文論選》,方珊等譯,北京:中國社會科學出版社,1989年,頁5。

[31] 艾亨鮑姆語,引自[法]茨維坦・托多洛夫:《批評的批評——教育小說》,王東亮、王晨陽譯,北京:生活・讀書・新知三聯書店,2002年,頁21。

[32] [俄]伯里斯・托馬舍夫斯基:《詩學的定義》,《俄國形式主義文論選》,方珊等編譯,北京:生活・讀書・新知三聯書店,1989年,頁76。

而是一種秩序、一種結構、一種話語，那麼，尋找文學研究的恆定模式和文學中的深層結構，或者說尋找一切文學言語背後的文學語言，建構文學的原話語，就成了結構主義文學理論的主要任務。結構主義文學批評則把對結構的分析和普遍有效的文學程序的探尋作為主要目的，例如早期的羅蘭‧巴特，格雷馬斯、托多洛夫等人對敘事結構的分析也是如此。

結構主義理論認為，符號是「能指」和「所指」的結合，是二者的複合體[33]。而德里達徹底地切斷了「能指」和「所指」的關係，人們只需注意「能指」而忘記「所指」，只剩下了「能指」的「蹤跡」（trace），語言只是文字遊戲。「延異」使文本和寫作不再具有時空穩定性的意義，文本只是成為供讀者去發現和追溯的一組「蹤跡」（trace），這組蹤跡隨後就會和作為其他蹤跡的文本相遇，發生聯繫，彼此組織成一個語言的網路。一個新的文本就是語言的再分配的場所，這就是所謂的「互文本性」（intertextuality）。而這一追溯「蹤跡」的延異過程會無限進行下去，所以文本也就不存在什麼所指涉的終極意義，讀者在閱讀時也無需尊重原文所「虛擬」的穩定意義，可以任意馳騁想像，使語言和文本無限敞開。福柯的意識形態話語分析深受阿爾都塞的影響，他將話語視為意識形態的特殊形式，與純粹的語言學沒有關係，是人們在特定的歷史條件和社會環境中，決定自己應該說什麼、怎麼說的潛在機制。福柯將這種思想應用到文學上，他對「作者」的身份提出了質疑。他認為，既然科學的文本屬於已經確立的真理，也就是真實性已經不再歸結於產生這些文本的個人了，那麼，作者作為真實性標記的作用已經消失了。作者的確定不是歷史的事實，而是批評家們在不斷的閱讀中操作的結果。作者只是文本在社會中存

---

[33] [法]羅蘭‧巴特：《符號學原理》，馬宵譯，趙毅衡編選：《符號學文學論文集》，南昌：百花文藝出版社，2004 年，頁 283。

在、流傳和起作用的方式而已，作者只是一個「功能體」，構不成文本的主宰。因此，「必須剝奪主體（及類似主體）的創造作用，把它作為講述的複雜而可變的功能體來分析」。[34]

　　作者中心論遭到的重大顛覆來自羅蘭・巴特和福柯。前者提出「作者之死」說，後者提出「作者功能」論。巴特認為：「我們很清楚，為使寫作有其未來，就有必要顛覆那樣的神話：讀者的誕生必須以那作者之死為代價。」[35]巴特所提倡的寫作就是一種抄寫者或讀者第一人稱現在時的述行活動，就是編織文本無窮無盡的符號之網的過程。所以，巴特強調文本是由多重寫作構成的，它們源自多種文化並相互對話、相互戲仿並相互爭執，而將這多重性彙聚在一起的並不是作者，而是讀者。他指出：「我們懂得，為了使寫作有理想的未來，就必須顛覆寫作的神話：讀者的誕生必須以作者之死為代價。」[36]而所謂的「作者之死」，具體含義則是：「從約定俗成的角度來看，作者死了：其公民身分，其含具激情的個人，其傳記性角色，業已消失了；令人敬畏的作者身分，文學史、教學及輿論對其敘述有證實和補充的責任，這些都被抹去了，不再籠罩其作品了。」[37]在這種情況下，作者只是一個寫作符號，雖然作者的身分對於意義來說是必需的，但是他已經喪失了固定的意義，文本完成之後，誰在敘述已經沒有意義，只有文本這個話語體系留待讀者闡釋和回味。所以，只有作者之死才是文學創作的開始。

---

[34] 參見[法]蜜雪兒・福柯：《什麼是作者？》，趙毅衡編選：《符號學文學論文集》，南昌：百花文藝出版社，2004 年，頁 523。

[35] Roland Barthes, "The Death of the Author", in William Irwin (ed.), The Death and Resurrection of the Author? Westport: Greenwood, 2002, p.7.

[36] Roland Barthes: "The Death of Author", Modern Literary Theory, A Reader, ed. Rice and Waugh, Edward Arnold Press, 1992, p116.

[37] [法]羅蘭・巴特：《文之悅》，屠友祥譯，上海：上海人民出版社，2002 年，頁 37。

　　巴特宣判「作者之死」後不久，福柯緊接著提出了「作者功能」論。他不同意巴特「作者死了」的判斷，而是主張從「作者功能」來思索作者問題。福柯說：「很清楚，在對一部作品（無論是一個文學文本、一種哲學體系或一部科學著作）做內部或結構分析時，在確定心理學的和傳記式的參考時，對主體絕對特性和創造角色的問題就會產生懷疑。然而，不應完全拋棄主體，而應該重新考量主體，不是回到一個本原主體的議題，而是要把握他的功能、他對話語的介入以及所依賴的系統。我們不應再提出如下問題：一個自由的主體是如何穿透密緻事物並賦予它們以意義的？一個自由主體是如何從內部啟動話語規則來實現其謀劃的？確切地說，我們應這樣問：在什麼條件下和通過什麼形式，一個類似於主體那樣的實體出現在話語的秩序中；他佔據了何種位置並呈現何種功能？在每一話語類型中遵循何種規則？簡言之，不必再把主體（及其替代者）視作創造性的角色，而是應該把他當作話語複雜多變的功能來分析。」[38]雖然，福柯認為作者並未死去，主體還是存在，但是發生了變化，這種變化只有通過話語功能才能說清楚。作者功能即話語的功能，對作者的分析也就是對話語的分析。概言之，一切都無法逃脫話語，一切均在話語的掌控之中。研究話語就是分析它們傳播、增值、歸屬和徵用等方式及其變化。

　　形式主義、結構主義文論強調了文學作品的語言、形式、結構的決定性意義，把握住了文學的本質，有助於理解文學與其他學科（如哲學、心理學等），文學與其他藝術樣式（如音樂、繪畫、電影等）相比較而具有的獨特本質與規律，這種對文學本質的認識是以往所不能完成的。

---

[38]　Michel Foucault, "What Is an Author?", in Hazard Adams & Leroy Searle (eds.), Critical Theory since 1965, Tallahassee: University Press of Florida, 1986, p.48.

三、作者偶像的失落與重生

（一）影視媒體與「作者」涵義的重新認定

　　在影視文化視野中，「作者已死」並不是指作者真的壽終，而是從原先作者萬能的寶座上被新的力量所顛覆。作者雖未死去，但他活動的能量確實是受到了約束，作者神聖的光環在新的偶像光環的映照下，顯得黯然失色了。

　　在新的力量對作者地位的顛覆中，影視媒體的出現是一個十分重要的因素。在文字出現以前的社會，信息的傳達是由「看」來承擔的。這裡的「看」，是指普通人的資訊攝取量有約 90%由視覺感官來承擔；還有「聽」的資訊的權威性總不及視覺感知的資訊，即「耳聽為虛，眼見為實」。而在文字出現之後，它在使視覺感官繼續發揮作用的同時，是以「讀」來取代了「看」的地位。發展到極端，就是對於書本的迷信，將書籍中的話語推崇到「經」的地位，要求讀它的人以「宗經」的態度來接受它，並且在自己寫作時也要貫徹前代典籍所表達的精神。而影視媒體的出現，則是對「讀」的文化的反撥，它使人重新學會了「看」。但這種「看」已不同於過去，過去的「看」是相對自由的，而影視的鏡頭則框定了觀者的「看」，並且使觀者看到在日常生活中不多見的或根本難以看到的東西。如影片中一個人心理的變化，可以用大特寫的鏡頭來聚焦他的手指的輕微顫抖。由此，觀者可以知曉人物內心的情緒狀況。本雅明曾指出，電影鏡頭給我們打開了一片視覺無意識的天地。影視媒體出現後的衝擊力是人們始料不及的，人們在兩三千年間逐漸建立的書本文化的權威性，被迅速崛起的影視文化掠走了大片領地。

　　丹尼爾・貝爾曾對現代社會的變化作過一番描述，其中談及電影時說：「青少年不僅喜歡電影，還把電影當成了一種學校。他們模仿

電影明星，講電影上的笑話，擺演員的姿勢，學習兩性之間的微妙舉止，因而養成了虛飾的老練。在他們設法表現這種老練，並以外露的確信行為來掩飾自己內心的困惑和猶疑時，他們遵循的『與其說是……他們謹小慎微的父母的生活方式，不如說是……自己周圍的另一種世界的生活』」。[39]作者原先可能被看成全知全能者，人們心靈的塑造者，但是在視覺文化衝擊下，作者的重要性至少已經被影視明星爭奪去了一部分。

在丹尼爾‧貝爾所談及的現象中有兩點值得注意：第一，通過電影，青少年們不是學習和模仿前輩的榜樣，而是學習遠離自己所熟悉的世界的另一種生活，它使得「讀」的文化所強調的傳統的權威受到挑戰。第二，「讀」的文化是以作者作為偶像的，雖然書中也可能塑造出許多英雄，但人物的形象並不會遮掩作者，而是像眾星拱月那樣，襯托出作者的才華。但在影視的「看」的文化中，影視明星是活躍在前臺的、栩栩如生的形象，他們才是偶像。而作者、編劇這種以筆來「寫」的人，則屬於後臺工作者，仿佛只是後臺的輔助人員，遠沒有戲劇表演中編劇提供「一劇之本」的那種權威性。

在這裡，作者的文學作品在被改編、攝製成影視作品時，作者原先所顯示的統攝其作品的權威，被影像的扮演者所遮掩了。並且，作者原先筆下的文字可以體現出一種自由的、開放的態勢，作者只需考慮用文字來表達其創作意圖，而在影視劇本中，他則必須考慮所寫文字是否適合視像的傳達，一切都得被影視媒體的技術要求過濾一遍。作者在影視媒體面前不能以一般的文學作者姿態出現，他必須是編劇，即能夠懂得影視藝術的規律、特性的人。而在編劇的工作中，他又不能像普通戲劇的編劇那樣有提供「一劇之本」的根本權威，他只

---

[39] [美]丹尼爾‧貝爾：《資本主義文化矛盾》，趙一凡等譯，北京：三聯書店，1989年，頁115。

是提供一種藝術表達的可能性。影視藝術的製作是需要較大財力的，這就會有市場效益的經濟壓力，它一般由製片人來作定奪。影視藝術有時會胎死腹中，很大程度上就不是藝術的原因而是經濟等原因。再進入到實際的影視作品的製作時，作者（編劇）的作品又受到影視導演的加工、改造，劇本只是提供劇情的腳本，而真正創作的構思是由導演負更大的責任的。此外，拍攝出來的影視作品又是由影視演員來演繹的，他們不是作者筆下描繪的形象，而是有血有肉的真人；演員的個人才能在表演中有很重要的意義，他們作為直接面對觀眾的人，往往是一部影視作品最有吸引力的角色。可以說，在影視鏡頭面前，文字作者先被導演「巧取」，又再受到了演員的「豪奪」，作者對一部影視作品所起到的作用已所剩不多了。從影視作品的角度上來看，作者是編劇。但影視藝術作品作為一門綜合的、集體參與的藝術，可以說演員、導演、拍攝乃至後期工作人員都是作者，文學作品的作者被湮沒在一大群與文字寫作無關的創作者之中。

（二）「已死」作者的重生

作為一種文化機制的策略，要求「作者已死」；同時，新的大眾傳媒在對文學的操作中，也要求「作者已死」。然而，作者是存在的。當作者用筆寫下他的言詞時，他就是用字跡符號的「白紙黑字」，用一種紙面上的「痕跡」（trace）記錄了他在寫作時此刻的思想。作者即使作為肉體生命消失了，這些痕跡還可以顯示作者在生前的精神狀態。因此，「作者已死」是對偶像的顛覆，它有著另一意義上重生的可能。

羅蘭‧巴特在提出「作者已死」的口號時，抨擊將作者視為創造世界的上帝他指出：「文本並不是釋放簡單的『神學』意義（作者──上帝資訊）的詞彙系統，而是一種多範疇的空間，在這個空間中，

多種多樣的書面形式或者協調或者不協調,但這些書面形式中沒有一個是原創作者。」[40]以他的觀點看,作者創作出的只是文本,而該文本的意義是進入了社會文化交流的語境後才得以確認的。就像一句「你好」,它可以是問候語,可以是某些場合下的揶揄,也可以是一種評價,還可以是錄音電話中傳來的並無感情色彩的磁帶的聲音,它只是開場白的一個標誌。當我們說某一文學作品是何種意味時,那總是加入了讀者包括專家級讀者的悟解的。從羅蘭·巴特的這一假說,可以推論說:文學閱讀不只是傳統意義上的「接受」,而且也是一種創作,一種真正意義上的生產。作為創作和生產,閱讀活動就可能再造出原來寫作時作者並未想到的東西。它在讀者個體上是使作品含義清晰的過程,而在作品釋義的整體上看,則是建造了意義的迷宮。

當作者似乎在文藝學上被反覆地、多次地殺死,不再構成對某種理論在闡述時必須推倒的障礙後,作者作為一種文學史上的維繫點而不是作為偶像的意義就凸現出來了。法國解構主義者福科,在他的《作者是什麼?》一文中,就對「已死」的作者進一步認定了其必死的道理,同時也提出其重生的可能性。他說:「一部小說的作者可以不只對他自己的文本負責,如果他在文學界獲得某種『重要性』,他的影響會產生有意義的蔓延。舉一個簡單的例子:人們可以說安·拉德克利夫不只是寫了《尤多爾佛的秘密》和其他一些小說,還使 19 世紀初歌特式傳奇的出現成為可能。」[41]福科在這裡實際上是將文學的影響關係作為了思考的方面,它不是只以文學文本作為研討對象就可以揭櫫的。福科還探討了作者之名的文化含義。對一般場合而言,一個

---

[40] 轉引自[英]珍妮特·沃爾芙:《藝術的社會生產》,董學文等譯,北京:華夏出版社,1990 年,頁 154。

[41] [法]蜜雪兒·福科:《作者是什麼?》,見王逢振,盛寧,李自修:《最新西方文論選》,桂林:灕江出版社,1991 年,頁 485。

人的姓名只是他的稱謂，他所出身的家族姓氏的傳承，其實改換一下姓名對這個人的實質並無影響，但作者之名會受制於他所寫的作品，「它不只是一種表示，一種指某人的符號，在某種程度上，它等同於一種描寫」[42]。如「莎士比亞」是指創作了劇本《哈姆雷特》的人，假如莎士比亞根本就沒有寫過《哈姆雷特》的劇本，則這個名字的意義就全然不同。

（三）跨越偶像的誘惑

作者可以成為一種偶像，也可以成為人們不願提及的對象，在這一矛盾中，實則體現了同一問題，即跨越偶像的誘惑。跨越偶像——這是表明一種心態，即人們需要偶像，以此作為文化上的座標，同時又需要跨越它，以實現自身的成就感。這就好比武士希望自己戰勝對手，但同時對手也是武功高強者，需力戰方能取勝，這樣的勝利才是有價值的。

落實到文學領域來說，作者、詩人等進行藝術創作的人，他們需要有前代文學大師的引領，以他們的成就作為自己努力的目標，同時又需要在適當時機再貶低那些也許是早先過高評價了的先驅。對此，哈樂德‧布魯姆的《影響的焦慮》一書指出，那種「一個詩人促使另一個詩人成長」的理論是悖謬的[43]。例如，屈原、李白等偉大詩人的確是樹立了文學史上的豐碑，同時他們也就往往是壓制了而不是促進了後代詩人的創作。他指出，後代的詩人要想躋身於「偉大」的行列，就必須像俄狄浦斯弒父那樣，成為自己早先所崇慕的先驅的叛逆者。後代的傑出詩人是需要有先驅的，在他創作成功前是將其作為自己創

---

[42] [法]蜜雪兒‧福科：《作者是什麼？》，見王逢振，盛寧，李自修：《最新西方文論選》，桂林：灕江出版社，1991 年，頁 449。

[43] [美]哈樂德‧布魯姆：《影響的焦慮》，徐文博譯，北京：三聯書店，1989 年，頁 310。

作的引導者、借鑑的對象；而等到自己的創作獲取成功後，也需要有前代先驅來陪襯自己的成功，使先驅的成就儼然是自己成功的一個準備階段。後代的詩人這種對前代作者的尊崇是有附帶條件的，它不可能是一味地鼓吹被譽為先驅的偶像，從而使自己在跨越偶像時不至於顯得是一種僭位的行為。[44]

　　同樣，在文學批評、文學史的研究過程中，也需要有作者情況的記錄。我們可以作一個設想，假若文學史上的所有作品都是無名氏——匿名作者創作的，那麼，文學史就成為了歷代文學作品的彙編和評論；沒有了作者，我們也就在很大程度上失去了理解的根基。從普通讀者的閱讀來說，知曉了屈原被逐的背景後讀《離騷》，與不知曉時讀它的感受，是絕對不一樣的。更重要的是，文學史的進程有著後代作者對於他的先驅的崇拜與自由借鑑。某一文學思潮的出現往往是由一兩個傑出者率領一批人進行的，如果沒有作者影響的存在，也就難以深入到該文學進程的細節方面。然而，需要作者不等於無條件地抬舉他們。批評家要在對傑出作家的作品分析中建樹自己的學術成就，但假如一切都得看作者的臉色行事，則批評家工作的自由餘地就不大了。他們在闡釋作品主題、意蘊時，可以參照作者的自白，但如果需要的話，他們也完全可能拋開作者的意見來作完全獨立的闡釋。這樣，批評的工作要求作者是一個文化上的座標點，但作者作為絕對的偶像則可能是有害的。文學史的撰寫也有一個實際問題，即一方面應該寫出先驅對於後代創作的示範作用，另一方面也應該寫出後代創作對各個先驅的文學史地位的挑戰。如陶淵明在生前，甚至在唐代都並不「傑出」，直到經北宋蘇軾的大力推崇，他才真正成為了偉大詩人；在陶詩地位上升的同時，也就相對地使得另一些詩人及其詩作的

---

44 [美]哈樂德·布魯姆：《影響的焦慮》，徐文博譯，北京：三聯書店，1989年，頁310。

地位下降了。如果作者是不可觸動的文化偶像，也就不利於文學史研究的展開。

　　總之，作者是創作他的作品的人，而這個作品只要有值得記誦的價值，那麼，作者的存在就不會是無足輕重的。反過來，人們真正關心的是作品，由對作品的興趣才進一步延伸到了作者方面。所以，作者可以作為文化上的偶像，也可以作為「作者已死」的不被提及的存在。作者作為偶像被崇拜，還是被遺忘，這兩種評價態度的背後都有著它的文化成因。在現代社會中，這兩方面的因素都有很強的影響。

第二節　創作意識

　　在對文學進行理論的審視時，自覺地思考和研究作者的創作意識及其潛在的閱讀屬性，是一種很有價值和意義的工作。本節介紹創作意識的三種類型，即鑄造、燭照、逐潮。它們的客觀存在，顯示出文學創作的自身特徵。

一、創作與閱讀的關係

　　文學創作是作家創造文本的活動，在這一創造活動中，作者面對的是文本，但他心目中懸想的是文本的讀者。對這一不在場的讀者，作者有著自己的期待和要求。接受美學的理論家伊瑟爾曾指出：「文學批評家在高談闊論文學的效應或對文學的反應時，往往包括了許多類型的讀者，一般說來，根據批評家是否關注反應的歷史或文學文本的潛在效能，可以劃分出兩個範疇：第一個範疇是『真實的』讀者，他的閱讀反應已有定論。第二個範疇是『假設的』讀者，本文各種可

能的實現都集於他一身。」[45]根據這樣一種理論,那麼在作者創作時,現實的讀者並不在場,作者是按照「假設的讀者」的需要來寫的,對這一假設的讀者,作者寫作時既考慮到了他們的狀況,同時也會向讀者提出自己的要求(伊瑟爾「假設的讀者」含有讀者的「理想化」的意思,也含有待現實化的意思)。這樣,在文學活動中,從時間上看包含了作者寫作和讀者閱讀兩個階段,但從邏輯上看,作者創作時在他心目中已有一個「假設的讀者」,而在真正讀者閱讀時,現實的讀者也會假定作者是為他而寫的,他將文本的話語看作是對他的論述,這就又有一個晚於創作的「假設的作者」的存在,因此創作與閱讀二者在文本的溝通下又是連為一體的。從創作與閱讀二者相互依賴的狀況來看,作家創作出來的只是文本即一種書面文字的集合,這一文本要被稱之為作品,成為一種有思想價值、有美學意味的藝術作品,那是在讀者參與下才能夠實現的。所謂文學的意義、作用、價值等,都是在將讀者閱讀的狀況考慮進來後才有現實的針對性。

單從創作的過程來看創作,儘管作者的創作觀念、技巧、方法等有所不同,但是,他們都是在進行一種書面話語的講述,都力圖表達出自己對生活的內心感受,都希望使自己的創作達到自己認可的美學目標,也都願意自己的創作能夠獲得同行和讀者的認可。但是,結合到讀者這一維度來看後,則作者由於對「假設的讀者」有不同的基本設定,所以他們在使自己創作向理想的目標邁進時,實際的狀況就有了很大的反差。進一步說,作者心目中有著「假設的讀者」,這一類讀者是能夠讀出作者的多種意圖和文本的多重意思的,越是達到作者預期效果的作品,就越是有著「假設的讀者」向「現實的讀者」轉化的條件。所以,假設的讀者並不只是存在於作者的頭腦中的,它有轉

---

[45] [德]沃爾夫岡·伊瑟爾:《閱讀活動》,金元浦、周寧譯,北京:中國社會科學出版社,1991年,頁36。

化為現實讀者的可能。這種轉化又反過來促使作者在下一部創作中修改自己「假設的讀者」，並對自己創作做出相應調整。

　　所以，單從靜態的角度來看，作者創作先於讀者閱讀，但從動態的過程來考察，作者創作時與讀者構成了一種對話關係，創作是為了閱讀而存在，創作也因為閱讀才存在。當我們將閱讀這一環作為創作的一個制約因素來考慮之後，那麼，可以說文學創作中有如下四種不同的類型。這四種類型的創作觀念把讀者放在了不同的位置。

二、鑄造意識

　　有一個相當古老的創作觀念，這一觀念把讀者視為作者加以鑄造的對象。這種看法在今天的文藝觀中至少還保留著它的影響，如「作家是人類靈魂的工程師」一說，就賦予了作者鑄造讀者靈魂的重任。這種鑄造作者靈魂的創作觀念，在當時提出這一觀點的人看來似乎是自明的真理，因而在提出它時只是考慮如何鑄造，至於創作為何能鑄造，它根據什麼來鑄造等未能提及。柏拉圖在《理想國》裡對詩人發出了驅逐令，他的理由是：「因為他培養發育人性中低劣的部分，摧殘理性的部分。」[46]在柏拉圖看來，讀者的意識幾乎是空白的，關鍵是看他從生活中學到了什麼、習得了什麼，作者創作就是提供給了讀者在精神發育中的食糧，而這一食糧基本上是有益無害的。古羅馬文論家賀拉斯提出著名的文藝「寓教於樂」的命題時，對文藝的價值作了肯定，其立足點也仍是認為文藝作品可以起到鑄造人心的作用。

　　這一鑄造人心的觀點在中國也有表露。孔子曾對其子孔鯉說：「不學詩，無以言。」這並不是說不學《詩經》就不會說話，而是認為《詩

---

[46] 伍蠡甫主編：《西方文論選》（上卷），上海：上海譯文出版社，1979 年，頁 38。

經》中包含了禮樂的規範，通過誦習《詩經》，也就潛移默化地受到了其中禮樂的影響，這樣，人的言行才有規範。不學《詩經》的人當然也可以在日常交際中說話，但這說的話語是完全自發狀態的未受到禮樂薰陶的，不能體現出君子的修養。因此，「詩」在孔子的思想中有著鑄造人心的巨大作用。

文學的鑄造人心的機制，普萊的閱讀現象學理論有過探討，他認為這同精神的交流有關。普萊說：「我是某個人，這個人正巧有他的思想，這些思想是他自己思考的對象，而這些思想又是我正在閱讀的書的一部分，因此是另一個人的思想，……然而我是這些思想的主體。……由於我被另一個人的思想奇特地侵入，我就成了思考他人思想的經驗的一個自我，我成了我思想之外的思想的主體。我的意識就好像是另一個的意識。」[47]他認為，思想的傳達，要通過書本由一個人傳達給另一個人，那麼另一個就在接受他人思想的同時，一方面掌握了他人思想，另一方面也使自己的頭腦成了他人思想的殖民地。讀者在這一境遇中，就使自己的思想被書本鑄造了。

在這種認為文學可以鑄造人心的創作意識中，作者創作被賦予了一種至高無上的地位。如果說人的創造力源於他可以思想的頭腦的話，那麼文學是可以鑄造這一創造的母體，它有一種創造之源的鑄造者的性質。因此，作者的「寫」作為一種書面文字的操作，雖然脫離了實際生活，但仍然具有很重要的現實作用。魏文帝曹丕說：「蓋文章者，經國之大業，不朽之盛事。」[48]他作為一個操持現實生活中生殺予奪大權的統治者，有著實際的「經國」大業，但他卻仍念念不忘寫作的重要性，這並不只是他仍不能對文學忘情，而是懷著文學鑄造人心的信條。

---

[47] 普萊：《閱讀的現象學》，王逢振，盛寧，李自修：《最新西方文論選》，桂林：漓江出版社，1991年。
[48] 《典論・論文》。

　　這一類型的創造更多的是將作者視為全知全能的,而讀者則只能
被動聆聽作者的話語,這在文學閱讀中是可能發生的,但它並不能涵
蓋閱讀的全部狀況,甚至也不是積極閱讀的狀況。所以,它必須要有
其他類型的創作來加以補充。

三、燭照意識

　　在閱讀文學時,讀者可能有著自己的思想,並不完全是以作者的
訓誡為準繩,並且在許多不同的文學的講述中,講述的聲音可能是眾
聲喧嘩,各種聲音相互抵消。讀者並不會像一塊橡皮泥那樣,一會兒
被這樣鑄造,一會兒又被那樣鑄造。所以,創作要對讀者施加影響力,
更有效的作法是將讀者視為一個也有著思想的主體,作者不是要將他
視為沒有主見的人,任憑自己去鑄造他的靈魂,而是將他看作與自己
相近的人,只是自己在某一方面有先見之明,可以用創作的光輝來燭
照讀者的心靈,開啟他們的心智。但丁在《論俗語》中從人的理智與
本能間的關係推導出,在藝術傳達中有著理性與感性的統一,藝術由
感性的媒介來傳達出理性的思想。在這一認識中,讀者被賦予了與作
者在理性上對話的權利,讀者受到作品的影響時,是經由他自己理性
的甄別後形成的。作者鑄造讀者心靈的特權遭到一定程度的懷疑後,
他的燭照讀者心靈的稟賦則有了一個支撐。

　　作者與讀者都是人,作者並沒有創世神話中的上帝那樣的神靈,
可以自由塑造他所試圖見到的人的樣子,但在開始,燭照讀者的方
面,他卻可以比讀者優越。這一點啟蒙主義者狄德羅是談得很明確。
他說:「古代的作者和批評家都從自我教育開始,他們總是在學完各
派哲學以後才從事文藝事業。」[49]而在古代時,各種專門知識還沒有

---

[49] 伍蠡甫主編:《西方文論選》(上卷),上海:上海譯文出版社,1979 年,頁 375-376。

分化，哲學佔據著學問之母的地位，學好各派哲學也就相當於掌握了當時的全部知識，這在古代連基礎教育都未普及的狀況下，作家實際上就充當了公眾的導師，他以創作來燭照讀者是完全可能的，而且也似乎是有必要的。

以燭照讀者作為創作的出發點，這比認為讀者心靈是由作者鑄造的觀點進了一步，它已承認了讀者人格的存在，並且讀者經由燭照之後已有可能達到或接近作者心智的水準，而在鑄造的關係中，鑄造者和被鑄造者始終是有天壤之別的。但是，至少在作者的「寫」和讀者的「讀」這一關係中，讀者是處於失聲的位置，作者擺出開導者的姿態，讀者可以聽從或拒絕作者的話語，但除此之外似乎不存在讀者反詰的機會，不存在讀者不同於作者意圖來理解文本的權利。讀者的失聲，反過來又促使了作者的過度的發聲。

19 世紀歐洲的浪漫主義和現實主義的文學，都堪稱是以「燭照」讀者為己任的典範。浪漫主義標榜想像和激情，假定了讀者也有這一心理機制，可以受到作者的感染。浪漫主義作家雨果說：「真正的詩人像上帝一樣同時出現在他作品中的每一個地方。」[50]這段話是說，詩人可以憑藉自己的想像來處理作品中人物、事件及其相互關係。不言而喻，雨果在這裡並沒有考慮到讀者的願望和要求，假使讀者可以應邀加入到作品的場景中，那麼詩人作為上帝的角色也不允許讀者的話語出場。

至於現實主義文學則以客觀性見長，但這種客觀性是包含了作者視點的。巴爾扎克在《人間喜劇》的前言中，說他在忠實地講述現實生活的同時，也力圖進一步探究現實生活中各種現象的原因，並且對思考到了的原因再加以思考。弗‧傑姆遜提出了現實主義文學的特

---

[50] 伍蠡甫主編：《西方文論選》（下卷），上海：上海譯文出版社，1979 年，頁 192。

點，他說：「傳統的故事中有各種價值觀，人們都相信這些故事，並且以為生活就是這樣的，而現實主義的小說家就是要證明現實其實不像這些書所說的那樣。這樣，現實主義的小說家便可以說是改寫了舊的故事……這樣理解，我們才有可能真正地把握住真正的現實主義的力量所在。」[51]從傑姆遜的這一論述角度來看，現實主義的真正魅力倒不是客觀地描摹現實，而是告訴讀者應怎樣來看待現實，讀者被置於了應受到作者燭照的地位。燭照讀者心靈的創作追求，看來比鑄造讀者心靈有更充分的合理性，不過，這一追求假設至少在作者寫作的範圍內，作者比讀者有更深刻、更正確的見解，而在讀者閱讀了作者創作的文本後，也就基本上接近了作者的水準。所以，在此基點上來厘定創作的位置，勢必要求作者不斷地創新和變幻風格，以保持同讀者的一段距離。

四、逐潮意識

　　「燭照」讀者的文學註定了是一種對作者不斷提出新的要求的文學，被「燭照」了的讀者對於燭照的允諾也會不斷提出自己新的需求，這樣就造成了一種迴圈關係：作者事先承諾了燭照，而事後讀者又再要求新的燭照。在這種雙重要求的合力下，燭照的文學就只能不斷地變化自己的觀點、技巧和一些涉及到觀念的方面。文學的這一內在的革新要求結合到文學的產業化特性就更為突出了。

　　單從作者的創作和讀者閱讀來看，文學都發生於一種傳達、交流的需要，而這一需要又植根於人的精神的溝通上，它同人的親子之愛、友朋之誼一樣，都是人的內在的需求，在最為古老的人類生活中

---

[51] ［美］弗‧傑姆遜：《後現代主義與文化理論》，唐小兵譯，西安：陝西師範大學出版社，
　　　1986 年，頁 223。

都可以找到它的表現。因此，文學的產業化並不是文學必然伴隨的特性，也不是文學產生的基礎。但是，在一個商品生產逐漸滲透到社會各個層面的時代裡，文學由作者口授的講故事、吟詩，演變為先是書寫再經由印刷出版銷售流通，最後讀者才得以閱讀的機制，文學的產業化的特性就突出了。從事文學出版發行的部門，要從投入／產出的關係考慮，把文學作為產業來經營。

　　從產業化的角度來看文學，在產品專利制興起後，落實到文學就是版權問題。版權法規定，每一取得版權登記的創作都有其獨創性，而該獨創性可以使它不被認為是對前人或同代其他人的因襲，同時該獨創性作為登記了的作品的標誌，在規定年限內，別人也不得對它進行抄襲。原型批評家弗萊曾指出，版權法實施後對於藝術獨創的強調可能太誇大了，所謂獨創的作品其實可能 99%是沿襲的傳統，真正獨創的部分只占 1%。他說：「喬叟的許多詩都是從他人詩作翻譯或轉述過來的；莎士比亞，他的戲劇有時簡直是他所取材的前人戲劇的翻版；彌爾頓呢，他所尋求的不過是盡可能多地抄襲《聖經》。」[52]其實弗萊指明的這些現象在一般產品專利中並不足怪，有許多專利只是對原本在技術上做了一點細小的改進，而該改進就足以使它有作為專利的資格。

　　那麼，以此來看喬叟、莎士比亞、彌爾頓等人創作對原本的改動就相當大了。在這一版權制的影響下，每一新作都得小心地迴避已有版權保護的文本的特性，同時又能努力標明自身的新創，於是創新的局面成了一種潮流。這一潮流所及，甚至成了一條批評的尺度。誰都不甘心自己的創作被評為缺少新創，而有所新創的評語本身也就可以成為對其他缺陷進行辯護的話語。反之，缺乏新創就成為作者沒有才

---

[52] ［加拿大］N.弗萊：《作為象徵的原型——神話－原型批評》，葉舒憲編選，西安：陝西師範大學出版社，1987 年，頁 149。

能，其創作也沒有價值的證明。這一追趕獨創的浪潮聲勢之大，使得文學理論家們常有眼花繚亂之感，就連直接面對文學現象的批評家們也都有疲於奔命的感覺。法國現象學美學家杜夫海納說，在當代，「藝術家們也不能再相信拉斐爾或拉辛了。讚賞他們嗎？是的。重複他們嗎？不。……要承前啟後而又能自成一家，這不是容易的事，隨意地確定自己的獨創性。這就是為什麼在想像的博物館中會有如此眾多，不計其數的藝術作品出現的原因。那就是求新，不斷地求新。」[53]不斷求新成為作家們共同的追求目標後，它就成為了潮流。印象派繪畫在最初成果問世 20 年後終於進入了美術學院的講壇，被當成一種新的風格來講授，而這時美術上更新的潮流已是後印象派，他們將早期印象派畫作看成已不時興了的傳統。

　　這樣就有了一種追逐潮流的創作類型，這一類型的創作並不關注它同已有的美學秩序的聯繫，並不去努力攀登前人指明的美學的高峰，也不十分關心自己在文學史上的未來地位和影響，它只是表明：它是時代潮的先行者。從作家本人來說，現在唯新是尚，創新是他滿足自尊的方式。而在文學產業看來，這恰恰吻合了他的產品行銷策略，它就是要使新銳之作擠進原來已經相當飽和的圖書市場。你已閱讀過荷馬、莎士比亞、曹雪芹嗎？那好，現在這些新作你沒有看過。你沒有讀過這些新類型的文學，你就不能算是具有全面的文學修養的人。在文學產業化的干預下，文學逐潮成為文學產業的包裝策略。

　　幾種類型的創作意識已如上述，這幾種類型的出現有一個大致的時間序列，其先後與我們上面論述的次序一致。需要澄清的一點就是，這種一致是從理論上來看的，而就創作的實際狀況來看，也可以出現交叉、融會或顛倒。譬如，在當今兒童文學創作的領域，鑄造和

---

[53] [法]杜夫海納：《美學與哲學》，孫非譯，北京：中國社會科學出版社，1985 年，頁 187。

141

燭照的創作類型就仍佔有主導地位；又如在古代也有逐潮式的創作，一些單篇的創作問世，造成「洛陽紙貴」的局面後，其模仿、追逐者也是趨之如鶩。古代詩歌創作中樂府詩，格律詩中的律詩、絕句，以及在往後的詞牌創作也是各有自己的鼎盛期。

　　總的來看，這三種創作類型仍是有一個先後次第的，撇開那些繁雜的現象枝節，那麼，鑄造的文學在社會只有少數人識字，並且只允許少數人對於《聖經》，對於四書五經有解釋權的狀況下適用，它同該社會的主流意識形態的霸權地位是相匹配的。燭照的文學則在教育相對普及，社會已開始崇尚知識、理性的狀況下，作者以一個啟蒙者的姿態出現，他仍是高踞在讀者之上，但同時願意對讀者作出「俯就」之態。逐潮的文學中作者同讀者之間，有了商品交換關係的介入，在這時已基本上實現了雙方的平等對話，作者的優越感在這裡只能以他在創作上的領先一步來標明了。文學創作的這諸種類型的客觀存在，顯示出它們在「文學」這一系列下，其實有著各自不同的特性。特里・伊格爾頓曾說：「人們在一個世界裡把一部作品視為哲學，到下一世紀又視為文學，或是先視為文學，後視為哲學，人們也可以改變關於什麼是有價值的作品的想法。他們甚至可以改變用以判斷什麼是有價值的和什麼是沒有價值的根據。」[54]他所說的文學與哲學之間的互移，在中國古典文學中則更多地體現為文、史的互融。《左傳》、《史記》是史著兼涉文學，《三國演義》、《水滸傳》是文學兼涉歷史。文學界限的模糊使得在文學內部體現出很大張力，一種類型的文學與另一種類型的文學之間的差異，有時並不比它同非文學類別的差異更小。

　　在對文學進行理論的審視時，除了應對作者、作者創作的文本，以及讀者的閱讀語境加以甄別、研究外，自覺地思考影響作者創作意

---

[54] ［英］特里・伊格爾頓：《文學原理引論》，劉峰譯，北京：文化藝術出版社，1987 年，頁 14。

識，研究使文學創作有著不同的閱讀的潛在屬性方面，也是有其價值和意義的。批評家在評價創作時當然可以有他自己的評價尺度，但也應注意到作者創作取向的範圍，不同取向的創作理應有不同批評尺度。

第三節　創作過程

鄭板橋從繪畫的角度對文學創作的過程做過著名的表述，即從院中之竹到手中之竹的過程。「江館清秋，晨起看竹，煙光、日影、露氣，皆浮動於疏枝密葉之間。胸中勃勃，遂有畫意。其實，胸中之竹，並不是眼中之竹也。因而磨墨、展紙、落筆，倏作變相，手中之竹，又不是胸中之竹。」[55]其創造過程包括館中之竹、眼中之竹、胸中之竹、手中之竹。葉燮《赤霞樓詩集序》精闢地概括了創作過程，他說「遇於目，感於心，傳之於手而為象。」我們可以分別以藝術素材的準備、藝術發現的經歷、藝術意象的構思、藝術形象的傳達來概括。

文學創作過程是指文學作品的形成過程。對這一過程主要有兩種理解：從一般意義上講，是指前面鄭板橋所論述的創作主體的藝術創造過程。從接受美學的角度講，文學作品是由作家和讀者共同形成的，因此，這個過程包括了作家寫作、文本出版發行和讀者接受三個環節。

本節從探索文學虛構的角度來深化主體文學創作這一問題。對於文學活動的界定人們大多是從虛構上著眼的，即認為文學是對現實的虛構，但是這樣的界說並不周全，虛構並非是對文學的唯一界定。從心理學意義上說，文學不是以摹寫對象的物理性徵見長，而是以敘述

---

[55]　《鄭板橋集‧題畫》。

出對象給予人的心理感受見長。把文學文本當成現實存在來思考，文學首先是現實存在與文學文本的對話關係。文學存在文本內部與文本互相關係的對話關係，文本創作與接受上的對話關係，文本歷史語境與現實的對話關係，文本與文化審美圖式的對話關係。

一、重新審視文學虛構說

文學虛構說這一認識的淵源相當久遠，至少可以追溯到古希臘亞里斯多德的《詩學》中。亞氏認為，詩人的職責不在於描述已發生的事，而在於描述可能發生的事。史學家與詩人之間的差異在於一是敘述已發生的事，一是描述可能發生的事。在這樣一個說明中，史學由於有對於歷史事件作忠實記錄的條律規定，是被當成史實來看待的。那麼，文學在與之進行對比時就自然而然地被放置到與歷史不同的地位。

虛構成為對文學的性質界定。但是，這樣的界說是不周全的。因為歷史學作為對歷史事實的記述，它不是鏡映歷史，而是站在一定的意識維度來對歷史作出描述。歷史過程作為一個不可復返的向量，任何事後的追述都不可能復現它在當時所具有的各種可能性和偶然性。歷史學的理論框架目的在於尋求事物發展規律。再則，歷史學家在回溯過去的歷史時，他只能以自己的生活時代所具有的眼光來看待歷史，他必然會以自己所處的當代的文化眼光來解釋和評價歷史。

因此，單獨說文學不同於歷史等意識形態的特性在於虛構，這一觀點是不夠穩妥的。歷史學在選擇史料、確立視點以及評價歷史過程、分析事件因緣等方面，也有著撰著者的主觀性因素，它也有著某種意義上的虛構。反過來看，文學也可以像歷史學那樣尊重給定的歷史史實的本來面目，如報告文學、傳記文學作品，實際上也可以看成

是對一定歷史人物與事件的高度寫實和審美記錄。這一點就連認為文藝與真理「隔了三層」的柏拉圖也不否認，他曾假借蘇格拉底的話說：文學是不是有兩種，寫實的和虛構的，我們的教育要包括這兩種。因此，虛構並非是對文學的唯一界定，而且對它應從心理上來揭示。

　　文學不是以摹寫對象的物理性徵見長，而是以描述出對象給予人的心理感受見長。當我們說文學是一種心理世界的物化形式、符碼或話語體系時，其世界已暗含了實體性的含義。虛構可以說明作者在運思時的狀況，但一旦付諸筆端，形成了一種有物質形式的文本後，它就成為了心理世界。它既不是純粹自然狀態的物，也不是漂浮無定的人的主觀感受，而是作為一種已經具有了獨立於作者本人力量的客觀化了的主觀。從其產生的來源講，它是主觀的，從其產生後所具有的可以獨立於個人意識的性質來講，客觀存在是不以人的意志為轉移的。因此，從虛構的角度來論說文學只是說到了文學的產生根源，而不能很好地界定文學在此時「在場」的屬性。更為關鍵的是，文學作品寫出之後，已經成為一個客觀化了的文本，就具有了一種現實性存在的意義，這時僅從其產生來源上來界定它就顯得十分幼稚了。這就如同對一位現實中或歷史中的英雄，只從其生理結構上，甚至只從其遺傳基因上來剖析他有英雄的素質一樣，是很幼稚的。

　　我們並無意於在此對虛構說進行理論顛覆，而是認為在虛構之外還應有另外的視點來考察已作為文本存在著的文學，即換一種說法而已，由這一視角的轉換，我們才能看到文學作為存在的一些對話屬性。

二、文本內部與文本相互關係的對話

　　對話，即一種交談、會晤，它必須有晤談的雙方乃至多方：這裡所說的文本內部的對話，通俗一點說，即文本內部的上下文關係，文

本顯義與隱義的承接關係，文本題材與主題間的照應等。這種對話關係必須落實到文本的物化形式上才能較好地說明。如杜甫詩句「兩個黃鸝鳴翠柳」，單此一句也很平常，沒有什麼特殊的值得讚賞之處。但又接一句「一行白鷺上青天」，這樣，「兩個」與「一行」的數字對稱關係就出現了，而黃鸝與翠柳、白鷺與青天，又呈現出一幅色彩斑斕的圖畫，再又有「鳴」所處的靜態與「上」所顯示的動態，構成動靜平衡的張力結構，再又有兩句詩中體現的近景與遠景交錯的，既有鏡頭景深感又有近物特寫的美學透視效果。由此，兩句詩之間形成了一種互相以對方為依託，又都反過來呈現出對方的妙味的對話效果。這一對話，不是以一方來言說另一方，而是雙方互相對對方加以言說並也對對方的言說予以反應。這一對話關係與其說是作為作者的杜甫頭腦中創構的，毋寧說是語言規則本身的規定，也毋寧說是人們的接受心理上具有的「格式塔質」的慣性，它不是單由對作者虛構的解說就可以充分揭示的。

　　文本內部的對話關係也可以採用較為隱晦的形式。魯迅小說《藥》中，華老栓一家與夏瑜一家的悲劇故事，由兩家的姓氏可以簡讀為「華夏悲劇」，即由具體的人物和故事寫出了中國的社會悲劇，而由小說末尾的墳上的花環又暗示出悲劇之後可能有新的希望：在這裡小說的具體生動性與整體象徵性，語意義與象徵義之間就有了一種對話關係，象徵意蘊要由具體描寫襯托才有血肉，具體描寫又得靠象徵意蘊才有深度。對此，我們當然也還可以說這是魯迅在虛構這一小說時就有的思想，但是我們也應該考慮到這一追溯作者原意的思路在大多數場合下是行不通的。譬如《紅樓夢》的主題探討，就可以從政治到誨淫，從影響國家大事的反清復明思想到寫作者的個人情感遭際等方面作很大跨度的躍動。我們最好還是將原意這一幾乎無法稽考的問題擱置起來，將其看作文本內部的一種意義的對話關係，它可以有一經寫

出就獨立於作者控制的能力，這樣才能給各種對文本的釋讀敞開一道大門，使對文本的閱讀有更多意趣。文本內部對話關係的物性特徵還可以從文學語體上見出。鐘嶸曾標舉五言體詩居文詞之要，也有許多論者表示附議，稱五言詩「獨秀眾品」，「佳處多從五字求，解識無聲弦指妙」等。這種對詩歌五言句式的推崇實際上是在七言詩盛行的背景下提出的，按王力的說法，「多數七言詩句都可以縮減為五言，而意義上沒有多大變化，只不過氣更暢，意更足罷了」。反之，「每一個五言句式都可以敷衍成為七言」[56]。由此，我們就從五言、七言可以互相轉換中見出，寫成五言詩的詩作有對意義更含蓄雋永的追求，寫成七言詩的詩作有對抒情寫意更酣暢的追求，每一種語體方式都對另一種方式進行了一種「應該這樣」的對話。

　　同時，文本與文本之間還有一種互文性。即文本作為一種話語來顯示它的存在時，各個文本之間也就有了對話，其中一個文本的狀況對另一個文本的狀況會有直接或間接的影響，相互都以對方作為文本，自己則成為該文本的話語。如以李白寫三峽的兩首詩就可見其互文性。

　　　　　朝辭白帝彩雲間，千里江陵一日還。
　　　　　兩岸猿聲啼不住，輕舟已過萬重山。

這是有名的《朝發白帝城》，單從字面上看，這只是記山水、寫遊記的詩。李白的另一首《上三峽》單獨來看也同樣如此：

　　　　　巫山夾青天，巴水流若茲。
　　　　　巴水忽可盡，青天無到時。

---

[56] 王力：《漢語詩律學》，上海：上海教育出版社，1979 年，頁 234。

　　　　　三朝上黃牛，三暮行太遲。

　　　　　三朝又三暮，不覺鬢成絲。

這兩首詩分別寫於李白因流放去貴州的歸程與去途，那麼瞭解了該寫
作背景後，就可以看出遇朝廷大赦而「一日還」的欣快與大赦前作為
被流放者「三暮行太遲」滯重的對比，其中一篇詩作就是對另一篇詩
作的診釋。在當代作家中，高曉聲創作的「陳奐生系列小說」也體現
了文本間的互文性。第一篇《漏斗戶主》發表後雖也得到了個別批評
家的關注，但作者並不滿足，認為沒有達到該創作應有的社會反響程
度。於是又寫了第二篇《陳奐生上城》，寫農村實行責任承包制後早
先老吃補助也吃不飽的陳奐生在改革的大背景下的變化。作者自敘是
想以第二篇小說來救活反響不大的第一篇小說，結果真的遂願了。要
理解《陳奐生上城》，就應再看看早先發表的《漏斗戶主》，而看了《漏
斗戶主》，又應再看《陳奐生上城》才有完整的人物性格的把握。可
以說，兩篇小說構成了互襯的對話關係。

　　其實，在文學史上，任何新的巨著的問世都可能追溯到一個古老
的源頭，從而使整個文學影響史應作出局部的甚至根本性的改寫，這
也就是文本間對話關係的體現。羅朗・巴特曾說：

　　　　所有寫作都表現出一種與口語不同的封閉的特性。寫作根本
　　不是一種交流的手段，也不是一條僅僅為語言（language）意向的
　　通行而敞開的大路。……它根植於語言的永恆的土壤之中，如同
　　胚芽的生長，而不是橫線條的延伸。它從隱秘處顯現出一種本質
　　和威懾的力量，它是一種反向交流，顯出一種咄咄逼人的勢態。[57]

---

[57]　伍蠡甫、胡經之：《西方文藝理論名著選編》（下卷），北京：北京大學出版社，1987 年，
　　　頁 444。

寫作出的文本一方面確實可以用於交流，另一方面又如巴特所說是
「反向交流」，即文本不斷接納詮釋者圍繞它而作的診釋，文本在顯
示自己意義的同時又不斷形成新的意義。這一特性，從作者虛構的角
度是無法窺見的。

三、文本創作與接受上的對話

從接受美學的角度來說，每一部文學作品都只是在被讀者、聽眾
等接受之後才成為現實的作品。既然如此，那麼對文學文本的界定就
應聯繫到接受問題。反過來說，文學接受是在文本創作的基礎上進行
的，接受狀況得受創作狀況的影響。這樣，通過文學文本，創作與接
受之間就有著一種對話關係。文本經由創作才得以產生，它呼喚接
受。而接受後對文本的詮釋又向創作提出了某種詰問，從而成為二度
創作，成為在文本之側的副文本，它們共同構成了文學的作品。

在這樣一種對話關係中，文學接受具有十分重大的意義。特里•
伊格爾頓曾說：「一部文稿可能開始時作為歷史或哲學，以後又歸入
文學；或開始時可能作為文學，以後卻因其在考古學方面的重要性
而受到重視。某些文本生來就是文學的，某些文本是後天獲得文學
性的，還有一些文本是將文學性強加於自己的。從這一點講，後天
遠比先天重要。重要的可能是不是你來自何處，而是人們如何看待
你。」[58]這就表明，文學文本作為一種審美意識的物質載體，它是由
創作決定的。文學文本作為一種藝術的話語體系，其話語的含義則是
由創作與接受共同釐定的。離開了接受，也就沒有了文學。

---

[58] ［英］特里•伊格爾頓：《文學原理引論》，劉峰譯，北京：文化藝術出版社，1987 年，
頁 11。

應該說明的是，文學文本的對話與日常語境中的對話是不同的，早在柏拉圖就意識到二者的區別。他指出，在面對面的交談中，可借助於語氣、聲調、手勢及一定演技來輔助談話，以補助話語表達的不足。但對於書寫來說就沒有這一條件了，它只能依靠對書寫出的文本的解釋來補救。單從柏拉圖這一區別來看似乎是指出了書寫的不利，不過，由於書寫的話語在面對讀者時缺乏面對面交談的語境，就解放了談話主體與聽話主體。闡釋學家保羅・利科爾據此說明：「由於書寫，文本的『語境』可能打破了作者的『語境』。書面材料對於對話條件的解放是書寫最有意義的結果。它意味著書寫和閱讀之間的關係不再是說和聽之間關係的一種特殊情形。」[59]

所謂文本的語境不同於單純作者寫作時的語境，是因為文本作為書寫物存在時，作者只是一種缺席的存在。文本話語同讀者構成了語境中的雙方，文本作為發話者的一方，或者說作為讀者提問的回答者的一方，它的內涵可能小於也可能大於作者所意識到的思想。在此狀況下，根本就不可能用作者的主觀意識如何尤其是作者的虛構來說明問題了。當然，文本的話語世界畢竟只是話語而不是現實的物質存在，但我們仍可以說他是物質性的。文本接納了作者的意圖，文本對於讀者就形成了一種召喚結構，這種關係是作為現實存在而需要我們去探討的。

四、文本歷史語境的對話效應

前面已提到了文本語境的術語，它是指文學文本同讀者接觸時，文本同讀者之間形成的話語交流關係，那麼，要更深刻地理解文本語境的問題，還應從文本的歷史語境來作考察。

---

[59] [法]保羅・利科爾：《解釋學與人文科學》，陶遠華，袁耀東等譯，石家莊：河北人民出版社，1987 年，頁 142-143。

　　文本是作者的書寫物，但這種父子式的關係在寫作過程終結時就算了結了。作者有權對原先的書寫物進行修改，但該文本如果發表了的話，就可以說修改之作一定意義上已是新創之作，作者沒有權力對別人手中的原有版本也加以改寫，也無權宣稱其為非法的。文本被作者寫成發表後也就被拋向了歷史，聽憑歷史的潮汐來主宰文本的浮沉和走向。這裡提到歷史一詞後，就有了一種深廣的時間維度，更主要的是一種時代維度的厚重感。但是對歷史一詞也有必要在此作新的理解。海頓‧懷特曾說：

　　　　已故的 R.G.柯林伍德認為一個歷史學家首先是一個講故事者。他提議歷史學家的敏感性在於從一連串的「事實」中製造出一個可信的故事的能力之中，這些「事實」在其未經過篩選的形式中毫無意義柯林伍德沒有認識到，沒有任何隨意記錄下來的歷史事件本身可以形成一個故事；對於歷史學家來說，歷史事件只是故事的因素。事件通過壓制和貶低一些因素，以及抬高和重視別的因素，通過個性塑造、主題的重複、聲音和觀點的變化、可供選擇的描寫策略，等等——總而言之，通過所有我們一般在小說或戲劇中的情節編織的技巧——才變成了故事。[60]

海頓‧懷特在這一大段論述中體現出這樣一種歷史本體觀，即作為真實的過去的歷史文本是一去不返，已不復存在的。我們所說的歷史只是對歷史文本的記錄、闡釋和評價，它是從歷史文本中捕捉到的一些「事實」碎片，再把「事實」碎片按照一定的歷史觀串接起來。同樣的「事實」，從一個角度可以寫成悲劇，從另一個角度可以寫成喜劇

---

[60]　張京媛主編：《新歷史主義與文學批評》，北京：北京大學出版社，1993 年，頁 163。

甚至是滑稽劇。因此，從這種對歷史的理解來看歷史，歷史浮現在我
們的意識中時，已不是中立的客觀的文本，而是一種虛構出的話語，
這並不是說歷史容許人們去隨意篡改，而是說觀察記錄歷史的立足點
和使歷史事件體現出某種蘊含的認識都是人為的因素使然。所以，文
本的歷史語境其實就是文本讀者與歷史話語的一種「共謀」或者稱之
為「聯手行動」。

　　從中國農業文化上來設置這一歷史語境。眾所周知，中國古代農
業是在黃河流域一帶發展起來的灌溉農業，這裡就涉及到家庭化的小
農生產與家庭之外的防洪與灌溉工程如何配套的問題。小農生產是以
家庭中的長幼秩序定尊卑的，以此產生一個頭領來引導家庭成員的分
工合作，而防洪灌溉的公共工程則要在聯合諸多家庭實體的基礎上才
有可能。馬克思曾說：

> 在亞洲，從遠古的時候起一般說來就只有三個政府部門：
> 財政部門，或者說，對內進行掠奪的部門；戰爭部門，或者說，
> 對外進行掠奪的部門；最後是公共工程部門。……使利用水渠
> 和水利工程的人工灌溉設施成了東方農業的基礎。[61]

明確了東方農業的水利化特色後就可以對問題作進一步的清理了，即
作為公共工程的水利建設必須合作進行，單靠家庭之間、村落之間的
合作還不夠，它有賴於一個中央政府調動上萬、幾十萬甚至上百萬的
民工來修築、養護水利設施，有賴於一個權威機構來作統一的水利規
劃。但這種大一統的集權統治同小農生產的個體性之間有著矛盾，這
就需要一種文化來調適它。在中國古代，家國一體的政治倫理觀念就
充任了這一角色，它是把家庭中的父子主從關係推廣到國家範圍的君

---

[61] [德]馬克思：《不列顛在印度的統治》，《馬克思恩格斯選集》(1)，北京：人民出版社，
1995年，頁762。

臣主僕關係。這一關係的維繫除了以軍隊作為暴力的物質的保證以外，就是以禮、樂等文化意識來固化它，使人在既定文化秩序中潛移默化地認同它的合法性。所以，把孔子對「樂」所發的那段議論的矛盾放置在這一歷史語境中就不難理解了。「樂」是作為承載家國一體文化的意識來顯示其權威性的。孔子認錯時講「前言戲之耳」，並非真是前面說了一句玩笑話，而是個人的真實感受比起社會的文化慣例來說微不足道。在社會的「道」面前，個人的思想感情只有「戲」的位置。這就是該段文本所體現出的歷史語境的文化蘊含。應該說，文本歷史語境的對話效應在很大程度上已超越了文本的範疇，更不用說它超越了作者的創造或虛構的範疇。這一歷史語境是由批評家設置的，但在此設置中又有著客觀依據。它有似於幾何證明題的輔助線描繪，通過它可使證明順利地完成。

五、文本與文化審美圖式的對話

　　文學文本是一個符碼系統，更是在某種文化圖式中的審美符碼系統。因此，對於文學的研討，就有必要從文本與它所處的文化審美圖式的對話關係來看待。在此，我們可以從一則繪畫實例來引人話題。明代時，曾給《水滸傳》人物繪像的著名畫家陳洪綬少時以北宋畫家李公麟的畫法為師。他曾到杭州拓印了李公麟的《七十二名賢》來作臨摹。周亮工《讀畫錄》裡曾記載：「閉戶摹十日，盡得之。出示人曰：『何若？』曰：『似矣。』則喜。又摹十日，出示人曰：『何若？』曰：『勿似也。』則更喜。」陳洪綬繪畫由模仿前人到不模仿前人的事例，可以說明藝術創造可以從其他角度來論述。我們這裡則是要指明，他同前代畫師畫法的相似是進人了前代畫師構築的審美圖式，而後來他又脫離了這種相似，則是在原來進人該圖式的基礎上又來同該

圖式展開對話。相似而喜，是表明了對話的前提已經產生。不似而喜，則是對話的格局已經形成。可以說，瞭解文學文本同某種文化審美圖式的對話關係，既是瞭解文學發展中沿革關係的重要鎖鑰，也是瞭解文學文本自身特性的一個重要門徑。

　　文學文本同某種文化審美圖式的對話是文學美感魅力的重要來源之一。從前人詩論中的所謂移情入景，我們可以見出這種撇開外形，直指心性的對話關係。葛立方《韻語陽秋》卷四中說：

> 竹未嘗香也，而杜子美詩云：「雨洗涓涓靜，風吹細細香」雪未嘗香也，而李太白詩云：「瑤台雪花數千點，片片吹落春風香。」

在這一論析中，我們可以從移情、通感等心理美學的角度來作分析，但在這裡我們則是從對話角度來看待它的價值。應該說，竹、雪之類本來都沒有香味，而且即使對有香味的物品，文學也不能描繪出它的情狀的具體方面，這是文學形象的間接性所決定的。詩人在這裡寫無香之物的「香」，這本身就是對人們日常生活經驗的悖逆，看起來是不通的。但這一悖逆實則是一種超越，即它寫出了竹、雪一類景物在中國文化中被賦予的意味。竹的正直、虛懷若谷、節節向上的姿態，雪的素樸、翩翩而落時的飄逸，正是中國文人士子所追求的人格理想範型。在這一文化圖式襯托下言其為「香」，可以說是非常精緻貼切的。由此，兩首詩中的「香」就是在無理和有理的兩重語境中滑動，它不通卻又通，通卻又不通，這種滑動體現了文學文本同文化審美圖式之間的對話關係。這種對話其實還不局限於個別詞語的或者某種創作意圖的方面，它還可以體現為整個文本的含義與文化審美圖式之間，構成了一種既相契合又相分離，既有合作又有抵牾的矛盾關係。

　　俄國批評家巴赫金在他的對話理論中，把陀斯妥也夫斯基的《卡拉馬佐夫兄弟》說成是一種複調小說，是小說中的人物之間、小說人

物同作者之間以及小說作者的各種思想之間的一種「雜語」，它們構成了一個多聲部的對話場景。他又把拉伯雷的《巨人傳》視為一種「狂歡節」式的挪揄，從而對當時傳統的官方意識形態進行了嘲弄。在這類小說或詩歌文本中，只有將其視為作者創作出後已具有獨立秉性的存在才有可能見出它的內在底蘊，而且不管作者是怎麼想的，文本都對於某種文化氛圍展開了一種對話。

　　這種文本與文化審美圖式的對話也可以在眾多文本構成的某一風格類型或流派的規模上進行。如對於五四新文學性質的認識，郁達夫和周作人就看法迥異。郁達夫曾說，中國現代的小說，實際上是屬於歐洲的文學系統的。但是周作人卻有另一種看法。他說：「我已屢次地說過，今次的文學運動，其根本方向和明末的文學運動完全相同。」[62]兩人的看法壁壘分明，但對於五四新文學來說都不是沒有根據的妄論。可以說，鬱氏見解指出了五四新文學的橫向移植，它主要體現在文學的創作觀念上。周氏見解揭示了五四新文學的縱向繼承，它主要體現在文學的語言口語化上。如果這樣的折中之論可以成立的話，那麼就連帶地引出了下一個問題，即五四新文學是在本土文化傳統與西方舶來文明的雙重影響下出世的，而這兩方面的文化矛盾又非常大。五四新文學處在這一夾縫中，就既有著以西方科學文化的普羅米修士之火來燭照東方倫理文化的啟蒙任務，又有著以東方國情民情的不同特性來創造地轉化西方文藝精神的要求，處在這一夾縫中的地位決定了它是不斷地在與此二者進行對話的。五四新文學的文學品貌既不同於明末文學，也不同於歐洲的啟蒙主義文學，但同該二者都可以分別加以比較，而明末文學則與歐洲文學之間很難簡單地加以比較。實際上，比較是在同一中見出差異的觀察，兩者缺一不

---

[62] 周作人：《中國新文學的源流》，北京：北平人文書店，1934 年，頁 104。

可。同一代表了共同的話語系統，差異則表明了在此系統中對話的進行。

第四節　創作思維

文學創作思維是作家創作主體性的集中體現。作家在文學創作中的主體作用，主要取決於其獨特的創作語境、創作心態以及在此基礎上形成的心理運行機制。創作思維一直是中外文藝理論家、作家和藝術家普遍關注的一個重要問題。它不僅具有深刻的理論意義，而且與創作實踐存在著千絲萬縷的聯繫。從文學理論史的角度看，關於創作思維的論述十分豐富。古今中外文論體系中有不少文學思維的觀念範疇，例如「神思」、「凝思」、「潛思」、「苦思」、「覃思」、「精思」、「妙思」、「詩思」，「虛靜」、「苦吟」、「興會」、「興會」、「妙悟」、「冥搜」、「醞釀」等。西方文學理論關於創作思維的研究，主要有柏拉圖的「迷狂說」、康德的「天才」論、尼采的「酒神精神」說、浪漫主義的「激情」理論、佛洛德的潛意識欲望說、榮格的「集體無意識」說等。

本節主要介紹神思、感物、潛意識欲望說三種觀點。

一、神思

神思是中國古代文學理論的一個非常重要的範疇。神思是指主體自由無羈的豐富想像。從文學理論角度來看，神思即藝術家的創作思維活動。《易·繫辭上》釋「神」:「陰陽不測之謂神」，即陰陽變化不可測度叫做神。「惟神也，故不疾而速，不行而至。」又《易·說卦》曰:「神也者，妙萬物而為言者也。」所謂神，是指奇妙生成萬物而言。此處的「神」的解釋包含了後來作為創作思維活動的因數。司馬

相如說過：「賦家之心，包括宇宙，總攬人物。」[63]他借助神思跨越時空、暢遊古今，在賦中描繪了廣闊無限的藝術畫面。陸機《文賦》曰：「其始也，皆收視反聽，耽思傍訊，精騖八極，心遊萬仞。其致也，情曈曨而彌鮮，物昭晰而互進。」[64]作家開始創作時，精心構思。潛心思索，旁搜博尋。神飛八極之外，心遊萬仞高空。文思到來，如日初升，開始朦朧，逐漸鮮明。此時物象，清晰互湧。意謂詩人進行藝術構思、藝術創作時，要全神貫注，讓心靈無限解放，行文無拘無束的輕鬆，思想可以縱橫馳騁不受時空的限制。宗炳《畫山水序》中認為，「萬趣融其神思」，「暢神而已」。他揭示了自然美與人生緊密相聯的哲理關係。在山水之中的精神狀態，最緊要的是一個「暢」字。一切都是自己靈魂的真實的自由，暢神的享受是美感體驗中的最高享受。劉勰的《神思》篇位列創作論之首，他全面論述了藝術想像的定義、作用、情狀等問題。

（一）神思的界定

劉勰認為，神思具有超越時空的自由特質。

> 古人云「形在江湖之上，心存魏闕之下」，神思之謂也。文之思也，其神遠矣。故寂然凝慮，思接千載；悄焉動容，視通萬里。吟詠之間，吐納珠玉之聲；眉睫之前，卷舒風雲之色。其思理之致乎！故思理為妙，神與物遊。[65]

上述引文的意思是，古人曾說：「有的人身在江湖，心神卻繫念著朝廷。」這裡說的就是精神上的活動。作家寫作時的構思，他的精神活

---

[63]　司馬相如：《西京雜記》卷二。

[64]　陸機：《文賦》。

[65]　劉勰：《文心雕龍・神思》。

動也是無邊無際的。所以當作家靜靜地思考的時候,他可以聯想到千年之前;而在他的容顏隱隱地有所變化的時候,他已觀察到萬里之外去了。作家在吟哦推敲之中,就像聽到了珠玉般悅耳的聲音;當他注目凝思,眼前就出現了風雲般變幻的景色:這就是構思的效果啊!由此可見,構思的妙處,是使作家的精神與物象融會貫通。劉勰認為,神思具有誘發作家心物交融的功能,它不受時間和空間的限制,可以自由馳騁,具有異常的活躍性、創造性。西晉陸機曰:「觀古今於須臾,撫四海於一瞬。」[66]他的話也體現了思維活動神奇變化。陸機分析了作家創作過程中的具體狀態,「佇中區以玄覽」(久立天地之間,深入觀察萬物),「收視反聽,耽思傍訊,精騖八極,心遊萬仞」,「觀古今於須臾,撫四海於一瞬」,「籠天地於形內,挫萬物於筆端」,「恢萬里而無閡,通億載而為津」。在此基礎上,劉勰進一步描述道:「夫神思方運,萬涂競萌,規矩虛位,刻鏤無形。登山則情滿於山,觀海則意溢於海,我才之多少,將與風雲而並驅矣。」[67]劉勰認為,在作家開始構思時,無數的意念都湧上心頭;作家要對這些抽象的意念給以具體的形態,把尚未定形的事物都精雕細刻起來。作家一想到登山,腦中便充滿著山的秀色;一想到觀海,心裡便洋溢著海的奇景。不管作者才華的多少,他的構思都可以隨著流風浮雲而任意馳騁。

(二)神思的情狀

　　劉勰提出了「神與物遊」的觀念。「神與物遊」是指創作過程中作者主觀精神與客觀物象的融會貫通。「文之思也,其神遠矣。故寂然凝慮,思接千載;俏焉動容,視通萬里;吟詠之間,吐納珠玉之聲;眉睫之前,卷舒風雲之色;其思理之致乎?故思理為妙,神與物

---

[66] 陸機:《文賦》。
[67] 劉勰:《文心雕龍‧神思》。

遊。」[68]「神」就是神思。劉勰的「神與物遊」是指天人合一，是主體與自然一體、與萬物一體。人與自然的高度感應，在這種高度感應狀態下人的生命體驗和審美體驗的自由，只有實現這種自由，人才能進行審美創造。總之，「神與物遊」是「神」與「物」不分彼此、天人合一的「遊」。「遊」就是生命體驗和審美體驗的自由狀態。在「神」與「物」二者的關係中，「神」顯然地居於主導地位。故接下來劉勰寫道：「神居胸臆，而志氣統其關鍵，物沿耳目，而辭令管其樞機。」[69]作家的主觀精神始終是創作構思時的主宰，「規矩虛位」，神遊萬里，於是便可將萬千物象一一驅役於筆下。

（三）神思的心理

藝術構思階段，陸機是這樣論述的：

> 其始也，皆收視反聽，耽思傍訊。精騖八極，心遊萬仞，其致也，情瞳曨而彌鮮，物昭晰而互進。傾群言之瀝液，漱六藝之芳潤。浮天淵以安流，濯下泉而潛浸。於是沉辭怫悅，若遊魚銜鉤，而出重淵之深；浮藻聯翩，若翰鳥纓繳，而墜曾雲之峻。收百世之闕文，採千載之遺韻。謝朝華於已披，啟夕秀於未振。觀古今於須臾，撫四海於一瞬。[70]

陸機的上述文字認為，藝術構思之始，主體一定要進入一種用志不分的虛靜的精神狀態。接下來談藝術構思的過程，藝術想像的特點。

---

[68] 劉勰：《文心雕龍・神思》。
[69] 劉勰：《文心雕龍・神思》。
[70] 陸機：《文賦》。

莊子曰:「汝齊（齋）戒疏瀹而（汝）心，澡雪而精神。」[71]他提出了認識事物必須具備的良好心境。這是先秦時期道家提出、而為各家所共同承認的思考和認識事物的必要的心理狀態。劉勰的《神思》篇繼承了這一思路，提出「是以陶鈞文思，貴在虛靜，疏瀹五藏，澡雪精神」。劉勰認為在充滿想像活動的藝術構思過程中又必須保持一份虛靜的精神狀態，思考專一，使內心通暢，精神淨化。虛靜是作家對自己心性的陶冶與修煉過程，它強調作家藝術家構思時的專心致志，不要旁及構思以外的其它事物，這樣才能實現真正的創作的自由。

二、感物

中國古代的「感物說」揭示了社會對文學活動主體的影響。從感物的角度探討文學與社會的關係，這是中國文學理論的一個具有民族特色的創見。

《樂記》以人心感物來論文藝的起因:

> 凡音之起，由人心生也。人心之動，物使之然也。感於物而動，故形於聲。

在《呂氏春秋·音初》和《漢書·藝文志》中，也有類似觀點。但作為一種自覺的文藝創作理論，還是出現於魏晉南北朝。西晉陸機《文賦》論文學創作云:「遵四時以歎逝，瞻萬物而思紛;悲落葉於勁秋，喜柔條於芳春。心凜凜以懷霜，志眇眇而臨雲。……慨投篇而援筆，聊宣之乎斯文。」陸機認為，隨四季變化感歎光陰易逝，目睹萬物盛衰引起思緒紛紛。臨肅秋因草木凋零而傷悲，處芳春由楊柳依依而歡

---

[71] 《莊子·知北遊》。

欣。心意蕭然台胸懷霜雪，情志高遠似上青雲。歌頌前賢的豐功偉業，贊詠古聖的嘉行。漫步書林欣賞文質並茂的佳作，慨然有感有感投書提筆寫成詩文。這就是感物起情而作文，所以也將創作衝動稱為「應感之會」。齊梁之際的文論大家對這個問題論述得更為精詳。劉勰的《文心雕龍‧明詩》曰：「人稟七情，應物斯感；感物吟志，莫非自然。」意思是，人具有各種各樣的情感，受了外物的刺激，便產生一定的感應。心有所感，而發為吟詠，這是很自然的。《文心雕龍‧物色》曰：「春秋代序，陰陽慘舒；物色之動，心亦搖焉。」意思是，春秋四季不斷更代，寒冷的天氣使人覺得沉悶，溫暖的日子使人感到舒暢；四時景物的不斷變化，人的心情也受到感染。「是以詩人感物，聯類不窮；流連萬象之際，沈吟視聽之區。寫氣圖貌，既隨物以宛轉；屬采附聲，亦與心而徘徊。」所以，當詩人受到客觀事物的感染時，他可以聯想到各種各樣類似的事物；他依戀徘徊於宇宙萬物之間，而對他所見所聞進行深思默想。描寫景物的神貌，既是隨著景物而變化；辭采音節的安排，又必須結合自己的思想情感來細心琢磨。

總之，「山遝水匝，樹雜雲合；目既往還，心亦吐納。春日遲遲，秋風颯颯；情往似贈，興來如答。」高山重迭，流水環繞，眾樹錯雜，雲霞鬱起。作者反覆地觀察這些景物，內心就有所抒發。春光舒暢柔和，秋風蕭颯愁人；像投贈一樣，作者以情接物；像回答一樣，景物又引起作者寫作的靈感。鐘嶸的《詩品序》曰：「氣之動物，物之感人，故搖盪性情，形諸舞詠。照燭三才，暉麗萬有，靈祇待之以致饗，幽微藉之以昭告。動天地，感鬼神，莫近於詩。」

蕭繹的《金樓子‧立言》曰：「擣衣清而徹，有悲人者，此是秋士悲於心，擣衣感於外，內外相感，愁情結悲，然後哀怨生焉。苟無感，何嗟何怨也？」如此等等，這些應物斯感的各種論述是「感物」的理論依據。

理解「感物」說，有如下兩個問題需要注意。第一，「感」是「興」的前提和基礎，只有在心與物的精神交流之中才能有「感」，也只有在心與物的自然契合之時才能起因感起「興」。「感」是「興」的前提，無「感」便不能起「興」；「興」是「感」的精神產物，由心物相感而產生不可遏止的創作衝動。第二，「感」不同於理智認知，或者說感應不同於反映。「感」與「反映」雖然都源於人對於外界刺激的反應動能，但卻是兩種不同的心理活動。反映基本上是一種理性活動，是人的頭腦對外界事物的客觀認識。而感基本上是一種感性活動，是人的心靈對外界事物的主觀感受。「悲落葉於勁秋，喜柔條於芳春」，其「悲」、「喜」都只是外界事物所感發的主觀之情，而不是反映外界事物的客觀之理。

三、潛意識欲望說

奧地利精神分析學家西格蒙德・佛洛德從潛意識欲望的角度解釋了文藝創作的心理根源。他認為人的心理結構由「伊底」（本我）、「自我」和「超我」組成。其中「伊底」（本我）是指人的性本能，是人格的重要組成部分。人的願望除了權力、財富、名譽、地位、野心等等之外，主要是要求得到發洩和釋放性欲的願望，當性欲的願望受到壓抑不能實現時，往往就患精神病。發洩的途徑有兩個，一是通過潛意識活動，即做夢和幻覺來轉移；另一個是轉入科學、藝術等活動予以「昇華」。這時他通過空中樓閣式的白日夢，來轉移他的利比多，用幻想的生活，求得虛幻的快樂和滿足。藝術是個體無意識的象徵表現，「藝術即做夢」，「夢是願望的達成」，文學藝術是人類的白日夢，借助幻想和想像使人類的厄洛斯和塔那托斯得到合理發洩。佛洛德認為：「一篇創造性作品像一場白日夢一樣，是童年時代曾做過的遊戲

的繼續和代替物。夜間的夢完全與白日夢——我們全都十分瞭解的幻想——一樣是願望的實現。」[72]佛洛德視「白日夢」為文學的本質，文學即「白日夢」的昇華，這一觀點其背後的理論支撐是「性本能」。如果說包括文學創作在內的一切藝術活動其實都是「白日夢」，那麼詩人就是「白日夢者」。作家通過創作來發洩情欲，滿足「伊底」的欲望，是本能的「昇華和補償」。

與佛洛德把藝術看作是個人無意識的象徵表現不同，榮格主張藝術起源於人類的集體無意識，他認為「不是歌德創造了《浮士德》，而《浮士德》創造了歌德。」也就是說，《浮士德》不過是集體潛意識的象徵表現，後者是藝術產生的動力和源泉。

問題研討

文學虛構問題研究

文學虛構是在文學理論、文學批評中使用頻率極高的語彙，但對該語彙的理解和用法卻有著微妙的差異。從這種認識和使用上的差異，進一步探討它們的背景意義和美學內涵，可以深化對文學的認識、把握。

一、對文學虛構的否定看法

文學虛構一詞雖然只是以一個單獨的詞彙出現，而不是像諸如時間與空間、本質與現象、內容與形式等詞彙是成雙成對地呈現的，但是，這一詞彙中的「虛」卻道出了潛在的對立面，即「實」的方面。

---

[72] ［奧地利］佛洛德：《佛洛德論美文選》，張喚民等譯，北京：知識出版社，1987年，頁36。

也就是說，文學虛構的概念本身假定了先有某種真實的、實在的事物。文學來描摹它，而在這一描摹中文學又有不同於所描摹的原型的意思。那麼，文學虛構的概念實際上是文學「摹仿說」的產物，它在文學「摹仿」了外物這一界定的理論系統中發生作用。

在文學的「摹仿說」的理論系統之外，對文學虛構概念的理解可以在兩方面折射出來，但它們都是消極意義上的理解。

（一）消融論

消融論把文學描寫的生活視為生活本身，如果二者形貌上的差異太大，就將其視為缺乏藝術性、沒有價值的；如果達到了相當程度的真實性，則文學作品的位置就被直接挪入到生活本身。費爾巴哈曾指出藝術與宗教的差異在於：「藝術認識它的製造品的本來面目，認識這些正是藝術製造品而不是別的東西；宗教則不然，宗教以為它幻想的東西乃是實實在在的東西……。」[73]但是，費爾巴哈的這一甄別只是在「摹仿說」的藝術觀中才是令人信服的，實際上就在他指明了二者的區分後，接下去他又舉了一個例子：有些奧斯佳克人把鼻煙供給木雕神像，後來過路的俄國人在無人看見的情況下把鼻煙悄悄拿走了。第二天，奧斯佳克人大為訝異，對神像消耗了這麼多的鼻煙困惑不解。這裡，奧斯佳克人就是把神像當成了真實的「神」，這並不是宗教觀的問題，而是一個藝術觀問題。同樣的事例也可見諸於早期的伊斯蘭和印第安文化圈中對藝術的見解，他們認為如果畫了一幅人的或動物的肖像，肖像就只具形體而沒有生命的靈魂，肖像就可能與同類主物爭奪靈魂，即「勾魂」。這種藝術觀同原始宗教的萬物有靈論是相通的，它否定了文學「虛構」的可能。

---

[73] [德]路德維希・費爾巴哈：《費爾巴哈哲學著選集》（下卷），榮震華、王太慶、劉磊譯，北京：商務印書館，1984年，頁684。

（二）平行論

　　平行論認為文學的「虛」導致另一種「實」，它雖然並不同於生活中的真實事物，但它也具有與生活中事物同等的真實意義，只不過它體現為另外的性質而已。把這樣一種認識朝著我們能動的方面去理解，則就同當今文藝學教科書對文學反映的解釋完全吻合了。但是這一認識中也有著它自己的不同於我們教科書所解說的別種意義，如英國唯美派作家王爾德曾說：「生活對藝術的摹仿遠遠多於藝術對生活的摹仿。」並曾說在畫家畫出倫敦霧之前倫敦霧並不存在，這在一般生活常識上和反映論角度上看都顯得很荒謬，但他的確切意思是說，倫敦霧在藝術描寫前當然也存在，但那只是作為一種自然現象的存在，而畫家通過「美的造型」的工作，不只簡單再現出霧本身，而且融入了自己審美發現和審美創造的主觀因素，寫出了倫敦霧景的美。通過這種畫面人們才用審美眼光欣賞到了倫敦霧景的圖像，並進而以此眼光來玩味真實的倫敦霧景。從審美的角度來看就確實可以說倫敦霧是由藝術家來創造的。

　　同理，在中國古代，老莊一派思想家對於「反映」根本就持一種懷疑態度，文學反映生活在他們看來是不太可能的。老子曰：「道可道，非常道」，即生活之道是不能被語言所描摹的。莊子也說：「世之所貴道者書也，書不過語，語有貴也。語之所貴者意也，意有所隨。意之所隨者，不可言傳也，而世因貴言傳書。世雖貴之，我猶不足貴也，為其貴非其貴也。」[74]在這種否定了文學的「真」的基礎上，他又提出了另一種「真」，即「真者，精誠之至也。不精不誠，不能動人。故強笑者雖悲不哀，強怒者雖嚴不威，強親者雖笑不和。真悲無

---

[74] 《莊子‧天道》。

聲而哀，真怒未發而威，真親未笑而和。真在內者，神動於外，是所以貴真也」[75]。從這種觀點看來，文學描寫還是達到某種「真」的，即不是反映生活而是在表達情志的意義上可以有某種「真」。這種「真」同「虛構」並不並稱對列，假如虛構是指對生活事物的描摹的話，在此理論看來就不只是虛構而應說是虛假；假如虛構是指作者對自己內心情感的表達的話，那麼，表達的是真性情就是真，如不是真性情就不只是虛構而是虛偽了。

縱觀以上消融論和平行論這兩種涉及到文學虛構的理論觀點，它們都從不同角度對文學虛構作出了否定，即要麼認為文學等同於生活實物，如不等同就不能算是成功的文學表達；要麼則認為文學當然不同於生活事物，不存在文學來虛構一種生活圖景的問題。它們都不是文學虛構一詞的應有之義，但在我們對文學虛構的理解中有必要先將它們分辨出來並作出一定的描述。

二、文學虛構與現實生活的差異

文學虛構作為一個文論範疇，其基本涵義是指文學的表現不同於作為原型的生活事物、事件本身。古希臘的哲學家柏拉圖在指明文藝對現實的「摹仿」性質後，就曾說文藝「模仿是遠離真實的，它之所以能描繪各種事物就因為它僅僅涉及事物的一個極小的部分，即它的外形」。[76]雖然柏拉圖的弟子亞里斯多德在文藝真實問題上有過與其老師相左的意見，但分歧點並不在於是否承認文藝的「不同於」生活的觀點，兩人都同意這一前提，只是柏拉圖由此指明文藝不能接觸真理，甚至會模糊、混淆真理。亞里斯多德則認為文藝在不同生活的

---

[75] 《莊子・漁父》。
[76] 柏拉圖：《理想國》。

起點上也可以寫出生活的隱在的方面，甚至可以比生活本身更具有真理性。

　　文學虛構作為一個文學形象不同於生活事物的概念，它的「不同」體現在以下三個方面：

（一）作為內涵、內蘊的不同而呈現的

　　生活事物作為客體的對象具有性質上的模糊性和多方面性，而文學反映生活事物時是以語言為仲介來進行的，語言相對於它描摹的生活事物來說則含義較為明晰和單一，並且語言的描摹不可能是純客觀的，詞語用法本身也就可以表達一種生活態度。美國語言學家薩皮爾就此說過：

> 　　人類並不是孤立地生活在客觀世界上，也不是像人們通常理解的那樣孤立地生活在社會生活的世界上，相反，他們完全受已成為表達他們的社會之媒介的特定語言所支配。想像一個人不用語言就可以適應現實並且把語言僅僅看成是解決交往或思考中的特殊問題的一種附屬手段，這純屬幻想。事實上，「現實世界」在很大程度上是建立在團體的語言習慣之上的[77]。

這種語言對人的先在規定，從對不同語言進行對比就可以清楚地見出。如漢語中「梅花」是「歲寒三友」之一，其傲霜鬥雪的氣節令人崇敬、暗香疏影的韻致令人迷戀。而英語中對它就沒有這樣高的評價，英語中的「Rose」（玫瑰）則代表了青春、朝氣、純情等內涵，尤其紅玫瑰是男女愛情的象徵和贈物，但在漢語中「玫瑰」通常不過是一種花的名稱而已。如果我們把語言的先在規定性拓寬來理解，那

---

[77] 引自特·霍克斯：《結構主義和符號學》，瞿鐵鵬譯，上海：上海譯文出版社，1987年，頁23。

麼某些文體樣式、某些習慣的文學表現手法，實際上也具有這一情況。如「飲酒詩」往往代表了一種對現實的不滿，山水詩常常表達出文人對山水之外的人生興寄等。因此「五四」新文學運動在向舊文學宣戰時，二者交鋒的觀點倒不是具體的文學內容，而是表現一定內容的文學語言和文體。在此問題上，羅蘭·巴特說過：「它（指語言）包容了全部文學創作。就像天、地及天地交界為人類劃定的棲身之所。它絕不是材料的儲庫，而寧可說是一條地平線，也就是說，既是極限，又是駐留地，一句話，是一種佈局的有保證的展延。」[78]這就是說，語言不僅是用於表達的，而且是構築事物秩序的一種方式和途徑。從不同的語言系統來構築事物秩序就會有不同的事物秩序。人們理解事物特性時很大程度上是在理解語言自身。這是文學虛構的第一層涵義。

（二）作為表現形式的差異而呈現的

其實不只是文學，縱觀古今中外的各種藝術都沒有達到與它所描繪的生活等同的地步。文學是由較為抽象的文字來摹寫事物，形象只是在讀者頭腦中通過想像合成的。繪畫的形象直觀，用平面形象來描繪現實的立體事物，用二維空間的畫面來「翻譯」三維空間的物體。雕塑由靜態造型來暗示現實生活動態的瞬間。而且現實事物所依託的背景被抽取掉了。舞臺藝術是立體、動態的，但它的表演一般有程序化傾向，與生活實際差異甚大。電影的蒙太奇的追拍鏡頭使觀眾有身臨其境的感受，但這感受畢竟是主觀的，電影藝術必須具有超越時空的虛擬性，銀幕上的畫面只展示了很短時間，也在同一個放映場地，但它描寫的內容或許經歷了多年時間，跨越了很長距離。從根本上

---

[78] 伍蠡甫主編：《西方文藝理論名著選編》下卷，北京：北京大學出版社，1987 年，頁439。

講，文學反映生活事物的形象是在某種約定中來進行的，離開了約定框架則文學就與生活事物差異懸殊了。哪怕就在我們認為最接近於生活實際的現實主義文學那裡，也同樣面臨這一問題。弗‧傑姆遜在中國演講時說：「我不太熟悉中國的情況，但在西方人們一般認為根本不存在現實主義這回事，現實主義只是一系列視覺幻象。現實主義手法完全是一種技巧。」[79]這種說法是可商榷的，但也應該承認，生活事件本身是瑣碎的、多聲部的即各種矛盾錯綜交織的，而在現實主義文學的表現中，生活則是向著某一明確的主題推進，矛盾即便錯雜也是主次分明的，與實際生活有著相當一段距離。

（三）文學虛構與現實生活在效用上的差異

這一差異同文學創作的「夢幻說」、審美心理的「距離說」等都可以掛鉤。換言之，效用差異體現為實際效用的差異和心理效用的差異兩方面。從實際效用看，畫餅不能充饑，文學作品中描繪的生活圖景不能夠直接轉化為現實生活的內容。黑格爾就說，「欲望所要利用的木材或是所要吃的動物如果僅是畫出來的，對欲望就不會有用。」[80]由這實際效用的差異，又進一步決定了人們看待藝術的眼光同看待生活本身的眼光有所不同，即心理效用上有差異。人們大多是以實用的和認知的眼光來看待主活，但對藝術卻不是這樣，寧願賦予它一種非實用的色彩。這並不是說藝術對於人有消極的、負面的影響，而是表明一般生活中的事物，如食品被視為充饑的、書籍被視為益智的，花卉被當作觀賞的等，其實，有時進食也並非為了充饑、讀書並不都能增智、花卉給人的感受也不全是悅目，但這並不妨礙人們有此見解。

---

79 [美]弗‧傑姆遜：《後現代主義與文化理論》，唐小兵譯，西安：陝西師大出版社，1986年，頁220。

80 [德]黑格爾：《美學》第1卷，朱光潛譯，北京：商務印書館，1979年，頁46。

藝術儘管可能給人益智、愉悅之類的心理效用，但人們更願意將之視為非實用的領域。如果要講其實際效用的話，也是放諸一個相當渺茫的「潛移默化」、增加生活情趣、培養審美能力的基點上。

總之，文學虛構已遠遠超出了文學不同於生活原型的這一基本涵義，並且這種超越也導致了人們對於文學的認識傾向於它不同於生活的一般事物。

三、文學虛構的創造性

文學虛構既然表明了它不同於生活原型的意思，也就是說，文學內容可以在來源上被表徵為生活的再現，但在肯定再現的基礎上來進一步界定文學時，就應看到它是不同於生活本身的一種新的事物。因為，作為不同於生活事物的邏輯延伸，文學虛構的涵義可以被界定為創造了新質。而在這方面的含義又表現為以下四種較為典型的見解。

（一）在具體形象中包含了更豐富的形而上理念

生活中各種具體事物的意義並不是它本身就能完全顯現的，而是該事物在顯示其特性的同時，這些特性又是一個更大範圍的共性的顯現。事物的意義，通常在其特性中體現出共性的意義。由此觀點，文學虛構的人物、事件、環境等方面同生活原型不同，原因在於它包含了更豐富的形而上的理念。在這方面，中國古典美學的「氣」這一範疇就顯露出了一些這方面的趨向。「『氣』在與宇宙本原的『道』相比而言，它具有形而下的性質，在《老子》『道生一』的闡述中，就有學者將『一』解為『氣』，即『道生一氣』。」[81]但反過來說，「一氣

---

[81] 見沙少海、徐子宏譯注《老子全譯》第 42 章校注①所列資料，貴陽：貴州人民出版社，1989 年，頁 85。

分陰陽」，陰陽矛盾正是中國古代思想對萬事萬物的基質的認定，氣是由道所生，而氣又構成了萬物的基質。《淮南子・天文訓》很明確地說明了這二者之間的關係，即「道者，規始於一。一而不生，故分而為陰陽，陰陽合為萬物生」。陰陽二者正是氣的構成特性，同時也是萬物的構成基質。由此可說萬物是由於「氣」的灌注而獲得其性質的。「氣」對於具體存在的萬物來說具有形而上理念的涵義。相對說來，文學比之於一般事物有更多的「氣」，從孟子「我善養吾浩然之氣」，到曹丕「文以氣為主」，再到韓愈、蘇轍的充於中而言形於外的表述，可以見出中國古典美學對文學的「氣」的認識不同於一般事物的「氣」的特點。至少就文學來說，它除了也自然地分享「氣」的存在外，還是由秉有更多天地靈氣的人自覺地灌注了「氣」而形成的。

在西方文論中，柏拉圖的「理式說」、黑格爾的「理念論」也都涉及到這同樣的意思。黑格爾的名言「美是理念的感性顯現」[82]，直接道出了美的形象有賴於理念的存在這一信念。在這一認識看來，自然景物的美與藝術的美都需要理念的充實，但自然美主要是由觀看者自己領悟的，自然美自身蘊含的理念至少是不充分、不集中的，而藝術則由創作者自覺地進行了加工，秉有了更多的或者說更自覺的理念。因此在黑格爾看來藝術美優於自然美。

文學虛構在創造新質的角度上看，就是虛構的形象包含了比原型更豐富的形而上的內涵。

（二）在形象展示中體現出人的主觀性

文學形象與它所描寫的處於生活中的事物原型之間，二者在主觀色彩、視角等方面具有一定的差異。生活中的事物有自然景物，也有

---

[82] ［德］黑格爾：《美學》第 1 卷，朱光潛譯，北京：商務印書館，1979 年，頁 142。

經人工而成的人造物。就自然景物來說，它基本上是以非人工的自然形成的狀貌來展示自已，沒有什麼主觀性；就人造物而言，它是人基於某種目的、功用而設計、建造的，已有明顯的主觀人為的性質。但是，人所創造、製作的一般製品大多有著具體實用的目的，人們追求的是功能的實現，而其外觀形象只是為實現功能而設計的。就是說，一般人造物體現的主觀性主要是在功能上，不在外觀形象上。文學則不然，文學作為藝術中的範疇，它是以形象來表達作者的所思所感，因此文學形象就比自然物與一般人造物有更多的主觀性。

在這方面的表述中，中國古典美學的論述是相當充分的。從南北朝鐘嶸倡言的文學的「滋味」，到唐代司空圖的「韻味」，到宋代嚴羽的「興趣」，再到明代王世貞的「氣韻」等等，以及從唐代以來就盛行的以意境評文論詩的傾向，都是自覺地以文學創作中形象的主觀性為其立論依據。號稱「蜀學」一代大師、博學多才的蘇東坡曾在友人畫幅題詩時寫道：「論畫以形似，見與兒童鄰」[83]。這就指明繪畫藝術雖是以摹仿性為主，與音樂以表現性為主有所區別，但僅以畫中之物與所畫的原物作比較就過於膚淺。這一認識同後來相當前衛的美學家的見解也是相通的。蘇珊・朗格對此問題的看法是：「總之，所謂模仿手法，就是對客觀事物的某些方面，即藝術家在其中發現了情感意義的那些方面進行重新創造的手法。」[84]原來客觀事物所表現的情感意義只是潛在的，即或已有外部表現，也不那麼集中，但在藝術和文學的反映中則集中凸現了作者認為更能動人，更能藉此表達自己情意的方面，因此它具有更大的主觀性。

---

[83] 蘇軾：《書鄢陵王主簿所畫折枝二首》之一。
[84] [美]蘇珊・朗格：《藝術問題》，滕守堯等譯，北京：中國社會科學出版社，1983 年，頁 102。

（三）文學具有心理功能

　　文學虛構的世界不同於生活本身，這一點在柏拉圖以來的西方文論中都一直反覆強調，但在論述其對人的心理影響時，大多是從對殘缺的替代即心理的虛構滿足，超越利害關係的靜觀、內摹仿等方面的論證。其實，文學還有一個心理上的作用，就是它能使我們在日常生活中習焉不察，或對生活的直觀難以覺察的東西以變形的方式去凸現出它隱在的意義，從而使人有所反省、自覺。在這方面俄國形式主義有著獨到的見解。他們認為文學是語言藝術，但文學的語言已使我們日常生活中的語言有了變形、變性，使之陌生化了。「大體說來，可以把它綜合成這樣一個觀點，即：藝術能更新我們對生活和經驗的感覺……比如說步行，由於我們每天走來走去，我們就不再意識到它；但是當我們跳舞時，無意識的步行姿態就會給人們新鮮之感。」[85]形式主義批評家們對於文學語言的虛擬性作了相當細緻的論析。

（四）文學話語具有自足性

　　如果說以上幾點是從文學與生活原型之間的關係，來作比較的話，那麼這一思路還可延伸到文學虛構的獨特價值上。

　　美國新批評派的領袖人物威萊克曾說：「你可能在一部歷史小說中讀到『1624 年 1 月 20 日這天，天冷得出奇。』」小說中的這類陳述並不要求得到氣象報告的證實。但是在歷史著作中可能要求證實。同樣地，命題陳述，如托爾斯泰的小說《安娜‧卡列尼娜》的第一句『幸福的家庭大都相似；每一個不幸福的家庭的不幸卻有它自己的方式』我們不必爭論這句話的真實性程度，它只要對接下來小說情節的發展

---

[85] 引自[英]傑費森和羅比等：《西方現代文學理論概述與比較》，長沙：湖南文藝出版社，1986，頁 6。

起作用就行了。」[86]在這段論述中，文學虛構的價值被放置到了文本內部協調而不是同生活本身的相關性上，體現了一種批評視角的轉換。

　　文學批評的自律標準在對文學話語的論述上得到了較充分的體現。19 世紀法國象徵派詩人蘭波曾以戲謔的口吻指出，他不是「我在說話」，而是「話在說我」，這看來不合邏輯的說法卻道出了一個事實，即當人在用話語來思考、表達時，話語也在模鑄人的思維。人的思維和表達不過是在話語系統提供的可能性的範圍之內進行具體展開。存在主義哲學家海德格爾也認為，語言可以作為人思想與交際的工具，但是「語言不僅只是工具，不只是人所擁有的許多工具之一種；恰恰相反，正是語言才提供了人處於存在的敞開之中的最大可能性。……語言並不是人所掌握的工具，毋寧說，它是掌握著人的存在最大可能性的東西」[87]。這「可能性」是指人的思維、行為的存在方式必須是在一定語言可以表達、可以理喻的範圍內，否則就不會出現。對此問題，E・弗羅姆也曾就東西方語言與心理的差異來作出說明，他指出，在清晨時看到含苞欲放的玫瑰花苞上有一顆露珠，太陽正冉冉升起，一隻小鳥在歡唱；這時，東方的文化和語言就提供了人體驗、品味其中韻味的可能，但在西方，至少在他所處的英語文化圈中就難以品味其中奧妙。明確了對語言、話語的上述見解後，我們也就不難理解為什麼有文論家津津樂道文學話語的獨特價值了。文學話語以及該話語的虛構世界並不是作為對現實世界和作者主觀心靈世界的表達，而是從重新獲得自己、開拓自己，以及讓自己暫時地擺脫既定話語囚籠的一種嘗試。從 20 世紀初發軔的俄國形式主義，到 20

---

[86] ［美］雷・威萊克（韋勒克）：《西方四大批評家》，林驤華譯，上海：復旦大學出版社，1983 年，頁 105。

[87] 伍蠡甫主編：《西方文藝理論名著選編》下卷，北京：北京大學出版社，1987 年，頁 579。

世紀中期盛行的結構主義，再到 60、70 年代興起的後結構主義思潮都在這一方面進行了富於創見的探索。穆卡洛夫斯基就此說明：「在詩的語言中，突出達到了極限強度：它的使用本身就是目的，而把本來是文字表達的目標的交流擠到了背景上去。它不是用來為交流服務的，而是用來突出表達行為、語言行為本身。」[88]

在這一表述看來，文學虛構行為不是因其反映了社會或表現了作者的方面，而是語言變異從而達到超越語言囚籠的一種方式。這一論點被羅蘭‧巴特所認同，他說：「語言是文學的生命，是文學生存的世界，文學的全部內容都包括在書寫活動之中，再也不是什麼『思考』、『描寫』、『敘述』、『感覺』之類的活動之中了。」[89]這樣，文學虛構就由反映現實，但又不同於現實原貌的思考轉到了語言、話語的自主功能。

四、文學虛構的範式

對文學虛構問題的理論回答已如上述，它具有不同的理解方向，並且在很大程度上也分別適用於不同的文學類型。

就文學虛構的創造性來說，認為虛構出的文學形象比之於生活原型更富於普遍性，即具有更多的形而上學的理念，這一觀點吻合了現實主義文學的「摹仿說」，它可以解答文學反映與生活之間的辯證關係。認為虛構的形象表達了作者主觀性的觀點則為浪漫主義「主情」的特點進行了理論辯護，並且以之融入文學批評標準後，顯然會有利

---

[88] [捷克]簡‧穆卡洛夫斯基：《標準語言與詩的語言》，鄧鵬譯，伍蠡甫、胡經之主編：《西方文藝理論名著選編》（下），北京：北京大學出版社，1987 年，頁 419。

[89] 引自[英]傑費森和羅比等：《西方現代文學理論概述與比較》，長沙：湖南文藝出版社，1986，頁 105。

於浪漫主義的積極評價。強調文學的心理功能的解釋則在現代派文學中有強烈要求，這一點已在前面的論述中有所說明。至少持文學話語自足性的主張雖在 20 世紀初，甚至上世紀就已提出，但真正得到人們普遍回應，並落實到文學創作中成為一種創作態度則是較晚的事。它在後現代的文學中得到充分展示。後現代文學已不再像現代派文學那樣力圖建立一種新的文學標準，並將文學作為一種寓有深意的文本的操作，後現代文學可以將文學僅視為一種話語遊戲規則的運用。在這裡語言所營造出的世界成為遊戲規則內部的規定性所決定，但不以其他什麼來作為衡量指標。

　　因此，文學的虛構問題，可以說既是一個關於文學的理論問題，同時也是一個關於文學實踐的解釋、操作方式的問題。沒有一種關於文學虛構的解釋可以涵蓋到所有文學的類型上，也沒有什麼文學類型可以相容不同的解釋而又都是等值的。這裡實際上涉及到了文學虛構的範式問題。

　　範式（Paradigm）是科學哲學家湯瑪斯·庫恩提出的一個概念，它通常是指範例、示例，但庫恩用它指代科學家、哲學家及其他理論工作者用以解釋、說明研究對象的系統、體系。對同一對象，持不同範式的人看到的就會是不同的方面或意義。如日蝕現象，天文學看到的是星際運行規律，星相學家則看到了某種徵兆，這裡有著尖銳的分歧。有時它們之間也可以呈現為平行的或互補的關係，如燃燒現象，既是物理學中熱學的研究對象，也是化學中一種劇烈的化學反應，它們對於燃燒的著眼點就不盡相同，但也可以和諧相處。問題在於，庫恩又指明了範式系統之間的「不可通約」（Incommensurable），「正如經常議論到的，各種語言以不同的方式把世界說成各種樣子，而且我

們沒有任何通路去接近一種中性的亞語言的轉述工具」[90]。這就是說，人們採用不同範式時，實際上是採用了不同的觀察世界、解釋世界的方式，而這種不同之間又沒有一種可以相互「翻譯」的適當工具。

由「範式」的理論我們也就不難理解，在文學史、文學理論以及具體的創作領域中，各種不同的文學價值取向之間，除了在美學追求上各行其是，有自己的不同的美學目標外，相互之間往往注也充滿分歧。如果從「百花齊放」，文學創作領域並不同追求科學意義上的排他性的「真實」，而是追求美學意義都應具有相容性的「美感」來看，這似乎是藝術上的偏見和宗派觀點的體現。但我們從語言的「範式」角度來看，這其實是帶有必然性和普遍性的。人生活在世界上，就會具有對外界的看法與其它不同的見解之間的矛盾衝突。在這一問題上，就應看到它們之間實際上是很難相容的，但這又並不是說我們非得要從中作出非此即彼的選擇。在不同的藝術創造追求和理論闡釋上，我們要從它們不同的範式角度來看待它的藝術上的合理性。

對文學虛構的認識和解答集中體現了不同的藝術範式系統的文學觀，在有的各種見解之間除了充滿矛盾的一面外，它也為文學創造的可能性拓展了空間。並且，在將來也許會出現的新的文學虛構的範式還會進一步拓展這一空間。因此，對文學虛構的涵義這一論題在文本不能作出終結性的論斷。文學虛構的含義之間是不可通約的，但在各自系統內又都是有效的，並且將來還可能會出現新的含義。

---

[90]　[英]伊姆雷‧拉卡托斯、艾蘭‧馬斯洛雷夫編：《批判與知識的增長》，周寄中譯，北京：華夏出版社，1987 年，頁 360。

導學思考

一、關鍵詞

1. 想像：是指過去經驗的記憶在某種契機的刺激下，重新顯現出新的意義的過程。它包括再現想像、比擬想像、虛構想像等。
2. 虛靜：是指人的精神無關欲望和功利的精神狀態。虛靜是審美活動的產生的前提。
3. 潛意識欲望說：奧地利心理學家佛洛德認為，在作家的心靈深處，有著為社會倫理道德所不容的本能欲望，這種被壓抑的性本能是文學藝術的內驅力。文學藝術的創造類似於白日夢，經過壓抑、轉移和感官意識的加工，使作家被壓抑的欲望與本能得到幻想形式的昇華與滿足。

二、思考題

1. 作者中心說的主要內容。
2. 「作者之死」的含義。
3. 感物論的內涵。
4. 靈感的含義。
5. 白日夢的含義。

三、學術選題參考

1. 作者文化修養對創作的影響。
2. 中西創作論的差別及其原因。

3. 酒神精神的批判意義。

4. 感興思維的內涵。

四、拓展指南

1. [法]福柯,《作者是什麼?》,本文節選自王潮編《後現代主義的突破》(敦煌文藝出版社,1996),逢真譯。文章寫於 1969 年,後收入作者的《語言、反記憶、實踐》(1977)一書。

　　他認為作者的觀念並不是一個無時間性的永恆觀念:作者的形象及其含義隨著時間、文化傳統、話語形態等等的改變而改變,因此作者是一個「功能體」,而不是文本的主宰。福柯提出了一個以話語運作為中心的「寫作」觀念:「我們今天的寫作擺脫了『表現』的必然性;它只指自己,……這種顛倒使寫作變成了符號的一種相互作用,它們更多地由能指本身的性質支配,而不是由表示的內容支配。」

2. [法]巴爾特,《作者的死亡》,本文選自《羅蘭‧巴爾特隨筆選》(百花文藝出版社,1995),懷宇譯,原發表於 1968 年的《占卜術》雜誌,後收入作者的批評隨筆集《語言的細聲》,巴黎瑟伊出版社 1984 年。

　　巴特則從作者觀念的變化入手深入探討了作者地位的變遷。巴特提出作者死亡的觀點,「因為在文的編織實踐裡存在著主體離散的整個區域及幅度」。巴特越來越多地注意到敘述文本中主體的分化,敘述者作為全能主體讓位於人物的有限視角,即敘述者、隱含的作者、人物各自佔有一部分主體意識。

第三章

文學與讀者

　　關於文學研究從作者到作品，從作品到讀者的重心轉移，伊格爾頓從時間意義做過細分，他認為：「浪漫主義以來的文學理論的發展，大致可以區分為三個階段，換句話說，有三種取向構成了三個時期。第一個時期其取向是只關注作者，時間是從浪漫主義到 19 世紀；第二個時期則把全部注意力都轉向了作品，主要代表是英美新批評；第三個時期取向陡轉，焦點轉向了讀者，這是晚近一些年來文學研究新的發展方向。」接著，他特別強調了讀者存在的重要意義。他說：「讀者是三個要素中最微不足道的，奇怪的是，沒有讀者文學文本壓根兒就不存在。文學文本並不是存在於書架上；它們只有在閱讀實踐中才能具體化為意義過程。文學若要存在，讀者和作者一樣不可或缺。」[1]

　　讀者接受指的是對一切文學作品的閱讀活動。它包括審美的閱讀與非審美的閱讀。前者指文學欣賞，後者指不以審美為目的，或沒有達到審美水準的閱讀行為。本章分別從文學閱讀的歷史維度、文學閱讀的心理活動與文學批評方法三個方面進行研究。

---

[1]　Terry Eagleton, *Literary Theory: An Introduction*, Minneapolis: University of Minnesota Press, 1996, pp.64-65.

第一節　文學閱讀的歷史維度

文學閱讀是對於作品的一種再創造，它依賴於作品的規定情境。文學閱讀的再創造又是在歷史視點框架的支配下進行，它還要在歷史視點的規定情境中才可以進行有效的再創造，表現出作者、讀者、作品同歷史視點之間相互促進的辯證關係。

文學閱讀是讀者接受已創作出的文學作品的活動，它是整個文學活動的一個方面，同時也是文學活動的最終目的。在文學閱讀中，其外在的因素就是作為客體的文學作品和作為主體的讀者。然而，要使讀者能夠在閱讀中體悟到文學的魅力，要能夠得到美的薰陶，要在閱讀中有所發現和再創造，則還涉及到其他因素，其中就包含了「歷史」這一因素。本節在下面對「歷史」在文學閱讀中的作用和意義進行分析。

一、作為文學閱讀前提條件的「歷史」的涵義

「歷史」一詞的字面義並不深奧，凡是過往的人、事、物，我們都可以用「歷史」來修飾，稱之為歷史人物、歷史事件、歷史文物之類。由這一用法，我們可以見出歷史是指一個過去時段。「歷史」的具體含義主要有兩層意思，一是指過去了的各種事件，在這事件中有人物的活動，也可能有當時活動的殘留對象流傳下來；二是指對歷史事件的回憶、記載、描述，即前一「歷史」是由這後一「歷史」來表述才可能給人以印象，才可能進入到我們的話題之中。

由於「歷史」的前一意義是在後一意義中表現才得以成形，因此，本來是後於前一意義的「歷史」的詞義反而獲得更被人重視的地位。美國史學家柯林武德曾說，「一切歷史，都是在歷史學家自己的心靈

中重演過去的思想。」[2]柯林武德這一定義將歷史看成了一種帶有主觀性的範疇，它同我們說的歷史不容纂改、歷史具有客觀性的信念有著抵牾。然而當代的美國批評家海頓‧懷特有一段論述可以說是對柯林武德論說的補充，他認為，「史家也是故事講述者，他們以事實來編織故事，但也要對無法獲得的事實以及看不見的史料進行補充，發揮一種柯林武德所說的建設性的想像。」[3]懷特還在另一文章中對該說法有具體的申辯，他指出，「按年代順序排列的一組特定事件經過編碼後變成帶有明顯開頭、中間部分和結尾的一個過程中之各個階段期，那麼這組事件可被用作傳奇文學、喜劇、悲劇、史詩等的內容，根據原型故事形式所需的不同事件之數量額而定。」[4]從懷特這一闡釋中可以見出，歷史的史實是人們要求客觀性的、不帶偏見的方面，可是這些史實的表述需要有人去加以闡述，而人在講述史實時不能不排列出一個史實材料的順序，要有「從……，到……」的敘述語型，這樣的講述就必然有主觀性了。這「主觀性」還並不是講述者偏見使然，甚至可以說這是語言的一種宿命，而人的思維和理解的活動不能沒有語言，於是語言的宿命就轉嫁到了人的思維和表達之中。

以一個人吃一串葡萄的行為來作一簡單的剖析。既然這個人是吃的這一串葡萄，那麼只要這一進程未中斷，可以說這一串葡萄的數量是有限的，相對而言作為行為主體的食者一方的存在時間就長得多，他總可以吃完這一串葡萄。我們可以說它吃進的葡萄越來越多，也可以說它所剩的葡萄越來越少，同一事實的兩種表述體現了不同評價的傾向。另外在一串葡萄中，葡萄的大小、甜度也有區別，我們假定此

2　[英]柯林武德：《歷史的觀念》，何兆武等譯，北京：中國社會科學出版社，1986 年，頁 244。

3　Hayden White, *Tropics of Discourse*, Johns Hopkins University Press, 1978, p83.

4　[美]海頓‧懷特：《歷史主義、歷史與修辭想像》，張京媛編：《新歷史主義與文學批評》，北京：北京大學出版社，1986 年，頁 169。

人在食用過程中對秩序有些講究，他可以先吃這串葡萄中大而甜的，逐次遞降，直到吃完；他也可以作出與此相反的選擇順序。作為樂觀主義者，我們可以說他在從大而甜吃起時，他總是吃到了這串葡萄中顆粒品質最好的；反之從小而酸者依次品嘗時，又可以說他剩下的葡萄是越來越甜。作為悲觀主義者，我們可以說從優至劣的吃法使所剩葡萄越來越差；而從劣至優的吃法也不行，即他所吃的葡萄是現存葡萄中最差勁的，因為直到最後一顆也沒有比較參照物來證明它不是最差的。可以見出，儘管事實不容篡改，但在表述事實時就難免有表述者的評價態度滲透於其中，那麼，歷史的事實即史實作為本體的方面已一去不返，只能依賴於人的講述才得以呈現。

這種講述中的評價差異不是誰有主觀偏見就能完全解釋的，換句話說，不是去掉了所謂表述者的個人評價態度就能得到完全客觀、中立的評價。由此例可以見出，我們對於歷史中「史實」的分析也有類似道理。我們不可能搜集到一個事件的全部相關資料，往往是在此有相關資料三五點，在彼又是資料指標五六個，分別來看應得出一種見解，合併參考又是另一結論，而分與合的依據都只能靠假定。從根本上說，具體的結果取決於史家的歷史觀。歷史應是客觀的，但對歷史本體即使是作客觀講述，也會因講述方式的不同而有不同意義。

歷史的涵義由上文分析可見，它是具有相對性的，並且隨我們觀察歷史的視點遊移而變動。當我們作為文學讀者來閱讀作品時，我們是在歷史境況中的閱讀。這一歷史境況的具體涵義在於：我們所閱讀的文學作品是創作於某一歷史階段，它滲透了該歷史時期的社會、文化的各種影響；我們的文學讀者是生活在具體的環境中，它也是整個歷史進程中的一個環節；在作品與讀者都具有歷史性的情形下，讀者與作品的關係也是可以在不同歷史視點中來構建的，它更接近於「書寫」意義上的歷史含義。在作了以上分析後，下面我們就可以作出具體的分析。

二、歷史架構：過去與現時兩重因素的對話

　　在文學閱讀中，閱讀行為是在作者創作之後的，這就使現時的閱讀與過去的創作之間有一個溝通問題。讀者的閱讀努力複現出作者創作的原始意圖，在閱讀中試圖理解作者所處時代狀況對作者意圖的影響。讀者也往往站在自己時代的基點上，對作品作出自身基點上的理解。讀者還可以既非自己，也非作者，而是自己所理解的歷史基點來作出新的理解。在這幾重視點的閱讀中，實際上有一種對話的因素。所謂對話，它是雙方乃至多方的一種交流和溝通。對話中表達的意義不是單方的言說，而是在不同言說主體的觀點中體現的一種意義的複合體，相當於力學中的「合力」，它是不同向量的平行四邊形的對角線的體現，合力並不是其中任何一方力量所決定的。

　　當我們說文學閱讀體現了歷史架構中的對話性時，這種對話性本身也是處在歷史過程之中的，因而其對話性格局也就更為複雜。在 A 時代寫的作品交由 B 時代人閱讀，那麼 B 時代人所理解到的東西就不同於 A 時代，他們會遺漏若干對 A 時代人來說不言自明的東西，可同時又會加入自己從 B 時代帶來的新的歷史眼光。再到 C 時代的人來閱讀 A 時代的作品，則除了會重演 B 時代讀者的感受外，C 時代人還會融入自己對 B 時代人的批評見解的理解。隨著時代的推移，後一時代的讀者就會背負著越來越多的含義。這些在前一時代並未被人看出或較隱秘的含義是在字面義之外的，但經由提示後又像是由字面義所暗示或象徵的。義大利符號學家艾柯將此稱之為對作品的「過度詮釋」，他指出，在歐洲國家的文學領域中，「在中世紀，這種情形在維吉爾身上發生了；在法國則在拉伯雷的身上發生了；在英國則發生在莎士比亞身上；現在，則正在喬伊絲的身上發生」。[5] 這些「過度

---

[5]　[義大利]艾柯等著：《詮釋與過度詮釋》，王宇根譯，北京：三聯書店，1997 年，頁 63。

詮釋」的對象是針對某些經典性的作品。這些作品在文學史上享有近乎無可非議的特權地位，但同時它們也被人塗抹了一層厚厚的油彩，它們的本來面目如何倒是難以見出了。

本書在前面談及文學作品之間的對話性時，以李白途經長江三峽所寫的《上三峽》和《朝發白帝城》做過分析。兩首詩分別寫於李白由安徽到三峽的上水船所感，和在白帝城時遇朝廷大赦，從原本流放到貴州夜郎的路途，又由白帝城歸家的感受，兩首詩分別寫的是逆水行舟之滯緩與順水放舟之輕快，結合到李白個人的遭遇，也可見出當時心境的差異。從兩首詩不同情感色彩的差異看，就體現出一種矛盾的，同時又是相互關聯著的對話性。當我們說文學閱讀在歷史架構中的對話性時，則角度有所不同，我們這時所見的是作品穿越歷史的塵埃向我們走來的腳步。從上兩首詩中，李白在上水船時所謂「青天無到時」的描寫，可以說是對自然景觀的摹狀貌，但它更是對當時社會缺乏賢明的牢騷。當他得到大赦之後，還同樣是經由三峽的旅程，則寫成是「朝辭白帝彩雲間」，完全是一派亮麗的景觀，其中差異就在於遇赦之後的心境投射到景物上，使景物也顯得可愛了。當我們這樣理解李白的兩首詩作時，我們不只是接觸到其文字，還在同當時的歷史背景產生聯繫。由此可以見到一個關鍵之處：李白獲罪而遭流放是因涉嫌永王李璘的叛亂，李白可以申辯自己是無辜的，因為並不暸解實情。但從封建正統的立場來看，唐肅宗李亨對李璘一幫人的剿滅是在情理之中，並且其後的清理行為也是合乎程序的，李白個人有許多冤屈感，但對朝廷的這一算不得昏憒的舉措卻以「青天無到時」來形容。他遇赦後同一片天空又呈現為「彩雲間」的狀貌，則沒有從國家、朝廷角度著想，只是以個人作為看問題的基點，它同儒家道德理想中作為人臣的標準是有相當距離的。當我們這樣來認識時，我們是站在「客觀」立場上，並沒有對李白所思、所為提出非議的意思，同時我

們也在對上兩首詩的閱讀中，參考了作為寫作背景的中國古代文化的要求，這樣也就是過去與現時之間的對話了。

在歷史架構的對話中，由於觀察者所處立場的不同，其對話的性質狀態具有很大差異。羅蘭・巴特在日本考察後曾寫有《符號帝國》一書，它以散文筆調寫成，而其中又不乏充滿睿智與哲理的文字。他在「筷子」一章中，對日本人就餐所用的筷子與歐州人用的刀叉作了一番比較。他看到，筷子具有的幾項功能是刀叉不具備或不明顯發揮的，即筷子有指示功能，它指向餐桌上的食物，當兩根筷子配合又有夾取的功能，另外它還有代替手指去挑開食物的功用，最後，它有運送食物的功用。他指出：「在所有這些功用中，在所有這些動作中，筷子都與我們的刀子（及其用於攫取食物的替代品——叉子）截然相反：筷子不用於切、紮、截、轉動；由於使用筷子，食物不再成為人們暴力之下的獵物（人們需要與肉食搏鬥一番），而是成為和諧地被傳送的物質……。」[6]羅蘭・巴特被日本傳統文化的特色所打動，將東方人所用的餐具與西方人所用的餐具作了一番比較，感到似乎東方在飲食文化上顯得更文明，因為它更遠離了人們攫取獵物的原生狀態，這是頗有啟發性的見解。然而，羅蘭・巴特沒有看到日本的乃至包括中國在內的使用筷子的國度中，其飲食文化還有西方人難以接受的一面。諸如日本人喜食生魚片，有時是從活魚身上割下肉來作魚片，當用餐者在品嘗生魚片的美味時，那條魚可能還未死去；而在中國宴席上也有一種魚的烹製，是擺上餐桌後魚腮還在翻動，當魚身作為美味被筷子攪動時，魚腮的動作是為魚的鮮活作注，多少還含有以之取樂的意識。可見這些烹製方法在餐桌上並不那麼文明。因此，將中餐上的筷子與西餐中的刀、叉比較時，它或許真的有羅蘭・巴特所

6　[法]羅蘭・巴特：《符號帝國》，孫乃修譯，北京：商務印書館，1994年，頁25。

說的意味；但當聯繫到廚房裡的廚藝來看，西餐在做法上是將動物一刀殺死再來烹製，決無鐵板烙鵝掌、冷水煮甲魚之類凌遲之舉。羅蘭・巴特如果看到了廚房裡的一些奇特工序，瞭解到孔子說「君子遠庖廚」的古訓的意味，或許會有另一番感慨。文學閱讀中過去與現時之間的對話，使文學作品在問世之後可能有著不同的讀解。

三、歷史過程：文學作品的文本史和閱讀史

文學作品一經寫成之後，它就是相對穩定的存在物，它在不同傳抄者、印刷者那裡可能會出現增刪改動，從而有不同版本問世，但相對而言這些變動只要不是有意假託，就不會有很大變化。反過來，同一部文學作品在流傳過程中，由不同時代的讀者可以讀出幾乎截然不同的內容，使一部文學作品體現出不同的意義和色彩。

唐代白居易在題為《草》的詩中有兩句為「野火燒不盡，春風吹又生」，它常被人引用，意指正義事業是不會被摧毀的，它可能在前進的路程中經受各種挫折，甚至遭到重大損失，但只要條件合適，它總可能重新興起。可是這首詩在清代孫洙所編校的《唐詩三百首》中，稱它的主題為「詩以喻小人也」，是表達社會上惡的因素隨時都在孳生的狀況。應該說，對這兩句詩的兩種不同理解在詩的文本層次來看都並不矛盾，草的旺盛的生命也確實可以在不同方面來作出意義引申。如果說對這兩句詩的閱讀可以容納截然對立的內涵，那麼我們再來看許多其他詩句的表達又僅僅是不同意義卻並不尖銳對立的理解，那就應該是更普遍了；如果又再推廣到整部文學作品的不同閱讀理解，則還會有更普遍的情形。以至於特里・伊格爾頓在其著作中十分嚴肅地指出一個看來有些悖理的事實：

　　在某種程度上說，我們總是根據我們自己的興趣所在來解釋文學作品──實際上，以「我們自己的興趣所在」為出發點，我們便沒有能力再做其它任何事情──這一事實可作為一條理由，說明為什麼某些文學作品似乎幾個世紀以來一直保持著它們的價值。[7]

我們都很清楚，讀者在文學閱讀中是一種「再創作」，它是在作者創作出作品的基礎上，將已寫文字再還原為生動形象於頭腦的過程。僅僅從讀者接受的心理學角度來解釋讀者的再創作，它關注的是個人角度的再創作，而特里‧伊格爾頓對此問題的解釋，則將其視為了一種社會機制，這就使問題更有深刻性了。作為超越了個體讀者的社會的「再創造」，它是在社會機制的、社會文化的作用下形成的。具體來說，它有幾種典型的狀況，一是誤解，二是費解，三是曲解。

（一）文學閱讀的誤解現象

　　文學閱讀的誤解現象在古與今對比、本國與外國的文化交流中表現得尤為突出。在歐洲國家中，由於每個國家的疆域都不大，而且往往也沒有哪一國能夠達到絕對支配地位，再加上還要提防本國出現動亂等政權危機，因此在中世紀時期的歐洲，各國普遍實行王室的聯姻，以期達到在政治上結盟的目的。中國古代的昭君出塞、文成公主和親的故事也是出於相似目的，然而它主要是「不相擾」而非「相幫」。因此，在這種不同的文化背景下，要想理解別國的文學，往往從自身的文化角度來看，並不能完全看到當時的狀況。以《哈姆萊特》劇中第三幕裡哈姆萊特與他戀人的一段對話來看，當時奧菲利婭在父親的

---

[7]　[英]特里‧伊格爾頓：《文學原理引論》，劉峰譯，北京：文化藝術出版社，1987 年，頁 15。

反對下，將哈姆萊特送給她的禮物要交還哈姆萊特，於是就有這一段
對白：

> 哈姆萊特：哈哈！你貞潔嗎？
>
> 奧菲利婭：殿下！
>
> 哈姆萊特：你美麗嗎？
>
> 奧菲利婭：殿下是什麼意思？
>
> 哈姆萊特：要是你既貞潔又美麗，那麼你的貞潔應該斷絕跟
> 　　　　　你的美麗來往。

單從字面上看，這是戀人之間的口角，結合到上下文來看，則這也只
不過是婚戀關係上的描寫，但它實際的含義並非如此。當時，哈姆萊
特陷入了喪父的悲痛，同時逐漸瞭解到喪父之事是陰謀所致。在此狀
況下，他最親密的母親在幾個月後就另嫁他人，對於親人他處於無所
言說的苦悶，而他的好友霍拉旭又無從理解他的苦悶，他的內心世界
急切盼望與戀人交流。可是奧菲利婭的父兄都反對這椿戀情，因為按
照王室慣例，哈姆萊特只應享有國家性的婚姻——娶一位外國公主，
於是，有了奧菲利婭的交還禮物，有了哈姆萊特感到無人可以信賴的
憤懣。他所說的「貞潔」，是指別人都在製造陰謀或在陰謀的支配下
行動，那麼你奧菲利婭是否也樂於同流合污？而在奧菲利婭聽來，「貞
潔」是一種道德性的詞彙，在中世紀時，一位公主與王子談戀愛才算
得上貞潔，否則就是情欲之戀，因此哈姆萊特關於貞潔的話，在並非
公主的奧菲利婭聽來就具有輕佻、挑逗的意味。如果說在戀人之間還
會有這一誤解的話，即哈姆萊特誤解了奧菲利婭，以為她不是自己的
同志；而奧菲利婭也誤解了哈姆萊特，以為他對自己的求愛只是一種
挑逗之舉。由此來看，當我們作為讀者來閱讀該劇本時，我們就因時
代、文化等隔閡更易於誤解了。從中外文學交流來說，中國的劇本《趙

氏孤兒》在中國並非名作，但伏爾泰將之介紹到法國，就一直被當成中國文學的經典之作；美國小說《飄》在美國很明確地定位在通俗小說範疇中，可在中國則往往成為大學生讀者作為炫耀自己閱讀品位的談資；另外，伏尼契的小說《牛虻》在西歐各國文學史上一般並不提及，可在前蘇聯和中國，它被作為外國文學名著在課堂上講授。這些例子都有著作品內涵、價值、地位的種種被誤解。

（二）文學閱讀的費解現象

　　按理說，文學作品不是艱澀的理論著作，也不是讓人頗費思量的謎語，不該有什麼費解的事，但在實際閱讀中費解是經常出現的。如果不是細心閱讀，有時出現了該情形也不自覺。艾柯曾以一次社交聚會中鬧出的笑話來作例子加以說明。在聚會中，兩位客人交談中談起對主人家裡的印象，第一位對主人的招待讚不絕口，然後談到主人的toilettes 佈置得很精緻，第二位客人卻說他沒有「去過那兒」，這裡的「toilettes」是法語多義詞，是梳粧檯或衛生間，說者在此意指眼前的梳粧檯，聽者將它理解為衛生間，所以成為了一個笑話[8]。在中國，有時也有「化妝間」的稱呼，其實它可以兼有入廁和化妝的兩重功能。艾柯這一例字的費解，是語詞的多義性使然，那麼除開多義性也同樣有使人費解的狀況。形式主義美學家、新批評的幹將比爾茲利曾在《美學》一書中提到語句的含混性，他以「我喜歡我的秘書勝過我夫人」（I like my secretary better than my wife）來作分析，對這句話可以有兩種理解，即：

---

[8]　[義大利]艾柯等：《詮釋與過度詮釋》，王宇根譯，北京：三聯書店，1997 年，頁 75。

A. 我喜歡我的秘書勝過我夫人對她的喜歡。

B. 我喜歡我的秘書勝過我喜歡我的夫人[9]。

這 A、B 兩句都可以在表達時簡縮為上文的標準句;反過來,上文的標準句也就可以在上述兩個不同的方面來作理解,在一般場合下,將它理解為 A 句的意思時是聽過就過去了,而將其理解為 B 句的就讓人費解,而且可能給說者帶來一些說不清的麻煩。在這費解中如果再加上歷史的和文化的差異就會更突出。像艾柯就說關於梳粧檯被聽者理解成衛生間「也許是最可笑」的,這在一般中國讀者來看就言重了,只覺得有些可笑而已,這正如叫中國人捧腹的相聲的一些對話,譯成外語後外國人也很難開懷大笑,它有文化因素在起著重要作用。還是以《哈姆萊特》的一個場景來說。在第五幕中,在奧菲利婭葬禮上,死者的哥哥雷歐提斯跳入墓穴與死者作最後的吻別,緊接著哈姆雷特也跳入墓穴要作吻別,遭到雷歐提斯的阻撓,於是產生爭執,兩人約定以決鬥來解決紛爭。如果不熟悉歐洲中世紀時上層社會中以決鬥解決個人糾紛的方式,就難以理解他們何以要用性命相搏——上流社會將「體面」視為與生命同等寶貴,而決鬥的勇氣足以顯示體面。進一步看,似乎只是一件小事,何以要引起決鬥?這更是要有相關歷史知識。原來,歐洲國家在原始時代有活人殉葬的陋習,以後活人殉葬取消,改由死者生前最親密的人在墓穴中與死者話別,以此作為象徵性的殉葬。哈姆萊特深愛著死者,所以他認為自己才最有資格履行這一義務,而雷歐提斯出於哈姆萊特對他有殺父之仇,當然要阻撓此舉,因此兩人在墓穴中的爭執有著文化上的背景因素。該劇本的文本產生於這一語境之中,離開了歷史語境的規定性,那麼讀到的就只是兩個人都有失於理智。

---

[9] 轉引自[美]卻爾:《解釋:文學批評的哲學》,吳啟之等譯,北京:文化藝術出版社,1991 年,頁 43。

（三）文學閱讀的曲解現象

　　這裡的曲解不同於誤解，誤解是因認識原因而產生的歧義，曲解則是某種意義上的有意為之，它是出於某種現實的或思想的需要而體現的理解。如文學史上的屈原其人在中國古代文化中，人們將他作為「忠君」的清正楷模來看待，屈原的作品與他的人格交相輝映。而在唐代李白則是一個思想充滿矛盾，富於自我表現欲的詩人，他對於莊子的思想有高度認同，同時又從屈原的牢騷中覓到知音，屈原對國事的憂慮被李白主要讀解為對個人生世的不滿，當他聽到下詔為官時，寫道：「仰天大笑出門去，我輩豈是蓬蒿人！」而在京城失意後又寫道：「大道如青天，我獨不得出！」李白體現了捨我其誰的氣概，他甚至問：「夜台無李白，沽酒與何人？」似乎善釀的紀叟如無李白在品嘗，其佳釀也就沒有意義了。李白世界觀的複雜性在於，他雜揉了當時各種具有影響但又相互矛盾的思想，每種思想在李白頭腦中又只是取其為之所用的一面，因此龔自珍對李白有一段評價，「莊、屈實二，不可以並，並之以為心，自白始；儒、仙、俠實三，不可以合，合之以為氣，又自白始也」。[10] 莊子的相對主義世界觀與屈原注重人格操守的人生態度，二者並沒有一條相通約的途徑，但李白是分取二者並貫徹到自己的思想言行中。若將屈原思想與莊子思想掛上鉤，卻不從二者創作風格都極富於浪漫色彩來看的話，那麼這就有著對屈原思想的曲解。屈原的背井離鄉是對於政治陷害無可奈何的規避，莊子的浪跡鄉野則是一種自覺的人生追求或文化逍遙的選擇。當我們看到李白對屈原的曲解後，再來看郭沫若在 20 世紀 40 年代所寫的五幕話劇《屈原》。他將屈原寫成偉大的愛國主義者，從而呼應當時的抗日

---

[10]　龔自珍：《最錄李白集》。

戰爭。可是愛國主義——至少歐洲的愛國主義——要求國家的每一成員都應為國家利益服務，不得有損於國家利益，那麼屈原也好，岳飛也罷，他們不過是忠君。假如國君出於保衛自己權位的考慮而犧牲一些國家利益，從愛國立場出發就應抨擊，但屈原、岳飛等人最多只會感到冤枉，為國君鳴不平。因此屈原被寫成抗戰時期所理解的愛國主義意義上的人士，這也多少是一種曲解。當然，從文學的社會作用來看，我們沒有理由苛責這種積極意義的曲解。

文學閱讀中，歷史維度決定了其文本史與閱讀史是交錯的，它可以重合，即一部作品自創作問世就一直未變。它也可以反覆錯位，或者是版本有不同，但理解上沒有多大變化，或者版本倒相對穩定，但對其理解則歧見迭出。

四、歷史視點：對作品的理解與評價參照

文學閱讀還涉及到作品理解的歷史視點，而且可以說，關鍵就在於歷史視點的擬定，使得文學閱讀有著不同意義上的理解和評價方面的尺度。

在文學史上，有若干被後代視為經典之作的作品，在剛問世時卻經歷過幾乎夭折的噩運，——被禁止銷售發行，甚至被勒令毀版，只有少量版本在社會上留存下來，它們才可以在後來重新問世並大行其道。法國文學中，福樓拜的《包法利夫人》和波德賴爾的《惡之花》，前者寫了偷情之事，後者則是現代派詩作的老祖宗，當然都會遭到當時批評界的抨擊。時過境遷，前者成為文學史上感傷小說、現實主義小說和自然主義創作傾向的代表，奠定了文壇上不可磨滅的影響。後者則以其「審醜」的視角，為詩作描寫城市生活洞開了一片新的天地。因此兩部作品都堪稱法國文學的重要成果，並也產生了世界性的聲

望。這些作品的評價有著前、後不同的態度，這些評價的差異是基於各自所處的歷史視點來看才生成的，並也應在此視角上來看才便於理解其差異的狀況。日本學者桑原武夫曾檢討過日本對此的反應，他說，「無論是《包法利夫人》還是《惡之花》，在本國都曾被作為傷風敗俗的東西加以討伐，這個事實竟有很多人不知道。於是，人們毫無抵觸地把這種作品作為先進國家最新流行的先進文學來接受了。」那麼，日本的文學翻譯界或法國文學專業的教師、學者當然知道這裡存在著一些由知識匱乏帶來的片面理解，由此，桑原武夫給出的一個解釋是，「在考察歐洲全部文化的輸入問題時，不能夠忽視日本是後進國這一點。日本當然也有傳統的文化，但是日本人認為西方近代工業社會是本國應該效法的楷模，當西方文化的各個門類被作為西方工業社會的構成要素之一介紹進日本時，日本的傳統文化當然不足以與之抗衡」。[11]桑原武夫這一論說是從文化交往中的不平衡性來看問題，這從法國文學的實際狀況來看是對的，但也不宜對此只從深層次來追溯原因，還應該從文化交往是立足於現時態看問題的情形來認識，當翻譯作品發表時，它的文化語境譯介了法國文學的經典之作，而不管它在當初問世時的狀況如何。

更有甚者，文學史上的力作在後來的不同時代都受到了高度推崇。以前面提到的屈原來說，古代文化將屈原其人其作編碼到一個文人的忠君典型，他不僅僅要忠實地為國君服務，而且哪怕是受到冤屈也不改初衷，而在中國五四以來的新文化運動中，對國君的忠誠已失去了道德上、人格上的崇高的意義。屈原的忠誠只有移換到愛國主義角度來認識，才能保有正面引導性價值。可以說郭沫若所寫的《屈原》一劇，既是對當時政治形勢的一個呼應，也是對屈原的評價尺度上的

---

[11] ［日］桑原武夫：《文學序說》，孫歌譯，北京：三聯書店，1991 年，頁 180。

轉換，即是由忠君之臣到愛國之士的轉換，而這種愛國意義上的評價也只是一種歷史維度——除了愛國主義是作為文藝復興之後，歐洲文化中生長出的對於教會權威凝聚力的填補之外，愛國主義也有自身局限。第一次世界大戰期間，列寧領導的共產國際就號召各國工人階級不要出於愛國立場去參戰，而是從國際主義觀點出發來制止這場帝國主義戰爭。英國哲學家羅素則說，「愛國主義在一個英國人裡面所激起的願望，跟它在一個德國人裡面所激起的願望是不一樣的。一個充滿了愛國者的世界是一個充滿了鬥爭的世界」。[12]事實上，在歷史上考察可見到，愛國主義曾喚起人民積極投身到增進社會福祉的事業，但也可能激發了人們的破壞欲，諸如前南斯拉夫地區的衝突，尤其是波黑地區的內戰，就是不同地區分別在各自的愛國主義情感驅使下做出的不理智的行為。那麼，文學史上和一般意義的歷史上，屈原作為一位中國古代文化的傑出代表，他的意義可以被人從不同方面來評說和闡發，但他作為極富正面感召力的形象，實際上已演變為中國文化和中國文學的一個原型意象了。詩人田間曾說：「呵，屈原這位愛國詩人的名字，也流傳至今，還為鄉民所不忘，它也不時打動我的心弦。」[13]郭沫若則說：「不管你是不是詩人，是不是文學家，凡是中國人沒有不崇拜屈原的。」[14]屈原已成為了中國人心中的一種符號，而歷史上的屈原其人，包括他的生平和創作等，其間有若干分歧和有待考證的這些具體細節在普通民眾心目中卻並未引起注意，他們只是尊崇屈原而已。屈原的形象已成為中國文化傳統的一部分，也不妨說成了民族無意識中的原型。榮格曾說，「一個原型的影響力，……之所以激動我

---

[12] [英]伯特蘭·羅素：《社會改造原理》，張師竹譯，上海：上海人民出版社，2001 年，頁 31。

[13] 田間：《田間自述》，北京：《新文學史料》，1984 年第 2 期。

[14] 郭沫若：《屈原考》，《郭沫若古典文學論文集》，上海：上海古籍出版社，1985 年。

們是因為它發出了比我們自己的聲音強烈得多的聲音。誰講到了原始意象誰就道出了一千個人的聲音，可以使人心醉神迷，為之傾倒」。[15]在這個意義上，屈原已真正成為了中國文化中的不朽的形象，那麼，在不同的歷史時期具有不同社會評價標準的境況下，人們就對屈原賦予不同的意義；要思考的只是意義問題，而評價已成為恆定的。

　　這樣，文學閱讀中的歷史視點就具有豐富的、多重的意義，它既要求讀者歷史地看待作品，也要求他看到作品被歷史賦予的意義，還要求將二者結合起來，要歷史地看待作品被歷史賦予的內涵。這樣來說有些拗口，那麼通俗地說就是，讀者是處在一定歷史階段中的，他有自己的世界觀和知識構成，同樣地作者也有自己的世界觀和知識構成，他們分處在不同時代，就可能因各自的視點差異造成對於問題的不同理解，再加上作品中所寫的生活內容還可能與作者所生活的時代已有很大反差，以及作品問世後歷經不同時期的批評家的多種闡釋，作品的內容已遠超過了字面本身所傳達的東西。如此複雜的格局使得文學閱讀本身成為一種類似於撲克牌的遊戲活動。一套撲克牌本身只是 54 張，而且花色、點數都是規定好的，但通過洗牌、發牌之後，每位持牌者手中的牌就有不一樣的構成，而整個牌局參加者之間的出牌的方式也會由於遊戲水準和臨場狀態等的原因，使牌局過程有許多不確定因素。

　　總之，文學閱讀是一種再創造，它是在作品創作的創造活動之後的創造，它是後於作者的創造，並且要依賴於作品的規定情境，這樣來認識文學閱讀是在教科書中已指明的，再由我們在前文的闡說，則我們可以看到，文學閱讀的再創造是在歷史視點框架的支配下進行，它還要在歷史視點的規定情境中才可以進行有效的再創造，並連似乎

15　榮格：《論分析心理學與詩的關係》，葉舒憲編選：《神話──原型批評》，西安：陝西師大出版社，1987 年，頁 101。

是給定的、相對穩固的作品也得在歷史視點的整合下呈現。這種歷史視點是讀者閱讀的起點，同時歷史視點又可以有不同的選取角度，它在提出規定的同時，又受到了讀者的某種擬設，並且若干讀者的閱讀也可能生成新的歷史視點，在這裡可以看到的是作者、讀者、作品同歷史視點之間的相互促動的辯證關係。

第二節　文學接受的心理活動

文學接受包括閱讀、欣賞、批評、研究等諸多層次，它是一種審美活動，具有與一般閱讀活動不同的心理特點。本節主要介紹文學接受活動過程中的誤解現象、後閱讀現象、共鳴現象以及震驚效應。

一、誤解現象

文學史是對過去文學狀況的述錄，在述錄中它要遵從歷史記敘的法則即客觀性，不能無中生有、張冠李戴，只能對事實來加以言說，這一點是衡量文學史著作價值的一個尺度。但同時，人的認識不是完全在客觀立場來評說、反映事物的，即使在高度客觀性的自然科學中也推崇人的主觀判斷的作用。卡爾·波普爾曾說：「在科學中，是觀察而不是知覺扮演了決定性的角色；不過，觀察是這樣的過程，我們在其中扮演了十分活躍的角色。觀察是知覺，不過是有計劃和有準備的知覺。」[16]觀察有所選擇，也有所預期，而這種先在的主觀性的東西會對認識的結果產生極大影響。那麼，對於作為人文學科的文學史來說，在述錄時對史料的考察有著撰史者對文學理想的表述，這就有

---

[16] ［英］卡爾·波普爾：《客觀知識》，舒煒光等譯，上海：上海譯文出版社，1987，頁352-353。

更大的主觀性了。在這主觀性中，「誤解」可以說是其中最為突出的方面。文學史中的誤解除了有認識的不準確，對史料的掌握不詳實等方面造成的應予避免以外，它還是文學史述錄的一種機制，即文學史學科要維持本學科運作秩序就應遵從的、就理應具有的一種特性。

（一）誤解的類型

關於文學史述錄的誤解，文學理論領域已經有人反覆論證過這個問題，這裡可以引用兩位有影響的文學理論家對該問題的表述。阿諾德・豪塞爾曾說：「有一件事似乎是確實的，即不論是埃斯庫羅斯還是賽凡提斯，不論是莎士比亞還是喬托或拉斐爾，都不會同意我們對他們作品的解釋。我們對過去文學成就所得到的一種『理解』，僅僅是把某種要點從它的起源中分裂出來，並放置在我們自己的世界觀的範圍內而得來的……。」[17]在這種誤解中，前代創作的寫作意圖和作者同時代人如何理解作品的方面被置於一邊，而後代根據自己的需要和可能得到自己的見解。相對於作者和作者同時代人的見解來說，這一不同就是一種「誤解」。

文學史上的誤解，可以分為如下四種類型：

1. 時差誤解

由於讀者所處的文化氛圍、文化環境與創作的時代有較大時距，有時時距上百年、上千年，那麼後代讀者在閱讀作品時就很難理解到作品創作時的內涵。讀者的理解就是從他所處環境的狀況出發來看待過去的文學作品。譬如，現代歐洲文化是在古希臘文化和希伯萊（基督教）文化的基礎上發展而來的，但「兩希」文化各有自己的不同基

---

[17] ［美］阿諾德・豪塞爾：《藝術史的哲學》，陳超南，劉天華譯，北京：中國社會科學出版社，1992年，頁234。

質。古希臘文化是一種樂天型的文化，充分體現了古希臘人樂觀、自信、注重人生現世享樂的特質。這在古希臘神話中關於眾神生活的描寫中可以見出，該神話中的神實際上是對現實人性的寫照。而基督教文化是一種宣揚原罪的文化，《聖經》裡的故事傳說，大多體現了謹言慎行，苦行修煉以贖清罪愆的主題。這種差異在後代的人看來就不是那麼明顯了，如從無神論的角度來看，它們都體現了古代人的想像力和生活欲望、價值觀念，並且它們又都成為了歐洲文化的一個構成因數，這就很有可能將兩種神話故事都看成是同一類型的。

2. 認知圖式誤解

　　這也可以說是前一類誤解中的特類，因此有必要單獨來闡述。所謂認知圖式誤解，是指人們在一定的文化觀念所構成的認知圖式下來看待事物，不同時代有不同的文化觀念及其認知圖式，那麼看到的事物的含義就有所差異。如古代的人都會把狼當成害獸，這也反映了人與動物在生存競爭上的利害關係，而今天在環境保護和生態平衡的意義來看，狼也許應被作為一個保護物種來看待，只要它的種群數量不是很大就應禁獵，有條件時還應劃出保留地讓其生息繁衍。對這類誤解我們可從孟子的一段話來作剖析，他說：

> 故說詩者，不以文害辭，不以辭害志，以意逆志，是為得之。如以辭而已矣，《雲漢》之詩曰：「周余黎民，靡有孑遺」，信斯言也，是周無遺民也。[18]

這段話的意思是，解說詩的人，不要拘於文字而誤解詞句，也不要拘於詞句而誤解詩人的本意。要通過自己讀作品的感受去推測詩人的本

---

[18] 《孟子‧萬章（上）》。

意，這樣才能真正讀懂詩。如果拘於詞句，那《雲漢》這首詩說：「周朝剩餘的百姓，沒有一個留存。」相信這句話，那就會認為周朝真是一個人也沒有了。孟子的這一「以意逆志」的主張是指理解文句不應拘泥於字面意義，而要結合到作者當時處境來想他為何這樣寫，這才不至於曲解文意。如《雲漢》一詩字面上是說人都死光了，如果是這樣的話，也就不會有後來的人，因此它是一種表達上的誇張，是為了傳達作者意思的一種修辭手段。那麼，該詩為何要這樣來做誇張呢？這就涉及到一個認知圖式的問題。

在中國古代文化思想中，國君是「天子」，天子是代表上天的意志來實行在人間的統治的，國君的統治不受任何現實法則的制約，只有上天通過各種自然徵象來表達對於天子統治業績的評價：風調雨順、五穀豐登是政治清明的表徵；而旱、澇、地震、蟲災，乃至天上有慧星出現等，都被看作是上天對人間狀況的不滿，而天子作為統治者難辭其咎。《雲漢》一詩是寫周宣王在位時某年大旱，周宣王授意由他人代筆或乾脆就是由他本人所寫的詩，相當於後代國君「罪己詔」那樣的自我檢討。在《詩小序》中說，這是周宣王「遇災而懼，側身修行，欲銷去之」的表白。《雲漢》一詩用的誇張，是由此來表達周宣王的虔敬上天的心情。如果我們沒有對中國古代文化背景有較深入的瞭解，就會或者以為這種誇張是寫實的，或者以為這是對當時統治者的批判。

3. 意識形態誤解

換句話說，這是出於意識形態的原因而對過去的文學作品作出的不同於前人的解釋。南宋名將岳飛是一位儒將，其文治武功令後世景仰，在明代他已被奉為與文王孔子地位並舉的「武王」。但在清兵入關，滿族人成為中國的統治者後，「武王」岳飛的存在對他們而言是

如鯁在喉，因為岳飛當年抗擊的金兵正是當朝統治者的直接祖先，如果抗擊金人的岳飛可作為「武王」，那麼在清代時有人來抗擊滿族軍隊，可以說是步「武王」後塵，就有一種道義上的合法性。清朝統治者是採用了一種「軟」的策略來抵消這種影響。他們將三國時的關羽追諡為「武王」，地位置於岳飛之上，而關羽是以「忠」作為其符號表徵的，其間沒有什麼民族矛盾的牽涉。那麼，當我們指出了這一狀況後，也就可以見出岳飛在現代是又一次被誤解了。在抗日戰爭時期，岳飛的《滿江紅》甚至還被譜曲作為一些部隊的軍歌、學校的校歌來傳唱，以鼓舞人們抗日的鬥志。但岳飛抗金的動機是「精忠報國」，是以對朝廷負責、盡忠作為行動準則的，他在詞作中寫「靖康恥，猶未雪，臣子恨，何時滅」道出了箇中奧秘，他是以皇帝的榮辱作為國家的榮辱。而在抗日戰爭時期中國已沒有皇權統治，當時的抗日也不存在抗戰將士是為政府負責的性質，而是肩負著挽救民族生存權利的重任。這一行為動機是人們自覺選擇並且也沒有其它價值目標可以取代的。因此，當人們傳唱岳飛的《滿江紅》時，對它作了現代性的解釋，這種誤解體現了與原作不同的意識形態傾向。

4. 效用型誤解

效用型誤解是讀者根據自己的需要，從實用的立場上對於過去的作品作了不同於前人，甚至也不同於同代人的一般見解的闡述，它只是基於實用立場來作的權宜之計。中國古典小說名著《三國演義》是歷史題材的小說，這一小說的主題主要有擁劉反曹說、忠義說、歷史迴圈說等。但日本一些企業家、經濟學家，將《三國演義》中的故事作為了商戰的依據，在這個基點上興起的「三國學」就將該小說的主題移入到人才戰、謀略戰的角度，它是對該小說主題的誤解，同時又

是自覺、有著社會需求的誤解。如果說這還算是相對穩定的、有內在依據的誤解的話，那麼有時這類誤解就只是「一次性消費」。

（二）誤解作為文學史的機制

文學史存在著對於文學的誤解，這一誤解有著不得已的、屬於認識上失誤性質的方面，同時，它也可以有積極的意義。至少對於誤解者來說這一意義是具有積極的性質的。

不同時代，因其文化背景的差異而出現的誤解，而處在本來就是不同文化類型的國度中就更為常見。比較文學者艾金伯勒曾說：「成千上百的中國的意象就此會引起同樣多的誤解。德米埃維葉給我們提供了這類誤解的一個極好的例子：『蓮藕浸沒在花瓶裡，但蓮花將它的一塵不染的大花冠舉出水面，這裡的蓮花在佛教裡……是聖徒的超凡脫俗的純潔所在。考狄埃在他的《玉書》中便誤解了，她向我解釋說，這是詩人在表白他對蓮花的喜愛』。」[19]在這裡，將中國詩文中對蓮花的讚頌看成只是作者的個人喜愛是一種誤解，但將愛蓮說成是佛教對於中國文化的薰染，這也同樣多少是一個誤解。因為中國不是一個宗教的國度，宗教生活是處在現實政治生活的統轄之下的，按照國學大師梁漱溟的見解來說，西方和阿拉伯世界是以宗教教義作為社會的行為軸心，那麼中國與之不同，它是一個倫理本位的國度，是以倫理判斷作為個人行為的基軸。在西方中世紀，國王要被教皇加冕才有統治的合法性；而中國，唐代玄奘取經要有唐太宗的親許才有了神聖性。嵩山少林寺佛廟的習武傳統也是由於朝廷的恩准才有了正當地位，至於習武的和尚們吃葷是否違背了教規，則根本不算是一個問題。因此，從佛教裡蓮花的含義來說明詩文中的「愛蓮」並不是深中

---

[19] [法]艾金伯勒：《比較文學的目的·方法·規劃》，見於永昌、廖鴻鈞、倪蕊琴編選：《比較文學譯文集》，上海：上海譯文出版社，1985年，頁111。

肯綮的。由宋代理學的開山人物周敦頤《愛蓮說》一文，可窺見蓮花
在中國文化中被賦予的象徵義：「水陸草木之花，可愛者甚蕃。晉陶
淵明獨愛菊；自李唐來，世人甚愛牡丹；予獨愛蓮之出於淤泥而不染，
濯清漣而不妖，中通外直，不蔓不枝，香遠益清，亭亭淨植，可遠觀
而不可褻玩焉。」在周敦頤眼中，蓮的「不染」「不妖」等形象正可
喻示君子的品質，因此稱它為「花之君子者也」。這一讚頌不只是表
達對花卉的喜愛，也不只是表達對佛教觀念的認同，它更主要的是表
達中國士人的人格理想的境界。在此氛圍中，中國古典文學寫到蓮時
就沒有不持愛蓮觀點的，並且也不管作者是否信佛。可以說，考狄埃
在《玉書》中對詩人喜愛蓮花的闡釋是一個誤解，這一誤解是淺層次
的，缺乏以文化的、思想的眼光來看待文學作品時產生的誤解。而艾
金伯勒所認同的「蓮花」的佛教意味則是一種較深層次的誤解，這一
誤解有了一種文化視野，只是他以西方的宗教唯上的文化眼光來理解
中國文化，結果也就沒有得其要領。這後一種誤解是有積極意義的。
當然，作為誤解，總之它都沒有得其真髓，但後一種誤解可以將過去
的文學作品賦予一種文化內涵，再整合到整個文學的體系中，使得過
去的文學不只是表達出對形象的描摹、情感的抒發；它還同時是一種
文化品格的寫照，由此使得文學史真正有一種展示出人類文學思想進
程的歷史感。

　　這後一種誤解的積極意識還在於，有時這一誤解才是合理的解
釋，而當初作為當然的理解的含義則並不在合理的範圍內。歷史上曾有
過記載但已失傳的「昔葛天氏之樂，三人操牛尾，投足以歌八闋」。[20]
這一葛天氏的音樂具有載歌載舞的特點，表達著人們「奮五穀」、「遂
草木」的願望。顯然當時的人以為這一音樂儀式可以起到通達神明的

---

[20]　《呂氏春秋》卷五《古樂篇》。

效果，而這一解釋在今天多數有理性的人看來並不成立，應該解釋為是一種原始巫術同藝術的結合，其藝術形式是荷載的巫術思想。同樣的情形也出現在對較為晚近的作家作品的認識上，羅貝爾‧埃斯卡爾皮曾指出了一個事實：「我們依然以莎士比亞為例，並考察他在戲劇中對鬼怪和巫婆的利用。20 世紀的西方知識份子（當前的莎士比亞戲劇評論家都屬於這類人）一般都不相信巫婆和鬼怪，從而都傾向於把巫婆和鬼怪看作是莎士比亞用來強化劇情而虛構出來的點綴品。然而，莎士比亞的同時代人，尤其是他與之對話的讀者，則十分自然地相信我們稱之為超自然的東西。」[21]莎士比亞本人是有懷疑主義精神的，他也許並不至於多麼相信鬼神，但在當時也沒有一套符合科學的理論來解釋各種離奇的自然現象。所以，要說莎士比亞是自覺地以對鬼神的描寫來達到修辭效果恐怕也不符合事實，因此真實的情形大致就在當時與現在的兩種理解之間，即莎士比亞懷疑有鬼神存在，但在劇情描寫中他倒是真心實意地來寫鬼神。因為他不用鬼神來說明一些問題，他就難以演繹出劇情的進一步發展。對於今天的莎士比亞評論家來說，往往要依據現在的觀念來誤解莎士比亞，因為在將鬼神描寫視為修辭手段的情形下，可以使莎士比亞本人從作品游離出來，從而賦予其劇作更豐富的涵義，而這對於文學批評和文學史來說都是值得為之努力的目標。

（三）誤解的確立和超越

在文學史中有著誤解，這是不可避免的，同時也是必須的。在這裡有必要區別在歷史研究中的兩種誤解。一種是涉及到事實本身的，如《離騷》的作者是誰？是屈原嗎？他當時寫作的文本與現今傳世的

---

[21] ［法］羅貝爾‧埃斯卡爾皮：《文學社會學》，符錦勇譯，上海：上海譯文出版社，1988年，頁 124-125。

文本有無區別？在《離騷》中「眾女嫉余之娥眉兮」的眾女有無生活中的原型？如果有的話又是指的誰？屈原詩作中出現的「湘君」等人物是借於歷史還是取於神話？支配屈原創作的神話觀念的神仙譜系是什麼樣的結構？像這類問題，是就是是，非就是非，它是屬於史料辨析的工作和考據的工作，應當盡力排除誤解。另一種是涉及到對文學事實的意義的辨析、價值的評判、其作用的清理等，這一類的認識是涉及到認識者的考察角度的。

諸如「三人操牛尾，投足以歌八闋」的音樂形式，對於考察文學與巫術、宗教關係的人來說意義重大，但對於從遊戲角度來考察的論者來說，其意義就小一些，再對於認為辨析文學起源等問題是「形而上學」，沒有實際價值的實證主義的文學觀來說，則該種音樂形式對它就沒有多少實際意義。在後一類情形下，誤解是可能的，甚至是必須的。因為這樣才能使研究提出並解釋一些問題，而不只是在史料上作搜錄工作。

在承認了文學史上誤解的合理性之後，我們可以理解這一誤解之所以出現的原因。那就是，後來的撰史者的思想同該作品的作者思想進行對話的多種可能性。這種對話在很大程度上基於歷史學在很大程度上是對於過去思想的重演。在歷史上曾經發生過很多事件，假如一次地震或火山爆發使許多人罹難，它是歷史學記載的對象，但由於該災害是由自然原因造成，之所以要探究這種現象，是因為屬於自然科學的任務。所以，歷史學在此沒有多大用武之地。但如果一次戰爭給人帶來了災難，歷史學除了要記載事實的過程之外，還應進一步對於事件產生的原因作出說明。要做到這一點，歷史學家就應設身處地地站在當事人的角度來思想，然後又回到自身的立場來對當事人的思想作出評價。柯林武德說：「一切歷史都是思想史」，就是指歷史學家要在自己的心靈中重演過去事件的當事人的思想。「歷史學家不僅是重

演過去的思想，而且是在他自己的知識結構之中重演它；因此在重演它時，也就批判了它，並形成了他自己對它的價值的判斷，糾正了他在其中所能識別的任何錯誤。這種對他正在探索其歷史的那種思想的批判，對於探索它的歷史來說決不是某種次要的東西。它是歷史知識本身所必不可少的一種條件。」[22]在「重演」的過程中，不同的人從不同角度，由不同的認識結構來操作，當然所見的就會有很大不同。

　　如果說對一件事的認識有正確見解的話，正解應該只有一個，而這時有多種的理解，並且原則上這些理解的數量還會隨時日而遞增，所以「重演」的思想應歸於「誤解」的範疇。歷史中的誤解有著哲學上的必然性。這一點在根本上取決於人對歷史的認識並不是對一個自然現象的認識。他是在歷史事件的述錄中找出史學家認為重要的、有意義的內容，而這種重要性取決於當代人從自己生活的條件來作的判斷。北宋畢昇發明的活字排版印刷術在正史上並沒有記載，只是在沈括的《夢溪筆談》中作為一門奇特的技藝來作了介紹，而我們從活字排版大大提高了印刷行業的工作效率，從而推動了出版事業的發展角度來看，我們意識到了它的重要性；我們又從當今的時代是資訊革命的時代，衡量一個國家的現代化水準的最重要標誌是看它的資訊傳播、資訊處理的數量和效率，那麼，畢昇的活字排版技術可以視為是資訊革命的一個出發點，一個早期的萌芽。那麼這一事件的重要性又應得到更大強調。歷史研究就是這樣一種「當前」與「當時」對話的工作，由於「當前」總是隨著時間流逝而不斷向後退縮的一個點，所以，「當前」與「當時」進行對話的可能性是多種多樣的，由此形成的對歷史的理解也就必然有不同類型。

---

[22] [英]柯林武德：《歷史的觀念》，何兆武等譯，北京：中國社會科學出版社，1986 年，頁 244-245。

在這裡，我們應摒棄「誤解」即不正確理解的簡單化認識，就是說，我們應承認至少在歷史的領域，有著多種理解的可能性，而這多種的可能性中，不同的見解可能都是為了揭示歷史的內涵，展示人類發展進程的規律作了貢獻的。只是由於這些見解之間觀點不一，而我們一般把正解只當做唯一正確的理解來看，就姑且將難以定於一尊的解釋稱之為誤解。「歷史本是一種在過去被人理解過的生活。理解歷史從這層意義上看，也是在理解什麼是理解，每一代人都不時地感受到歷史及文化傳統與自己時代的某種程度的疏遠。克服這種對歷史的疏遠陌生感的方式之一，即是通過解釋歷史來理解歷史，縮小時代之間在精神、文化、心理、語言，乃至理解上的距離。……（它）不僅包括了對人過去的理解，更主要地是要求理解人現在是什麼和將來可能會成為什麼。一言以蔽之，人是在理解自己的歷史中理解人自己。」[23]「認識你自己」曾是古希臘德爾斐神廟上的一句箴言，同樣地，它也應是史學研究的箴言。對於文學史來說，為誤解的正名至少有兩種意義：一是可以使文學史的解釋從正解、從「原義」的束縛中解放出來，使得文學史可以有不必盡為古人負責，而是還得為今人負責的義務，這就可形成學科的開放性、多樣性。二是可以使文學史同當代史學發展中「問題史學」的趨向並軌，即對於歷史問題的研討從當今所面對的問題出發去追溯歷史，在此基點上發掘出歷史過程的涵義。誤解，是文學史的一種述錄機制，而正是在這一述錄機制中，文學史才得以展現出它的活力與魅力。

---

[23] 殷鼎：《理解的命運》，北京：三聯書店，1988 年，頁 100。

二、後閱讀現象

後閱讀不是後期的閱讀或閱讀之後的狀況，而是一種與普通閱讀不同的閱讀。其相異點在於：它不強調閱讀中的求知，它不關注作者狀況，它不相信關於作品的所謂正解。由此引致了後閱讀的若干特徵，它包括：雙向性閱讀目標，三重對話方塊架，四個基本步驟。本書在對後閱讀作出描述之後，對它進行了理論分析，尤其是對它在文化上的性質進行了批判。這種理論上的研討對於整個文學研究理應具有重要的意義。

（一）後閱讀的含義

20 世紀 60 年代以來，西方各種以「後」（post-）字為首碼的學說紛紛登臺亮相，其中包括後現代主義、後結構主義、後精神分析學、後殖民主義等等。當這些學說作為西方新近的學派和理論被譯介到中國之後，對中國學界造成了衝擊性影響，各種「後」學紛至逕來的同時，各種「後」的名謂仿效而起，如「後新時期」、「後現實主義」等。當前的時代儼然是一個「後」學的時代。這種以「後」字標在詞頭的各種主義和學說，與它後面的詞根的聯繫很緊密。以後現代主義來說，後現代主義是屬於現代主義之後的一種文化狀況或思潮，在時間上晚於現代主義，但僅僅這樣來說又很不夠，因為在現代主義思潮之後產生的並不都能稱之為後現代主義。因此，後現代主義是現代主義在新的歷史階段下一種合乎邏輯的發展，它既秉承了現代主義的一些基質，同時在根本上又是對現代主義的一種反撥。荷蘭學者佛克馬曾說，「後現代主義文學不僅是接著現代主義文學而來的，而且還是與其逆向相背的」。[24]

---

[24] [荷蘭]佛克馬、伯頓斯編：《走向後現代主義》，王寧等譯，北京：北京大學出版社，1991 年。

可以說，接踵而來與逆向相悖兩方面特徵的結合說明了後現代主義與現代主義之間的基本關係。這種關係在「白天──黑夜」的交替中可以得到形象的理解，白天是黑夜之後的一個時段，是黑夜合乎自然規律的發展結果，同時它又根本上不同於黑夜。

文學的後閱讀一詞亦取於這種以「後」字標頭的造詞法。後閱讀不是一種後期的閱讀，也不是閱讀之後的一種狀況，而是與閱讀相關，但又完全不同於普通閱讀的閱讀狀況。這種閱讀要與普通閱讀作出對比之後才能基本廓清。

在一般的文學閱讀中，大體具有以下幾方面的特徵：其一，文學閱讀是一個瞭解作品基本情節、基本情感狀態的過程，它與「知」的意識緊密相關。其二，文學閱讀時讀者努力瞭解作品的真髓，為了使這一工作能有保證，讀者也就注意聆聽作者的有關言談。其三，文學閱讀雖存在見仁見智的狀況，但一般而言，人們相信有一個關於作品的正解，其它的理解或者是錯訛的，或者只是作品的次要意義。

與文學閱讀的以上三方面特徵相反，後閱讀的狀況則是，其一，它不是一個「知」的過程，它是在「已知」之後的感受，或者只是單純的感受。其二，後閱讀不關心作者的狀況，不特別尊重作者的意識，它如果也偶爾詢問作者意圖等方面的情形的話，那也是在與文學的傳媒、文學的社會影響等方面的因素中作為參照因素之一來言說的。其三，後閱讀不相信文學的正解，它還樂於在已有「正解」的文學接受中嵌入自己的新的理解。這裡提出了對後閱讀的基本理解，它是我們研究和關注這種文學接受狀況的基本途徑，不過，真正要對此問題有較為透徹的認識，還有賴於對它的一些細節進行描述和分析。

（二）後閱讀中的雙向性目標

　　後閱讀作為文學閱讀中的一種逆向活動，其主要標誌之一是雙向性。這種雙向性是與一般文學閱讀中的經典釋義的單一目標相比較而顯示出來的。

　　文學閱讀中的單一目標就是給出一個標準釋義，對此，可以拿《毛詩序》中的一段話為例。「故變風發乎情止乎禮義。發乎情，民之性也，止乎禮義，先王之澤也。」它是指在政教失常的狀況下，出現了「風」的變體，在這類詩歌中，人們表達了自己不滿於政事的真實情感。同時在這種批判性的表白中，人們又還沒有逾越禮教的規範。清代學者紀昀曾評曰：「《大序》一篇，確有授受，不比諸篇為經師遞有增加，其中發乎情，止乎禮義二語，實探風雅之大原。」[25]他認為這是對《詩經》的難能可貴的整體性把握，而紀昀的這一評價也代表了歷代對《毛詩序》一文的主流見解，並且以之作為閱讀《詩經》時的學習指南。在這一基本趨勢下也有一些反對派的意見。宋代朱熹就說過：「蓋所謂序者，類多世儒之談，不解詩人本意處甚多。且如『止乎禮義』，果能止禮義否？《桑中》之詩，禮義在何處？……衛詩尚可，猶是男子戲婦人。鄭詩則不然，多是婦人戲男子。所以聖人猶惡鄭聲也。」[26]他以《詩經》鄭風、衛風這兩類詩反駁了《詩經》中作品都是止乎禮義的說法，似乎也很有道理。所謂「止乎禮義」對《詩經》中的多數詩可以適用，但對少部分就不那麼適用。而按照證偽原則來說，如果全體中的某些部分沒有某種性質，就不能說該全體都具有這種性質。不過，在《詩經》已成為古籍中的經典，並被冠為「五

---

[25]　紀昀：《雲林詩鈔序》。
[26]　朱熹：《詩序辯說》。

經」之首的情況下，社會又要求培養出「止乎禮義」的謙謙君子，則社會當然也只好以紀昀的那種主流見解作為正宗了。

後閱讀的雙向性體現為兩方面。第一，它往往不是一種認真地從作品字裡行間來作尋繹、發現的閱讀。它大多聽從了各種譯介而來，這種介紹可以有不同形式，它包括作品的故事梗概，出版機構的宣傳性招徠，鑑賞辭典的導讀，作品的卡通畫改編，影視改編等。當一個讀者接觸到事先已由各種媒介所作的介紹之後，這些介紹就成了作品理解的基本定向，以後的閱讀大體上就是在原先介紹的基礎上按圖索驥，它使閱讀沒有了什麼深刻的悟解和洞見可言。第二，它又並不嚴格地遵循介紹的定位來作理解，不是從作品閱讀的具體環節來印證介紹之所言，以作出證實或證偽的反應。它基本上是以木然的態度來對待介紹中的說法，在基本上接受介紹的定向之後，又在具體理解中採取隨心所欲的態度，各個讀者願意怎樣來讀解它似乎都行。在文學理論中，本來已明確了文藝作品可以是多義的，即可以作出多種不同的理解，但在作出這種寬容的允諾後，也還大體對於正常的讀解有一些規定，不是任何一種讀解都可以有存在的正常的權利，而在後閱讀中則給出了這一寬泛讀解的正當性。

美國批評家傑姆遜曾說到後現代主義與現代主義之間的差異。其中涉及到的闡釋問題對我們說明後閱讀狀況不無裨益，他說：「書的意義就是書的一部分，你沒有必要解釋這部書，只需要重讀一遍。這種情形在音樂中也是一樣，舊的音樂需要你有組織安排時間的意識，而新的音樂只要求你把握住現時，只聽到那些音樂便可。……你讀喬伊絲也許會就某一突然出現的事物而思考，竭力想找出其存在的理由，而讀品欽的時候，如果他的作品真正使你感興趣，你只會想再多讀一些，因為這是一種陶醉而不需要任何解釋」。[27]傑姆遜在這裡是

---

[27] [美]傑姆遜：《後現代主義與文化理論》，唐小兵譯，西安：陝西師範大學出版社，1986年，頁 182-183。

就後現代主義的文藝接受狀況而言的，說明它「反對解釋」的特徵。而文學中的後閱讀不等於是後現代主義的文藝接受，但它作為納入到文化消費中的一種文學閱讀與之有相似之處，它像是一個消費過程。一位顧客買了一把雨傘，這把傘可以用於擋雨，也不妨用於遮陽，還可以作為一種裝飾，消費者怎麼用它，商家、廠家都沒有權力來干涉，消費者享有很大自由；反過來，當消費者在選購傘時，他只是看到傘的外觀、價格等外在的方面，而傘的品質問題就全憑廠家的說明書和商家的推銷介紹來支配，消費者又處在很被動的地位。這種狀況完全可以用於比附後閱讀中的雙向性，可以使我們對此有一個直觀上的理解途徑。

（三）後閱讀中的三重對話框架

在文學閱讀中，人們普遍注重作者意圖。它仿佛是作者與讀者之間，隔著文本在進行講與聽的活動。當我們面對一篇我們從未讀過，也沒有聽說過的作品時，往往要看一眼作者姓名，一是作為是否值得閱讀的判斷指標；二是為了要從瞭解到的作者文風那裡得到一些閱讀提示。不過，這種閱讀傾向在當代已失去了以前所具有的影響。自從結構主義批評宣稱「作者已死」，主張從作品表達本身來說作品，並且也有之前的形式主義批評、新批評對客觀化閱讀的推崇，人們已不再把作者意圖看成是引導閱讀的必要條件。而且，在作者意圖方面，看重作者自覺意識到的東西，而精神分析批評則看重文學作品也是作者無意識的流露，在文本的間隙之處、沉默之處，並不是空無一物的空間，而是在不言說中暗含了某種作者的期待。作者的自覺意圖不是去發掘他本人的無意識，而恰恰是遮蔽它，使它只能以曲折隱蔽的方式表露出來。作者的無意識的指向，與他的個人生活經歷同文化禁忌的緊張關係有相關性，這使得對作者的瞭解要大大超出作者意識的領

域。後閱讀就是要擴大對作者的瞭解，這種探究由媒介的炒作而起到了推波助瀾的作用。

　　後閱讀還涉及到傳媒方面的狀況。傳統的文學閱讀面對書籍、雜誌，這也屬於大眾傳媒的類型，但是這些傳媒的形式較為單一，在內容表達上有較強的模式性，使人感覺到文學讀物就只能以這樣的方式呈現。在當代由於廣播、電影、電視等新的傳媒的出現，以及這些傳媒又對傳統書畫的反向影響，使人們看到一個多樣化的傳媒的現實。電影中卡通片的出現，使得少兒連環畫中增添了卡通畫的畫種。無線電廣播的普及，使得朗誦作為文學發表的途徑又重獲新生。至於電視更是後來居上，在發達國家中，「二十世紀七十年代和八十年代出生的兒童，甚至於未滿一歲就會熟悉顯像管上發生的活動，不管他們是否懂得這種現象的含義……直到他們學會讀書以前，電子媒介在他們的生活經歷中佔據著主導的地位」。[28]電視還不僅對人產生了很大影響，並且它在講述形式上也發生了與以往傳播中不同的狀況。如鮑列夫所說，「電視的一個重要審美特點是『敘述此時此刻的事件』，直接播映採訪的現場，把觀眾帶進此時此刻正在發生的歷史事件之中。這一事件只有明天才能搬上銀幕，後天才能成為文學、戲劇和繪畫的主題」。[29]當這些不同的傳媒對人產生的影響和作用方式不同的時候，傳媒就會產生一種相互影響的效應。小說的書與知識性的書都有相似的裝飾外觀，都屬於相同的書籍類別。在崇尚知識的時代，書籍受人尊敬，小說的書也可以受到這種禮待。而報紙屬於一次性的讀物，當小說在報紙上以連載方式推出時，它更多地以懸念來吸引人，看到前面引起對以後幾天報紙的期待，而在看到後幾天報紙時，前幾天的一

---

[28] [美]施拉姆、波特：《傳播學概論》，陳亮、周立方、李啟譯，北京：新華出版社，1984年，頁 166-167。

[29] [蘇]鮑列夫：《美學》，喬修業等譯，北京：中國文聯出版公司，1986年，頁 451。

些描寫早已被淡忘了。但報紙的刊載可以造就一批同時閱讀的讀者。他們相互的交流可以有轟動性的話題出現。同樣道理，電視劇對小說的改編有更大的共時性接受的影響，但電視劇又有一些改動，這些改動後的內容對於多數受眾來說反而成為了正常的，原來的小說中的故事則只是參照，他們還會以「正常」的電視劇的描寫來反觀小說原作是否對路。在這裡，傳媒成為了一種話語力量。當後閱讀成為了文學閱讀中一個景觀的時候，讀者就不得不面對與傳媒的對話。

後閱讀在作者、傳媒兩方面都有影響的同時，讀者所面對的閱讀語境所渲染的氛圍也產生了很大的作用。在以前，某一作品要從什麼角度去讀有明確的規定，如「少不讀《水滸》」，這並不是宣稱《水滸》是「少兒不宜」的讀物，而是提示該小說中對於江湖義氣一類的描寫，在青少年看了之後容易產生盲目模仿的衝動，從而對社會產生不良後果。經由這一提示後，人們應該如何閱讀該小說也就有一個基本定位了。但在現代生活中，一部作品的原作形式可以用多種方式來改寫、改編，已有的定位很容易發生混淆。假如有人以卡通片的形式來改編該小說的片斷，那麼卡通片是以少兒作為基本受眾，在這種改編中，要考慮到青少年與兒童作為未成年人的接受狀況，又得對於原作描寫作些變動。當這些小孩長大成人後，他雖然可以看原作，但改編時的描寫作為第一印象已深嵌在腦海中，甚至當時是吃著糖葫蘆來看動畫片的話，某些情節的敘說可能同他的特定味覺感受聯繫起來，成為一種具有個人特點的統覺。

在後閱讀狀況下，讀者同作者、同傳媒以及同特定語境之間有一種對話關係；不過這種對話關係基本上不被讀者本人意識到，它就像人們對氧氣的需要一樣，在呼吸順暢、空氣良好的境況下，人們不會想到氧氣是生命的必備要素。

（四）後閱讀的三個基本步驟

文學閱讀是一個過程，作為過程它有歷時性，這就涉及過程中的步驟問題。不同讀者的閱讀可以有不同的步驟，假如將逐字逐句的閱讀看成是常態的話，那麼就還可能有間斷、跳躍。也可能有反覆，看到前面產生了懸念之後急於翻看到後面，到看了後文時又感到前面有些細節已記不清楚，於是又再重新瀏覽，等等。文學閱讀有種種不同形態，我們可以將之歸納為三個大的階段：一是認知，即通過閱讀字句，瞭解作品講述的意思，瞭解情節或抒情內容。二是體驗，即讀者由瞭解到的意思，體驗到某種情感，或緊張、或憂鬱、或喜悅、或憤懣等；在體驗過程中讀者可以得到審美感受。三是回味，讀者對傑作佳品有意識地回憶、品味，在這階段中有詩韻悠久的陶醉感；也可以是閱讀到其它作品相關內容或生活中某些事情觸動了讀者思緒，使他回想到曾讀過的作品的情韻，從而產生一些聯想或感觸。文學閱讀的三個階段有基本的先後秩序，不過也可能交錯和穿插，可能有多次反覆。

後閱讀既有文學閱讀的一些特徵，它體現出上述三階段，同時它又有自身的獨特特徵。大體上它包含三個階段：

1. 社會－文化閱讀

這一階段是對閱讀對象的體認，即把它看成是一首詩、一部小說或一篇散文等，在基本體裁的認定中就有調整閱讀期待的問題。在體認中還有一些類型定位，即把它看成是嚴肅文學還是消遣性讀物。一般的書評介紹或社會反應也在這一環節中佔有重要地位。在此階段中，讀者可能要考慮閱讀活動的時間付出是否夠用，是否能夠成為自己未來談資的一部分，等等。社會－文化閱讀是讀者個人經歷的過程，但這一過程中全部的社會條件、文化條件都可能滲入到讀者頭腦

中產生作用。如伊瑟爾所說：「當一篇本文（text）通過預測公眾希求的存在標準和價值而先在地決定讀者觀點時——如中世紀晚期的狂歡劇及今天的社會主義歌曲——它便產生了在特定準則下人們無法具有共同的理解這樣一個問題。」[30]這種狀況在我們閱讀《三國演義》與古代人閱讀時的狀況也有不同。《三國演義》中的曹操是一個反面人物，他的最大惡德在古代人看來，因為他是漢王朝的篡位者。這是以王位世襲的正統觀念作評價標準，而今天讀者如果也對曹操反感的話，則主要是不滿於他的為人奸詐和虛偽了。

2. 消遣－娛樂閱讀

　　文學的消遣娛樂的性質，古已有之。當柏拉圖譴責文學有害時，也就是指出文學的這一性質助長了人性中享樂主義的傾向。在當代社會中，文學的消遣娛樂的性能有所加強。原因在於，文學不只是作者寫作的產物，它還涉及到出版者、發行者的參與，並且有他們的利益與作品掛鉤。當文學作為一項投資來考慮後，那麼就得想到讀者的購買意向。在各種可能的考慮中，作品引人入勝才是產生購買動機的最大促動因素，這就要求作者在吸引讀者上多下功夫。書籍只有在可讀性較強的情況下，出資者才會將它看成市場行為來進行操作。在文學生產中注意消遣娛樂性之後，讀者也就會提出更高的要求。二者之間形成互動關係，就像高明的烹調師提高了食客口味，同時也使食客的口味更加講究，對飲食口味又提出更高的要求，從而使得烹調向更為考究的方向發展。文學的產業化經營是在隨時揣摩與培養讀者趣味中演進的。

30　[德]沃爾夫岡·伊瑟爾：《閱讀活動》，金元浦等譯，北京：中國社會科學出版社，1991
　　年，頁 183。

3. 遺忘性閱讀

　　這屬於後閱讀中一種特殊情境。本來過目不忘是文學閱讀乃至一般讀書活動的一項成效評價指標，也是許多人自覺的追求，那麼遺忘性閱讀正好與之相悖。這種看似費解的狀況是與文學產業的運作性能相關，同時還應說明在社會中並不是只有文學才有對遺忘的偏好。馬克思曾說過人們是如何對待古代文化遺產的，「在一百年前，在另一發展階段上，克倫威爾和英國人民為了他們的資產階級革命，借用過舊約全書中的語言、熱情和幻想。當真正的目的已經達到，當英國社會的資產階級改造已經實現時，洛克就排擠了哈巴穀」。[31] 這裡就涉及政治活動的階段性問題，當處在某一歷史時期時會提出某一任務，而在另一時期裡，同一政黨或組織又可能提出與之完全不同的其他任務。遺忘性閱讀並不完全是指心理上的失憶，而是對於一些顯得重複、似乎是與老作品如出一轍的新作採取一種容忍態度。這一舉措是對當代推崇創新的一條補救，就像藝壇上新人大多也並沒有全新姿態，但在宣傳上又必須對新人作出介紹，那就有必要將他的一些特色，即使以前別人也有過，也要「遺忘」掉之後作為新的東西來說。原型批評家弗萊說的一段話可以作為遺忘性閱讀的一個注腳：

　　　　……在我們的時代，由於版權法宣稱任何一部藝術作品都是足以獲得專利權的獨特創造，文學中的傳統因素便被大大地遮蔽住了。因此，現代文學中的傳統化力量就常常被忽略掉。……喬叟的許多詩是從他人詩作翻譯或轉述過來的；莎士比亞，他的戲劇有時完全是他所取材的前人劇本的翻版；彌爾頓呢，他所尋求的不過是盡可能多地抄襲《聖經》。[32]

---

[31]　《馬克思恩格斯選集》第 1 卷，北京：人民出版社，1972 年，頁 605。

[32]　Northrop Frye, *Anatomy of Criticism*, Prinston University Press, 1971, p96.

弗萊的評說有些極端化，不過在文學研究中言說到這些大作家往往只提及他們獨創的一面時，弗萊之說有補弊救偏的作用。

（五）後閱讀現象批判

後閱讀是文學在產業化、市場化運作中產生的一種現象。在傳統的文學中也並非沒有以盈利為目的的製作和行銷，但對文學的影響只是個別、局部的，它沒有形成一種總體的機制。只有在當代社會條件下，它形成了一套有效率的機制，並且將整個社會納入到該機制中。如果我們有時提倡文學重視社會效益，那麼，社會效益的「效益」也是借助了經濟學的概念，它也是希望以較少的投入來達到較大的社會收益，在這考慮中也就同樣需求一種超越了經濟目的的盈利動機。

在對文學的產業化經營中，市場考慮的出發點不同於作者本人考慮的出發點。作者更多的是考慮「名」，而經營者更多的是關注「利」。我們可以很方便地列舉商品化運作方式對文學的戕害，但是，商品化或市場化的運作本身並不是罪過。就文學而言，產業化運作要瞄準廣大的文學消費者，這也有助於文學趣味的平民化和文學發展趨向的民主化。不過，在後閱讀正在成為一種主導力量並且日益擴大其影響的時候，我們更有必要指陳其弊端。

首先，後閱讀不是從藝術的審美角度來閱讀，或至少並不看重這一角度的閱讀。文學創作與文學鑑賞具有正相關性，當文學鑑賞環節並不看重作品的藝術性時，廣大讀者的藝術鑑賞力就不能得到好的培育；讀者鑑賞能力的貧弱，又造成整個藝術活動中缺乏一個寬厚的基礎。結果，就是藝術的普及化與藝術的平庸化成為相伴生的趨向。

其次，後閱讀中作者與讀者之間原來所具有的夥伴關係演變為一種市場交換意義上的供需關係，其由產業經營者進行操作，所考慮的是如何包裝作者和誘導讀者，使文學的寫與讀的活動，被與文學魅

力無關的外力所操縱，這對於一個理想的寫、讀關係來說是更為疏遠了。

再次，後閱讀沒有一種長遠的恆定的目標，不像傳統的閱讀力圖尋繹出好的作品，將之奉為經典之作，使整個文學大廈有一種美學規範。而在後閱讀中就是以作品的一時走紅作為評判標準，真正優秀的作品不一定能走上銷售排行榜前列；反之，走上前列的作品在事過幾年後又可能被人淡忘，在一個長時段來看，它不能給文壇建立一種里程碑式的界標。

最後，文學藝術在人類文化中具有獨特地位，而文學藝術以陶冶人的情趣為主，它可以自我標榜而沒有一個具體目的，這樣就使文藝成為社會中人陷於瑣務之外的一塊保留地，而後閱讀則使受眾在接觸文學時缺乏了那種審美專注的超越具體事務的心態，它使文化中最後的保留地也受到了踐踏。

總之，文學接受是文學活動的重要一環，也是文學研究的一個重要方面，對後閱讀現象的認識和分析，對於整個文學研究理應具有重要的意義。

三、共鳴現象

文學共鳴概念是文學鑑賞論的問題。歷來文學理論把重點放在創作論、作品論的基點上，因而鑑賞論只是作為一個附加部分或次要部分，共鳴概念在具體的文學批評和文學理論教學中提及，很少作為一個文學研究的課題來展開論述。由此，共鳴概念在各家的理解和使用中體現出一些不同的含義，而這些不同理解和使用實際上體現了對文學的不同理論視點。

下面對這些不同含義作出說明，對它體現的不同視點作出揭示。

（一）文學共鳴的對象問題

文學共鳴是指讀者在閱讀文學作品時獲得的一種積極認同的心理感受。作為讀者的感受，它的主體是讀者，這一點是能夠取得共識的，但是這一感受所認同的對象是什麼，就有不同認定了。

權威性的《辭海》（1981年版）對共鳴所下的定義是：文學鑑賞過程中的一種心理現象。一般指人們欣賞文藝作品時，同作品中所表現的思想感情達到某些相通、類似，或基本一致的心理感受。從這一定義上看，共鳴的對象是文學作品，即同文學作品產生共鳴。但是，文學作品是由作者創作的，文學作品中所描寫的人物也具有自己的思想感情。再者，不同讀者在閱讀同一作品時也可能產生表面上相似的體驗、評價。因此，在同作品共鳴的基點上，「共鳴」一詞的所指又可以引發出不同的側面意義。有的教科書這樣表述：「共鳴，是文學鑑賞中一種複雜而常見的現象。當閱讀文學作品的時候，作家通過作品的形象表達出來的思想情操，強烈地打動了讀者，引起讀者思想感情的迴旋激蕩。他們愛作者之所愛，恨作者之所恨，為作品中正面人物的勝利而歡樂，為反面人物的潰滅而稱快（或者為正面人物的失敗而悲痛，為反面人物的得勢而憤慨），象喜亦喜，象憂亦憂。這種現象，就是文學鑑賞中的共鳴現象。」[33]從上述定義來看，它已拋開了同作品共鳴的較為抽象的表述，而轉到同作品中體現出的作者的思想感情、同作品中人物的思想際遇的一種共鳴。

此外，在其他的教科書上又有另一類表述。「『共鳴』，在這裡有兩種含義。一是指欣賞者在欣賞過程中由欣賞對象引起的情緒上的激動，這是讀者與作者之間在某些方面或某種程度的思想上的融合，感

---

[33] 以群主編：《文學的基本原理》，上海：上海文藝出版社，1964年，頁45。

情上的相通，是藝術形象作用於欣賞者的感官而產生的一種強烈的藝術效果。」「另一種意義上的共鳴是指不同時代、不同階級、不同民族的人們，當他們閱讀同一部優秀作品的時候，可能會產生大致相同或相類似的情緒激動和審美趣味。」[34]在這一表述中說到了讀者之間的相互融通，但未提及讀者與作品中人物的關係。另外在其它教材、論文中也有涉及到「共鳴」的對象的表述，但大體來說都不外乎是與作者、與作品中人物及讀者之間共鳴的表述。

（二）文學共鳴說的疑點

文學共鳴的上述認定中實際上體現出不同的理論構想和假定，而這些構想和假定中都有理論上未能完全澄清之處。

首先，在同作者的共鳴上，體現出一種作者中心論，即認為作品既然由作者創作，那麼讀者從作品中看到的種種能引起共鳴之處，也就是同作者的共鳴。這一觀點體現出浪漫主義「表現說」的鮮明痕跡。如雨果曾說：「真正的詩人像上帝一樣同時出現在他作品中的每一個地方。」[35]反過來說，作品中的每一種思想感情的表達也就應該由作者負責。這種觀點把作者視為文學研究對象最重要的因素。它注意從作者生平、思想等方面的內容來發掘作品自身的奧秘。應該說這也是文學研究的重要途徑，但它不是萬能的和確鑿無誤的。原因在於，作者可能並不願意表達出他創作的真實意圖，或者作者在創作某一具體作品時的思想與他平時的思想有著歧異，其創作只代表了他思想中一種次要的，甚至反向思考的內容。或者作者在平時的思想中表達的是顯意識，而在文學創作中表達出的某些潛意識的內容是作者自己也不齒於表達的，從作者在作品之外的其它言談中也很難搜尋到其蛛絲馬

---

[34] 十四院校合編：《文學理論基礎》，上海：上海文藝出版社，1981 年，頁 390-391。
[35] 伍蠡甫、蔣孔陽主編：《西方文論選》下卷，上海：上海譯文出版社，1979 年，頁 192。

跡。最值得指出的是，作者中心論認為文學作品單純從字面來看有不
可解之處，需結合作者思想來看。問題在於，作者思想正是從他各個
作品及其它材料顯現的，結果就可能是由一處的不可解引來的不是
「可解」，而是更多的不可解。

　　其次，與作品中人物的共鳴上，我們應該確定什麼是作品中的人
物。當然，作品中的人物有其姓名、性別等方面客觀化的規定，甚至
其語言、行為、性格特徵等也有生動的描繪，但是，作品中人物的具
體相貌與性質卻有待讀者在閱讀時的認定。魯迅先生曾說：「文學雖
然有普遍性，但因讀者的體驗的不同而有變化，讀者倘沒有類似的體
驗，它也就失去了效力。譬如我們看《紅樓夢》，從文字上推見了林
黛玉這一個人，但須排除了梅博士的『黛玉葬花』照相的先入之見，
另外想一個，那麼，恐怕會想到剪頭髮，穿印度綢衫，清瘦、寂寞的
摩登女郎；或者別的什麼模樣，我不能判定。」[36]這裡說到的其實就
是文學鑑賞中，讀者在作者創作的作品基礎上的「再創造」問題。實
際上，在對作品人物的認定上，正如一句諺語中所說的「一千個讀者
就有一千個哈姆雷特」。作為作品中的人物，他只是在「哈姆雷特」
這一名詞上是共通的，進一步說其性格的大體趨向上可以有共識，如
李逵的魯莽不會同林黛玉的嬌氣混淆，但在其性質的認定上，必然會
見仁見智。曾有一英國學者寫過《哈姆雷特面面觀》的小冊子，歷數
過諸種很有影響的對哈姆雷特的把握，從專注於理性層次的人文主義
鬥士到佛洛德的挖掘其非理性的「弒父娶母」情結的心理變態者；從
性格軟弱、不能把握自己命運的懦夫，到性格剛強，只是由於證據不
足而遲遲未能採取復仇行動的英雄；從非凡的王侯之種到其實也是凡
夫俗子，等等。他們都是讀者、觀眾所感受到的哈姆雷特，也是歷代

---

[36] 魯迅：《看書瑣記》，《魯迅全集》第 5 卷，北京：人民文學出版社，1957 年，頁 430。

演員在舞臺上塑造出的哈姆雷特，但這些不同形象又是有天壤之別，難於共存一體的。因此，當說到與作品中人物共鳴時，實際上很難說是與作為一種實體的對象共鳴，而是與自己頭腦中的感受共鳴，但如果按照這種理解，則共鳴主體就缺乏現實的客體了。

其三，不同讀者之間的共鳴在上文對人物共鳴的問題已可見出，他們共鳴的物質性對象是同一的，但其實質蘊含可能完全不同，這也很難說是真正的共鳴。譬如，我們文學史上把白居易的《新樂府》、《秦中吟》作為表達下層勞動人民心聲的作品，這從內容上說的確有可通之處。但我們可以考慮到，白居易寫作這些內容時，他是官任「左拾遺」，本身就是要「拾遺補缺」的，相當於要擔任考察時政、陳述時弊的工作。白居易的這些創作，類似於今天宣傳部門的「內參」報告，提請相關部門警覺。其出發點是匡正職能部門的行政作為，而不是簡單的為民代言。特里‧伊格爾頓指出：

> ……某些文學作品似乎幾個世紀以來一直保持著它們的價值。當然，可能我們對作品本身仍然有許多先入之見，但是，也有可能人們事實上根本不是在評價同一部作品。「我們的」荷馬並非中世紀的荷馬，同樣，「我們的」莎士比亞也不是他同時代人心目中的莎士比亞；說得恰當些，不同的歷史時期根據不同的目的塑造「不同的」荷馬與莎士比亞，在他們的作品中找出便於褒貶的成分，儘管不一定是同些成分。[37]

伊格爾頓的這一表白對於我們理解不同時代或不同類別的讀者間的共鳴問題是可以有所啟發的，就是說，它們實際上是沒有共鳴的。

---

[37] [英]特里‧伊格爾頓：《文學原理引論》，劉峰譯，北京：文化藝術出版社，1987年，頁15。

（三）文學共鳴學說與文學理論視點

　　文學共鳴學說中的幾種認定就其單獨來看都有疑點，但它又為什麼可以成為流傳既廣，且成為文學理論教材的理論闡說呢？原因就在於它們都與一定的文學理論視點相聯繫，它們在直接的經驗的層次上並不一定有很深的說服力，但它們可以作為某種理論視點的邏輯推演的產物。

　　美國著名文論家、批評家艾布拉姆斯曾指出：「每一件藝術品總要涉及四個要點，幾乎所有力求周密的理論總會在大體上對這四個要素加以區辨，使人一目了然。」[38]他所說的四個要素即為藝術作品、藝術家、世界和欣賞者，並以圖來表示其關係：

　　藝術研究的核心當然應是作品，但在說明作品時會有不同的途徑和視點。由於作品是藝術家創作的，因此一種視點是從藝術家的視角入手來考察，這在浪漫主義的文學觀中得到了充分體現；又由於作品總是或直接或間接地反映了周圍的現實生活，因此另一重要視點是從現實世界的視點來考察，這在現實主義的文藝觀中有了強調；出於對上兩種傾向的反駁，於是又有了只就作品自身來談作品的「文學本體論」的視角，認為從作者、現實入手來研討文藝雖然是有作用的，但不應該以它來取代對作品自身的研討。它在理論上不否認藝術與其創

---

[38] ［美］M・H・艾布拉姆斯：《鏡與燈》，酈稚牛等譯，北京：北京大學出版社，1989 年，頁 5。

作者，與其所描寫的世界有著密切的關係，不過對這些因素的研討不應也不能取代對作品自身的探求。這一視點在 20 世紀以來範圍廣泛的諸種形式主義文論，包括俄國形式主義、英美新批評和以法國為中心的結構主義文論中得到了充分體現，並逐漸成為當代文論視點的主流力量。繼此種視點之後，在 60 年代又開始盛行從欣賞者角度入手來研討文學的接受美學、讀者反應批評等。這些觀念認為文學終究是面對讀者的事實，理論上可以說文學是如何、應如何，但要同讀者接觸之後這些理論上的表述才能夠得以驗證或落實，所以應將文學理論的視點調適到讀者或曰受眾的基點上。

從對上述文學研究視點的剖析上，我們可以見出，同作者共鳴的觀點與作家視點可以相通；同作品中人物共鳴的觀點則與「世界」視點相通，因為它假定了文學中的人物實是現實世界中人物的折射；同其他讀者的共鳴則看起來同讀者視點相聯繫，因為它也是從讀者角度來看文學現象。

本書在這裡要指出這幾種共鳴說實際上與幾種文論批評的視點有不相融通之處。所謂同作者的共鳴應是指與寫該作品時的作者共鳴，而不是與作者在寫任何作品時共鳴，因為作者的喜怒哀樂在不同作品中的表達各有不同，只有在作出這一具體規定後，與作者的共鳴才有確切的所指。而從作者的視點來研究文學則是從作者角度來看其全部創作，這裡範圍是迥然不同的。當代闡釋學批評家赫奇（E. D. Hirch）曾指出，在英國宗教改革時期曾有一書《對付反對者的捷徑》（Shortest way with Dissents）問世，表面上它是替宗教迫害出謀劃策，因此曾在正統宗教學中頗為風行，後來才發現作者其實是提倡宗教改革的，他不過是以曲筆方式來譏諷、嘲弄教會的卑鄙無恥。那麼，在這種情況下，假如閱讀該書的人產生了同作者的共鳴感的話，其實很可能是與作者的本意背道而馳的。

　　再說與作品中人物的共鳴，雖然這些人物形象源於對生活的摹寫，但其性質上已有了很大不同。這正如用花肥育出了香馥的花卉，花卉的營養源於花肥，但不能說其馥香之氣是從花肥得來的。因此與作品中人物的共鳴並不等同於從「世界」這一視點來看文學。從「世界」是看出現實對作品的規定性和影響，而在作品中的人物則是由作家在現實基礎上塑造出的形象，讀者在同作品中人物共鳴時仍可能同現實中的此類狀況有著抵牾。梁啟超曾撰文說：「我本藹然和也，乃讀林沖雪天三限，武松飛雲浦一厄，何一忽然髮指？……若是者，皆所謂刺激也。」「讀梁山泊夕者，必自擬黑旋風若花和尚。雖讀者自辯其無是心焉，吾不信也。夫即化其身以入書中矣，則當其讀此書時，此身已非我有，截然去此界以入於彼界，所謂華嚴樓閣，帝綱重重，一毛孔中，萬億蓮花，一張指頃，百千浩劫。」[39]我們且不論梁啟超之說是否在讀者閱讀經驗中普遍有效，至少他自己在讀《水滸》時可以同梁山好漢有共鳴，甚至會在想像中化為書中人物，但這並不等於他也贊同現實中的此類人物。他又指出：「今我國民，綠林豪傑，遍地皆是，日日有桃園之拜，處處為梁山之盟……小說之陷溺人情，乃至如是，乃至如是！」[40]就是說，在純藝術的層面上他同梁山泊人物可以共鳴，但在現實生活的真實層面上，他卻對此類人物有反感。這裡的原因就在於，現實世界寫入作品後，已不能再由它源發處的性質來解釋了。

　　至於讀者間的共鳴之說，它與真正同讀者視點來進行的文學研討也是有距離的。讀者共鳴說是從外在的、客觀的角度來看讀者之間的相通之處，而從讀者視點探討文學則是從讀者這一主體立場來看文學閱讀中的能動再造作用，說明閱讀時對作品加以整合的機制。真正從

---

[39]　梁啟超：《論小說與群治的關係》，《飲冰室文集》論說文類。
[40]　梁啟超：《論小說與群治的關係》，《飲冰室文集》論說文類。

讀者視點來考察文學，往往不是看到了讀者間的相通，而是他們的歧異。現象學美學家羅曼‧英伽登認為文學作品中語詞、表達諸層面上都有著多義的、模糊的、難以界說的內容，因此讀者閱讀不能僅看字面上的表達，而要通過字面看出潛藏的、可以意會難以言傳的東西，他稱這一活動為「填空」，即把作品中表達的多種可能性的空框用讀者自己的理解去填充。闡釋學批評家伽達默爾認為作品作為一個文本時只是字面上的東西，沒有實際的意義，它的價值的實現要求讀者去理解，因此文本構成一種對讀者的籲請、呼喚，讀者閱讀就可以視為同文本的對話，讀者不斷地把自己的疑問投射到文本，而文本字面上的表達與接納了讀者疑問後的結構又不斷地把自己的回答回應給讀者，構成循環往復的對話關係。讀者反應批評家哈樂德‧布魯姆則認為，作品含義要由讀者解讀，而讀者又各有解讀，因此對文學的理解就是一長列誤解的組合，難以找出一個公認的正解，正解就只是文本自身，但當人們試圖去理解它時，它又成為讀者的創造物了，除讀者反應別無其它。實際上，這些觀點在中國古文論的鐘嶸的「滋味說」，到司空圖的「韻味說」等也都有某種表述，他們也指出了讀者想像對文學閱讀的重要性，這些都是同讀者共鳴說那種把讀者感受視為較為固定的見解是截然不同的。

（四）文學共鳴說的應有之義

既然文學共鳴說的諸家論說都有不盡人意之處，那麼，我們認為還是應把共鳴的對象放在文學作品方面，只是對這一方面並不能作實體化的理解，而是應把文學作品視為人們審美創造和審美接受的框架結構，當這一框架結構同人預設的主觀審美意向吻合時就有所共鳴，反之就無共鳴。

　　按照格式塔派心理學的觀點，人的知覺活動並不是對物體的逐個
特徵的辨認，而是以「場」的眼光將知覺對象視為一個整體，當最初
同對象建立了識別關係後，就以一個整體的形式將其儲存於大腦中；
反過來，人的頭腦中的心靈結構也不是知、情、意等方面的單一性質
的聚合，而是它們相互之間緊密聯繫，也構成了「場」的整體。人的
審美經驗的產生，就在於人的心理圖式與對象的物理圖式之間，產生
了不同質事物之間的結構吻合的效應，即「異質同構」效應。這一認
識在中國古文論中也有近似的表達，如清代姚鼐認為文若其人，「其
得於陽與剛之美者，則其文如霆，如電，如長風之出穀，如崇山峻崖，
如決大川，如奔騄廓……其得於陰於柔之美者，則其文如升初日，如
清風，如雲，如霞，如煙，如幽杯曲澗，如淪，如漾，如珠玉之輝，
如鴻鵠之鳴而入寥廓……」。[41]姚鼐之語實際上也就是觸及到了「同
構」的問題，文學共鳴既然是發生於讀者心理的事件，因此，對它的
理解也就應從讀者心理再外推到引起該心理的客觀刺激物，而不是先
預設出一個對象，再來論證出對象對心理的影響。

　　從這一立場來看，文學共鳴可以包含同作者的共鳴，但這個作者
已是讀者心目中的作者。它同實際的作者本人可能並不一致；文學共
鳴可以是指同作品中人物的共鳴，只是作品中的人物已在讀者的想像
中有了「再創造」，它同現實生活中真實的人物原型，甚至同作者筆
下塑造的形象本身都可以有著差異；文學共鳴是指讀者與讀者的共鳴，
但在不同讀者都認為是佳作的體認下，認同的方面，所受感動的方面可
以是不同的；文學共鳴還可以是指讀者同作品的共鳴，但作品是什麼
呢？它不能被理解為作者已創作出的客觀化了的文本，而是文本與讀者
再創造相融合的新的對象，每個讀者對面對著自己才能面對的作品。

---

[41]　北大哲學系美學教研室編：《中國美學史資料選編》下卷，北京：中華書局，1981 年，
　　　頁 369。

　　黑格爾曾說：「藝術作品儘管自成一種協調的完整的世界，它作為現實的個別物件，卻不是為它自己而是為我們而存在，為觀照和欣賞它的聽眾而存在。例如演員們表演一部劇本，他們並不僅彼此交談，而且也在和我們交談。『要瞭解它們，就要根據這兩方面來看。每件藝術作品也都是和觀眾中每一個人所進行的對話。」[42]在這裡，「每件」作品和「每一個人」的對話關係應是我們把握文學共鳴問題的關鍵，只有二者在具體化後才能現實地融匯一體。

　　文學共鳴能夠產生的基礎就在於，讀者閱讀作品時並不是以一個洛克的「白板」來接收資訊，只像一張白張、一片反光鏡那樣純客觀地閱讀字面上的東西。他站在一定的立場，在閱讀文學作品時已有一定的心理預期，並將自己的心理預期投射到作品中，並且在閱讀到作品所描寫的生活場景時，也調動了自己的全部生活經驗與想像力來理解作品中的內容。可以這樣來說，作者提供的文本是一種凝固化了的、被記錄下的話語，而在讀者閱讀，尤其是在共鳴時，是將此話語重新譯解為自己能夠理解和願意理解的另一種話語。保羅・利科爾曾說：「在任何假設的基礎上，閱讀就是把一個新的話語和本文的話語結合在一起。話語的這種結合，在本文的構成上揭示出了一種本來的更新（這是它的開放特徵）能力。」[43]從這一認識來看，文學共鳴的應有之義在於：從共鳴的實體對象來說，它是指文本提供的話語、話語框架與讀者的契合；從共鳴的實質對象來說，它其實是指讀者心理客觀化為文本後，再從文本中見出的屬於自己的心理內容。

---

[42] [德]黑格爾：《美學》第1卷，朱光潛譯，商務印書館，1979年，頁335。
[43] [法]保羅・利科爾：《解釋學與人文科學》，陶遠華、袁耀東、等譯，石家莊：河北人民出版社，1987年，頁162。

四、共鳴的低落與震驚的興起

　　共鳴是傳統文藝的評價指標，共鳴價值觀的文化基礎在於形成人們思想、感受的同一性。而有的當代文藝理論則以震驚作為自己的尺規。兩種價值觀在文本之中可以實現對接，即可以在同一作品中融合這兩種美學追求。文藝批評中共鳴的低落與震驚的興起，是文藝發展中新潮取代舊制的必然結果。

　　文藝批評是對文藝活動、文藝作品的一種闡釋、說明和評價，它要對文藝問題作出價值評判，分出其中的高低優劣。在此評價上，它有一些基本的尺度，如意境、典型、風格等，在此框架中，文藝接受中的共鳴也可以作為尺度的一個方面。據此觀點來看，只有作品的藝術性、思想性達到了相當的成就，才可以引起讀者的共鳴，而只有讀者達到了較成熟的水準，才可能對作品的描寫產生共鳴。共鳴成為衡量作品與讀者雙方的基準，共鳴也成為一個正面評價的尺度。然而，在文藝接受中不是只有共鳴一種尺度。在當代文藝中，震驚也可以成為另一種與共鳴相抗衡的尺度。

（一）共鳴價值觀的文化基礎

　　文藝共鳴是文藝鑑賞中的一種現象，是讀者、接受者對於感受對象的一種認同體驗。在各種文藝理論的辭典與教材中，基本上將它歸結為讀者與作者在思想感情上的相通，讀者對作品中表達出的傾向性的相通，以及在接受過程中讀者在感受經驗合拍時產生的融通感受。

　　文藝共鳴強調的是感受與體驗的一致性，人在文化影響上和心理結構上有共同的方面，這是產生共鳴的基礎。文藝共鳴作為文藝批評中的一個價值尺度，從我們對共鳴的考察來看，其中共同的成分是很

值得懷疑的。那麼,它之所以被推崇為一種很高的屬性,就不能單從接受中的美感效果上來考察,還應尋繹它深層的文化基礎。

對於文藝的表達而言,自從實行了社會分工,有了專事體力勞動和專事腦力勞動的區別之後,文藝創造的行為就由少數有技藝的人來從事了。當少數人用文藝塑造出一種美的事物和美的觀念及文化時,也是在用文藝表達他們自己的訴求。對此,法國社會學家布爾迪厄指出:

> 我認為大量所謂的「理論方面的」或「方法論方面的」作品,只不過是對有關科學能力的一種特殊形式的意識形態的辯護。對於社會學的分析很可能會表明:在文化資本的類型與社會學的形式之間存在著很大的關聯作用,不同的研究者控制了不同類型的文化資本,而他們又把自己所採用的社會學的形式作為唯一合法的形式來加以維護。[44]

布爾迪厄指出,掌握了一種話語表達方式的群體,會在自己的表達內容中摻入自己利益的聲音,甚至還排斥別的聲音。從文藝話語而言,所謂文藝的「天才」一類說法,實際上也就是文藝界人士為自己的工作進行辯護的說辭。當他們說文藝要有天才的火花才能創作時,也就是表達了如農夫、小吏、小販的工作是一般的平庸之輩也可以做好的意思。

文藝表達是一種面向社會、面向公眾的表達,文藝表達的話語權力是一種掌握公眾意向的話語權力。因此,歷代的統治者都十分重視文藝表達的傾向,要將文藝的表達與統治階級的話語權力連接起來,使文藝成為現行社會進行辯護的工具。而文藝家們一方面要受制於這種壓力,另一方面也是被誘於這種壓力之下給出的利益,如「桂冠詩人」的榮譽和仕進的俸酬。在此狀況下,文藝工作者尤其是文人就容

---

[44] 包亞明主編:《文化資本與社會煉金術——布爾迪厄訪談錄》,上海:上海人民出版社,1997 年,頁 111-112。

易同統治者「聯手」，結成一種利益一致下的同盟。在此條件下的共鳴，是要讓文藝接受者站在文藝表達的立場上，而文藝表達的立場又吻合了統治者利益的立場，以此達成社會話語上的秩序。孔子曾提出詩的社會作用上的興、觀、群、怨說，「群」作為動詞，是一種對群體的聯繫。清人黃宗羲在《南雷文集》中說：孔子曰「群居相切磋」，群是人之相聚。後世公宴、贈答、送別之類皆是也。以此來看文藝共鳴，則它是對群體輿論的一種統一。從這種意義上看，它同古代社會的文化上的專制秩序是同構的，而實際上這種統一從來就有值得懷疑之處。清人王夫之說：「出於四情之外，以生起四情；遊於四情之中，情無所窒。作者用一致之思，讀者各以其情而自得。」[45]王夫之將興、觀、群、怨稱之為「四情」，這裡的「各以其情」道出了在共鳴之中有著異質感受蟄伏著的狀況。共鳴作為文藝批評的價值目標，它的文化基礎是在於統一人的語言、感受，而這在實際生活中幾無可能。

（二）震驚價值觀的興起與文藝表現

共鳴是注重群體感受，震驚則關注個體體驗；共鳴是藝術接受者個人與作品、作者或其他接受者的一致與和諧，而震驚則強調差異，強調與日常所不同的感受和體驗。

震驚（shock），是指人在感受時心靈驚顫、震動的感受。這一語彙用於藝術體驗說明，與德國美學家本雅明有關。本雅明作為 20 世紀初活躍的學者，對於當時已很有聲勢的現代藝術投入了很大關注。他認為現代藝術與傳統藝術不只是在藝術描寫的對象和方式上不同，而且他們的美學理想與特徵有根本性的區別。他認為傳統藝術與手工技藝的製作相聯繫，它突出的是作品的靈韻。而現代藝術則是機

---

[45] 北京大學哲學系美學教研室：《中國美學史資料選編》（下），北京：中華書局，1981年，頁 293。

械生產時代的產物,它與批量生產和印製有關。由於其靈韻的缺失,往往突出的是物的本身。傳統藝術是讓人膜拜的,使人感到深不可測,博大精深,而現代藝術則只是以外觀來展示自己。歸結起來,是兩種藝術的差異即審美的藝術與後審美的藝術的差異。本雅明從現代藝術具有不同的藝術特徵的見解出發,對現代派詩人波德賴爾的詩集《惡之花》進行了深入分析。

他指出「波德賴爾把驚顫經驗置於其藝術創造的核心。」[46]也就是說,波德賴爾的詩作不是讓人感受到一種悠閒的意境,而是一種震驚感,像是醫生用膠錘叩擊人的關節而引起人的神經反應的體驗,而這種體驗是現代社會生活中普遍存在的。他認為,現代都市生中佈滿了引起這種震驚的契機。他說:「行走對單個人來說,是以一系列驚顫和資訊衝擊為條件的。在危險的交叉路口,行人馬上獲得一系列驚顫資訊並迅速發生一系列神經反應。」[47]由此來看,藝術接受過程中的震驚與現代生活中日常經驗的震驚有一種同構關係。如果說文學藝術的表達要有生活土壤來滋養的話,那麼,震驚體驗作為充斥於生活中的一種日常感受,也就成為這種新的藝術價值尺度的滋養源泉了。

本雅明以波德賴爾作為他的分析對象,波德賴爾作為象徵派詩人,是現代主義藝術運動的代表。實際上,這種震驚也可以推廣到現代派文藝中。在繪畫上,畢卡索、達利、馬蒂斯、康定斯基、沃霍爾等著名畫家,他們或者以大膽的變形,或者以夢幻般的意象,或者以一種高度抽象的線條和色塊,或者以一種逼真的,但又對於日常生活有了一種批判感、反思性的形象來描繪圖畫。在這些藝術表達中,我們不能以輕鬆的玩賞的心情來接觸作品,這些作品對欣賞繪畫的觀眾

---

[46] 王才勇:《現代審美哲學新探索》,北京:中國人民大學出版社,1990 年,頁 11。

[47] [法]亨利・馬蒂斯:《創造性的視覺能力》,[德]瓦爾特・赫斯編:《歐洲現代畫派畫論選》,宗白華譯,北京:人民美術出版社,1980 年,頁 51。

有一種震撼力，使人從平常的心境進入到畫面的氛圍，在這一過程結束之後，可以體會到自己平時對有些生活環境和景物的麻木感。在音樂上，搖滾音樂不像傳統交響樂那樣讓人正襟危坐，聽眾在台下可以隨著樂曲節奏而搖晃、呼喊。在重金屬搖滾音樂的演播現場，其演唱的聲響可達到 100 分貝以上，可以說到了震耳欲聾的程度。搖滾音樂是以聲響來刺激感受者的神經，使聽眾不是只以耳朵和大腦來接觸音樂，而是由神經牽動起整個人體的反應。現代舞蹈也拋開了以前由芭蕾舞引導的審美風格。在古典舞蹈中，舞者以優雅的舞姿來取媚於觀眾，追求一種雕塑性的造型效果。而現代舞蹈許多機械的、觸電式的動作，多數是以動作來達到一種發洩，讓觀舞者在舞蹈的進程中有一種情緒的疏導，這種發洩是現代舞在藝術上的一種追求目標。

　　被稱為野獸派的畫家馬蒂斯談過他的藝術見解：「在我們日常生活裡所看見的，是被我們的習俗或多或少地歪曲著。從這些繪畫工廠（照相、電影、廣告）解放出來是必要的，辛勤努力，需要某種勇氣；對於一位眼看一切好像是第一次看見的那樣，這種勇氣是必不可少的。人們必須能像孩子那樣看見世界，因為喪失這種視覺能力就意味著同時喪失每一個獨創性的表現。」[48]馬蒂斯在這裡的強調是可以理解的。從藝術上看，歐洲的現實主義繪畫，在 19 世紀時已達到了很高的成就，它在唯妙唯肖上已臻於成熟，新的藝術家要想在自己的工作中有所成就，就有必要另闢蹊徑，在新的表現方式和手法上作出探索，那麼，他本人的探索就是要使形象似「第一次看見」，這就有一種驚詫感。從文化上說，歐洲的工業革命已進行了幾個世紀，工業革命創建的是機器生產的文明，它是講求規範化和整一性的，這同藝術要強調的個性有著衝突，甚至工業文明將藝術也以定型化的方式來批

<hr>

48　[法]亨利・馬蒂斯：《創造性的視覺能力》，[德]瓦爾特・赫斯編：《歐洲現代畫派畫論選》，宗白華譯，北京：人民美術出版社，1980 年，頁 51。

量生產。馬蒂斯強調藝術的「第一次效果」，即未被規範，無法規範，反對複製。歐洲近代推行了專利制度，鼓勵發明創造並以法律的方式加以保護，使發明創造者在社會聲譽和物質報酬上都有保障。專利制度落實到文藝產業方面，則推行了版權制。它認定每一件有了版權登記的作品，都是獨一無二的創造品，這種觀念大大強化了藝術的創新勢頭。在我們的時代，由於版權法宣稱任何一部藝術作品都足以獲得專利權的獨特創造，文學中的傳統因素便被大大地遮蔽了。由於對傳統因素的有意忽視導致的對創新的推崇，使得藝術中變化的頻率加快，甚至在一二十年間，藝術的潮流就發生了一次根本性的變革，它可以造成接受者在接受中的震驚效果。

由此來看，由於藝術創造中的社會激勵機制、評價機制發生了根本的變化，一個藝術家的成功是與一整套的社會有關機制相關聯的，他被驅動朝著社會指認的方向邁進，因此在追求新奇的藝術潮流中，他是自覺地把自己的震驚傳達給受眾，使受眾也產生出震驚。在震驚的心理感受中，藝術得到了傳播和交流。但是，震驚作為一種引起人心靈激蕩的因素，是與偶發性、新奇性相關的。雖然不同的人有可能對同一事件感到震驚，但震驚的內蘊截然不同。如果每一件藝術作品都可以稱為獨一無二的創造品的話，那麼每個人的內心體驗就更應該被稱為獨一無二的，甚至在他第二次接觸同一作品時，也難以重複第一次時的體驗。震驚的心理效用與評價尺規，是根源於並且又反過來強化了對個體的人的尊重，它是一種市場經濟社會民主秩序的產物。

（三）兩種價值觀在差異中的對接

共鳴價值觀與震驚價值觀有著各自不同的文化背景與訴求，它們之間所表達的不同內涵在上述分析中已經可以見出。不過，這種理論上完全不同的差異，在文藝的現實中也可以形成對接，這一點同科學

理論中的狀況有所不同。藝術傑作的評價標準應當有一個超越時間的因素。偉大的藝術作品不像科學理論，它不會被以後的藝術傑作所取代。當作品不再「新」時，它們也不會失去其價值。藝術傑作的一些技巧和方式在以後的年代可能會被認為不值得仿效，但是最終也不得不承認它在藝術史上的價值，它們作為藝術上的典範還會對人們的藝術接受產生持續的影響。這樣，創作年代不同，而在精神訴求上表達著不同意思的前後時期的作品，在藝術接受者的感受中則呈現為共時性的，它們的差異也就只顯示出一種風格差異。由於這一狀況的存在，在一些新近問世的作品中，就有可能把本來是矛盾著的共鳴與震驚兩種接受效果進行對接，在同一作品的表達中，兩種感受都可以作用在同一接受者那裡。

美國電影《拯救大兵瑞恩》就體現了這樣兩種接受效果乃至兩種藝術價值觀的對接。影片的故事不直接描寫作為時事焦點的第二次世界大戰中的歐洲戰場、戰役，而是以之作為影響故事的背景。影片寫美國軍隊的高層人士為了挽救一位士兵的生命，派遣一個小分隊深入敵後，目的是要救回這名士兵並將他安全遣返回國。為了一位普通士兵的生命而採取的這一行動是不同尋常的，這本身就有一種震驚效果。而之所以採取這一行動，原因是瑞恩兄弟幾人都入伍並且參戰，當盟軍在諾曼第戰役強渡海峽時，瑞恩的幾個哥哥都先後陣亡，陣亡統計表送達美軍總參謀部。當負責人看到瑞恩兄弟幾人的遭遇後，想到了上一周發生的另一個事實：一位美國母親將他的 5 個兒子都送入了軍隊，而這 5 個兒子先後陣亡。這樣，一位有 5 個兒子的母親一下子就成了沒有後人的孤婦。為了國家利益，公民應該作出奉獻，在特殊情況下，也應作出犧牲，但將這些犧牲落實到一個家庭，又落實到這位母親的身上，這不免太沉重了。為了避免已發生過的悲劇重演，於是美國高層軍事負責人下達了派特遣隊營救瑞恩的行動計畫。當影片對事件由來作出這一交代之後，我們可以產生一些情感上的激蕩。

　　首先，戰爭中的陣亡統計是一項常規工作，有關負責人完全可能將它作為為了勝利而付出的代價來看待。統計表只是一系列數字的排列，而這裡的長官看到的是一個個具體的人的姓名，他由死者有共同的瑞恩姓氏發現了陣亡者的親緣關係，由此產生了要將僅存的一位下落不明的瑞恩營救回國的想法，這是基於人道主義的而不是軍事價值上的決定。

　　由一位軍事長官作出該項決定，這是讓人感動的，可以使觀眾產生一種共鳴。其次，營救下落不明的瑞恩交由一個小分隊去執行任務，該項任務是在敵後進行，難度之大是可以預想的。按常理這項任務也會有犧牲，事實上，執行任務中特遣隊犧牲了好幾個人。在中國放映該片時，就有人議論由多條生命換取一人的生命是否值得的問題。按照單純的生命對等的換算法來看，這也許是付出大於所得，但在這一任務中，已將營救瑞恩昇華為國家珍視每個家庭的幸福，珍視每個士兵的生命的人道主義的精神，這是讓觀眾尤其是讓西方文化浸潤下的美國觀眾普遍認可的，這也可以引起共鳴。

　　當共鳴作為該片的一種接受效果得以確認後，我們可以再看它的另一面，即震驚效果的體現。這種震驚首先體現在鏡頭的處理上。當美軍在諾曼第強行登陸後，遭到了德軍防守部隊的頑強抗擊。戰場上硝煙四起，血肉橫飛。影片不是像多數的戰爭片那樣寫如何作戰，至少部隊在作戰中的傷亡是作戰過程中合乎邏輯的結果。影片更多的是寫士兵們如何在戰爭中傷亡，其中有士兵在登陸後，摘下頭盔準備清理出頭髮上的塵土，可這時一顆流彈擊中了他的頭部，瞬間殞命。也有的士兵被身旁爆炸的炮彈削去了胳膊，他失去理智地尋找自己的斷肢，並徒勞地想把它重新接上。還有殺紅了眼的美軍士兵，向無力反抗而舉手投降的對手射出了飽含復仇怒火的子彈。這裡一條條鮮活的生命，在人為的殺戮中消失了，而這一切後果的理由就是戰爭，它使得原先作為明確前提的戰爭行為被打上了問號。誠然，以今天的觀點

仍可以說美軍代表了戰爭中的正義者，但這種正義仍然不能抹去戰爭血腥的事實，該影片從這一角度給觀眾提供了一種震驚。另外，作為正義者一方的美軍是歐洲戰場上的勝利者，他們憑藉裝備精良、作戰勇敢和訓練有素，屢屢衝破敵方的阻截，但在影片中給人更深印象的則是小分隊中人員的傷亡。他們作為活生生的人，在遭受槍擊後痛苦地死去，在這一過程中，他們表現了強烈的生的欲望，這又給在和平環境下離死亡威脅很遙遠的觀眾一個震驚。該影片顯示出戰爭中的任何勝利，都是以寶貴的生命作為代價換來的。當人們慶祝勝利時，也應該祭奠那些為了勝利而獻出生命的人們。影片《拯救大兵瑞恩》當然不是將共鳴與震驚糅合在一起的唯一實例。在某種意義上，它正體現了文藝作品的一種功能，只是落實到具體的文藝作品中時，有些人的創作將它糅合得充分一些而另一些人則主要是強調某一方面。我們從這種糅合的功能中，可以較深刻地領會凱西爾對藝術的一個見解。凱西爾認為科學可以用公式來概括，藝術則永遠比任何公式的內涵都豐富。他說：「我們的審美知覺比起我們的普通感覺知覺來更為多樣化並且屬於一個更為複雜的層次。在感官知覺中，我們總是滿足於認識我們周圍事物的一些共同不變的特徵。審美經驗則是無可比擬地豐富。它孕育著在普通感覺經驗中永遠不可能實現的無限的可能性。在藝術家的作品中，這些可能性成為現實性：它們被顯露出來並且有了明確的形態。」[49]由此來說，具體的文藝作品將兩種不同的藝術效果統攝於一身，正是它的豐富性的一種實現。

　　以上論說了在文藝批評的價值觀中，共鳴與震驚分別是兩種不同的批評尺度，也可以說，分別是兩種不同的文藝追求目標。這兩種不同的尺度和追求目標各有自身的文化背景和精神旨趣，又各自承載著

---

[49] [德]凱西爾：《人論》，甘陽譯，上海：上海譯文出版社，1985年，頁184。

特定時代的要求。從理論上講，它們是有衝突的，但在對具體文本的分析中，我們也可以指出二者可以有對接的情形。

首先，在文藝發展的新潮取代舊制的過渡過程中，新興事物需要有為自己正名的過程，需要對舊制或採取尖銳批判的態度，或採取規避的策略，以此來擴大自己的影響或保護自己不受到取締。但同時，在新舊交替中，新因素的加入並不總意味著傳統因素的消失。實際上，更主要的情形是，新因素產生之後，它並不作為一個單純的因素存在，而是與舊的因素一起，構成了一種既不同於舊的，也不同於新的因素的一種整體的面貌。在兼及兩種藝術的作品中，我們既可以從舊的觀點來對它進行分析，也可以從新的觀點來對它作出解讀。不過，任何單方面的認識都有不甚全面的弊端，它可能使事實真相受到遮蔽和歪曲。

前蘇聯美學家列·斯托洛維奇討論過文學閱讀中感受的多方面性，他認為：

> 藝術感知包含多方面的內容，其中有理性，也有直覺，有指向過去的回憶，也可以有指向未來的幻想：如果代替這一切的是對怎樣創造藝術作品的問題作純理性思辨的理解，「按層次」分放它的所有成分（確定它的人物是什麼社會力量的代表，拆開情節安排，分析結構組成，闡明用什麼語言手段描繪肖像和風景），那麼生動的藝術感知還有什麼可剩下呢？幾乎一無所有！這就是有時連世界文學的傑作也在學校中「失之交臂」，使學生無動於衷，甚至引起他們反感的原因之一。[50]

---

[50] [愛沙尼亞]列·斯托洛維奇：《審美價值的本質》，淩繼堯譯，北京：中國社會科學出版社，1984 年，頁 282。

如果在藝術分析中只以邏輯分析的方式來對待它，一就是一，而且只是一，不能是二，不能是其他的什麼，這應該是符合數學的原理的，可惜藝術感受不是數學。從理論上講，我們可以對文藝的嬗變作出新舊對立、鬥爭的述說，並且揭示出二者衝突的內在原因和機制，但在實際的層面上，二者可能是共存於一體的，二者的衝突不過是一般事物矛盾著的兩個方面的衝突。當藝術活動中出現了新的趨向時，它更多會以內部矛盾的方式呈現出來。這一點在但丁的《神曲》中就有鮮明的體現，更多的作家、作品只不過沒有這麼典型而已。

　　其次，在文藝發展中新舊因素的共存，使得文藝批評家可能以一種惰性的和自己已經習慣了的方式來看待自己所面對的作品。當遇到新的作品時，他以過去的經驗來作為理解、解釋的根基，由於多數的新近之作也並未完全拋開了傳統因素，因此這種缺乏敏感的接受眼光就不會對作品完全不能理解。如果批評家有一些學識功底，有較好的語言表達能力，則這種失於片面的認識也可以顯得很有說服力，但這樣做的後果就將文藝新作中的新因素遮蔽了。作為批評家，他本來有責任給讀者一些睿智之見，但是，我們不能苛求批評家在每一次評論、分析作品時，都做得十分到位，但批評家總應該在真知灼見上給讀者一些啟迪。要做到這一點，除了天賦的因素之外，自覺地學習一些文學理論知識是必須的。自稱為文本批評家的蘭塞姆指出，批評家在仔細閱讀之外，還有更重要的問題必須關注到：「好的批評家不能止於研究詩，還必須研究詩學。如果他認為必須完全放棄理論的偏好，那麼好的批評家就可能不得不變成一個好而微不足道的批評家……。理論是期望。它總是決定著批評，如果理論是無意識的，就永遠無法更多地決定作品。批評家頭腦中沒有理論而又素負盛譽的情

241

況是虛幻的。」[51]理論的確有可能啟發批評家的思維，也必須要有理論才能使批評家的思維具有深度。

文學批評必須要有文學理論來武裝的說法，實際上在文學研究中既是一個常識，又是一件做得很不充分的事。在批評家那裡，他們最初確實學習過一些文學理論、美學理論的知識，但這「最初」的學習往往會造成成見。因為他們是以早先學得的一些知識加上個人的感悟來從事批評的，缺乏將具體現象上升到理論來思考的能力，這其實與蘭塞姆所說的要求相距甚遠。

文學批評是一項複雜的工作，我們應該對它有細緻入微的體察，也應該有宏觀總體的把握。從上面對共鳴與震驚兩種價值觀的分析來看，文藝批評更為缺乏的同時也是更應加強的，是理論視野上的拓展問題。

第三節　文學批評方法

文學理論中的「批評」一詞是指對文學作品的考察、分析與評判。文學批評是對於文學現象的研討。文學現象提供給文學批評豐富的材料，不過，對於這些材料的意義的解釋不是簡單的鏡映關係，即不是說材料就可以決定解釋的基本趨向。從實際操作層面來看，文學批評的相應套路和文學現象的結合，甚至包括批評家的個人秉性，才是決定批評的具體意向的主要因素。批評的方法，在表達事實的過程中，體現了一種事實之外的主體的思想，正因為這種主體的存在，文學批評在面對即使是同一部作品時，也可以有不同說法。這些說法可以在

---

[51] ［美］蘭塞姆：《世界的主體》，見王逢振等編：《最新西方文論選》，李自修譯，桂林：灕江出版社 1991 年，頁 197-198。

不同時代共時性地存在，它們分別在不同時代有著佔據主流地位的黃金時期，往往成為所在時代的文藝思想的代表。

　　本節介紹社會政治批評、文本批評與文化批評三種批評方法。在此希冀通過對不同時期文學批評主導地位思想系統的論析，一方面對批評史有一個粗略梳理，另一方面則對批評本身的狀況有一種宏觀的剖析。當批評不斷地針對對象進行言說時，對批評自身的審視應該具有重要的地位。

一、外在的支配：社會政治批評

　　社會政治批評主要強調特定時代中，主體的政治立場與評判標準對文學批評具有決定作用。這種批評方法認為，文學作品的考察應該從作品產生的社會環境、時代因素、地理因素等支配性影響入手；在具體的社會歷史環境中，把作家的經歷與作品聯繫起來，從而更準確地理解、分析和評價文學作品。文學批評外在支配是指，從文學之外的角度來看待文學，認為文學是由外部力量所喚起、所推動；文學中發生的所有重大變化，都應該從這些文學之外的因素中尋求答案。這種文學觀念在中國古代佔據主導地位。中國先秦時期的思想奠定了中國文學批評的基礎。孔子認為：「天下有道，則禮樂征伐自天子出；天下無道，則禮樂征伐自諸侯出；自諸侯出，蓋十世希不失矣；自大夫出，五世希不失矣；陪臣執國命，三世希不失矣。天下有道，則政不在大夫；天下有道，則庶人不議。」[52]意思是，天下有道的時候，製作禮樂和出兵打仗都是由天子決定的；天下無道的時候，製作禮樂和出兵打仗由諸侯決定。由諸侯決定的時候，大概經過十代還不垮臺

---

[52] 《論語・季氏》。

的很少；由大夫決定，經過五代還不垮臺的就很少了。天下有道，國家政權就不會落在大夫手中。天下有道，老百姓也就不會議論國家政治了。這裡禮、樂，在孔子談話的語境中，專指當時先秦時期王公大臣按照規制所定的一套禮儀，其中包括服飾類別、音樂演奏規模、儀禮形式等。孔子這裡表達的觀點也適用於中國文學藝術問題，中國古代把文學藝術看成社會整體之中的一環，並且以社會的政治文化眼光來作為評價文藝問題的基本參照。孔子所說的「《詩》可以興，可以觀，可以群，可以怨」[53]，強調的就是詩歌的政治功能。

在西方文學批評史中，歐洲古代也是以文藝之外的眼光來要求文藝。柏拉圖反對文藝的合法地位，亞里斯多德為文藝進行辯護，二者雖然觀點明顯對立，但都是以文藝對社會是否有益作為基本出發點的。中世紀時期，在社會普遍持禁欲主義的背景下，對於部分文藝仍然開放綠燈，其原因就是考慮到宗教音樂、繪畫等可以調動信眾的情感，這還是從文藝之外角度決定文藝的臧否。在文藝復興時，文藝基本上還是被看成一個工具，伏爾泰、狄德羅、盧梭等人都有過文學創作，創作的主要目的是宣傳文藝復興的思想，文藝自身的獨立價值被忽視。

從外在角度看待文學的方式，在 18 世紀法國的文學社會學派那裡給予了體系化。史達爾夫人認為，在歐洲，存在著南方文學和北方文學兩種風格迥異的文學類型：「北方人喜愛的形象和南方人樂於追憶的形象存在著差別。氣候當然是產生這些差別的主要原因之一。詩人的夢想固然可以產生非凡的事物；然而慣常的印象必然出現在一切作品之中。」[54]她認為，南方人善於抒情，會享受生活，而北方人長

---

[53]　《論語・陽貨》。

[54]　[法]史達爾夫人：《論文學》，伍蠡甫主編：《西方文論選》（下卷），上海：上海譯文出版社，1979 年，頁 125。

於思考，更富於進取精神。她還認為，文學風格的不同與地理環境有
關，南方人生活在北方，或者北方人生活在南方，都會寫出與當地狀
況比較吻合的作品，而與他們原先的文學有差別。史達爾夫人的觀點
對後來的泰納有直接影響。泰納認為美學本身便是一種實用植物學。
他也主要從氣候、地理等條件來考察文學狀況。他以決定論的眼光看
待世界，堅信萬事萬物的發展都有一個規律，只要找到了現象背後的
規律，那麼邏輯的推演和歷史的考察應該是一致的。在美學上，藝術
與它所處的文化之間有著共生規律，他說：「只要翻一下藝術史上各
個重要的時代就可以看到某種藝術是和某些時代精神與風俗狀況同
時出現，同時消滅的。」[55]丹納還提出了決定文學史發展線索的種族、
時代、環境的「三要素」說。這三個要素的內容相當龐雜，美國當代
批評家韋勒克評述其中「環境」因素的作用時說：「一個裝有所有文
學外在條件的大雜燴，它不僅包括地理環境和氣候條件，還包括政治
的和社會的條件，它是無所不包的混合物，與文學關係最遠的東西都
可以囊括在內。」[56]丹納的時代概念也是無所不包的，它既是指特定
時代，也指作品先後次序，還指社會發展的不同階段。

　　從外在角度理解文學，除了在文學的產生、發展、功能等方面以
社會學眼光理解文學之外，還把社會的相關秩序也複製為文學內部的
秩序，譬如對應於社會等級，文體也劃分為不同等級[57]。由於社會的
變化，文體等級也就可能發生相應改變。因此，有時考察社會變化，
可能因為社會的複雜性，改換為考察文學的變化狀況，通過對文學的
認識，反觀社會的情形。

---

[55] ［法］丹納：《藝術哲學》，傅雷譯，北京：人民文學出版社，1963 年，頁 8。

[56] WELLEK R, *A History of Modern Criticism*, Haven: Yale University Press, 1965, P128.

[57] Bourdieu Pierre, *The Rules of Art*, Stanford: Stanford University, 1995, P114-115.

美國批評家韋勒克和沃倫合著的《文學理論》把文學研究分為外部研究和內部研究，他們不贊同外在批評的方式，但是外在批評有其產生的理由。就文學史上的浪漫主義而言，當時浪漫主義積極反對古典主義文藝觀，而面對一個強大的、有政治權力支撐的對手，浪漫主義必須把一種思潮的存在歷史化，即不單純是批評古典主義多麼錯訛，而是說每種思潮都有自己的歷史條件，而古典主義已經不適用於目前時代，該退出文學的歷史舞臺。這種歷史化方式就是把外在於文學的社會背景作為論證文學的根據，它自然地強化了外在研究的合理性。另外一個支撐外部研究的重要理由，就是科學在整個人文研究領域的輻射影響。羅素曾經說：「近代世界與先前各世紀的區別，幾乎每一點都能歸源於科學，科學在 17 世紀收到了極奇偉壯麗的成功。」[58]科學成功的示範力量成為具有傳統性質的其他研究的參照，它提倡建立數學模型，提倡實驗精神，追溯對象變化的前因後果。這種對因果關係的強調，衍射到文學研究中，對文學的若干變化說出子丑寅卯，而這種變化原因就會涉及社會的各個方面。在研究模型上把文學與社會的相關性作為基本參照點，由此也就強化了外部研究的體系。

二、內在的自覺：文本批評

外在支配的批評從文學之外的角度來研究和理解文學，它可以看到文學與社會之間的廣闊聯繫，但是忽略了文學自身的特性。20 世紀的西方哲學發生的「語言學轉向」激起文學批評關注文本本身。文本批評不同於以往強調文學的社會歷史、傳記批評的實證研究，專注於語言文本內部的形式和結構。20 世紀初在各學科深化自身研究領

---

[58] ［英］羅素：《西方哲學史》（下），何兆武、李約瑟譯，北京：商務印書館，1976 年，頁 43-44。

域的大背景下，文學研究也開始強調自身的特性，從俄國形式主義，到法國為代表的結構主義和解構主義都是這種趨向的主要表現。這種批評趨向認為文學研究應該把文學自身的特性作為研究的主要問題。儘管文學與社會文化各方面有著千絲萬縷的聯繫，也只是外在的，這些問題應由其他專家去思考，文學批評應該把文學作為首要關注對象。這種方法反對把批評重點放在世界、作家、讀者之上，認為作品的意義是由文本本身決定的，因而對文本進行分析，並提出了層面分析和結構模式分析的方法。

雅各森提出的「文學性」概念，主張文學研究重在發現使文學成為文學的特殊素質。什克洛夫斯基曾說：「我的文學理論是研究文學的內部規律。如果用工廠的情況作譬喻，那麼，我感興趣的就不是世界棉紡市場的行情，不是托拉斯的政策，而只是棉紡的支數及其紡織方法。」[59]就是說，作為研究紡織的專家，可以是只就紡織本身進行思考，而將其他方面交由另外的人士去考察。那麼文學內部的考察是什麼呢？什克洛夫斯基認為關於藝術重要的不是它提供了什麼，而是它對我們來說顯得是什麼。「藝術是一種體驗創造物的形式，而在藝術中的創造物並不重要。」[60]這種所謂「體驗」就是文學閱讀中的陌生化。通過陌生化，人們重新感受原先已經麻木的、已不再構成刺激的一些經驗。文學研究所要做到的，就是指明文學經驗所包含的美學意味。作為內在的自覺，文本批評的魅力不僅體現在對具體問題的論述上，而且也表現為一種整體的文學觀。

59　什克洛夫斯基：《藝術作為程式》，見胡經之、張首映編：《西方二十世紀文論選》（第2卷），北京：中國社會科學出版社，1989年，頁5-6。

60　什克洛夫斯基：《藝術作為程式》，見胡經之、張首映編：《西方二十世紀文論選》（頁2卷），北京：中國社會科學出版社，1989年，頁7。

　　英美新批評將作品看作自主的、相對封閉的和諧整體，主張批評和創作的純粹、獨立和客觀性。艾略特提出了詩歌的「非個性」觀點。蘭塞姆系統地闡述了「本體論批評」。布魯克斯提出了「細讀」、「悖論」和「反諷」等具體批評方法。燕蔔遜論述了詩歌語言的「複義」類型，肯定詩歌語言的審美價值源於「複義」。

　　艾布拉姆斯在代表著作《鏡與燈》中總結了文學研究有四種座標，分別是藝術家、世界、讀者和作品，在這樣四個座標中，前兩個座標在傳統的文學研究中佔據主導地位。對於文學作品，不過是在「知人論世」，即從作者（知人）或世界（論世）的層面來界定它的，因此對文學史的線索，也就多從社會層面來論述，這就使文學史走向由文學之外的因素決定文學面貌的他律模式。另外，傳統的知識結構不可能條分縷析地、細緻地把握事物之間的複雜聯繫，一般是籠統地以一種觀念加以概括，比如「神」、「上帝」、「理念」（柏拉圖）、「絕對精神」（黑格爾）以及中國古代的道、氣，等等。它們被用來指冥冥中安排了、預定了事物發展趨向的原因。以他律論模式貫串文學史合乎這樣的文化背景。而從文本角度來考查文學史的演變過程，亦即艾布拉姆斯所說的文學作品這一座標的自覺，體現了人們已經意識到可以從事物自身尋求它的規律，如結構主義的代表人物克勞德·列維－斯特勞斯在《結構人類學》中，對於結構的含義有比較詳細的闡發：

　　我們可以說，一種結構是由一種符合於以下幾項特定要求的模式組成的：

1. 這種結構主義應展現出一個系統所具備的下列特徵，它由若干部分組成，其中任何一種成分的變化，都會引起其他一切成分的變化。

2. 對於任何一個給定模式來說，都應該有可能排列出同一類型的一種模式中產生的一系列變化。

3.　這種結構能預測出：當它的一種或數種成分發生變化時，模式
　　將出現怎樣的反應。

4.　在組成這種模式時應做到使一切被觀察的事實都可以成為被
　　理解的。[61]

在這裡，文學史的變化過程就相當於一旦制定了牌理規則，那麼具體的出牌就有相應的對錯。這種對錯是客觀的，即使制定牌理規則的人也不可能干預它。文本自身的規律儼然成為新的權威。

羅蘭・巴特從作品文本研究的角度提出了「作者之死」，以系統的符號學方法分析大眾文化的意識形態效果「神話」。美國解構主義代表耶魯學派認為，文本是一個不存在中心的多重結構系統，沒有絕對的指涉意義，意義是多元的和不確定的。

三、向外轉的趨勢：文化批評

由外在的支配走向內在的自覺，文學批評經歷了一個向內轉的進程。不過這樣一個進程只是學科發展進程中的階段性狀況，並不等於整體的學科走向。美國耶魯學派批評家希利斯・米勒指出：「事實上，自 1979 年以來，文學研究的興趣中心已發生大規模的轉移：從對文學作修辭學式的『內部』研究，轉為研究文學的『外部』聯繫，確定它在心理學、歷史或社會學背景中的位置。換言之，文學研究的興趣已由解讀（即集中注意研究語言本身及其性質和能力）轉移到各種形式的闡釋學解釋上（即注意語言同上帝、自然、社會、歷史等被看做是語言之外的事物的關係）。」[62]米勒所說的這種外部聯繫的文學研

---

[61]　徐崇溫：《結構主義與後結構主義》，瀋陽：遼寧人民出版社，1986 年，頁 25。

[62]　［美］希利斯・米勒：《文學理論在今天的功能》，［美］科恩拉爾夫：《文學理論的未來》，程錫麟等譯，北京：中國社會科學出版社，1993 年，頁 121-122。

究，比較突出的有新歷史主義批評、女性主義批評、後殖民主義批評
等，最典型的是文化批評。

　　文化批評強調文學與社會文化整體的有機聯繫，並且是從這種聯
繫中把握文學的內涵和特徵。在文學與社會之間的關係上，它的體認
似乎與傳統的社會政治倫理批評有些相似，因此可能會產生認識上的
混淆，以為這是對傳統的回歸。的確文化批評和傳統的社會政治倫理
批評之間存在聯繫，但這些聯繫只是它們關係上的一個側面，在肯定
它們都是「外在支配」模式的前提下，還應認識到文化批評不同於傳
統的外在批評的特性。英國學者約翰生曾經就文化批評特點作了一個
說明：「第一，文化研究與社會關係密切相關，尤其是與階級關係和
階級構形，與性分化，與社會關係和種族的建構，以及與作為從屬形
式的年齡壓迫的關係。第二，文化研究涉及權力問題，有助於促進個
體和社會團體能力的非對稱發展，使之限定和實現各自的需要。第
三，鑑於前兩個前提，文化既不是自治的也不是外在的決定的領域，
而是社會差異和社會鬥爭的場所。」[63]這裡的三條要點，第一條可以
看成說明文化批評與傳統社會批評的聯繫，第二條說明權力關係問題
在文化批評中的重要性。約翰生傾向於文化批評是超越內在和外在這
種二分法格局的，但是又再次強調了和權力關係相關的社會鬥爭場所
的意思。可見，他受到法國學者福柯「知識權力」的思想的影響。就
是說，按照正統的觀點，知識是完全追求客觀的，應該是一個超越個
人和群體利益的、只是探求真理的領域。而福柯則通過「知識考古」
的方式，把文化史上諸如精神病患者、巫師、同性戀者等的社會評價
進行了梳理，分析各個時代並不是採取同樣的標準來評價他們的，有
時他們只是異類，有時則可能被當成危險分子，而有時又可能被奉為

---

[63] 約翰生：《究竟什麼是文化研究？》，羅鋼，劉象愚主編：《文化研究讀本》，北京：中
國社會科學出版社，2000 年，頁 5。

神明的代言人、聖人。這裡評價標準的變化不是那種追求真理的知識漸進的方式，而是呈現為斷裂、跳躍。這種變化表明知識其實並不是針對對象的客觀認識，而是通過對對象的評價，表達社會的某種傾向、意向，它以知識的面貌出現，而其實潛藏的是文化權力，即通過文化方式達成社會支配。

從知識的歷史考察來看，知識和權力之間的關係至少是知識的一個方面的特性，在此背景下再來審視文化批評，則文化批評與傳統社會批評有一個最基本的區別，即社會批評認為通過自己的活動可以揭示社會的真理。文化批評只是認為它不過就是一種話語體系，而這種話語體系並不直接等於實體。文化批評作為一種關注社會文化的批評，試圖通過文化批評的話語建構，對社會有一種審視角度。

四、多種套路更迭中的多樣並存

最初的外在批評試圖充當文學和社會的審判官，在面對文學這一批評對象時，其根本目標是社會；其後的內傾性批評認為文學批評應該面對文學自身，對文學的審判官角色持懷疑態度，從而轉向文學的語詞，認為語詞是文學的家，也就是批評之家。作為第三階段出現的文化批評，它在關注社會問題的同時，又採用第二階段的關注語詞的方法，實際上，它把自身看成一種話語行為而非實踐行為。這樣，文化批評就結合了前面兩種傾向。

那麼，文化批評這種調和立場是否能成立呢？換句話說，文化批評以話語的自我定位來面對堅實的社會現實時，這樣一種立場是否相稱？對這個問題我們需要站在文化批評的角度去理解。

（一）現實作為認識對象的呈現方式

當人們說社會、現實如何時，思想的對象是實際的社會方面。但是真正說出來的只不過是詞語，語詞的內涵即語義在語詞的物質層面（語音）背後，所表徵的是一個實在的東西，但是它自身則並不實在。我們所說的那些實在的事物，其實大多都是這樣，本身並不可靠。哲學家洪堡說：「人主要地——實際上，由於人的情感和行動基於知覺，我們可以說完全地——是按照語言所呈現給人的樣子而與他的客體物件生活在一起的。」[64]語言是我們思考和交流的工具，同時語言也是我們存在的極限，凡是語言沒有的，就是我們沒有能力想像的，從而也就不能實現、不能感知的。

（二）語詞表達生成事物的意義

事物不是存在就被感知，而是由於存在對人具有意義而被感知。夜間是否能夠看見老鼠經過之後的路徑對於貓頭鷹有生存意義，對人沒有生存意義，這種無意義的東西也就不進入感知中。語詞、意義、思想、現實之間有著相關性，現實作為第一性的事物，先於思想、語詞等方面；但還是要通過思想、語詞，現實才能夠被把握，從而進入我們的視野。有時是語詞表達使得事物存在顯示出意義。

所謂文化批評就是探討文學的外在的諸如社會、歷史、政治等因素，同時又以內在批評的方式把文學看成一種語詞存在，這樣，文化批評從文學研究的發展路徑來看是向外轉的，可是從它的自身性質來看，又並非如此。這也就是約翰生說的，文化批評「既不是自治的也不是外在的決定的領域」。實際上，經由文化批評，文學批評兩條根

---

[64] [德]凱西爾：《語言與神話》，於曉等譯，北京：三聯書店，1988 年，頁 37。

本不同的路徑得到了相對統一。伊格爾頓曾說：「將一種代碼運用於文本，我們會發現代碼在閱讀過程中已經過修改並起了變化；用這同一種代碼繼續閱讀，我們就會發現它這時產生了一個『不同的』文本，並繼而又修正了我們正在用來閱讀的代碼，如此迴圈不已。」[65]伊格爾頓對文學研究、文學批評的這個界說，在三種不同的文學批評中都有體現，它們都是對文學作品蘊涵的意義的發掘。不過，這種發掘不是單純從作品中得來的，而是從批評模式和作品之間的關係中建構，而後再分析得來的。三種批評類別產生的時間有先後，並且背後都有各自的思想體系作為支撐，可是從靜態角度看，批評家也有可能根據不同需要，分別採用不同模式來與作品展開精神上的對話。

問題研討

一、接受美學和讀者反應批評的主要思想

（一）接受美學的主要思想

　　從西方學術思想史的梳理來看，胡塞爾的現象學哲學思想對接受美學和讀者反應批評產生了深遠的影響。20 世紀 60 年代後期，赫伯特・姚斯（Hans Robert Jauss）和沃爾夫岡・伊瑟爾（Wolfgang Iser）在聯邦德國康斯坦澤大學成立了從事接受美學和效果美學的研究小組。伊瑟爾將文學文本視作「召喚結構」、「啟示結構」，研究讀者的能動反應；可以稱之為微觀研究。姚斯主要從社會學、歷史學的角度考察文學接受現象的歷史演變；可以稱之為宏觀研究。

---

[65] [英]伊格爾頓：《文學原理引論》，劉峰譯，北京：文化藝術出版社，1987 年，頁 148。

　　從理論淵源上來說，伊瑟爾的理論資源來自於現象學美學家羅曼・英伽登。英伽登的現象學文學理論認為，文學藝術作品作為審美客體，其意義的實現有待於通過一種具體化過程。伊瑟爾將英伽登的「具體化過程」闡發為，文本、讀者以及二者通過互動而形成意義。他認為，文本與文學作品是有區別的，文本是作家創作的審美話語系統，而文學作品是由讀者通過解讀而實現的藝術世界。也就是說，文學作品有藝術極和審美極：藝術極指的是作家創作的文本，審美極指的是讀者對前者的實現。依據這種兩極觀，文學作品本身明顯地既不可等同於文本，也不可等同於它的實現，而是居於兩者之間。它必定以虛在為特徵，因為它既不能化約為文本現實，也不能等同於讀者的主觀活動，正是它的這種虛在性使得文本具備了能動性。藝術極或審美極只是閱讀活動的一個環節。文學作品意義的完成必須依賴文本與讀者的結合。文本所包含的各種視角，在讀者介入後把種種觀念與形式相互連接，因此啟動了作品，同時也啟動了讀者自己。可見，文學作品蘊含著文本的潛在意義，由於讀者的參與才得以實現。

　　伊瑟爾分別從召喚結構和隱含讀者的角度分析了文本結構和讀者接受。伊瑟爾認為，文學作品是一種表現性語言，包含了許多「不確定點」與「空白」。正是這些具有審美價值的「不確定點」和「空白」才形成了文本留待讀者去填充的「召喚結構」。「召喚結構」吸引讀者參與到文本敘述之中，把讀者「牽涉到事件中，以提供未言部分的意義。所言部分只是作為未言部分的參考而有意義，是意指而非陳述才使意義成形、有力。而由於未言部分在讀者想像中成活，所言部分也就『擴大』，比原先具有較多的含義：甚至瑣碎小事也深刻得驚人」[66]。但是，讀者闡釋的具體化並不是任意而為的。文本中的「不

---

[66] ［德］沃爾夫岡・伊瑟爾：《本文中的讀者》，蔣孔陽編：《二十世紀西方美學名著選》（下），上海：復旦大學出版社，1988 年，頁 511。

確定點」和「空白」是作家有意留下的，讀者可以通過自由想像去加以填充。然而，文本自身具有對填充方式的規定性：「要指望文本與讀者的成功交流，文本必須通過某種方式控制讀者的行為。」[67]讀者的創造是在文本引導下的結果。文本的規定性與「空白」之間存在一種協調性的張力。從讀者的角度看，伊瑟爾認為文本中潛伏著一種並未發聲的隱含讀者：「隱含的讀者作為一種概念，深深地根植於文本的結構中；隱含的讀者是一種結構，而絕不與任何真實的讀者相同。」[68]「隱含的讀者」是文本結構設定的結果，它預示了一種可能的閱讀結果。隱含讀者對文本意義的實現，依然是文本結構與讀者閱讀互相協調的結果。因為，「隱含讀者」並不等同於現實讀者或者理想讀者，而是一種與文本結構協調一致的讀者。

　　伽達默爾的解釋學理論，以及從效果歷史去認識所有歷史的理解這一原則，直接啟發了姚斯接受美學理論的誕生。姚斯將自己的學說稱為文學解釋學。他認為實證主義與形式主義的文學史研究方法都忽略了讀者的能動性、創造性存在。讀者「自身就是歷史的一個能動的構成」，「如果理解文學作品的歷史連續性時像文學史的連貫性一樣找到一種新的解決方法，那麼過去在這個封閉的生產和再現的圓圈中運動的文學研究的方法論就必須向接受美學和影響美學開放」。[69]姚斯認為，應該將文學作品置於它自身的歷史「視域」與文化背景之中，文學作品的歷史「視域」與它的讀者不斷變化的歷史「視域」之間形成了一種動力關係。也就是說，隨著二者關係的互動，會相應形成不

---

[67] [德]沃爾夫岡・伊瑟爾：《本文中的讀者》，蔣孔陽編《二十世紀西方美學名著選》（下），上海：復旦大學出版社，1988 年，頁 501。

[68] [德]沃爾夫岡・伊瑟爾：《閱讀活動——審美反應理論》，周甯、金元浦譯，北京：中國社會科學出版社，1991 年，頁 43。

[69] [德]漢斯・姚斯：《文學史作為向文學理論的挑戰》，見《接受美學與接受理論》，周甯、金元浦譯，瀋陽：遼寧人民出版社，1987 年，頁 23-24。

同的審美標準。作品對於讀者期待視野所引起的審美距離越大，藝術價值就越高；反之，藝術價值越低。讀者期待視野的變化帶來審美趣味和需求的變化，從而文學審美標準也相應變動。

　　姚斯認為，接受文學史應該考慮到文學存在的歷史性。第一，用歷時性方法去觀察文學作品接受的過程。「從一部文學作品的理解的歷史發展中去解釋該作品的含義和形式，為了認識一部作品在文學經驗的關聯中的地位和意義，還要求將該作品放到它所從屬的『文學序列』中去。」[70]既要考察一部作品的接受歷史，還要考察文學的進程史，也就是考察該作品在文學系統內部對後來文學生產的影響。第二，用共時方法去分析同時代文學之間的關聯。「將一個時期千差萬別的作品區分為類似的、對立的、承上啟下的結構，從而揭示某一歷史時期覆蓋一切的文學關聯體系。」[71]第三，將文學的內在發展與一般歷史的發展統一起來。文學史只是一般歷史的特殊部分。由於「文學的社會功能只有當讀者的文學經驗進入他生活實踐的期待視野，改變他對世界的理解並反過來作用於他的社會行為時，才能體現其全部的可能性」[72]，因而，「只有著眼於這種視野的變化，關於文學作用的分析才能深入到一種讀者文學史的領域」。只有將讀者對文學的接受史與文學的效果史綜合考慮，才能將文學史研究與思想史、社會史研究融合起來。姚斯認為，「文學的歷史性並非建築在一種事後的、人為編造出來的『文學事實』的聯繫之上，而是存在於讀者對作品的

---

[70] ［德］漢斯・姚斯：《文學史作為文學科學的挑戰》：《世界藝術與美學》（第九輯），北京：文化藝術出版社，1988 年，頁 18。

[71] ［德］漢斯・姚斯：《文學史作為文學科學的挑戰》：《世界藝術與美學》（頁九輯），北京：文化藝術出版社，1988 年，頁 22。

[72] ［德］漢斯・姚斯：《文學史作為文學科學的挑戰》，《世界藝術與美學》（第九輯），北京：文化藝術出版社，1988 年，頁 26。

接受過程之中」[73]。進一步說，文學史是讀者、批評家甚至作家審美生產的歷史。

（二）讀者反應批評的主要思想

　　讀者反應批評（Reader-response criticism）產生於 20 世紀 60 年代末 70 年代初。主要的代表人物有斯坦利・費希、諾曼・N・霍蘭德、大衛・布萊奇、喬納森・卡勒等人。這一學派出現的直接動因是反對維姆薩特和比爾茲利的觀點，後者認為感受謬見混淆了詩歌及其產生的效果。而讀者反應批評理論比接受美學理論，更為徹底地將關注對象集中於讀者閱讀活動的具體過程，主張分析讀者閱讀過程的感受和反應。這一批評流派關注的重心傾向於讀者方面，考察作家對他們的讀者所持的態度，各種不同文本所指向的不同讀者類型，實際的讀者在確定文學的意義上所起的作用，閱讀習慣和文本解釋的關係，以及讀者自身的地位等等。要準確地說明一首詩的效果，除了讀者的接受以外，其他毫無辦法。文本的意義首先存在於讀者的自我之中，然後存在於自我的解釋策略之中。

　　費希提出「感受派文體學」的說法。他認為寫滿文字的書本並不是文學，只有讀者的閱讀體驗才是文學的實現。跟文學相關的文本、意義等等概念也只存在於讀者內心，是閱讀經驗的產物。文本話語提供的資訊只是文本意義的一個成分，而絕不等同於意義。概言之，意義是指讀者閱讀文本時的感受和反應本身。不存在客觀性的文本，文本的意義取決於讀者的反應過程。讀者反應批評理論主張採用描述與分析的方法，記錄讀者閱讀過程中按時間順序對文本作出的反應以及經驗。費希認為這種批評方式並不是一種解釋行為，因為文本解釋往

---

[73] ［德］漢斯・姚斯：《文學史作為文學科學的挑戰》，《世界藝術與美學》（第九輯），北京：文化藝術出版社，1988 年，頁 4。

往將文本當作具體的分析評價對象。他強調只有以讀者活動為中心才能是「真正客觀的，因為它認識到意義經驗的流動性、『運動性』，因為它引向行為發生的地方，即讀者積極活躍的意識」。[74]文學作品的意義既然主要由讀者的主觀反應決定，那麼文本的客觀性也就成了一個幻想。

　　既然文本的意義完全由讀者決定，那麼何以證明某個讀者的閱讀反應具有普遍可信性呢？費希認為，在讀者中間存在一個大家共有的語言規則系統和有語義能力的「有知識的讀者」。「如果說一種語言的人共有一套各人已不知不覺內化了的規則系統，那麼理解在某種意義上就會是一致的，也就是說，理解會按照大家共有的那個規則系統進行。」[75]這套規則系統將控制讀者的反應趨向。而「有知識的讀者」將熟練運用作品的語言和語義知識作出自己的理解。布萊奇認為，每個人在認識和解釋活動中都體現出他所處那個社會群體共同具有的某些觀念和價值標準。他將這個具有某種共同觀念和價值標準的社會群體稱為「闡釋群體」。這個群體將控制個體闡釋的方向，從而獲得客觀可靠的理解結果。實際上，「有知識的讀者」與「闡釋群體」都是具有主體性的批評者，他們能否排除自己理解的主觀性而接近客觀性，是值得懷疑的。費希在《看到一首詩時，怎樣確認它是詩》一文中，他通過學生對一組人名的閱讀、反應，得出結論：作為一種技巧，解釋並不是要逐字逐句去分析釋義，相反，解釋作為一種藝術意味著重新去構建意義。解釋者並不將詩歌視為代碼，並將其破譯，解釋者製造了詩歌本身。

74　[美]費希：《文學在讀者中：感受文體學》，見王逢振等編：《最新西方文論選》，李自修譯，桂林：灕江出版社，1991 年，頁85。

75　[美]費希：《文學在讀者中：感受文體學》，見王逢振等編：《最新西方文論選》，李自修譯，桂林：灕江出版社，1991 年，頁69。

　　霍蘭德在《文學反應動力論》[76]一書中認為，閱讀首先是一種個性的再創造，是一種「個人交易」，讀者可以根據自己的個性主題主動地去理解文本。這種以自我為中心的精神分析批評認為，藝術本質上是被誘導出來的，是一般經驗的一種修復性的延伸。文學文本是作者對於外部現實進行反應的產品。如果幻想存在於作者的無意識中，它們也存在於讀者的無意識中，那麼，批評家應更多地關注讀者的心理或者自我，關注讀者的閱讀過程和反應。

二、文學闡釋理論的主要思想

　　文學闡釋是讀者在文學欣賞的基礎上對文學作品及相關的文學活動的批評與分析。文學闡釋學（Hermeneutik；Hermeneutics）旨在探討關於文學「意義」的理解和解釋。它既有對審美經驗的分析，又有理性的認識和提升。在文學研究中，文學闡釋既能夠發掘作品的意義和價值，又能夠引導文學創作和讀者欣賞。中西方的哲學與文學思想中積累了大量的闡釋體驗與闡釋學智慧。下面分別介紹中國與西方的文學闡釋學理論。

（一）中國的文學闡釋學理論

　　中國歷代思想家、文論家進行了大量的文學闡釋學實踐，如先秦諸子的論道辯名，兩漢諸儒的宗經正緯，魏晉名士的談玄辯理，隋唐高僧的譯經講義，兩宋居士的參禪說詩等等[77]。他們積累了豐富的闡釋學方法，如語言學方法、社會學方法、心理學方法，概括了大量的

---

[76] ［美］諾曼・N・霍蘭德：《文學反應動力論》，潘國慶譯，上海：上海人民出版社，1991年。
[77] 可以參見周裕鍇：《中國古代闡釋學研究》，上海：上海人民出版社，2003年。

闡釋學理論範疇，如「觀」、「以意逆志」、「知人論世」、「詩無達詁」、「知音」、「妙悟」等等。

1. 觀

　　在《老子》和《周易》中，「觀」具有深厚的哲學意蘊。《老子》曰：「致虛極，守靜篤，萬物並作，吾以觀復。」[78]老子認為，到達虛空妙理的極點，守著妄念皆幻的篤誠。到達虛極靜篤，即能徹悟萬物之往復迴圈的道理。《周易》有「觀」卦，《彖》傳云：「觀天之神道，而四時不忒。」這些「觀」的含義指的是，通過心觀而非目視接近形而上的超越性存在。因為萬物之本與「天之神道」不是耳目可以視聽的。所以，莊子說：「無聽之以耳，而聽之以心。」[79]從思考方式來看，「觀」是一種自然感受，而不是理性思考。老子要求在「致虛極，守靜篤」這種排除一切意念，進入無意識狀態之中觀宇宙之本體。這種狀態下的「觀」是自然感受。莊子說：「若一志，無聽之以耳而聽之以心，無聽之以心而聽之以氣！聽止於耳，心止於符。氣也者，虛而待物者也。唯道集虛。虛者，心齋也。」[80]莊子的意思是，要使心志高度集中，屏除一切雜念，而要用心靈去體認，不僅用心靈去體認，而要用氣去感應，聲音只在於耳，思慮只在於概念，氣是以空虛對待萬物。只有道才能集結在虛之中，這種虛靜，就是心齋。他認為以自然感受才能接近形而上之道。

　　蘇軾的《送參寥師》一詩寫道：「欲令詩語妙，無厭空且靜；靜故了群動，空故納萬境。閱世走人間，觀身臥雲嶺。鹹酸雜眾好，中

---

[78]　《老子》十六章。
[79]　《莊子・人間世》。
[80]　《莊子・人間世》。

有至味永。詩法不相妨，此語更當請。」[81]他認為，在「空且靜」的
心態中，詩人才能達到最好的精神狀態。此處的「空靜」來自佛學觀
念，指空明心境，相當於老莊的「虛靜」說。蘇軾詩中的「觀身」是指
自我人生的反思，也非耳目可以做到。邵雍說「閒將歲月觀消息，」[82]
王陽明說「閒觀物態皆生意，」[83]這些「觀」都是致虛守靜、悠然玩
味之觀，也是一種超越感官形跡，放棄智謀思慮，以心理體驗而「意
冥玄化」的體悟。

2. 以意逆志

「以意逆志」說出自《孟子・萬章上》。弟子咸丘蒙問，《詩經・
小雅・北山》一詩應如何正確理解。咸丘蒙曰：「舜之不臣堯，則吾
既得聞命矣。詩云：『普天之下，莫非王土；率土之濱，莫非王臣。』
而舜既為天子矣，敢問瞽瞍之非臣，如何？」孟子說：

> 是詩也，非是之謂也；勞於王事而不得養父母也。曰：「此
> 莫非王事，我獨賢勞也。」故說詩者，不以文害辭，不以辭害
> 志。以意逆志，是為得之。

孟子認為，解說詩的人，不要拘於文字而誤解詞句，也不要拘於
詞句而誤解詩人的本意。要通過自己讀作品的感受去推測詩人的本
意，這樣才能真正讀懂詩。孟子在回答中提出了一個重要的解讀方法
——「以意逆志」。關於這一範疇的解釋，自古而今眾說紛紜，約略
可以歸納為如下四種。第一種說法，東漢的趙歧義認為應該以說詩者
之「意」領會作詩者之「志」。第二種說法，清代焦循在《孟子正義》

---

[81] 《送參寥師》。
[82] 《謝富相公見示新詩》。
[83] 《睡起有感》。

中認為,「以意逆志」是指以古人之「意」理解古人之「志」。第三種說法,錢鐘書認為,「以詩藝本體特點為意」理解「詩之志」。第四種說法,王運熙、顧易生主編的《中國文學批評通史》認為,「以意逆志」之「意」指作品之主旨,相應地,「志」則指作者的思想。

3. 知人論世

「知人論世」說出自《孟子・萬章下》。孟子謂萬章曰:

> 一鄉之善士斯友一鄉之善士;一國之善士斯友一國之善士;天下之善士,斯友天下之善士。以友天下之善士為未足,又尚（上）論古之人,頌其詩,讀其書,不知其人,可乎?是以論其世也,是尚友也。

其意思是說,讀者閱讀文學作品應該瞭解作者的生平經歷和作品寫作的時代背景,這樣才能站在作者的立場上,與作者為友,體驗作者的思想感情,準確把握作者的寫作意圖,正確理解作品的思想內涵。王國維綜合「知人論世」與「以意逆志」這兩種說法有所發展:「是故由其世以知其人,由其人以逆其志,則古詩雖有不能解者寡矣。」[84]

4. 詩無達詁

「詩無達詁」說出自董仲舒的《春秋繁露・精華》。該書曰:

> 詩無達詁,易無達占,春秋無達辭。

「達」是明白曉暢的意思,「詁」指以今言釋古語。這句話的原意是,漢儒根據春秋時代「賦《詩》言志」、斷章取義的情況,而提

---

[84] 《玉谿生詩年譜會箋序》。

出的閱讀與應用古《詩》的方法。漢儒以古《詩》為經學附庸，根據
自己的需要隨意解釋詩歌。後人在「詩無達詁」和「以意逆志」之間
建立起了方法論的聯繫。宋代王應麟《困學紀聞》卷三曰：「董子曰：
『詩無達詁』，孟子之『不以文害辭，不以辭害志』也。」他認為理
解詩歌不能僅僅局限於文字與世界之間的有形聯繫，還要根據個人審
美體驗大膽想像。正如明代謝榛所說的：「詩有可解，不可解，不必
解，若水月鏡花，勿泥其跡可也。」[85]

5. 知音

「知音」說出自《文心雕龍》：

> 知音其難哉！音實難知，知實難逢。逢其知音，千載其一
> 乎！夫古來知音，多賤同而思古，所謂日進前而不禦，遙聞聲
> 而相思也。……貴古賤今者，……崇己抑人者……信偽迷真者。

劉勰認為知音難逢，原因是主觀方面難免有一些偏見，而且批評鑑賞
本身是屬於個人性的精神體驗，自然存在主觀好惡。但如果批評家掌
握正確的方法、遵循正確的步驟，同時端正批評態度，也完全可以使
文學批評做到客觀公正。可行之道是：通過豐富的實踐，加強和提高
批評鑑賞的能力；端正批評態度，不抱私心，力求公正；掌握正確的
方法，即一觀位體，二觀置辭，三觀通變，四觀奇正，五觀事義，六
觀宮商。遵循正確的步驟，從形式到內容，把握作品意蘊。劉勰認為，
文學批評的關鍵是能把握作品的特徵，同時批評活動本身也會給批評
家帶來美感享受。

---

[85] 謝榛：《四溟詩話》卷一。

6. 妙悟

「妙悟」說出自南宋末年的嚴羽的《滄浪詩話‧詩辨》：

> 大抵禪道唯在妙悟，詩道亦在妙悟。且孟襄陽學力下韓退
> 之遠甚，而其詩獨出退之之上者，一味妙悟故也。唯悟乃為當
> 行，乃為本色。

嚴羽的「妙悟」說最重要的途徑是「以禪喻詩」，他說：「大抵禪道，惟在妙悟，詩道亦在妙悟。」「妙悟」本是佛教禪宗詞彙，本指主體對世間本體「空」的一種把握。《涅盤無名論》說：「玄道在於妙悟，妙悟在於即真。」對於詩歌來說，「妙悟即真」是指詩人對於詩美的本體、詩境的實相的一種真覺，一種感悟。嚴羽說：「惟悟乃為當行，乃為本色。」由於「悟有淺深」，每個詩人體悟深淺不一，就會形成各人各派不同的詩歌審美價值觀。嚴羽的見解確立了「妙悟」作為詩歌闡釋的根本價值。

（二）西方的文學闡釋學理論

西方的文學闡釋學理論最初起源於對《聖經》文本的解釋方法。19 世紀的德國宗教哲學家施賴爾馬赫將古代解釋學從《聖經》經典注釋與文獻學方法變成了一種普遍的方法論。他認為，理解的方法有兩種，一是語法解釋，關注作品的字面意義；二是心理解釋，以共同人性為基礎，關注作者的原意與精神狀況。施賴爾馬赫的晚期著作尤其重視對作者原意的揣度，強調對於作者主體的心理詮釋，強調通過返回歷史語境來還原作者原旨。

德國歷史主義哲學家狄爾泰反對自然科學研究範式對人文科學的影響，他試圖通過建構「精神科學」為人文科學提供可靠的基礎。

從 19 世紀 60 年代開始，他從「歷史理性的批判」出發，試圖為人文科學確立認識、邏輯、方法三位一體的合法性。狄爾泰根據施賴爾馬赫的解釋學理論，在生命哲學的基礎上建立解釋學。他將心理個性發展為生命概念，認為一切文化產品都是主體生命的體驗。為了從歷史、文獻、作品深入理解作品，解釋者需要借助體驗和理解重建作品的原初體驗和生活世界。而這種生命體驗並非普遍的主體，而只是歷史化的個人經驗。這種經驗先於主體反思，是一種主客不分的渾然狀態。個人主體經驗以其鮮明的歷史性體現生命的豐富與變化。同時，他認為個人之上存在一種普遍人性，這是理解的歷史性與客觀性獲得保證的基礎。普遍共同的人性具有社會歷史內涵，社會歷史因為寓有共同人性而具有了內在的連續性和統一性。

　　海德格爾是當代西方哲學解釋學的奠基者。他使解釋學從方法論、認識論轉變為本體論哲學。海德格爾認為，理解的前結構對解釋的結果具有重要意義。要解釋存在的意義，首先必須追問此在。此在在「此」是一種此在的被拋入狀態。這一狀態不僅是指此在被接納到生存之中「首先是遭受排擠的存在性質」，也就是不得不存在、沒有選擇的自由、短暫、有限，而且還指此在在「領會」世界之先即已被「周圍世界」所佔有。「把某某東西作為某某東西加以解釋，這在本質上通過先行具有、先行見到與先行掌握來起作用的，解釋從來不是對先行給定的東西所作的無前提的把握。」[86]「先行具有」是指人們無法擺脫已經存在的歷史和文化；「先行見到」是指我們思考問題時所具有的語言、概念以及語言的方式；「先行掌握」是指我們在解釋之前所具有的觀念、前提和假定等等。由於主體帶著理解的前結構，所以對象才能對理解者呈現某種意義。文本的意義並不是不言自明

---

[86] ［德］馬丁・海德格爾：《存在與時間》，陳嘉映、王慶節譯，北京：三聯書店，1987 年，頁 184。

的，解釋者在理解之前對意義的預期決定了意義的存在。因此，意義並不像施賴爾馬赫和狄爾泰所認為的那麼客觀，理解對象的意義不是也不必把握所謂的本來的、唯一的、客觀的意義，實際上，理解是意義再創造的結果。在所有存在者中，海德格爾認為，人的「此在」（Dasein）相比於其它一切存在者，具有優先的地位。此在為它的存在本身而存在，或者說，它存在論地存在。唯有它能夠領悟存在，並以這種領會的方式存在著，而這正是它自身的存在規定。總之，海德格爾將理解確立為「此在」的存在方式本身，語言則被視為「存在」的家園。他使闡釋者和語言成為闡釋學中最為重要的因素。海德格爾的存在論闡釋學直接影響了伽達默爾的闡釋學。

　　伽達默爾的哲學闡釋學受到了前人的思想，特別是胡塞爾和海德格爾思想的直接影響。胡塞爾提供了嚴謹的現象學的描述；狄爾泰使所有哲學思考獲得了廣闊的歷史眼界，海德格爾幾十年前對胡塞爾的現象學描述和狄爾泰的歷史眼界進行了整合。施賴爾馬赫和狄爾泰看到了理解和闡釋過程中不可避免存在著的偏見現象。他們力求找到理解行為可以獲得確切意義的客觀主義基礎。然而，伽達默爾恰恰認為闡釋者不可能克服偏見而達到與被闡釋者立場的一致。因為人是一種個體性、歷史性的存在。人的感覺經驗、情感體驗具有不可替代性，理解的結果必然打上了個人的烙印。人的生命存在具有有限性，因而人對世界、歷史的理解必然受時代、社會的制約。

　　伽達默爾的主要觀點是：第一，他非常重視理解的歷史性，「不是歷史隸屬於我們，而是我們隸屬於歷史。早在我們通過反思而理解自己之前，我們顯然已經在我們生活的家庭、社會和國家中理解著自己了……因此人的成見遠比他的判斷更是他的存在的歷史現實。」[87]

---

[87] ［德］漢斯・伽達默爾：《真理與方法》（上卷），洪漢鼎譯，上海：上海譯文出版社，1992年，頁 355。

他認為理解的歷史性主要包括三個方面的因素：一理解之前的社會歷史因素；理解對象的形成本身是歷史的產物；理解者在社會實踐中形成了相應的價值觀念。第二，合法成見與非法成見。不僅不排除成見，伽達默爾恰恰肯定了成見在理解過程中的功能，並分析成見這種理解活動何以產生。伽達默爾指出：「一種解釋學的境遇是被我們自己具有的各種成見所規定的。這樣，這些成見構成了一特定的現在之地平線（視域），因為它表明，沒有它們，也就不可能有所視見。」[88]在伽達默爾看來，雖然說成見是理解的起點，但並非所有的成見都有合法性。伽達默爾認為有兩種不同的成見：一種是合法的成見（「生產性的偏見」），它來自於歷史的賦予；另一種是非法的成見（「阻礙理解並導致誤解的成見」），來自於後天的錯誤認識。第三，視域融合。伽達默爾認為，理解具有特定的歷史情境，同樣理解者也是帶著特定視域的。這種視域包含了從傳統和成見中所積累的知識和經驗，也就是前理解。理解的過程就是理解者的視域和文本的視域交流融匯的過程。第四，闡釋的迴圈。每一次理解的「視域融合」所形成的新的視域，既包含了理解者和文本的視域，同時又是下一視域融合的起點，即「闡釋的迴圈」。第五，效果歷史。闡釋者主體和文本之間的每一次理解都是相對的、暫時的。效果歷史才是判斷理解合理性的唯一標準。只有從主體和他者的統一體或者關係中才能理解歷史對象，在這種統一體或者關係中才同時存在著歷史的實在以及歷史理解的實在。歷史理解就是過去、現在和未來之間的對話的結果。而闡釋學必須在理解本身中顯示歷史的實在性。

　　赫斯的理論出發點針對伽達默爾的解釋學理論。伽達默爾認為文本的意義闡釋具有歷史性，讀者的理解具有相對性。他的觀點解構了

---

[88]　[德]漢斯・伽達默爾：《效果歷史原則》，北京：《哲學譯叢》，1986 年第 3 期。

作者和作品權威。而赫斯則擔心伽達默爾的觀點將導致文學作品的理解和闡釋喪失確定性。他認為，只有重新樹立作者原意的權威才能找到理解的合法性依據。赫斯認為作品的意義存在著「意思」與「意義」的區分。「意思」是指作者寫進作品之中所表達的本意。一旦作者在作品中寫進「意思」，這種「意思」就會通過語言符號的固化而獲得恆久不變的確定性。「意義」是指讀者對作品的主觀理解。隨著時代變遷或讀者接受視野的差異，作品「意義」也就會出現多元性。概言之，文本「意思」是穩定的，文本「意義」是流動的。那麼，如何確定讀者闡釋「意義」的有效性呢？赫斯據此提出了「意思類型」的說法。「意思類型」是指由作品引發的多種意思範疇，它不僅包含了整體的「意思」，而且包含了把握意思必須遵循的規則。根據「意思類型」即可衡定「意義」在多大程度上具有可靠性，脫離了「意思類型」所允許的闡釋都是可疑的。赫斯通過「意思類型」將文本、讀者、意思、意義統一起來了。「一個類型可以由多種情況來表現，所以它也是各種情況間的橋樑，而且只有這樣一種橋樑才能把意思的特殊性與解釋的社會性統一起來。」[89]赫斯的觀念表面看來是可以自圓其說的，但是，如果「意思類型」是闡釋者可以進行歸納和提煉的對象，那麼，「意思類型」就無法擺脫讀者自由想像和個體體驗的影響。

根據後結構主義和解構主義理論，文學意義的闡釋是相對而言的。美國解構批評家保羅·德·曼認為，文學語言是一種修辭性語言，是用一個文本描述另一個文本，用一種修辭語替代另一種修辭語，因而是比喻性的，是沒有確切意義的。

---

[89] 赫斯：《解釋的有效性》，紐黑文：耶魯大學出版社，1967 年。

三、與文學接受有關的媒體理論

　　法蘭克福學派的大眾文化批判理論具有精英主義意識，他們認為，作為資本主義社會的文化商品是模式化、平面化的，沒有任何美學價值，而且體現了統治階級的霸權意識形態；人民大眾在接受這些文化商品時是完全被動的，沒有任何能動性與創造性可言。

　　相對而言，伯明罕學派則結合媒體研究對大眾文化進行了具有民粹意味的解釋。下面簡述伯明罕學派的媒體理論。斯圖亞特‧霍爾曾經繼任英國伯明罕大學的「當代文化研究中心」（Center for Contemporary Cultural Studies，簡稱 CCCS）主任，是英國文化研究的傑出代表。在學術思路上，霍爾繼承了阿爾圖塞、葛蘭西等西方馬克思主義者對傳統馬克思主義的修正，他採用民族誌、語言學、符號學等多種研究方法，創造性地提出「編碼」和「解碼」模式，揭示了電視傳播過程中意識形態話語的意義流通過程，以及受眾在解讀環節中與主導意義結構爭奪霸權的實踐。傳統的大眾傳播理論通常將資訊的傳播過程看作「發送者、資訊、接收者的線性特徵」，不同的是，霍爾根據馬克思主義政治經濟學理論的生產、流通、分配、以及再生產的理論，認為電視話語「意義」的生產和傳播存在「主導的複雜結構」，並將電視話語的生產流通劃分為三個階段；第一階段是電視話語「意義」的生產，即編碼階段。電視專業工作者在原材料的加工過程中將世界觀、意識形態等因素滲透其中。在資訊的起始傳播階段，節目的製作過程生產建構了資訊。他認為：「一個『未經加工的』歷史事件不能以這種形式通過電視新聞來傳播。事件必須在電視話語的視聽形式範圍之內符號化。在以話語符號傳送的這一環節中，歷史事件服從語言所賴以指涉的所有複雜的形式『規則』。用悖論的方式講，這個事件在變

為可傳播的事件之前，必須要變成一個『故事』。」[90]電視是整個表徵系統的一部分，其意義與訊息通過特定類型的符號載體，在一種話語的語義鏈中通過符碼的運作而組織起來。第二階段是「成品」階段。霍爾認為，電視作品一旦完成，「意義」被注入電視話語後，占主導地位的便是賦予電視作品意義的語言和話語規則。此時的電視作品變成一個開放的、多義的話語系統。每一個符號都加入了一個我們稱之為文化的意義之網。電視文本的流通過程就不再是「發送者—資訊—接收者」這種線性模式可以解釋的。霍爾認為電視資訊的消費或接收本身也是電視生產過程的一個「環節」，儘管後者是「主導的」，因為它是資訊「實現的出發點」。所以，電視資訊的生產與接收不是同一的，而是相互聯繫的，在由作為一個整體的交流過程的社會關係形成的總體性中，它們是各自區別的環節。第三階段是觀眾的「解碼」階段。霍爾認為存在三種受眾解讀立場。第一是主導—霸權的地位。電視觀眾把資訊解碼時，依據的是主導符碼的意圖。第二是協調的符碼或者地位。這種協調的看法內的解碼包含著相容因素與對抗因素，它認可宏大意義霸權性界定的合法性，然而，在一個更有限的、情境的（定位的）層次上，解碼者制定自己的基本規則。第三種立場是「抵制代碼」。電視觀眾有可能完全理解話語賦予的字面和內涵意義的曲折變化，但以一種完全相反的方式去解碼資訊。

與法蘭克福學派將大眾視作麻木的盲眾不同的是，約翰・費斯克是站在反「精英主義」的立場來看待大眾的。他的主要觀點包括如下幾個方面：第一，他使用「popular culture」這一概念取代「mass culture」（群眾文化）、「working-class culture」（工人階級文化）或「folk culture」（民間文化）等概念。費斯克認為，大眾並不是一個固定的社會學範

---

[90] 羅鋼、劉象愚主編：《文化研究讀本》，北京：中國社會科學出版社，2000 年，頁 346。

疇；它無法成為經驗研究的對象，因為大眾並不以客觀實體的形式存在。第二，約翰・費斯克一方面借鑑了葛蘭西的文化霸權理論，將媒介文本視為一個意義開放的空間；另一方面借用了艾柯的「開放式／封閉式」文本觀和羅蘭・巴特的「作者式／讀者式」文本理論，進一步將媒介文本界定為一種「大眾的生產者式文本」。第三，費斯克認為，文化產品可以同時在兩種平行的、半自主的經濟即金融經濟和文化經濟中流通：金融經濟流通的是財富，而文化經濟流通的則是意義和快感。費斯克主張一種雙重聚焦，即不僅關注那種藉以支配他人的權力，而且關注對權力的抵抗；不僅關注流通財富的金融經濟，更關注流通意義和快感的文化經濟。第四，媒介文本主要是指以電視文本為代表的大眾文本。在菲斯克看來，大眾文本是指現代社會文化工業生產出來、擁有大批量消費者並兼具標準化與創新性特點的文本。這樣的文本不僅會以大眾文學作品的面貌現身於世，也會以影視劇、流行歌曲、街頭舞蹈、廣告、時裝等形式粉墨登場。第五，受斯圖爾特・霍爾「編碼／解碼」理論模式的啟發，費斯克的媒介文本理論充分強調並張揚受眾的主體性、能動性和創造性。費斯克提倡對電視文本的分類與細讀，將電視文本視為「啟動的文本」。這種「啟動的文本」又是「多層次的文本」，是與「作者式文本」相對的「生產式文本」。它具有互文性和多義性。

四、文學的市場、傳播與消費問題

當今社會，科學技術的進步極大地推動了生產力的發展，社會各個方面出現了日新月異的面貌。社會生產力的進步促成了全球市場體系的形成，也深刻影響了文學的傳播方式和消費形態。

（一）文學與市場

　　根據馬克思主義關於生產與消費的一般理論，文學活動包括文學生產、傳播、消費這樣一個連鎖動態的過程。社會學家埃斯卡皮也認為，文學是作家、作品和讀者三個方面相互關聯的迴圈活動。文學消費是目的，文學生產是動力。生產與消費互相依賴，互相推進。文學生產規定了文學消費的範圍，文學產品規定了文學接受的方式。文學消費是一種積極的再創造過程，它對文學生產具有反作用，影響消費者的層次和需要，影響文學再生產。文化工業的出現和文化流通市場的形成，使得文學的生產與消費像一般產品的生產與消費一樣，必須依賴市場仲介環節才能實現相互的刺激與推動。隨著後工業時代的到來，文學逐漸走向世俗化和大眾化。文學生產與消費帶有更為明確的商業性目的。文學作品是文化市場中一種特殊的商品，作家只可能在生產環節對作品負責。而當作品一旦進入流通領域，就離不開與市場資本的關係。在市場經濟的歷史環境中，文學作品作為文化市場的特殊商品，它的存在必須接受消費者的選擇和利潤法則的支配。文學的市場化、產業化是文學進入市場經濟體制後必須應對的現實課題。曾經習慣於自命清高的文人，在商業化社會必須學會把握讀者市場的需求動向，及時調整自己的創作主題、題材與風格。為了使作品銷路更好，還不得不考慮到市場化的銷售手段和行銷策略。同時也應該看到，市場利潤原則給文學帶來了負面影響。個性化、先鋒性的藝術創造往往難以獲得市場認可，作家往往不得不磨平自己的藝術個性、隱藏自己的思想鋒芒。文學作品作為一種特殊的商品要服從市場行情與商業原則的調控，文學的商業性特徵開始突顯出來。因此，我們不得不考慮文藝生產與消費良性互動的問題。

（二）文學與傳播

　　文學的審美價值必須借助語言形象，通過讀者接受才能實現，而作為語言形式組合的文學又需要借助特定的物質傳播媒介。媒介就是指使雙方發生關係的仲介物。施拉姆認為，媒介就是插入傳播過程之中，用以擴大並延伸資訊傳送的工具。如廣播、電視、報紙、雜誌和互聯網等。人類的傳播媒介經歷了口頭、印刷、電子（電影、電視、電腦網路）這幾個主要的階段。從媒介的角度來分，文學可以分為口語文學、書面文學、影視文學和網路文學這幾類。

　　麥克盧漢認為「媒介是人的延伸。」他說的媒介包括一切人工制造物，一切技術和文化產品，甚至包括大腦和意識的延伸。麥克盧漢把媒介分為兩大類：延伸肢體的媒介和延伸大腦的媒介。電子媒介是大腦的延伸，其餘的一切媒介是肢體的延伸。當今社會，廣播、電影、電視、報紙、網路、手機等傳媒無疑成了生活世界的宏大景觀。各種媒體不僅為我們提供了便捷的交流資訊的方式，而且給我們帶來了全新的體驗和感受，進而改變了我們的生活。文學傳播是文學生產者借助於一定的物質媒介和傳播方式賦予文學資訊以物質載體，從而將文學資訊或文學作品傳遞給文學接受者的過程。文學傳播方式作為作家創作與讀者消費之間的仲介和橋樑，對文學生產和文學消費的雙方產生了深刻的影響。機械複製時代的來臨，廣播、電影、電視、網路媒介蓬勃發展。日新月異的傳播技術克服時空障礙，讓人們能夠瞭解更加遙遠的時間和空間的資訊，通過模仿和虛擬，製造出更加讓人信服的虛擬形象和空間。經濟市場化發展的結果導致雅俗文化的融合。文化產品放棄其「文化」內在目標的完善和追求，服從市場和資本邏輯，從而使「文化」的製作和消費工業化。複製技術導致韻味的消失，藝術獨一無二特性的消失，藝術和日常生活界限的消失，藝術儀式功能

的消失，促使我們必須思考傳媒社會文學的走向問題。文學與媒介的交織滲透彰顯出人文精神與科技理性兩大主題。隨著科學技術的飛速發展，科技理性正在越來越全面而深入地改造著包括文學在內的整個世界。文學媒介的走向直接關係著人類生存方式、精神家園的可能面貌。

（三）文學與消費

　　馬克思在《政治經濟學批判導言》中把藝術的創作活動看成是一種政治經濟學意義上的生產勞動。人們對藝術作品的接受活動便成為與藝術生產相對應的藝術消費活動。文學消費具有二重性，既具有物質商品的消費性質，又具有文學消費的精神享受性質，它是一種特殊的商品消費。

　　第一，與一般商品消費相同的是，文學消費者與文學生產者或經營者之間是商品交換，消費者需要支付貨幣。第二，文學消費也遵循著商品價值規律，存在價值與使用價值、供求關係、商品競爭等問題。第三，文學消費也需要採用一般商品消費的行銷模式，例如包裝炒作、廣告推銷、折價優惠等等手段。雖然文學消費具有商品消費性質，但是又不能完全等同於一般商品消費。它具有精神產品的消費屬性。具體表現在，第一，文學消費的目的是滿足人們精神生活的需要。第二，文學消費的精神產品不會如同商品消費一樣出現物質損耗現象。一般物質商品消費表現為個人對物質產品的佔有、享受和耗費，文學消費則不能改變作品內容與形式，作品在消費中並不消失。馬克思認為：「喝香檳酒雖然生產『頭昏』，但並不是生產的消費，同樣，聽音樂雖然留下『回憶』，但也不是生產的消費。如果音樂很好，聽著也懂音樂，那末消費音樂就比消費香檳酒高尚。雖然香檳酒的生產是『生產勞動』，而音樂的生產是非生產勞動。」[91]可見，文學消費是一種

---

[91] 馬克思：《剩餘價值理論》，《馬克思恩格斯全集》第26卷第1冊，北京：人民出版社，1972年，頁312。

特殊的精神產品消費，它可以滿足人們的精神生活需要，並且是一種
能動的精神再創造。優秀的文學藝術作品是一種超越時空的精神存
在，具有永恆的思想意義與藝術價值。第三，文學消費的接受方式不
同於一般的物質商品消費，消費者通過符號、資訊的管道來接受對
象，並且通過自身創造的能動性使文學作品意義不斷增值。

　　後現代藝術的主流樣式表現為大批量複製、大規模傳播、拼貼、
戲仿等手法，「文本」去神聖化、去高雅化、去超驗化。現代性的特
徵集中於物的生產，而後現代性集中於符號的消費。鮑德里亞認識到
當今資本主義社會，消費主導了整個資本主義社會的運行，他提出了
「消費社會」的概念。在消費社會，人們更多的不是對物品的使用價
值有所需求，而是對商品所被賦予的意義以及意義的差異有所需求。
人們對物品的佔有，主要不是為了它的功能，而是為了它的意義，也
就是一套抽象的符號價值。這是一個高度符號化的社會，人們通過消
費物的符號意義而獲得自我與他人的身份認同。鮑德里亞針對後現代
社會的文化現象，他提出了符號政治經濟學的概念，認為消費（符號）
成了資本主義社會正常運轉的核心議題。整個社會對商品的盲目崇拜
轉為對符號的崇拜，符號意義作為一種社會身份、地位、價值的區分
系統滲透到社會生活的各個層面。由此，資本主義的社會控制也更趨
全面、系統和隱蔽。鮑德里亞認為，正是傳媒的推波助瀾加速了從現
代生產領域向後現代擬像（simulacres）社會的墮落。鮑德里亞提出了
「擬像三序列」說。擬像的三個序列與價值規律的突變相匹配，自文
藝復興時代以來依次遞進：仿造是從文藝復興到工業革命的「古典」
時期的主導模式；生產是工業時代的主導模式；模擬是被代碼所主宰
的當前時代的主導模式。擬像是沒有原本的東西的摹本，幻覺與現實
混淆，現實不存在了。沒有現實座標的確證，人類不知何所來、何所
去。鮑德里亞認為擬像與真實之間的界限已經內爆。擬像不再是對某

個領域、某種指涉對象或某種實體的類比。它無需原物或者實體，而是通過模型來生產真實，這種真實被鮑德里亞稱為「超真實」。而當代社會，則是由大眾媒介營造的一個模擬社會，「擬象和模擬的東西因為大規模地類型化而取代了真實和原初的東西，世界因而變得擬象化了」。[92]在這樣一個被符碼支配的資訊時代裡面，大眾幾乎是無力的。在資訊時代，媒介的交流取消了語境，也就是說媒介傳遞給大眾的資訊是片斷式的，甚至可能是斷章取義的；同時這種交流又是獨白式的，單向度的，沒有回饋的。因此，我們有必要反思文學消費的意識形態內涵。文學消費是一種個人自由的精神享受，可以獲得審美、娛樂、教化、認知等等價值，同時也是一種意識形態的消費。文本所負載蘊含的意識形態內容為讀者潛移默化地接受和理解，從而形成各種思想觀念，間接地對社會現存秩序起到鞏固或破壞的作用。我們既要反對取消意識形態功用的唯美主義觀念，又要反對以意識形態消費來代替文學消費的主張。既要通過文學消費滿足人的精神需求，促進人的全面發展，又要警惕現代文化工業、商業利潤等隱形操縱，杜絕過度的奢侈性、炫耀性消費。

導學思考

一、關鍵詞

隱含的讀者：該概念出自德國批評家沃爾夫岡・伊瑟爾的《閱讀活動——審美反應理論》。隱含的讀者是指它不同於實際閱讀的讀者，是指一種特殊的文本結構，文本中預設的一種可能性的讀者。文

---

[92] [法]鮑德里亞：《模擬與擬象》，汪民安編：《後現代性的哲學話語》，杭州：浙江人民出版社，2000年，頁329。

學接受的發生意味著隱含的讀者向現實的讀者的轉化。每一個具體的讀者進入文本的不同方式，都是對「隱含讀者」的一種有選擇的實現。

期待視野：由德國美學家姚斯提出的概念。讀者的生活經歷、文化水準、欣賞趣味以及閱讀經驗等自身積累是接受文學作品的前提條件。一部文學作品並非資訊真空裡出現的絕對的新事物。它總是要喚醒讀者對已閱讀過的作品的記憶，使讀者進入某種情緒狀態，一開始就喚起讀者對作品的期待。期待視野可以具體分為文學的期待、生活的期待與價值的期待三個層次。

視域融合：接受主體的視域與文本的視域不斷碰撞、交流，從而在二者的視域融合中誕生新的意義。「理解是總是視野融合的過程，而平時這些視野是彼此分離的。」（伽達默爾，《真理與方法》）視野融合意味著對話的充分實現；在這種對話之中，表達出的東西不僅是屬於我的或作者的，而是為人所公有。「視域融合」的結果既包含理解者的視野，又包含文本的視野，同時又超越了二者的視域所形成的全新的視域。主體在理解中與文本不斷交流，從而不斷地形成「視域融合」，形成新的成見，而新的「視域」又構成下一次理解的起點。

闡釋迴圈：闡釋者對文本的理解通過一個從局部詞句到整體主題這樣循環往復的過程。弗裡德里希‧施賴爾馬赫認為，在一段給定的文章中，每一個詞的意義只有參照它與周圍的詞的共存關係才能確定。威廉‧狄爾泰闡發了這一看法，整體必須通過局部來理解，局部又須在整體聯繫中才能理解，二者互相依賴，互為因果，這就構成了一切解釋都擺脫不了的主要困境，即所謂「解釋學的迴圈」。馬丁‧海德格爾認為，「對理解有所助益的解釋無不已經對有待解釋的東西有所理解，這一事實已被反覆察覺到了。即使是在像神學解釋這一注解與解釋的派生領域內也是如此。」（《存在與時間》）伽達默爾對海德格爾的觀點解釋道，「海德格爾是這樣描述這種迴圈的：對文本的

理解永遠是由前理解的預知運動決定的。在完美的理解中，整體和部分的迴圈並沒有結束，相反，它得到了最充分的實現。」（《真理與方法》）

效果歷史：伽達默爾認為，「一種正當的解釋學必須在理解本身中顯示出歷史的有效性來。因此，我就把所需要的這樣一種歷史叫做『效果史』。理解本質上是一種效果史的關係。」（《真理與方法》）人本身是歷史性的存在，無法跳出自身對歷史進行整體客觀的描述與觀察。人處身於歷史中，本身就包含了對歷史的理解，這種對歷史的理解與歷史本身同樣是真實的，而效果史就是這兩種真實的結合，是歷史與歷史的解釋者的結合，因而也就是歷史的效果與對這種效果的理解的結合。一種理解的歷史效果和意義絕不是固定不變的，而是隨著時代的變遷而不斷地變化的。文本的真正意義和理解者一起處於不斷生成的運動過程中，或者說其意義在理解中生成與存在。文本包含著其效果歷史，它存在於效果歷史當中，對藝術文本的考察，不能不考慮不同時代的讀者及其所作的不同理解。

過度詮釋：所謂過度詮釋就是對文本的「無限衍義」（皮爾士語）的過度開採和任意濫用。艾柯認為，我們雖然無法確定哪一種詮釋是唯一正確的，但我們卻知道哪一種詮釋是糟糕的。何以能夠證明這一點呢？就是因為文本具有整體連貫性。這樣，通過強調作品意圖的存在，艾柯堅持了詮釋的客觀性和有限性。此外，他還對「詮釋文本」和「使用文本」作了區分。後者是指詮釋者出於不同的目的對文本的自由使用，很少受到限定，前者則要求詮釋者除了對文本有整體的瞭解之外，還必須尊重產生此一文本的時代語言背景。這當然意味著更多的限定。

反對闡釋：蘇珊‧桑塔格在《反對闡釋》一書中針對後現代主義藝術抵制闡釋提出的一個概念。她認為，藝術家的作品的價值在於對

感官的訴求。「《馬里安巴德》中的重要意義恰是其中某些意象的純然不可移譯的、訴諸感官的直接性，以及它對某些有關電影形式的問題精確的（如果說有失狹隘的話）解決方法」。這些藝術表明，「我們需要的是一種藝術的生命欲望，而不是藝術的解釋學」。桑塔格認為我們不需要抽象地解釋文學，不需要去追尋隱藏在文本背後的東西，而是需要通過體驗帶來文學新的經驗。

二、思考題

1. 試述伊瑟爾文本接受理論的的主要觀點。
2. 試述堯斯接受美學的文學史觀。
3. 試述伽達默爾的解釋學思想。
4. 試述斯圖亞特・霍爾的編碼－解碼理論。
5. 試述麥克盧漢的「媒介即資訊」。
6. 試述鮑德里亞的「符號交換」理論。

三、學術選題參考

1. 伊瑟爾與現象學美學家羅曼・英伽登的思想聯繫。
2. 海德格爾與伽達默爾之間的知識譜系。
3. 伊尼斯與麥克盧漢的傳媒理論比較。
4. 鮑德里亞「消費社會」的概念與馬克思主義生產消費理論的異同。

四、拓展指南

1. 《文心雕龍・知音篇》（參見劉勰，《文心雕龍》，周振甫注釋，人民文學出版社，1981。）

　　劉勰論述了文學鑑賞的困難以及進行鑑賞的途徑。他認為文學鑑賞中知音的困難在於貴古賤今，貴遠賤近；文人相輕，崇己抑人；信偽迷真，學不逮文；好惡不同，各執一詞。劉勰認為文學鑑賞需要豐富的閱歷，需要博觀。他提出一觀位體，二觀置辭，三觀通變，四觀奇正，五觀事義，六觀宮商的說法。

2. [德]伊瑟爾，《文本的召喚結構》，（參見瓦爾寧編，《接受美學》，慕尼克，威廉·勞克出版社，1975。）

　　《文本的召喚結構》與姚斯的《文學史作為文學科學的挑戰》是接受理論的兩部宣言式的著作。伊瑟爾認為，文本在未被讀者閱讀以前，並不是真正存在的文本，而是有待實現的暗隱的文本。文學作品既不是完全的文本，也不是完全決定於讀者的主觀性，而是二者的有機結合或交融。文本未經閱讀時，包含著許多「意義空白」和「未定性」，需要讀者在閱讀過程中發揮想像並加以補充，使之「具體化」。作品的意義是文本和讀者相互作用的結果，是讀者從文本中發掘出來的被經驗的結果，而不是被解釋的客體。

3. [德]伽達默爾，《真理與方法》，洪漢鼎譯，上海譯文出版社，2004。

　　該著作是伽達默爾的代表作，被稱為現代解釋學的經典。哲學解釋學探究人類一切理解活動得以可能的基本條件，通過研究和分析「理解」的種種條件和特點，論述人在傳統、歷史和世界中的經驗，在人類的有限的歷史性的存在方式中發現人類與世界的根本關係。全書分為三個部分：1、藝術經驗裡真理問題的展現。2、真理問題擴大到精神科學裡的理解問題。3、以語言為主線的詮釋學本體論轉向。

4. [加拿大]麥克盧漢，《理解媒介》，何道寬譯，商務印書館，2000。

　　　作者認為，電話、電報、廣播、電視等電子媒介的廣泛使用，塑造了一個新的文化形態和傳播方式。通過對不同媒介的比較，以及與種種文化現象的關聯，作者勾畫了一種電子媒介文化社會的圖景，並對其發展趨向作出了某些預言。

5. [加拿大]哈樂德‧伊尼斯，《傳播的偏向》，中國人民大學出版社，2003。

　　　該書在歷史、傳播、媒介理論的重構方面扮演了重要的角色。伊尼斯完整地敘述了傳播偏向的理論，他認為傳播和傳播媒介都是有偏向的，大體上可分為口頭的傳播偏向和書面的傳播偏向，時間的偏向和空間的偏向等。本書分析了各種媒體傳播的特點和容易產生的偏向。

6. [英]霍爾，《編碼，解碼》（參見羅鋼、劉象愚主編，《文化研究讀本》，王廣州譯，中國社會科學出版社，2000。）

　　　本文認為，編碼和解碼的符碼並不完全對稱，這些符碼完全或不完全地傳達、中斷或系統地扭曲所傳達的一切。社會生活中存在著主導的話語結構，因為制度、政治、意識形態的力量無所不在，這無疑影響編碼和解碼，所以存在著「被挑選出來的解讀」方案。但觀眾或讀者並不是被動的，他們未必在編碼者「主導的」或「所選的」符碼範圍內活動，而能夠進行「選擇性感知」，甚至做出對抗性閱讀。

7. [美]約翰‧費斯克，《理解大眾文化》，王曉玨、宋偉傑譯，中央編譯出版社，2001。

　　　本書從廣告、貓王、麥當娜和汽車等日常生活中的文化現象入手，分析了資本主義社會的大眾文化理論，例如法蘭克

福學派、民粹派等。他強調大眾文化的創造性、娛樂性和抵制功能。

8. [美]桑塔格，《蘇珊‧桑塔格文集──反對闡釋》，程巍譯，上海譯文出版社，2003。

　　本書是蘇珊‧桑塔格一些舊文的彙編，也是她作為美國「現有的目光最敏銳的論文家」的奠基作。其評論的鋒芒遍及歐美先鋒文學、戲劇、電影，集中體現了「新知識份子」「反對闡釋」與以「新感受力」重估整個文學、藝術的革命性姿態和實績。

第四章

文學與社會

　　美國文學理論家艾布拉姆斯在《鏡與燈》一書中認為，文學是由作家、作品、世界、讀者這四個因素形成的關係和系統。這是我們認識文學本身以及文學與其他因素相互關係的理論前提。文學作為社會意識形態，既與社會生活有密切聯繫，即源於社會生活，又是對社會生活的能動反映。整個社會生活是文化生存的土壤，而文學活動作為文化的一部分，它的發生與發展並不是絕對獨立的，與政治、經濟、道德、宗教等各種意識形態有著千絲萬縷的聯繫。

　　本章分別從文學與文化、文學與社會、文學與意識形態三個方面，分析文學的文化內涵，文學與社會的關係，以及文學的意識形態內涵和功能。

第一節　文學與文化

　　從文學本質的廣義上而言，文學本身就是一種文化的存在。它交織著政治、經濟、倫理等等各種社會關係，具有文化的屬性。廣義的文學觀有助於人們在更為廣闊的文化背景上瞭解文學的發生和演變，也有助於理解文學所能包含的豐富內涵。總之，文學與文化二者是混融雜糅、相互指涉的。

　　本節從文學與文化的混融關係、文化研究視野中的文學觀兩個層面入手，對文學與文化這二者關係進行歷史的梳理。

一、文學與文化的混融狀態

（一）文學概念的演變

　　中西文學概念的演變整體上可以分為三個階段：第一個階段，文學意味著文獻、文章、學術與文化等含義。第二個階段，文學意味審美自律的觀念。第三個階段，文學泛化為文化的一部分，成為文化研究的對象。

　　在人類早期的文獻記載中，文學還沒有形成獨立的觀念，無論在中國還是在西方，最初形成的文學觀念都相當寬泛。在中國早期的文獻中，「文學」一詞主要指文獻或文章之學。界定文學概念的過程中，一個無法迴避的現象是，中西文學史上，文學與文化存在著彼此纏夾、交織混融的關係。「文學」並非從該詞的誕生開始就獲得了自身的本體內涵。從廣義的「文學」觀出發，中外古代曾把一切用文字書寫的典籍、文獻都統稱為文學，包括純文學、政治、哲學、歷史、倫理、宗教等一般文化形態。就中國文學史的語境來看，中國人在魏晉以前都是在文化學術的意義上使用「文學」這一概念。即使近代的章炳麟在《文學總略》中也仍然認為：「文學者，以有文字著於竹帛，故謂之文；論其法式，謂之文學。」[1]這裡的「文學」，有「文化學術」之義。「文學」一詞，漢語文獻中始見於《論語・先進》寫到的「文學，子遊、子夏。」北宋邢昺《論語疏》解釋為「文章博學則有子遊、

---

[1]　章炳麟：《國故論衡・文學總略》。

子夏二人。」文學為「孔門四科」之一，即德行、言語、政事、文學。
先秦時期，「文學」泛指各種學術，其中包括後世所講的「文學」在
內。兩漢仍以「文學」指稱學術，但不包括現在的所謂「文學」。

　　從「文化」一詞的本義考察，我們發現文學與文化也存在意義的
結合點。「文化」一詞的「文」通「紋」。許慎的《說文解字》解釋為
「文，錯畫也。象交文。今字作紋」。《易》說：「物相雜，故曰文。」
《禮記·樂記》云：「五色成文而不亂。」此處的「文」顯出五色斑
斕，雜處交融的意義。可見，「文」的本義具有文采這一美學意味，
這是純文學的固有特質。《易·象傳》曰：「小利而攸往，天文也；文
明以止，人文也。觀乎天文，以察時變，觀乎人文，以化成天下。」
剛柔相互交錯，為天文；得文明而知止於禮義，這是人文。觀看了天
文，可以察知時節變化；觀於人文，可以教育化成天下。「天文」作
為自然現象，「人文」作為文明存在。無論宇宙和社會，都是文學再
現的對象。

　　在西方，「文學」（literature）的原初含義來自「字母」或「學識」。
與中國古代的情形相似，文學有「文獻資料」、「文字著作」的含義。
西方語境中，文化（culture）與自然相對，其拉丁文最初的詞源學意
義是指居住、栽種、保護、朝拜等。另一個早期的意思是培育
（cultivation）或照料。culture 的引申義指心靈的培育。西方學術史上，
關於文化也有許多不同的界定。威廉斯認為，「文化這個概念記錄了
一個真正的社會歷史，以及一個非常困難的與困惑的社會文化發展階
段」。[2]他將文化的含義劃分為三個層面：第一，獨立、抽象的名詞
——用來描述 18 世紀以來的思想、精神與美學發展的一般過程；第
二，獨立的名詞——不管在廣義上還是狹義方面，用來表示一種特殊

---

[2]　[英]雷蒙·威廉斯：《關鍵字——文化與社會的詞彙》，劉建基譯，北京：三聯書店，
　　 2005 年，頁 109。

的生活方式（關於一個民族、一個時期、一個群體或全體人類）；第三，獨立抽象的名詞——用來描述關於知性的作品與活動，尤其是藝術方面的。這通常似乎是現在最普遍的用法：culture 是指音樂、文學、繪畫和雕刻、戲劇與電影。[3]西方在 18 世紀以前，人們都是在文化學術的意義上使用「文學」這一概念的。

　　廣義和狹義角度的文學觀念的形成有一個長久的歷史過程。「文學」是一個在動態發展中被逐漸建構起來的概念，因而，要給出一個一勞永逸的界定往往費力不討好。[4]從狹義的審美自律論來看，文學與文化各有本體差異。文學包含審美性質、語言形式等等因素。從魏晉開始，中國文論史上形成了「文學的自覺」的狹義文學觀。南朝宋範曄在《後漢書·文苑傳》中開始將「文章」與「文學」通用。《傅毅傳》曰：「憲府文章之盛，冠於當世。」又《邊韶傳》云：「以文學知名。」范曄解釋「文章」、「文學」的含義是「情志既動，篇辭為貴」[5]，即認為語言對表達情感具有重要的意義。南朝梁蕭子顯《南齊書·文學傳論》曰：「文章者，蓋情性之風標，神明之律呂也。蘊思含毫，遊心內運。放言落紙，氣韻天成。莫不稟以生靈，遷乎愛嗜。」他認為文章是表達內在情性的載體。這與先秦兩漢的「文學」概念有了較大區別。陸機《文賦》中提出「詩緣情而綺靡」。即詩用以抒發感情，要辭采華美、感情細膩。周顒、沈約發明了詩歌聲律的規則。

　　西方社會則在 18 世紀開始形成了審美論的文學觀。格羅塞在《藝術的起源》中認為「詩歌是為了達到一種審美目的，而用有效的審美

---

[3] 參見[英]雷蒙·威廉斯：《關鍵字——文化與社會的詞彙》，劉建基譯，北京：三聯書店，2005 年，頁 106。

[4] 中國文學批評史研究者羅根澤在寫作《中國文學批評史》時，就面臨界定文學的困窘。他將文學分為廣義的、狹義的與折衷義的三個層面。（羅根澤：《中國文學批評史》，上海：上海古籍出版社，1984 年。

[5] 《後漢書·文苑傳》。

形式，來表示內心或外界現象的語言的表現」。特里・伊格爾頓認為，18世紀末和19世紀，首先發生的情況是文學範疇的狹窄化，它被縮小到所謂「創造性」或「想像性」作品，在浪漫時代，文學實際上已經變成「想像性」的同義詞，並由此區分出「詩」和「散文」，亦即「文學」和「非文學」。總之，狹義的文學概念強調的是文學的特殊性，諸如審美、想像、情感、形象、虛構、形式等等因素。

（二）文學的文化屬性

泰勒是著名的文化進化論者，他從民族學的角度將文化視為一個包含範圍很廣的複合體。泰勒在《原始文化》中說，「文化或文明，就其廣泛的民族學意義來說，乃是包括知識、信仰、藝術、道德、法律、習俗和任何人作為一名社會成員而獲得的能力和習慣在內的複合整體」。[6]根據對西方文化史的考察，人類學家阿爾弗德・克洛依伯和克萊德・克拉克洪在《文化：概念和定義批判分析》一書中將「文化」的基本主題歸納為九類：哲學的、藝術的、教育的、心理學的、歷史的、人類學的、社會學的、生態學的和生物學的。通過這九個方面，我們恰恰可以看出文學與文化互相交融的結點。總結克洛依伯和克拉克洪歸納的上述九種文化概念，可以看出科學和理性的這一現代性主題，體現了文化與時代發展的同步。克羅伯和克拉克洪對「文化」做出的綜合定義是：文化存在於各種內隱和外顯的模式之中。借助符號的運用得以學習和傳播，並構成人類群體的特殊成就，這些成就包括他們製造物品的各種具體式樣。文化的基本要素是傳播（通過歷史衍生和由選擇得到的）思想觀念和價值觀，其中尤以價值觀最為重要。

---

[6] ［英］愛德華・泰勒：《原始文化》，連樹聲譯，上海：上海文藝出版社，1992年，頁1。

從文學文本方面說，文本內在地包含了文化因素，可以對之進行文化分析。霍加特認為：「文學作品中有三個主要因素：審美因素、心理因素和文化因素。簡而言之，審美因素是指那些為審美需要、以及形式結構等等因素所決定的特徵。心理因素是指那些顯然是為特定作品的創作個人所決定的特徵。文化因素則主要是由某個時期特定社會中產生某部作品的背景所決定的特徵。當然，前兩個因素在某種程度上是取決於文化條件的，而且彼此間密切相關。」由於文學總是植根於一定的文化土壤，表達了該文化的經驗與價值判斷，並反過來作用於該文化，因此它「是一種文化中的意義載體，它有助於再現這個文化想要信仰的那些事物，並假定這種經驗帶有所需要的那類價值。它戲劇化地表現了人們是如何感受到延續著的那些價值的脈搏，尤其是如何感受到源於這一延續的是什麼壓力和張力。由於藝術在自身中創造了秩序，它便有助於揭示一種文化中現存的價值秩序，這種揭示要麼是通過反映，要麼是通過拒絕現存價值秩序或提出新的秩序。」[7]文學作為語言藝術的符號系統是整體文化結構系統的一部分。文學作品中展現的審美追求、思想境界以及物質文化、制度文化，都是作家自己精神世界把握的結果。文學作為藝術世界為這些文化對象構築了一個符號的世界和意義的世界。因而，文學是文化系統中具有符號意義的精神文化。

文學觀念是複雜多樣並不斷發展的。近代以來，西方越來越多的人們傾向於對文學作社會文化的思考，懷疑文學純粹自律的可能性。他們追溯「文學」這一概念的歷史，發現其意義的特定化和具體化內涵。「文學」的疆界一直處於調整和變動之中，也就是說，「文學」本身也是一件文化產品。將文學幾乎等同於文化的認識，體現了文、史、

---

[7] [英]理查・霍加特：《當代文化研究：文學與社會研究的一種途徑》，周憲等編：《當代西方藝術文化學》，北京：北京大學出版社，1988年，頁36。

哲學科分化之前人們對文學及其性質的理解。無論人們如何界定文學，都不能無視文學作為一種文化存在的事實。文學既是一種獨特的藝術現象和審美現象，又是一種複雜的人文現象和文化現象。文學作為文化形態既具有普遍的文化屬性和文化品格，又植根於廣泛的文化結構之中。

　　總之，從文化角度界定文學觀在今天也仍然有它的意義。文學的疆界在不斷變化，廣義的文學觀有助於人們在更為廣闊的文化背景上瞭解文學的發生和演變，也有助於更為全面地理解文學的基本屬性和豐富內涵。

二、文化研究視野中的文學觀

　　從文化的角度來看待文學，或者說一種「文學文化論」是有特定歷史背景的。同「文化」的多義性一樣，文化研究也是一個有著豐富內涵的範疇。與一般意義上的文化研究不同，這裡的文化研究包括三個方面的理論資源。第一是索緒爾現代語言學、結構主義和符號學傳統。按照這種現代傳統，任何文學都不過是包羅萬象的符號系統——文化的一種形態而已，重要的不是文學這一種符號本身，而是它在整個人類符號系統即文化中的位置。第二，包括法蘭克福學派在內的西方馬克思主義。第三是指來源於英國伯明罕大學的「文化研究」學派的觀念。更為具體的所指是，文化研究特指伯明罕學派的研究範式。因此，這裡不能把「文化研究」望文生義地理解為對文化的研究。「文化研究」（Cultural Studies）在西方學術界有特定內涵，它不同於「文化理論」（cultural theory）和「文化批評」（cultural criticism），在英文裡與「文化的研究」（the study of culture）也不是同一個概念，更不等同於上述傳統的文學、社會學和人類學的「文化分析」。更重要的是，

它也不僅僅是研究文化。文化研究視野中的文化觀強調「文學本質」各種界定的具體的社會文化語境，把「文學」視作一種話語建構，而不是尋找一種普遍有效的定義。20 世紀下半葉的反本質主義文學理論認為，並不存在一個具有普遍本質的文學標準。文學是社會文化建構的結果。特里·伊格爾頓認為，文學的所謂「本質」是研究者以及他所代表的社會集團的一種建構，在這個意義上它是一種意識形態，具有不可避免的政治性。喬納森·卡勒在《文學理論》中總結了關於文學本質的五種最有影響的說法，最後他下結論說：「文學就是一個特定的社會認為是文學的任何作品，也就是由文化來裁決，認為可以算作文學作品的任何文本。」[8]「我們可以把文學作品理解成為具有某種屬性或者某種特點的語言。我們也可以把文學看作程式的創造，或者某種關注的結果。哪一種視角也無法成功地把另一種全部包含進去。所以你必須在二者之間不斷地變換自己的位置。」[9]在他所提出的五種情況中，我們面對的是有可能被描述成文學作品特點的東西，「不過，我們也可以把這些特點看做是特殊關照的結果，是我們把語言作為文學看待時賦予它的一種功能。看來，不論哪種視角都不能包容另一種而成為一個綜合全面的觀點」。[10]總之，喬納森·卡勒把「文學」看作隨一定的時代的文化觀念的改變而不斷地被建構的一個過程。文學被作為審美的、想像的作品的觀念只不過是最近 200 年左右的事，以這個觀念概括當今的文學存在形態顯然已經不合時宜，而應該把文學看作隨著特定的社會情勢的變化而不斷地改變存在形態的文化現象。

8　[美]喬納森·卡勒：《當代學術入門·文學理論》，李平譯，瀋陽：遼寧教育出版社，1998 年，頁 23。

9　[美]喬納森·卡勒：《當代學術入門·文學理論》，李平譯，瀋陽：遼寧教育出版社，1998 年，頁 29。

10　[美]喬納森·卡勒：《當代學術入門·文學理論》，李平譯，瀋陽：遼寧教育出版社，1998 年，頁 37。

　　文學研究和文化研究到底是什麼關係呢？「從最廣泛的概念上說，文化研究的課題就是搞清楚文化的作用，特別是在現代社會裡，在這樣一個對於個人和群體來說充滿形形色色的，又相互結合、相互依賴的社團、國家權力、傳播行業和跨國公司的時代裡，文化產品怎樣發揮作用，文化特色又是怎樣形成、如何構建的。所以總的說，文化研究包括，並涵蓋了文學研究，它把文學作為一種獨特的文化實踐去考察。但這又是一種什麼類型的包括呢？在這一點上存在著許多爭論。」[11]卡勒認為，文化研究是從文學研究中生成的，文學和文化研究之間不必一定要存在什麼矛盾。「文學研究並不一定要對文化研究批駁的文學物件做出承諾。文化研究就是把文學分析的技巧運用到其他文化材料中才得以發展的。它把文化的典型產物作為『文本』解讀，而不是僅僅把它們作為需要清點的對象。反過來說，如果把文學作為某種文化實踐加以研究，把文學作品與其他論述聯繫起來，文學研究也會有所收穫。理論的作用一直就在於擴大文學作品可以回答的問題範疇，並且把注意力集中在它們用哪些不同的方式抵制它們那個時代的思想，或者使其複雜化。從根本上說，文化研究因為堅持把文學研究作為一項重要的研究實踐，堅持考察文化的不同作用是如何影響並覆蓋文學作品的，所以它能夠把文學研究作為一種複雜的、相互關聯的現象加以強化。」[12]從卡勒上述對文化研究與文學研究二者關係的闡述可以看出，他認為文化研究視野中的文學研究是與時俱進的必然走向。

　　傳統的「文化的研究」（the study of culture）包括許多在伯明罕學派之前就存在的思想運動及學術傳統。如馬克思主義、心理分析、社

---

[11] ［美］喬納森・卡勒：《當代學術入門・文學理論》，李平譯，瀋陽：遼寧教育出版社，1998 年，頁 46。

[12] ［美］喬納森・卡勒：《當代學術入門・文學理論》，李平譯，瀋陽：遼寧教育出版社，1998 年，頁 50。

會學、人類學、文化學等。這些理論和學科相對獨立，有各自的學科理論和研究方法、範圍，但都涉及到廣義上的整個人類文化研究的某一部分。所以文化研究沒有單一的學科來源，不僅研究文化，也探討跟文化有關的不同問題，常常涉及到政治、經濟、傳媒及科技等領域。其研究常用不同的方法，研究者的政治立場也極不相同，從極左派到極右派都有。總的說來，文化研究跟社會意義的生產、流通和消費有關，因此也跟權力（power）、表徵（representation）和身份認同（identity）有關。英國學派即伯明罕學派的「文化研究」（Cultural Studies）是「文化的研究」（the study of culture）的核心和動力。而馬克思主義文化社會學和法蘭克福學派的美學理論構成了伯明罕學派文化研究的史前史。[13]

　　文化研究視野中的文學研究主要有兩種學術路向，一是包括法蘭克福學派在內的西方馬克思主義的研究思路，二是伯明罕學派的研究思路。

（一）西方馬克思主義的研究思路

　　法蘭克福學派的主要代表霍克海默、阿多諾、本雅明、瑪律庫塞等人從哲學、社會學、社會心理學、精神分析、文學和法學等領域對資本主義社會最新的文學生產狀況進行批判分析，從而批判資本主義意識形態。面對藝術在發達的資本主義社會面臨蛻化為商品的困境，霍克海默和阿多諾提出了「文化工業」這一理論批判的關鍵概念。阿多諾認為，文學生產作為市場體制的一部分，是為大眾消費而量身定做的。傳統藝術以獨創性為標誌，其膜拜價值消退了，而現代藝術以複製為特徵，追求的是展示價值。法蘭克福學派對文化工業的最重要

---

[13]　參見本・阿格爾：《作為批評理論的文化研究》，倫敦：法爾馬出版社，1992年，頁75。（Ben Agger, *Cultural Studies as Critical Theory*, London: The Falmer Press, 1992, p.75）。

的認識就是藝術作品的商品化，這種商品化貫穿了整個生產、分配和
消費的過程，「創作」已經不能用來描述「文化工業」了。這種商品
化產生了兩個直接的後果：一是藝術作品的同質化，藝術的個人主義
和對抗性徹底消失；第二，藝術作品的消費是維護社會權威和現有體
制的最好手段。法蘭克福學派認為同質化顯然是藝術的天敵，它結束
了藝術的個人主義時代，消弭了藝術的反叛性。過去的藝術，比如悲
劇，要表達的是像尼采所說的那種「面對一個強大的敵人、嚴酷的厄
運、一個招致困境的問題所具有的勇敢精神和要求自由的感情」，[14]而
「現在一切文化都是相似的，電影、收音機和書報雜誌等是一個系
統」，出現了「普遍的東西與特殊的東西之間虛假的一致性」。這是因
為「文化工業的技術，只不過用於標準化和系列生產，而放棄了作品
的邏輯與社會體系的區別」[15]。在文化工業面前，人失去了真正的本
質，而只能體現為一種「類本質」：「每個人只是因為他可以代替別
人，才能體現他的作用，表明他是一個人。」[16]文化工業把古老的和
熟習的熔鑄成一種新的品質。在它的各個分支，特意為大眾的消費而
製作並因而在很大程度上決定了消費的性質的那些產品，或多或少是
有計劃地炮製的。文化工業別有用心地自上而下整合它的消費者。它
把分隔了數千年的高雅藝術與低俗藝術的領域強行聚合在一起，結
果，雙方都深受其害。高雅藝術的嚴肅性在它的效用被人投機利用時
遭到了毀滅；低俗藝術的嚴肅性在文明的重壓下消失殆盡。因此，「儘
管文化工業無可否認地一直在投機利用它所訴諸的千百萬的意識和

---

[14] 尼采：《朦朧的偶像》，載於《尼采全集》，第 8 卷，頁 136。轉引自[德]霍克海姆、阿
　　多諾：《啟蒙辯證法》，洪佩郁、藺月峰譯，重慶：重慶出版社，1993 年，頁 144-145。
[15] [德]霍克海姆、阿多諾：《啟蒙辯證法》，洪佩郁、藺月峰譯，重慶：重慶出版社，1993
　　年，頁 113。
[16] [德]霍克海姆和阿多諾：《啟蒙辯證法》，洪佩郁、藺月峰譯，重慶：重慶出版社，1993
　　年，頁 137。

無意識，但是，大眾絕不是首要的，而是次要的：他們是算計的對象，是機器的附屬物。顧客不是上帝，不是文化產品的主體，而是客體」。[17]文化工業按照價值規律、交換原則批量生產的商品具有標準化、齊一化的特徵。文化消費者的需求看似自由的、主動的，實際上受制於文化產業的流水線以及同質化的商品邏輯，個體的審美追求實際上處於受操縱的狀態。「從根本上看，雖然消費者認為文化工業可以滿足他的一切需要，但是從另外方面來看，消費者認為他被滿足的這些需求，都是社會預先規定的，他永遠只是被規定的需求的消費者，只是文化工業的對象。」[18]文化工業遵循物化邏輯，貫穿了藝術徹底物化的整個過程。藝術家的創作以謀利為唯一目的，藝術作品也成了可以憑藉科學技術大批量複製、大規模傳播的「文化工業品」。電影、電視、廣播、報刊、書籍等等大眾媒介通過製造感性愉悅的快樂維持商業社會的「意識形態作用」。在文化工業的總體環境下，所謂「經典」藝術和「經典」的風格被這種工業本身所扭曲，被「漫畫化」，變成資本主義消費領域以內的東西，也就是說變成「易於消化」的東西：「文化工業拋棄藝術原來那種粗魯而又天真的特徵，把藝術提升為一種商品類型。它變得越絕對，就越會無情地把所有不屬於上述範圍的事物逼入絕境，或者讓它入夥，這樣這些事物就變得更加優雅而高貴，最終將貝多芬和巴黎賭場結合起來。」[19]文化工業產品許諾為受眾帶來感性愉悅與欲望狂歡，其總體目的固然是為了使人們從沉悶、機械的勞動中解脫出來，但是這一目的的背後包含著維護社會現狀的意識形態功能。人們生活在文化工業物化語境之中，每個人成為了文

---

[17] "Culture Industry Reconsidered", New German Critique, 6, Fall 1975, pp.12-19.

[18] [德]霍克海默、阿多諾：《啟蒙辯證法》，洪佩郁、藺月峰譯，重慶：重慶出版社，1993年，頁 133。

[19] [德]霍克海默、阿多諾.《啟蒙辯證法》，渠敬東、曹衛東譯，上海：上海人民出版社，2003，頁 151。

化工業這一總體性生產鏈條的一個組成部分。所有的人從一開始起，無論在工作時，還是在休息時，只要他還在呼吸，他就離不開這些產品。沒有一個人能拒絕去看有聲電影，沒有一個人能拒絕收聽無線電廣播，社會上所有人都自願或不自願地接受著文化工業的影響。以至於「整個文化工業把人類塑造成能夠在每個產品中都可以不斷再生產的類型」[20]。文化工業從生產到消費的全過程，具有以下兩種意識形態作用：第一，文化工業意識形態「圖式」履行著「操縱功能」。第二，文化意識形態通過文化媒介履行著「欺騙功能」。資本主義的發展成功地使經濟與文化整合在一起，又利用新的媒體形式吞噬通俗文化形式，同化任何抵制話語，從而強化了資本主義的社會控制形式，培養了麻木的、無反思能力的個人。那麼，大眾文化的救贖之路在哪裡呢？阿多諾把顛覆和解放的潛能寄託在高雅藝術即現代主義藝術中。從上述描述可以看出，法蘭克福學派的文化工業理論把大眾文化的構成和功能看成鐵板一塊，認為消費主義憑藉無所不在的滲透力控制了大眾的接受。這種觀點忽視了現代文化的多元特徵和讀者的抵抗潛能。這種二元對立的文化概念體現了德國文化根深蒂固的精英意識，存在一定的局限性。

在法蘭克福學派的成員中，瓦爾特・本雅明的觀點顯得有些另類。本雅明認為，藝術品的複製技術體現了藝術生產力的空前提高。現代藝術生產力的提高是藝術手段和技巧進步的結果，有著積極意義。電影、無線電廣播等面向大眾的傳播技術，已經決定性地改變了當代藝術生產和藝術接受[21]。藝術的機械複製使包括文學在內的藝術的全部功能顛倒了過來，傳統藝術的那種起源於宗教崇拜的「光暈」

---

[20] [德]霍克海默、阿多諾：《啟蒙辯證法》，渠敬東、曹衛東譯，上海：上海人民出版社，2003，頁 142。

[21] 劉北成：《本雅明思想肖像》，上海：上海人民出版社，1998 年，頁 175－176。

被複製藝術所打破。複製藝術或者說文化工業粉碎了凝結在傳統藝術「光暈」中的商品拜物教的異化意識。「隨著單個藝術活動從禮儀這個母腹中解放出來，其產品便獲得了展示的機會」[22]，因而也打破了剝削階級獨佔藝術的一統天下。

　　特里・伊格爾頓從「文化唯物主義」觀點出發，把文學和文化當成一種「意識形態產品」，認為以這種「產品」為批判對象的馬克思主義批評科學的應該分析以下六個範疇：社會生產方式或一般生產方式、文學的生產方式、一般意識形態、作者意識形態、美學意識形態、文本。最後一個範疇「文本」與前面各個範疇有著重要的區別，它是前面各個範疇的產物，而不是與它們相並列的範疇。馬克思主義文學批評的任務，就在於去「解讀」文本中體現的前五種範疇之間的「複雜的歷史結合」，也就是說，去解讀這些範疇的「過度決定」機制[23]。

（二）伯明罕學派的思路

　　對於伯明罕學派來說，文學批評之所以走向批判社會、介入現實的文化研究，其背後的思想動力來自於英國新左派，他們不像老左派從政治和經濟角度來著手改造資本主義，而是探討工人階級的生活方式，分析影響工人階級生活方式的流行文化，從中發掘抵制主導意識形態的政治手段。霍加特和威廉斯發起的文化研究，其直接目標就是破解精英主義的英國高雅文化。他們不像英國文化思想史當中維護精英文化的利維斯傳統，他們採取的不是超越的態度，而是改造的手段。在很大程度上他們是以工人階級家庭出身的本能來救贖而不是抵

---

[22] 董學文、榮偉編：《現代美學新維度——「西方馬克思主義」美學論文精選》，北京：北京大學出版社，1990 年，頁 177。

[23] Terry Eagleton, *Criticism and Ideology: Marxism and Literary Criticism*, London: Methuen, 1976, p. 45.

制大眾文化。伯明罕學派認為，文化並不在博物館、音樂廳或少數人
那裡，文化就是整體的生活方式，尤其是工人階級的生活方式。文化
的概念意味著意義的生產和再生產，指涉我們整體的日常生活。

　　理查·霍加特在《識字的用途》（1957）中認為，二戰前的英國
工人階級社區是具有傳統的有機社會的色彩的，其中有一種典型的工
人階級的「十分豐富多彩的生活」。大眾娛樂的形式與鄰里、家庭關
係的社會實踐之間構成了一種複雜的整體，公共價值和私人實踐緊密
地交織其中。

　　威廉斯後來又從邏輯的角度對文化定義做了分析。「首先是『理
想的』文化定義，根據這個定義，就某些絕對或普遍價值而言，文化
是人類完善的一種狀態或過程。如果這個定義能被接受，文化分析在
本質上就是對生活或作品中被認為構成一種永恆的秩序，或與普遍的
人類狀況有永久關聯的價值的發現和描寫。其次是『文獻式』的文化
定義，根據這個定義，文化是知性和想像作品的整體，這些作品以不
同的方式詳細地記載了人類思想和經驗。從這種定義出發，文化分析
是批評活動，借助這種批評活動，思想和體驗的性質、語言的細節，
以及它們活動的形式和慣例，都得到描寫和評價。最後，是文化的『社
會』定義，根據這個定義，文化是對一種特殊生活方式的描述，這種
描述不僅表現藝術和習得中的某些價值和意義，而且也表現制度和日
常行為中的某些意義和價值。從這樣一種定義出發，文化分析就是闡
明一種生活方式、一種特殊文化隱含或外顯的意義和價值。」[24]威廉
斯的《文化是日常的》（1958）認為，文化是一個完整的生活方式，
各門藝術是受到經濟變化深刻影響的社會組織的一個部分。威廉斯反
對那種精英注意的高雅文化觀，主張文化與日常生活的關聯。這就從

---

[24] ［英］威廉斯《文化分析》，劉象愚，羅鋼主編：《文化研究讀本》，北京：中國社會科學
　　出版社，2003 年，頁 125。

精英主義的高雅藝術轉向了日常生活和大眾文化（通俗文化、流行文化），這是文化研究最重要的轉向。

雷蒙·威廉斯作為「新左派」的重要理論家，最突出的貢獻在於繼承了列寧、葛蘭西和阿爾都塞的「領導權」理論。他在《馬克思主義與文學》中指出，不能認為馬克思主義的文學理論是一種簡化的、決定論的文學理論，馬克思主義文學理論也不應陷入簡單的因果關係的分析之中，它對文學的理論把握應該在社會經濟、政治和文化過程的統一體中來進行。在他看來，藝術作為一種具體的意識形態實踐歸根到底依賴於現實的經濟結構，但是一部分反映著這個結構和相應的現實，一部分則由於影響，對現實的態度而有助於或有礙於不斷改變這個現狀。[25]

總之，伯明罕學派認為，文化並非理想層面的意義。文化不是精英們的特權，它應當是普及的、大眾的，涉及到我們每個人的日常生活。該學派在研究中注重發掘被資產階級主流文化所壓抑的工人階級通俗文化與大眾文化。該學派的研究為文學研究帶來了更寬闊的文化視野和思考方向。該學派主張文學研究不應該只關注高雅文學，而忽視通俗文學；不應滿足於欣賞文學文本的審美意義，而忽視這些審美意義是如何受制於更實際的社會功利需要的；不應只研究文學本身，而忽視對電影、電視、日常生活等文化形態的整體性研究。伯明罕學派的文化研究的發展有幾個階段。20 世紀 60 年代偏重傳媒的意識形態功能研究，尤其是與政治有關的新聞和紀錄片。另一個方面是社會中的各種亞文化。如工人階級的青年文化。70 年代的文化研究重視性別研究（gender studies），以及對黑人，移民以及「後殖民文化」的

---

[25] [英]雷蒙·威廉斯：《文化與社會》，吳松江、張文定譯，北京：北京大學出版社，1991年，頁 349。

研究。80、90 年代以來，文化研究重視認同政治，僑民散居、同性
戀研究，以及全球化理論等問題。

第二節　文學與社會

　　文學與社會的關係問題是文學理論的基礎性命題。這一問題的解
答反映了關於文學本質的不同理解。本節首先分析摹仿說、反映論、
靈感說的主要觀點，然後論述文學在社會中的具體功能。

一、文學與社會的關係

（一）摹仿說

　　中國古代就有關於摹仿說的論述。《易經・繫辭傳》裡有「觀物
以取象」的說法。《文選序》云：「式觀元始，眇覿玄風。冬穴夏巢之
時，茹毛飲血之世，世質民淳，斯文未作。逮乎伏羲氏之王天下也，
始畫八卦，造書契，以代結繩之政，由是文籍生焉。」這裡講的是伏
羲氏根據天地萬物的變化，創造八卦，成了中國古文字的發端，結束
了「結繩記事」的歷史。

　　西方的「摹仿說」源遠流長。古希臘赫拉克利特（約西元前 540－
前 480 與前 470 之間）最早提出了「藝術……顯然是由於摹仿自然」[26]。
其後德謨克利特（約西元前 460－前 370）指出，「在許多重要的事情
上，我們是摹仿禽獸，做禽獸的小學生的。從蜘蛛我們學會了織布
和縫補；從燕子學會了造房子；從天鵝和黃鶯等歌唱的鳥學會了唱

---

[26] [古希臘]赫拉克利特：《著作殘篇》，見《古希臘羅馬哲學》，北京：商務印書館，1982
　　年，頁 12。

歌。」[27]柏拉圖認為，如果說「邏各斯」是理式世界的內核以及把握理式世界的方式的話，那麼「模仿」（mythos）就是詩歌表述經驗世界的方式，是通過經驗、想像、修辭、技藝再現感官世界的方式。理式世界是感覺世界的原型或理想，感覺世界則是理式世界的摹本或影子，文藝更是對作為摹本的感覺世界的摹仿，所以文藝只能是摹本的摹本，影子的影子，「和真實體隔著三層」[28]。例如，畫家描摹的一張床，是對工匠手工製成的床的實物的模仿，而工匠在製作實物床之前腦中存在的「床的概念」則是他所製作的床的實物的真實原本。所以，如果說工匠製作的床是理念的床的「影子」的話，那麼畫家所描摹的床則是「影子的影子」，它離現實隔著三層。[29]柏拉圖將詩歌定義為一種「模仿」。亞里斯多德的文學理論繼承了柏拉圖從「模仿」角度（尤其是對行動的模仿）對文學（詩）的定義。他認為模仿是一種人類本性固有的自然而健康的衝動：「一般說來，詩似乎起源於兩個原因，二者都出於人的本性。從童年時代起人就具有模仿的秉賦。人是最富有模仿能力的動物，通過模仿，人類可以獲得最初的經驗，正是在這一點上，人與其他動物區別開來。而且人類還具有一種來自模仿的快感。實際活動中的經驗可以證實這一點；儘管有些東西本身對於視覺來說是痛苦的，如令人望而生厭的動物和屍體的外形，但我們卻喜歡觀看對這些東西模仿得最為精確的圖畫。原因恰恰在於求知不僅對於哲學家是一種極大的樂趣，而且對於其他一般的人同樣也不失為一件快活的事情，只不過後者所分享的快樂較少罷了。」[30]柏拉

---

27 ［古希臘］德漠克利特：《著作殘篇》，見《古希臘羅馬哲學》，北京：商務印書館，1982年，頁112。

28 ［古希臘］柏拉圖：《文藝對話集》，朱光潛譯，北京：人民文學出版社，1980年，頁73。

29 ［古希臘］柏拉圖：《理想國》，郭斌和、張竹明譯，北京：商務印書館，1986年，頁390-401。

30 ［古希臘］亞里斯多德：《詩學》，參見《亞里斯多德全集》第九卷，苗力田主編，北京：中國人民大學出版社，1990年，頁645。

圖認為藝術僅僅摹仿世界的「影子的影子」，因而沒有真理價值。但是，亞理士多德對柏拉圖的模仿說進行了修訂。他認為，藝術創作中作家對自然的模仿，已經不再是一種消極被動的模仿，而是一種積極的創造，能夠促使他所描寫的對象的可能性更好地得以實現。亞里斯多德認為藝術摹仿世界同樣能達到真理境界。他指出文學與神話的本質區別：「較之於歷史，詩更具有哲學性，也更具有分類上的價值。因為詩關注著普遍的真理，而歷史更集中於個別事件。」[31]亞里斯多德看來，由於遵從可然律與必然律，文學可以表達真理。亞里斯多德的「模仿說」認為，創作過程是按照不同方式對現實世界的模仿。文藝復興時期有著名的「鏡子說」，義大利的達・芬奇關於藝術是自然的一面鏡子的鏡子說。但這種理論並不滿足於被動地模仿自然，還要求理想化或典型化，要求擴大文學創作的題材範圍。19 世紀的浪漫主義認為文學創作是表現作家內心世界的過程，現實主義則認為它是再現社會生活的過程。俄國的車爾尼雪夫斯基關於藝術是對生活的再現的再現說，都是摹仿論的變體。直到 20 世紀，匈牙利馬克思主義美學家盧卡契、德國文學理論家奧爾巴赫（Erich Auerbach）仍然主張文學是對生活或歷史的摹仿。唯美主義要求生活模仿文學藝術，而與之相反的自然主義則把創作看成是對自然、生活的複製與記錄。

（二）反映論

　　馬克思主義反映論的哲學基礎是，社會存在決定社會意識，社會意識能動地反映社會存在。文學作品無論是直接反映社會生活還是間接地、曲折地反映社會生活，都是以社會生活為參照、依據，客觀的社會生活是文學創作的唯一源泉。文學作品中的題材、人物形象、生

---

[31] ［古希臘］亞里斯多德：《亞里斯多德全集》第 9 卷，苗力田主編，北京：中國人民大學出版社，1990 年，頁 648。

活情境、思想感情、審美傾向、主題宗旨的變化,都與社會生活的狀況和變化緊密相關。作家的思想感情,作家在作品中表現的理想、追求以及對現實生活的評價,都產生於現實生活並且是對現實生活的反映。社會生活制約、決定著作家的創作願望和創作內容。總之,文學是用語言塑造藝術形象以反映社會生活本質的特殊的意識形態。1933年,深受俄蘇文藝思想影響的周揚在論述文學的真實性問題時,以文學反映論作為現實主義文論的哲學基礎。他認為,「文學,和科學、哲學一樣,是客觀現實的反映和認識,所不同的,只是文學是通過具體的形象去達到客觀真實的」,這種反映的「社會的真實」是現實主義「文學的真實之路」。[32]1942 年,毛澤東在《在延安文藝座談會上的講話》裡認為,「作為觀念形態的文藝作品,都是一定的社會生活在人類頭腦中的反映」[33]。上述見解可以說凸現了文學藝術對外在世界的依從關係。總之,馬克思主義文藝觀認為主觀創造源於客觀現實。一方面充分認識到了社會生活是文藝創作的唯一源泉;同時又深刻理解了主體的創造性。文藝並不是生活的翻版或複製,而是一種創造,是對生活的超越。所以我們說文學既源於生活又高於生活;文學既是反映生活的產物,又是超越生活的創造。文學是社會生活的能動反映,藝術家是「自然的主宰」。毛澤東在《講話》中提出:「人類的社會生活雖是文學藝術的唯一源泉,雖是較之後者有不可比擬的生動豐富的內容,……但是文藝作品中反映出來的生活卻可以而且應該比普通的實際生活更高,更強烈,更有集中性,更典型,更理想,因此就更帶有普遍性。」「文藝來自於生活又高於生活」,這是對現實主義

---

[32] 周揚:《文學的真實性》,《現代》第 3 卷第 1 期,1933 年 5 月 1 日。
[33] 毛澤東:《在延安文藝座談會上的講話》,《毛澤東選集》第 3 卷,北京:人民出版社,1991 年,頁 860。

文學的典型概括。作家對世界的反映是一個自我不斷豐富、發展的過程，因此他的反映具有主觀能動性。

中共建政後，蘇聯模式的文學理論主導了中國大陸文學長達三十年。依‧薩‧畢達可夫的《文藝學引論》被作為文學理論的經典範本，該書認為：「文學也正如一般藝術一樣，是一種社會意識形態。文學在藝術形象的形式中反映社會生活，它對社會的發展有巨大的影響，它起著很大的認識、教育和社會改造的作用。」[34]後續的中國文學理論著作都以此作為經典理論的模版。撥亂反正之後的 80 年代，文藝學界的「反映論」依然佔據主導地位。但是，為了避免反映論機械化、庸俗化的流弊，學界提出了「能動反映論」，即認為「文學是社會生活的能動反映」。文學作為社會性話語活動，歸根到底是作家的一種反映，是對現實的反映的產物。文學作為反映是受動反映與能動反映的統一。文學通過作家的能動創造來實現對社會生活的反映。作家的能動創造又受到作家自身的創作個性、生活經歷、文化水準、審美趣味等主體條件的影響和制約。總之，作家對生活的反映是客觀的社會生活與作家思想感情的統一。

（三）靈感說

「靈感」是西方文學理論的重要概念，最初由古希臘哲學家柏拉圖提出。他認為，靈感產生於神靈的賦予，是神靈附體的結果，「無論在史詩或抒情詩方面，都不是憑技藝來作成他們的優美的詩歌，而是因為他們得到靈感，有神力憑附著」。[35]在《伊安篇》中柏拉圖告訴伊安說，給人以審美愉悅的詩歌絕對不是靠著什麼技藝生造出來

---

[34] [俄]畢達可夫：《文藝學引論》，北京大學中文系文藝理論教研室譯，北京：高等教育出版社，1958 年，頁 193。

[35] [古希臘]柏拉圖：《文藝對話集》，朱光潛譯，北京：人民文學出版社，1980 年，頁 7。

的，而是藉著靈感創造的。「她（指詩神繆斯）首先使一些人產生靈感，然後通過這些有了靈感的人把靈感熱情地傳遞出去，由此形成一條長鏈。那些創作史詩的詩人都是非常傑出的，他們的才能決不是來自某一門技藝，而是來自靈感，他們在擁有靈感的時候，把那些令人敬佩的詩句全都說了出來。」[36]柏拉圖文本中提出的「靈感說」有其遠古的神話根源和實踐根源。因而「靈感」就含有「神啟」、「天賦」、「迷狂」等含義，「靈感」的原詞詞義就是「神靈附體」的癲狂狀態。

在古希臘宗教實踐之中「靈感」表現為「迷狂」的精神狀態。在《斐德羅斯篇》中，柏拉圖認為有四種迷狂，即預言的迷狂、宗教的迷狂、詩興迷狂、愛美的迷狂。「詩興迷狂」與「愛美的迷狂」有許多相似之處。柏拉圖認為是詩神把詩人引向一個「興高采烈」、「神飛色舞」的境界。正是詩神的迷狂成就了詩人，神智清醒的詩在迷狂的詩面前黯淡無光。靈感來自不朽的靈魂對於前生在天國所見到的美滿境界的回憶。

到 18、19 世紀浪漫主義文藝運動時期，靈感這一概念被加以發揮，被一些文學家和理論家用來說明作家在創作中受到某一事物的激發，突然得到具有創造性的構思，創作即刻出現新的突破的那種思維現象和狀態。

二、文學的社會功能

文學不僅是人類掌握世界的一種特殊方式，以及審美意識的一種具體的表現形態，而且作為審美資訊的載體，它還會通過認識、接受的環節，通過讀者反作用於社會，對人類改造客觀世界和主觀世界的

---

[36] ［古希臘］柏拉圖：《伊安篇》，見《柏拉圖全集》第 1 卷，王曉朝譯，北京：人民出版社，2002 年，頁 304。

實踐活動發生直接和間接的影響，形成文學所特有的社會價值。從文學接受的特性來看，雖然文學沒有直接的功利性，但是又能達到功利的目的。文學以人的整體發展為仲介而間接地發生社會作用。文學的功能主要包括認識功能、教化功能、審美功能和批判功能。

（一）認識功能

從再現論來看，文學通過對社會生活、心理活動的反映，可以使人認識社會歷史和心靈世界，可以使人們拓展自然和人文知識，豐富生活經驗，積累生活智慧。文學是語言的藝術，它以形象化方式比其他藝術更便於讀者認識社會。文學的認識作用不僅僅是對作品所描寫的表像的認識，而且更體現在它通過對社會現狀的描寫，進而揭示人生與社會現象的深層意蘊。因而，從文學作品中讀者可以啟發智慧、放飛想像力，可以獲得關於人生與社會的知識、真理。

1. 認識社會

文學是語言的藝術，文學的歷史是通過語言描述的形象的歷史。文學展示的是人類感性生存的歷史畫面，是人類社會的百科全書。恩格斯認為巴爾扎克是比過去、現在和未來的一切左拉都要偉大得多的現實主義大師，他在《人間喜劇》裡給我們提供了一部法國「社會」特別是巴黎「上流社會」的卓越的現實主義歷史，「他用編年史的方式幾乎逐年地把上升的資產階級在 1816 年至 1848 年這一時期對貴族社會日甚一日的衝擊描寫出來，這一貴族社會在 1815 年以後又重整旗鼓，盡力重新恢復舊日法國生活方式的標準。他描寫了這個在他看來是模範社會的最後殘餘怎樣在庸俗的、滿身銅臭的暴發戶的逼攻之下逐漸滅亡，或者被這一暴發戶所腐化……在這幅中心圖畫的四周，

他彙集了法國社會的全部歷史，我從這裡，甚至在經濟細節方面（如革命以後動產和不動產的重新分配）所學到的東西，也要比從當時所有職業的歷史學家、經濟學家和統計學家那裡學到的全部東西還要多」。[37]文學的認識作用還體現在，它甚至可以代替直接的經驗和想像的生活，可以被歷史學家當作一種社會文獻來使用。一部《紅樓夢》蘊含了中國博大精深的物質文化、制度文化和思想文化，具有無與倫比的認識價值。從詩經、楚辭、漢賦以及李白、杜甫、白居易、關漢卿、吳敬梓、曹雪芹等人的作品中，我們可以形象地認識中國古人的生產、生活、情感與思想。

2. 認識人生

文學是以人為中心主題的，優秀的作品為人生提供了一面鏡子。車爾尼雪夫斯基說文學是「人的生活的教科書」。歌德曾這樣描述他閱讀莎士比亞作品的感受：「當我讀完他的第一個劇本時，我好像一個生來盲目的人，由於神手一指而突然獲見天光。我認識到，我極其強烈地感到我的生存得到了無限度的擴展。」[38]赫爾岑認為，歌德和莎士比亞能抵掉整整一所大學。他曾經高度評價莎士比亞對人的內心世界的描繪：對莎士比亞來說，人的內心世界就是宇宙，他用天才而有力的畫筆描繪出了這個宇宙。文學作為人類歷史的記憶，存儲了豐富的社會文化內容，它生動記錄了人性的歷史變遷。

---

[37] [德]恩格斯：《致瑪‧哈克奈斯》，《馬克思恩格斯選集》第 4 卷，北京：人民出版社，1972 年，頁 462-463。

[38] [德]歌德：《說不盡的莎士比亞》，見中國社會科學院外國文學研究所外國文學研究資料叢刊編輯委員會編：《歐美古典作家論現實主義和浪漫主義》（二），北京：中國社會科學出版社，1981 年。

（二）教化功能

正如前面所說，文學作品具有反映特定時代的社會生活功能，同時，它也具有教育人、改造人的作用，深刻影響讀者的人生觀和世界觀。中國古代儒家詩學特別重視文學的教化功能。下面從詩教、風教與載道三個方面來理解。

1. 詩教

孔子的文藝觀集中體現了「詩教」的內涵。他強調通過文藝來實現倫理道德、與政治教化的關係。據《禮記・經解》記載：

> 孔子曰：入其國，其教可知也。溫柔敦厚，詩教也。疏通知遠，書教也。廣博易良，樂教也。絜靜精微，易教也。恭儉莊敬，禮教也。屬辭比事，春秋教也。故詩之失愚，書之失誣，樂之失奢，易之失賊，禮之失煩，春秋之失亂。其為人也，溫柔敦厚而不愚，則深於詩者也。疏通知遠而不誣，則深於書者也。廣博易良而不奢，則深於樂者也。絜靜精微而不賊，則深於易者也。恭儉莊敬而不煩，則深於禮者也。屬辭比事而不亂，則深於春秋者也。

為什麼說詩歌教能造就成溫柔敦厚的人格呢？孔穎達疏云：「溫謂顏色溫潤，柔謂情性和柔。詩依違諷諫，不指切事情，故云溫柔敦厚是詩教也。」「詩為樂章，詩樂是一，而教別者，若以聲音干戚教人，是樂教也，若以詩辭美刺諷諭以教人，是詩教也。」[39]這一段話反映了儒家詩學觀。

---

[39] 孔穎達：《毛詩正義》。

　　孔子論雅樂與正聲時說過《韶》樂是「盡美矣，又盡善也」。「子謂《韶》：『盡美矣，又盡善也』；謂《武》：『盡美矣，未盡善也。』」[40]孔子談到《韶》樂時說，「美到極點了，也好到了極點」；談到《武》樂時說，「美到極點了，但還不夠好。」孔子主張「放鄭聲」，因為「鄭聲淫」，說「惡鄭聲之亂雅樂也」。他的主要觀點是提倡雅樂，反對鄭聲。

　　孔子要求文學作品「盡善盡美」、雅正中和，這是孔子文藝思想的審美特徵。到底什麼樣才叫「盡善盡美」呢？孔子還說過的另一句話很重要，就是《論語・為政》篇的「子曰：《詩》三百，一言以蔽之，曰：思無邪。」孔子說：「《詩》三百篇，用一句話概括它，可以說：『思想內容，沒有淫邪狎曲的東西。』」「思無邪」從藝術方面看，就是提倡一種「中和」之美。從音樂上講，中和是一種中正平和的樂曲，也即儒家傳統雅樂的主要美學特徵。子曰：「《關雎》，樂而不淫，哀而不傷。」[41]孔子說：「《關雎》這首詩，抒發快樂的感情，但不過分和狂縱，抒發哀怨的感情，但因為很有節制而不悲傷。」從文學作品上講，就是不能過於激烈，應委婉曲折，不要過於直露。子曰：「質勝文則野，文勝質則史。文質彬彬，然後君子。」[42]孔子說：「質樸勝過文采，就顯得粗野，文采勝過質樸，就顯得虛浮。文采和質樸兼備，然後才能成為君子。」他要求文學作品內容和形式要完美統一，文采和質樸要搭配得當。子曰：「興於《詩》，立於禮，成於樂。」[43]孔子說：「因詩歌而起興和被啟動，用禮加以約束而立身，通過音樂的陶冶最終完成人性的完善與成就。」這是孔子「詩教」觀達成目的的集中表現。

---

[40] 《論語・八佾》。

[41] 《論語・八佾》。

[42] 《論語・雍也》。

[43] 《論語・泰伯》。

2. 風教

《毛詩序》歸納《詩經》十五國風的社會作用及其特點，說：

風，風也，教也；風以動之，教以化之。

風的含義一是指當時各國地方的歌謠。另一含義是指風誦吟詠，如《論衡·明雩》篇所說：「風乎舞雩；風，歌也。」從其功用講，則是「風教」。孔穎達《毛詩正義》曰：「微動若風，言出而過改，猶風行而草偃，故曰風」。

「風教」包括兩方面的要求：一是指詩人創作的詩歌，在流行中對人們起到感化作用。如《毛詩序》說：「是以一國之事，繫一人之本，謂之風。」《毛詩正義》說：「詩人覽一國之意以為己心，故一國之事，繫此一人使言之也。但所言者，直是諸侯之政，行風化於一國。」即指詩人創作的詩歌應在社會生活中起到教化作用。

二是指統治階級的「上」對於「下」的教化。《毛詩大序》說：「上以風化下，下以風刺上」，「言之者無罪，聞之者足以戒。」「諷諫」是諷刺，在諷刺之中包含著「諫（勸說）」。老百姓可以用用文藝的形式對上層統治者進行批判，而且「言之者無罪，聞之者足以戒」。

《白虎通德論·三教》說：「教者，效也。上為之，下效之。」即認為在「上」者應運用詩歌教化「下」民。「風教」是通過詩歌的具體感人的特點實現的。漢代的《毛詩序》發揮了儒家重視文藝社會作用的思想，認為」正得失，動天地，感鬼神，莫近於詩」，詩歌可以「經夫婦，成孝敬，厚人倫，美教化，移風俗」。《毛詩正義》解釋道：「上言播詩於音，音從政變，政之善惡皆在於詩，故又言詩之功德也。由詩為樂章之故，正人得失之行，變動天地之靈，感致鬼神之意，無有近於詩者。言詩最近之，餘事莫之先也。」「詩教」、「風

教」，究其根本，都是「禮教」的具體化，它是文藝等表達的意識形態的要求。

3. 載道

從文與道的關係來看，劉勰在《文心雕龍》裡提出：「政化貴文」、「事蹟貴文」、「修身貴文」，並認為「文之為德也大矣」。「道沿聖以垂文，聖因文而明道；旁通而無滯，日用而不匱。《易》曰：『鼓天下之動者，存乎辭。』辭之所以能鼓天下者，乃道之文也。」[44]劉勰認為，道依靠聖人來表達在文章裡邊，聖人通過文章來闡明道；到處都行得通而沒有阻礙，天天可以運用而不覺得貧乏。《周易·繫辭》裡說：「能夠鼓動天下的，主要在於文辭。」文辭之所以能夠鼓動天下，就因為它是符合道的原故。韓愈又提出的「文以貫道」之說，他的門人李漢在《昌黎先生序》中說：「文者，貫道之器也。」韓愈的文與道關係論要求文以明道。柳宗元主張「文以明道」：「始吾幼且少，為文章，以辭為工。及長，乃知文者以明道，是固不苟為炳炳烺烺，務采色，誇聲音而以為能也。」[45]又說：「聖人之言，期以明道，學者務求諸道而遺其辭。……道假辭而明，辭假書而傳。」[46]北宋的理學家周敦頤提出：「文所以載道也，輪轅飾而人弗庸，塗飾也。況虛車乎？文辭，藝也；道德，實也。美則愛，愛則傳焉。賢者得以學而至之，是為教。故曰：『言之不文，行之不遠。』然不賢者。雖父兄臨之，師保勉之，不學也；強之，不從也。不知務道德而第以文辭為能者，藝焉而已。」[47]周敦頤認為，寫作文章的目的，就是要宣揚儒家

---

[44] 劉勰：《文心雕龍·原道》。

[45] 《答韋中立論師道書》。

[46] 《報崔黯秀才論為文書》。

[47] 周敦頤：《通書·文辭》。

的仁義道德和倫理綱常，為封建統治的政治教化服務；評價文章好壞的首要標準是其內容的賢與不賢，如果僅僅是文辭漂亮，卻沒有道德內容，這樣的文章是不會廣為流傳的。這裡的「道」便是關乎道德心性的義理之學。明代的方孝孺也說：「文所以明道也，文不足以明道，猶不文也。」[48]到了近代之後，文學載道論取得了新的形態，即將變革社會、革新觀念與文學相聯繫。

文學具有教化的功利價值。文章乃「經國之大業，不朽之盛事」[49]，「致君堯舜上，再使風俗淳[50]」，白居易說：「讀君《學仙》詩，可諷放佚君；讀君《董公》詩，可誨貪暴臣；讀君《商女》詩，可感悍婦仁；讀君《勤齊》詩，可勸薄夫淳。上可裨教化，舒之濟萬民；下可理性情，卷之善一身。」[51]梁啟超在《論小說與群治之關係》裡寫道：「欲新一國之民，不可不先新一國之小說。故欲新道德，必新小說；欲新政治，必新小說；欲新風俗，必新小說；欲新學藝，必新小說；乃至欲新人心，必新小說；欲新人格，必新小說。何以故？小說有不可思議之力支配人道故。」[52]毛澤東在《在延安文藝座談會上的講話》裡把文學看成是進行社會動員的一種力量。他要求革命的文學作品「能使人民群眾驚醒起來，感奮起來，推動人民群眾走向團結和鬥爭，實行改造自己的環境」[53]。總之，「文」是手段，「道」是目的，「文」都是為其「道」服務的。

西方文學思想也很重視文學的教化功能。蘇格拉底認為：「節奏與樂調有最強烈的力量浸入心靈的最深處，如果教育的方式適合，它們就會拿美來浸潤心靈，使它也就因而美化；如果沒有這種適合的教

---

[48]　方孝孺：《送牟元亮趙士賢歸省序》。

[49]　曹丕：《典論・論文》。

[50]　杜甫：《奉贈韋左丞丈二十二韻》。

[51]　白居易：《讀張籍古樂府詩》。

[52]　梁啟超：《論小說與群治之關係》，北京：《新小說》，1902 年 10 月創刊號。

[53]　[古希臘]柏拉圖：《文藝對話集》，朱光潛譯，北京：人民文學出版社，1963 年，頁 61。

育，心靈也就因而醜化。」[54]柏拉圖要求文學要有道德教育意義。他之所以要把詩人逐出他的理想國，是因為他認為專事模仿的「詩人的創作是真實性很低的；因為像畫家一樣，他的創作是和心靈的低賤部分打交道的。因此我們完全有理由拒絕讓詩人進入治理良好的城邦。因為他的作品在於激勵、培育和加強心靈的低賤部分，毀壞理性部分」[55]。「我們必須尋找到一些藝人巨匠，用其大才美德，開闢一條道路，使我們的年輕人由此而進，耳朵所聽到的藝術作品，隨處都是；使他們如坐春風，如沾化雨，潛移默化，不知不覺中受到薰陶，從童年時，就和優美、理智融合為一。」[56]亞里斯多德在《詩學》中提出著名的「淨化」說，得到歷代文學家的普遍推崇。他在《詩藝》中指出：「詩人的願望應該是給人益處和樂趣，他寫的東西應該給人以快感，同時對生活有幫助。……寓教於樂，既勸喻讀者，又使他喜愛，才能符合眾望。」[57]文藝復興時期英國的詩人與文學理論家錫德尼（1554-1586）認為詩人是歷史家和道德家之間的仲裁者，因為詩歌可以正確地評價善惡，「引導我們，吸引我們，去到達一種我們這種帶有惰性的、為其泥質的居宅染汙了的靈魂所能夠達到的盡可能高的完美」[58]。

（三）審美功能

　　審美是指主體對美的事物的感知、體驗、欣賞、領悟和認識。文學作品中包含著美，人們閱讀文學作品就是對美的欣賞。無論是就文

---

[54] ［古希臘］柏拉圖：《文藝對話集》，朱光潛譯，北京：人民文學出版社，1963 年，頁 61。

[55] ［古希臘］柏拉圖：《理想國》，郭斌和、張竹明譯，北京：商務印書館，1986 年，頁 404。

[56] ［古希臘］柏拉圖：《理想國》，郭斌和、張竹明譯，北京：商務印書館，1986 年，頁 107。

[57] ［古羅馬］賀拉斯：《詩藝》，楊周翰譯，見亞里斯多德、賀拉斯：《詩學　詩藝》，北京：人民文學出版社，1962 年，頁 155。

[58] ［英］錫德尼：《為詩一辯》，錢學熙譯，見伍蠡甫主編：《西方文論選》上卷，上海：上海譯文出版社，1979 年，頁 233。

學作品本身還是就文學活動過程來看，文學都離不開美和審美。審美性構成文學之所以成為文學的一個基本特徵。在文學具有的各種作用中，審美功能居於核心地位。文學的審美功能是指文學作品可以滿足人的審美需要，使人們通過接受文學作品，進入審美境界，獲得情感上的愉悅和精神上的享受，並使人的個性和才能得到自由的發展。馬克思說：「藝術物件創造出懂得藝術和能夠欣賞美的大眾。」[59]優秀的文學作品可以說明人們提高審美感受能力。馬克思說：「人的五官感覺的形成是以往全部世界史的產物。對於不懂音律的耳朵和不懂形式美的眼睛來說，再美的音樂與繪畫都是沒有意義的。」[60]「懂得音律的耳朵」和「懂得形式美的眼睛」要通過藝術實踐來培養。

1. 文學的形象性

讀者通過語言形象的感知而確證人的感性存在，在審美觀照的對象身上感受和確證自身生命的感性存在。文學的審美價值通過價值主體由語言媒介所激發起來的情感體驗而實現，通過情感的體驗傳達而獲得審美愉悅。漢語具有形象美，它是一種典型的表意文字，漢字形聲字的形符展示的是一個形象的世界。文學語言追求言外之意。作家運用隱喻、象徵，追求意象的審美性。在文學形象中，不僅有經過主體創造性想像加工過的客觀事實，而且還包含著主體對其所表現的對象的審美態度，包含著他的個性和理想。文學反映生活的特殊形式是藝術形象。藝術形象是「有意味的形式」、人類審美情感的符號。文學通過藝術形象表現人的情感生活，將人類情感轉變為可以感受的表像符號形式，以審美方式呈現出來，對所反映的社會生活作出審美判斷。

---

[59] 《馬克思恩格斯全集》第 12 卷，北京：人民出版社，1962 年，頁 729。
[60] 馬克思：《1844 年經濟學──哲學手稿》，北京：人民出版社，1978 年，頁 79。

2. 文學的情感性

文學的審美欣賞激發或者誘使讀者釋放情感，以便於讀者感悟和體驗理想的人性，以超越現實的局限。各種文體都包含著抒情的因素，詩歌在這方面特別突出。《尚書‧堯典》中便有「詩言志，歌永言」的說法[61]。《毛詩大序》提出來「情志統一」：「詩者，志之所之也，在心為志，發言為詩。情動於中而形於言。」《毛詩大序》認為詩歌是抒情言志的，情與志是統一的。

中國古代自魏晉以後，以情論詩便日益普遍。陸機《文賦》曰：「詩緣情而綺靡。」他認為詩歌是為了抒發感情的，因而應該講求文辭的細緻精美。而感情的抒發和文辭的精美正是一切文學作品的根本特徵。朱熹曰：「詩者，人心之感於物而形於言之餘也。」[62]嚴羽曰：「詩者，吟詠情性也。」[63]西方人也多從情感方面論詩。華茲華斯說，詩是強烈感情的自然流露。拜倫認為詩歌就是激情。美國美學家喬治‧桑塔耶那也說詩歌的本質是感情。法國詩人瓦萊里則以為，詩的本質是一種以其引起的本能表現力為特徵的情感。文學可以帶來審美愉悅，使讀者在情感上得到肯定性滿足，即讀者充分調動自己的感知、情感、想像和理解等多種心理功能，從而進入一種無拘無束、無所掛礙的自由的審美境界。

文學作品「魔術」般的藝術魅力，使讀者心醉神迷，超越了時空的束縛，超越了現實的功利，超越了自我，從而獲得巨大的審美享受。這種審美愉悅不僅表現為喜和笑，更多的時候表現為苦和愁。文學的審美價值是一種精神價值，旨在滿足人的精神生活需求，這是最根本

---

[61]　《尚書‧堯典》。
[62]　《詩集傳序》。
[63]　《滄浪詩話》。

的特點。審美作用具有精神超越的作用，使人由現實存在進入自由的存在、由現實的體驗進入超越的體驗，從而滿足人的自由和超越現實的需要。文學通過審美理想的創造，建立一個審美烏托邦，在審美體驗中獲得終極關懷。它通過潛移默化的方式影響人的情感，塑造人的靈魂，改變人的精神面貌。它既作用於人的感性，也作用於人的理性。人們感知生活中和文學藝術中的美好事物，從而獲得精神上的愉悅和滿足的過程。這一過程既有感官的快適，更有心靈的愉悅。

（四）批判功能

　　文學既是作家心靈世界的再現方式，又是表達政治願望的情感管道。詩歌具有批評和怨刺統治者的政治措施，可以對現實中的不良政治和社會現象進行諷刺和批判。「子曰：小子何莫學夫詩？詩可以興，可以觀，可以群，可以怨。邇之事父，遠之事君，多識於鳥獸草木之名。」[64]其中的「怨」指的是「怨刺上政」。《詩經》中許多民歌和一些文人作品表達了人們對當時社會現實的諷刺和批判。司馬遷在屈原「發憤以抒情」的基礎上提出了「發憤著書」的思想。韓愈曰：「大凡物不得其平則鳴。」[65]「不平則鳴」指作家抒發內心不平之氣。韓愈在《送孟東野序》中介紹了漢代司馬遷「發憤」著書的思想，歷數從唐虞時代到唐當世眾多的著述者，認為那是「郁於中而泄於外」。遭受排斥壓抑的人們，「有不得已而後言，其歌也有思，其哭也有懷」，才能寫出有真情實感的作品。

　　中國古代將文學的批判政治的傳統稱為「美刺」，「美」即歌頌，「刺」即諷刺。前者如《毛詩序》論述《詩經》中的《頌》詩時說：「美盛德之形容，以其成功告於神明者也」；後者如《毛詩序》論述

---

[64] 《論語・陽貨》。

[65] 韓愈：《送孟東野序》。

《詩經》中的《國風》時說:「下以風刺上。」為什麼要提倡美刺呢?先秦時期,人們已開始認識到詩歌美刺的功能。如《國語・周語上》記載召公諫厲王時所說,「天子聽政,使公卿至於列士獻詩……而後王斟酌焉。是以事行而不悖。」「獻詩」而供天子「斟酌」,就是由於其中包含著美刺的內容。其他如《國語・晉語六》及《左傳・襄公十四年》、《左傳・襄公二十九年》中也有諸如此類的記載。在封建專制主義的社會歷史條件下,統治者在提倡美詩的同時,認識到刺詩也是說明他們「觀風俗,知得失」的一個重要方面,因此加以宣導,並主張「言之者無罪,聞之者足以戒」,表現了一定的政治氣魄。然而,「怨刺上政」,雖是被允許的,但由於「詩教」的約束和「中和之美」的規範,這種「怨刺」又必須是「溫柔敦厚」、「止乎禮義」的。孔子等人從維護統治者尊嚴和維護封建禮治出發,對刺詩作了種種限制,這就使得刺詩的功能並不能得到真正的發揮。《毛詩序》在談到「美刺」時,還談到所謂「正變」,大體以美詩為「正」,以刺詩為「變」。可見在漢儒的心目中,是把美詩作為正宗,把刺詩作為變調的。總而言之,提倡詩的「興、觀、群、怨」的作用,是為了實現「邇之事父,遠之事君」的政治目的。「興、觀、群、怨」說在中國封建社會文學和文學理論的長期發展中,發生了重大而深遠的影響。白居易強調詩歌的「刺」的功能。他說:「欲開壅塞達人情,先向歌詩求諷刺。」[66]即諷刺詩要寫得激切、直率。

俄羅斯 19 世紀的別林斯基、車爾尼雪夫斯基、杜勃羅留波夫等民主派思想鬥士,將拯救、批判和鬥爭作為文藝和文藝批評的莊嚴使命。阿諾德賦予文學批評社會的使命。他認為,「詩有很高的使命。詩是在詩的真與美的規律所規定的條件下的一種生活批判」,人們可

---

[66] 白居易:《采詩官》。

以「在這種生活批判的詩裡找到慰藉與支持。但這種慰藉與支持的力量是和生活批判的力量成比例的」。「以生活的最高批判為任務的詩，由於它廣闊地、自由地、健全地反映事物，才有內容的真實」[67]。

文學的功能除了如上所述以外，還有娛樂功能、宣洩功能等等。應該看到，文學藝術具有發揮社會功能的獨特方式。正如恩格斯所說，文藝是「更高地懸浮在空中的部門」，社會的經濟基礎不能直接作用於文藝，只能通過政治、道德等等中間環節來實現，同時，文藝對社會的反作用也必須通過這些中間環節。而且，文藝主要通過作用於人的思想感情進而影響社會，只能通過影響讀者的心靈世界、改變讀者的內部精神信念、改變接受者的生活態度來間接影響社會。

第三節　文學與意識形態

在馬克思關於社會結構的分析中，意識形態屬於觀念形態的上層建築，包括情感、思想、人生觀、世界觀等等。意識形態建立於經濟基礎之上，並且受經濟基礎的制約。在文學批評實踐中，分析文學作品的意識形態內涵成為了文學批評和文化研究的一種既成範式。本節介紹文學的意識形態內涵、意識形態批評方法以及意識形態批評的功能。

一、文學的意識形態內涵

儒家文論非常重視文藝與政治的關係，《詩大序》云：「情發於聲，聲成文謂之音。治世之音安以樂，其政和；亂世之音怨以怒，其政乖；

---

[67]　[英]馬修・阿諾德：《安諾德文學評論選集》，殷葆瑔譯，北京：人民文學出版社，1958年，頁 84。

亡國之音哀以思,其民困。故正得失,動天地,感鬼神,莫近於詩。先王以是經夫婦,成孝敬,厚人倫,美教化,移風俗。」這段文字是對文藝所具有的意識形態內涵的認識,它對文藝與政治之間的關係進行了全面總結。前半段指出文藝對社會政治狀況的反映,後半段強調文藝對於改善社會政治狀況的積極作用。

　　根據馬克思主義的社會結構理論,文學屬於建立於經濟基礎之上的上層建築中的社會意識形態。文學作為一種意識形態,具有意識形態的一般性質。文學歸根到底受經濟基礎的決定和制約。經濟基礎決定著文學的產生、發展、演變;同時,文學對經濟基礎具有能動的反作用,但文學對經濟基礎的反作用是間接的,通過影響個人意識和群體意識,內化為人的思想、情感和意志而支配人的行動,從而作用於經濟基礎。一句話,文學為一定的經濟基礎服務,又反作用於經濟基礎。它是一定社會存在的反映,又反作用於社會存在。作為統治階級思想的意識形態總是力圖維護本階級的利益,並由此而編織出虛幻的思想來欺騙、蒙蔽對立的階級。馬克思在《德意志意識形態》的「序言」中說:「人們迄今總是為自己造出關於自己本身、關於自己是何物或應當成為何物的種種虛假觀念。他們按照自己關於神,關於模範人等等觀念來建立自己的關係。他們頭腦的產物就統治他們,他們這些創造者就屈從於自己的創造物。」[68]但是,文學作為一種意識形態它與經濟基礎的關係是複雜的,意識形態與經濟基礎的關係往往不是直接的,而要通過許多仲介環節來實現。因而,一方面不能否認文學的意識形態性質,另一方面也決不能把意識形態與經濟基礎的關係簡單等同。意識形態受一定社會生產方式的制約,但是又有自身的獨立性。文學是一種特殊的意識形態,「更高地懸浮於空中的思想領域」,

---

[68]　《馬克思恩格斯全集》第3卷,北京:人民出版社,1960年,頁537。

與物質生產的發展是不平衡的。恩格斯在意識形態作為一種「虛假的意識」的基礎上批判資產階級的思想觀念。他說：「意識形態是由所謂的思想家有意識地、但是以虛假的意識完成的過程。推動他的真正動力始終是他所不知道的，否則這就不是意識形態的過程了。」[69]總之，經典馬克思主義通常是在否定意義上使用意識形態概念的。

經典馬克思主義者將文學藝術的本質界定為意識形態。西方馬克思主義在意識形態概念的理解和使用上與經典馬克思主義並不完全等同。在總體上，西方馬克思主義文論並不一般地反對把文學藝術看作一種意識形態，但與此同時也認為，文學藝術並不能簡單地等同於意識形態。具體而言，西方馬克思主義關於文學藝術意識形態屬性的觀點表現在兩個方面：第一，從文學藝術的社會功能著眼，它具有一定的意識形態價值訴求，但是從文學藝術存在的整體結構與本體論意義來看，它又不能完全歸納為意識形態的存在，還包括一些非意識形態性的要素，應該說，文學藝術是這兩者既對立又統一的結合。第二，在承認文學藝術具有意識形態屬性的前提下，文學藝術的意識形態性並不是通過直接表達某種理性的政治或道德觀點來實現的，而是要把意識形態的理性思想轉化為社會心理的形式，並且融合在一種審美形式中來間接地表達或暗示。換言之，西方馬克思主義是在兼顧文學藝術的他律與自律相結合的關係視野中，來界定和理解文學藝術的意識形態屬性的，並且，他們還對文學藝術作為一種特殊的感性審美的意識形態的存在方式與社會心理的作用機制進行了研究。

盧卡奇認為，文學具有意識形態性質，但是藝術中的意識形態的真正承擔者是作品本身的形式，而不是可以抽象出來的內容。意識形態體現在諸如現實主義和現代主義、敘述和描寫的「形式」上。而且，

---

[69]　《馬克思恩格斯選集》第 4 卷，北京：人民出版社，1976 年，頁 501。

各種意識形態的發展並不是機械和必然地與較高的社會經濟發展相平行的，不能把各種意識形態看作經濟過程的機械的和消極的產物。

葛蘭西認為意識形態體現為文化霸權。上層建築包括市民社會與政治社會，與市民社會對應的是文化霸權，即意識形態領導權，與政治社會對應的是政治領導權。意識形態體現為一種表達意志並且奪取權力的觀念，它往往是一定社會集體共同的生活觀念。文化霸權是某個居支配地位的階級，不僅在國家形式上統治著社會，而且還通過精神方面的領導地位統治著這個社會。文化是「統治」與「反抗」之間的「談判」所產生的一種混合體，它既是支配的，又是對抗的。

赫伯特・瑪律庫塞認為，藝術的根本潛力就在於它具有意識形態性質，具有對經濟基礎的超越關係。意識形態並不僅僅是意識形態，不僅僅是虛假的意識。在現存的生產過程中以抽象形式出現的對真理的意識和表像，同樣是意識形態功用：藝術就是這些真理的一種表現。藝術作為這種意識形態，它反對既存的社會。皮埃爾・麥舍雷在《文學生產理論》中說，作品確是由它同意識形態的關係來確定的，但是這種關係不是一種類似的關係（像複製那樣），它或多或少總是矛盾的。一部作品既是為了抗拒意識形態而寫的，也可以說是從意識形態產生出來的。特里・伊格爾頓對此解釋說：意識形態經驗是作家創作依據的材料，但是作家在進行創作時，把它改變成某種不同的東西，賦予它形狀和結構。正是通過賦予意識形態某種確定的形式，將它固定在某種虛構的界限內，藝術才能使自己與它保持距離，由此向我們顯示那種意識形態的界限。所以，麥舍雷認為，藝術雖然產生於意識形態（在「材料」的意義上），但是「在文本裡有著文本和它的意識形態內容之間的衝突」。正由於如此，藝術又有助於我們擺脫意識形態的幻覺。

伊格爾頓在阿爾都塞和麥舍雷的基礎上進一步提出，意識形態不是一套教義，而是指人們在階級社會中完成自己的角色的方式，即把

他們束縛在他們的社會職能上並因此阻礙他們真正地理解整個社會的那些價值、觀念和形象。在這種意義上，《荒原》是意識形態：它顯示一個人按照那些虛假的方式解釋他的經驗。一切藝術都產生於某種關於世界的意識形態觀念。「科學的批評應該力求依據意識形態的結構闡明文學作品；文學作品既是這種結構的一部分，又以它的藝術改變了這種結構。」[70]在《文學理論導引》中，伊格爾頓更明確地說：「我所說的『意識形態』並非簡單指人們所持有的那些深固的、經常是無意識的信念；我主要指的是那感覺、評價、認識和信仰模式，它們與社會權力的維持和再生產有某種關係。」他斷言：「從某種意義上來說，大可不必把『文學和意識形態』作為兩個可以互相聯繫起來的獨立現象來談論。文學，就我們所繼承的這一詞的含義來說，就是一種意識形態。它與社會權力問題有著最密切的關係。」[71]

　　詹姆遜吸收和綜合了盧卡奇和阿爾都塞的論點。他在《政治無意識》中指出，意識形態是一種兩極現象：一方面，它是特定的社會集團根據自己所處的有限地位而創造的一些思想體系，這些思想體系滿足他們解釋自身處境的要求，並指導著實踐，因而意識形態起著安定社會和文化結構的作用；另一方面，意識形態對現實的解釋又必定僅僅符合特定經濟利益的需要，它以貌似統一的觀念系統掩蓋了實際存在的、無法解決的巨大矛盾，從而阻礙這一集團真正看到自己處境的歷史必然性。因此，意識形態是一種「阻遏策略」，是一種阻礙人們認識現實真相的各種無形的思想策略。

---

[70] ［英］特里・伊格爾頓：《馬克思主義與文學批評》，文寶譯，北京：人民文學出版社，1980年，頁23。

[71] ［英］特里・伊格爾頓：《二十世紀西方文學理論》，伍曉明譯，西安：陝西師範大學出版社，1987年，頁25。

　　總之，從本質上說，文學是一種社會意識形態。作家從自身一定的立場、觀點出發對社會生活進行藝術的再創造，其作品具有認識性、傾向性和實踐性。

二、意識形態批評方法

　　正如前面談到文學與社會的關係時所知道的，文學作品之中通常包含著政治、經濟、文化、倫理等等意識形態內涵。普列漢諾夫說，沒有一部完全不涉及意識形態的作品。西方馬克思主義質疑經濟基礎與上層建築的二分法和狹隘的經濟決定論，不再強調經濟結構在理解文化上的重要性，而看重文化本身的作用。他們要求用一種更為複雜的方式來處理文化與經濟的關係，並且不再把文化僅僅當作單一的統治階級的意識形態，而是看作各種力量妥協、商談與相互滲透的一個過程。分析文學作品的意識形態內涵成為了文學批評和文化研究中的一種重要的批評方式，主要有如下三種情況：

（一）揭示文藝作品的政治意識形態本質

　　文學是社會生活的反映。文學史上有許多作品，直接寫的就是客觀存在的社會生活。如杜甫的「三吏」、「三別」，它們寫的是當時勞動人民在頻繁的戰爭中被迫服役的一些事情，描寫了官吏在強迫人民服役時的種種殘暴現象和人們在離家前後的種種苦難情景。這些作品表達了杜甫對統治者殘暴無道的憤怒以及對底層人民的同情。毛澤東通常從政治角度對文藝作品進行意識形態解讀。他看了延安平劇院編演的歷史劇《逼上梁山》以後，他在給劇組信件中充分肯定了該劇的成就：「歷史是人民創造的，但在舊戲舞臺上（在一切離開人民的舊文學舊藝術上）人民卻成了渣滓，由老爺太太少爺小姐們統治著舞

臺，這種歷史的顛倒，現在由你們再顛倒過來，恢復了歷史的面目，從此舊劇開了新生面，所以值得慶賀。」[72]並且，他認為《逼上梁山》這個戲「將是舊劇革命的劃時期的開端」。毛澤東認為「《紅樓夢》不僅要當做小說看，而且要當做歷史看。他從《紅樓夢》裡讀到了封建社會的變遷興亡。

（二）作家的階級身份與其意識形態立場並非完全等同

作品中意識形態表現的情況，有的作品很鮮明，如《斯巴達克斯》、《紅與黑》。有的階級傾向矛盾很複雜，如杜甫、巴爾扎克、托爾斯泰的作品。巴爾扎克的世界觀特別是社會政治觀有嚴重矛盾。由於忠實於生活實踐，正視生活本身，從而能夠自覺克服和放棄自己思想中落後、錯誤的東西，如實地描繪社會生活。恩格斯在《致瑪‧哈克奈斯》信中，認為這是「現實主義的最偉大勝利」。「現實主義甚至可以違背作者的見解而表露出來。」恩格斯強調：「作者的見解愈隱蔽，對藝術作品來說就愈好。我所指的現實主義甚至可以違背作者的見解而表露出來。」[73]他以法國作家巴爾扎克為例證：「不錯，巴爾扎克在政治上是一個正統派；他的偉大的作品是對上流社會必然崩潰的一曲無盡的挽歌；他的全部同情都在註定要滅亡的那個階級方面。但是，儘管如此，當他讓他所深切同情的那些貴族男女行動的時候，他的嘲笑是空前尖刻的，他的諷刺是空前辛辣的。而他經常毫不掩飾地加以讚賞的人物，卻正是他政治上的死對頭，聖瑪麗修道院的共和黨英雄們，這些人在那時（1830 至 1836 年）的確是代表人民群眾的。這樣，巴爾扎克就不得不違反自己的階級同情和政治偏見；他看到了

---

[72] 毛澤東：《給楊紹萱、齊燕銘的信》，《毛澤東文集》第 3 卷，北京：人民出版社，1996 年，頁 88。

[73] 《馬克思恩格斯選集》第 4 卷，北京：人民出版社，1972 年，頁 345。

他心愛的貴族們滅亡的必然性，從而把他們描寫成不配有更好命運的人；他在當時唯一能找到未來的真正的人的地方看到了這樣的人，——這一切我認為是現實主義最偉大勝利之一，是老巴爾扎克最重大的特點之一。」[74]在這段話裡，恩格斯認為作家在藝術地反映現實的過程中，藝術自身的規律會改變他本人的政治態度，從而出現「現實主義的勝利」。

總之，馬克思和恩格斯等人在意識形態批評模式的形成過程中提出了這樣的命題，即作為意識形態構成因素之一的文學，它與上層建築、經濟基礎之間存在著緊密的關係。作家的政治傾向性與他的創作之間的關係是辯證的。持類似看法的批評家還有普列漢諾夫、列寧、盧那察爾斯基、沃羅夫斯基、梅林等。

（三）「症候式閱讀」

阿爾都塞的「症候式閱讀」是指讀者探尋和闡釋文學話語自身的矛盾和悖論，探尋文學話語的生產與社會語境之間的關係。意識形態的扭曲和掩蔽的作用總是通過各種方式表現出來。法國哲學家阿爾都塞在《保衛馬克思》一書中進一步發揮了馬克思的觀點，他認為：「在戲劇世界或更廣泛地在美學世界中，意識形態本質上始終是個戰場，它隱蔽地或赤裸裸地反映著人類的政治鬥爭和社會鬥爭。」[75]任何藝術家的自發的語言都是意識形態的語言，是用以表達和產生審美效果的活動的意識形態。但是藝術的特殊職能是通過意識形態生產來同現存意識形態的實在保持距離，以便使人看破這種實在。阿爾都塞的「症候式閱讀法」就是要在「顯在話語」的背後讀出「無聲話語」來，「要看見那些看不見的東西，要看見那些『失察的東西（oversight）』，要

---

[74] 《馬克思恩格斯選集》第 4 卷，北京：人民出版社，1972，頁 462。
[75] [法]阿爾都塞：《保衛馬克思》，顧良譯，商務印書館，1984 年，頁 125。

在充斥著的話語中辯論出缺乏的東西，在充滿文字的文本中間發現空白的地方。我們需要某種完全不同於直接注視的方式，這是一種新的、有資訊的（informed）注視，是由視域的轉變而對正在起作用的視野的思考中產生出來的，馬克思把它描繪為問題框架的轉換」。[76]「症候式閱讀」首先是對文本明晰性的質疑和拋棄，它強化了文本的可疑性和非透明性，使得閱讀行為本身增加了複雜性和多義性。在馬歇雷等人看來，文學形式是對現實意識形態矛盾的一種「想像性的解決」，它以一種不同於普通語言的特殊話語方式掩蓋了現實意識形態的矛盾；批評家、讀者要想獲得對文本意識形態的理論性認識，只有借助一種特殊的方法——阿爾都塞在《閱讀〈資本論〉》中提出的「症候閱讀法」才能完成。這種方法借用了拉康關於「主體的潛意識就是另一個人的言語」的觀點及其「誤認」法，認為文本在其不完整的、充滿矛盾的和衝突的含義中，包含著意識形態的東西。因此對文學作品，不是看它所揭示的東西，而是看它所掩藏的東西，要在文本的隱藏、沉默、空白、間隙等外觀中，發掘出其內部深處潛在的意義。伊格爾頓將文學文本看成「一種意識形態生產」，並認為這種生產與戲劇生產最為相似。將文學文本視為意識形態話語的二度創造，意味著文學批評的中心任務不是去尋找與意識形態話語相對應的現實圖景或主體情愫（因為這種對應根本就不存在），而是去揭示文本生產過程的秘密。

弗雷德里克‧傑姆遜指出，意識形態對現實關係中的人們的深層無意識具有壓抑功能，所以他稱為「政治無意識」。文學藝術的文本是一種特殊的意識形態話語，是一種在階級之間進行戰略思想對抗的象徵活動。文學文本實際上作為社會政治無意識的象徵結構而存在。

---

[76] Louis Althusser, *Reading Capital*, London 1970, p. 2.

而批評的闡釋就是通過重寫文本揭示這種意識形態的策略。詹姆遜認為，巴爾扎克的小說《老姑娘》表面敘述的是求婚者追求科蒙小姐的故事，而實際是「以貴族式的優雅與拿破崙式的活力之間的二元對立」暗示爭奪法國統治權的鬥爭。

由於「意識形態」概念在「文化研究」中具有越來越重要的地位，所以，那些處於社會邊緣的社會群體文化，像工人階級的文化、青少年的文化、女性的文化、種族的文化等等，成為「文化研究」所關注的對象。

三、意識形態批評的功能

意識形態批評借助馬克思主義的意識形態遺產，以及後人關於意識形態的各種不同理論，逐漸建構起了批判分析資本主義社會的理論工具。

（一）揭示異化屬性和拜物教意識

盧卡奇揭示了資產階級的精神產品所具有的異化屬性和拜物教意識。只有發展那種反映和表達工人階級自己的價值訴求和思想情感的文學、文化等精神意識的生產才能克服人的異化處境，才能建構工人階級的階級意識和文化自覺。因此，通過意識形態的批評就能「把拜物教的事物形式轉化為發生在人之間的、而且是在人之間的具體關係中具體化的過程，把不可轉變的拜物教形式導源於人的關係的所有原初形式」。[77]從而超越物化狀態，實現人的本真復歸。

---

[77] ［匈牙利］盧卡奇：《歷史與階級意識》，杜章智等譯，北京：商務印書館，1992 年，頁274。

（二）「文化霸權」的意識形態批評理論

葛蘭西以「陣地戰」與「運動戰」的相區別的方式來具體實踐這一批評方法的運用。他認為，文化或上層建築並不單純是對經濟基礎的反映與複製，它們自身具有實踐性和物質性的潛能。「霸權」是指統治的權力贏得它所征服的人們贊同其統治的方式，統治者與人們之間通過協商達成共識。霸權不僅包括意識形態，而且涵蓋了國家機器以及介於國家與經濟之間的機構如新聞媒體、學校、教會、社會團體等。贏得霸權的辦法就是在社會生活中確立道德、政治和智力的領導，將自己的思想體系作為整個社會的構造，從而將自己的利益等同於社會的利益。國家的統治表現在由軍隊、政府、法律機關構成的政治社會和非強制的市民社會，後者行使著文化霸權的功能。葛蘭西與盧卡奇一樣也希望借助文學藝術的啟蒙功能形成某種自覺的無產階級階級意識或文化領導權，從而批判資產階級的意識形態，並且指導無產階級的現實物質革命。

（三）揭示意識形態功能所遵循的物化邏輯

法蘭克福學派或早或晚的文論家揭示了意識形態功能所遵循的物化邏輯，以及這種邏輯與科技理性的異化模式的合謀同構關係。

法蘭克福學派重視從意識形態角度對文藝與文化進行批判分析，從而達到批判資本主義意識形態的目的。法蘭克福學派批判資本主義大眾文化的意識形態欺騙與誘惑功能，以及這些意識形態與科技理性的邏輯同構關係。他們認為，晚期資本主義的文學文化現象等主要是一種虛假意識，具有很大的欺騙性，其目的是美化和維護當時的統治秩序，因此成為了一種思想的控制形式。阿多諾認為文學藝術的本質就是對於現實的不妥協的否定性，「藝術是對現實世界的否定的

認識。」換言之,「藝術就是達到社會的社會性逆反現象」。[78]文學藝術實際上就是社會的「反題」。本雅明認為,文學藝術的寓言形式是人們超脫出資產階級統治的拯救方式,機械複製技術具有促進人們意識覺醒的作用。總之,法蘭克福學派的批判理論始終是站在知識份子精英立場,他們用傳統的審美理念來批判當下的文化工業產品。他們認為文化工業不但剝奪了真正的藝術品的「靈光」,而且成了統治階級操控勞工階級的幫兇。工人階級不但沒有成為馬克思所預言的資產階級的掘墓人,反而心甘情願地丟棄了以往同樣具有反抗性的民間藝術,俯首貼耳地欣賞起文化工業的假藝術。於是,文化工業和工人階級一樣是無可救藥的了。法蘭克福學派的社會批判帶有濃重的悲觀主義意味。瑪律庫塞關於文學藝術的社會功用問題主要集中在文學藝術對於人的審美解放、對於異化現實的批判論述方面。他認為必須在文學藝術的審美領域內來理解和發揮其對於現實不合理秩序的反抗作用,很重視文學藝術的審美形式所具有的政治潛能。關於文學藝術的批判功能則提出了著名的「大拒絕」口號,他認為:「藝術所服從的規律,不是既定現實原則的規律,而是否定既定現實原則的規律。」[79]因此,「無論形式化與否,藝術都包含著否定的理性。按其先進的主張,它是大拒絕──對現狀的抗議」。[80]瑪律庫塞認為那種與科技理性結盟的文學藝術已經發生質變,宣導純粹的「消費需求」和「需求的一體化」,從而成了維護統治關係的「社會水泥」,造成了整個社會和人性的單向度畸變。置身於這種社會的人們對於社會的態度認為,「它是一種美好的生活方式──比從前的要美得多,而且,作為一種美好

---

[78] T. W. Adorno, *Aesthetic Theory*, London: Routledge & Kegan Paul, 1984, P122.

[79] [德國]瑪律庫塞:《審美之維》,引自綠原譯,《現代美學析疑》,北京:文化藝術出版社,1987 年,頁 46。

[80] [德國]瑪律庫塞:《單面人》,左斯等譯,長沙:湖南人民出版社,1988 年,頁 54。

的生活方式，它抗拒質變。一種單面思想與單面行為模式就這樣誕生了」。[81]後期的於爾根・哈貝馬斯提出，不但文學藝術是意識形態，而且對於科學技術也進行了意識形態的分析和解讀。

薩特將文學文藝的創作看作是某種有效介入現實並要求自由的重要手段。弗洛姆則從性格心理機制方面揭示了文學文化等精神觀念對於人們的意識形態的同化作用。詹姆遜則認為，馬克思主義闡釋學就是對於文學文本的意識形態分析，也就是「政治闡釋」，但是，在一些政治文學文本中，其政治意圖與意識形態指向都經由一種符碼轉換而變成了一種深度的「政治無意識」，這時就需要借助阿爾都塞所說的「症候閱讀」來進行意識形態的辨認，才能明確文學文本的階級性質與價值功能。

問題研討

一、文化學與文化研究的初步知識

（一）文化學的初步知識

現有的資料認為，「文化學」一詞來自德語「Kulturwissenschaft」，最早是由德國學者拉弗日尼・培古軒（M. V. Lavergne-Peguilhen）在 1838 年使用。他試圖建立從屬於社會科學的文化學，目的在於找到改善人類與民族生活所依賴的法則。[82]文化學是一門通過文化現象來探討文化的起源、演變、傳播、結構、功能、本質，以及文化的共性與個性、特殊規律與一般規律等問題的學問。人類對文化的研究最早集中在哲

---

[81] [德]瑪律庫塞：《單面人》，左斯等譯，長沙：湖南人們出版社，1988 年，頁 9-10。
[82] 參見陳序經：《文化學概觀》，北京：中國人民大學出版社，2005 年，頁 42-47。

學、歷史、文學這些人文科學學科。從 19 世紀下半葉開始，社會學、民族學、人類學等等社會科學蓬勃發展，為更進一步推進文化學研究提供了理論資源，從而揭示人類文化的整體結構、特徵，展現這些文化現象背後的共同本質與普遍規律。文化學在發展中產生了許多學派，如進化論學派、功能主義學派、結構主義學派、歷史批評學派等。這些文化理論對文化學作了多視角的探討，有力地推進了文化學的建立。

進化論學派是最早出現的文化人類學派別。英國人類學家泰勒是最著名的代表。他最早對「文化」範疇進行了厘定，最早提出了「文化的科學」這一概念，而且運用達爾文進化論的理論框架，最早確立了人類文化進化觀。泰勒認為，文化的發展是從低級到高級、從野蠻到文明的進化過程，這是人類文化發展的總趨勢。人類歷史活動有著內在規律性，遵循的是單線進化的軌跡。泰勒把不同民族的文化按其經濟發展的狀況有秩序地排列在同一階梯上，把歐洲各民族放在一端，把澳洲土人置於另一端，再把世界各地的部落或民族依照文化高低繁簡編排在這兩端之間，從而形成了人類從野蠻到文明發展的統一序列。其中西方文化位於人類文明的最高點，它是文化發展的最高成就，這是 19 世紀文化歷史研究中的「西方中心論」。以此觀點評判非西方文化的優劣高下，從而歷史發展的規律絕對化，歷史發展的普遍規律泯滅了各民族發展的特殊性。他主張以此作標準，去衡量尚未發現的民族的文明程度。新進化論學派的主要代表人物是萊斯利‧懷特及其學生斯圖爾德、塞維斯和薩林斯等人。懷特認為整個世界由物理領域、生物領域以及文化領域組成。文化領域是由符號使用構成的思想、信念、語言、器皿、習俗、情感、制度等事件組成的。語言是符號表達的最重要形式，使用符號是人與其他動物的根本區別。懷特認為整個人類文化的進化歷史分為四個主要階段：一是依靠自身能源即自身體力的階段。二是通超載培穀物和馴養家畜，即把太陽能轉化為

人類可以利用的能量資源的階段。三是通過動力革命，人類把煤炭、石油、天然氣等地下資源作為能源的階段。四是核能階段。新進化論學派的另一出色理論家斯圖爾德提出了『多向進化理論』，以此說明各種不同社會結構的不同發展路線的因果關係。

　　20 世紀初，文化功能學派的奠基人是拉德克利夫－布朗和馬林諾夫斯基兩人。該學派認為，任何一種文化現象，不論是抽象的社會現象（如社會制度、思想意識、風俗習慣等），還是具體的特質現象（如手杖、工具、器皿等），都有滿足人類實際需要的作用，即都有一定的功能。它們中的每一個都與其他現象互相關聯、互相作用，都是整體中不可分的一部分。該學派還認為，文化是建築在生物基礎之上的。人是動物，因而他要解決的第一個任務是滿足普通的生物上的需要。這樣，人為了自己的生存必須創造一個新的、第二性的、派生的環境，這個環境就是文化。所以，人需要文化，人是文化的動物，從人類的產生到人類的發展，人類社會的形成到現代文明的各個方面都是文化功能執行的結果。

　　美國人類學家本尼迪克特強調各民族文化的多樣性，認為各種不同類型的文化單元具有整合機制。在她看來，各種文化類型都有各自不同的特徵性目的。這些目的性在各種文化類型中起著主導作用，使人們的思想、行為都得到規範，融匯到統一的模式之中。這種整合具有整體的意義和價值，決定著各種文化類型之何的差異。本尼迪克特的文化模式理論，為探討各民族文化多樣性的內在機制打開了思路。

　　歷史批評學派的創始人是美國學者博厄斯，故又稱博厄斯學派。這一學派一些重要成員吸收了「文化圈」的概念，提出了「文化區」的理論。「文化區」理論認為，文化人類學的研究單位是一個部落的文化。一個部落的文化便是它的「生活樣式」戴思想與行為的集合體。一個部落的文化包含著許多單位，它的最小單位就是「文化特質」。

研究者入手時必須以一個特質為單位。這樣的若干個文化特質結台在
一起，便構成一個「文化叢」。歷史批評學派的另一個值得注意的理
論是文化相對主義。文化相對主義認為，每一種文化都具有其獨創性
和存在的充分價值。因此，在比較各民族的文化時，必須拋棄以西方
為中心的「我族文化中心」觀念。儘管各民族文化特徵的表現形式有
所不同，但它們的本質是共同的，其價值是相同的，即它們都能起到
對內團結本民族，對外表現為一個整體的作用。文化相對論具有反對
「歐洲中心主義」的積極意義。[83]

　　中國現代意義上的文化學出現於 20 世紀 30－40 年代，開拓者主
要有黃文山、陳序經等人。1932 年，黃文山在 1932 年發表《文化學
建設論》和《文化學方法論》，主張建立文化學。他 1968 年寫成《文
化學體系》。陳序經於 20 世紀 40 年代出版了《文化學概觀》。20 世
紀 80 年代以後，中國出現了熱烈文化熱，促進了對文化學理論的探
討，湧現了大量文化學論著、教材和辭典。

　　文化學的研究方法常用的有歷史方法、結構方法、比較方法、經驗
方法、心理學方法、發生學方法、生態學方法等。文化學角度的文學研
究是一種從文化的角度考察文學現象、綜合研究文學的文化性質的批評
方法，是在文化人類學的啟發和推動下建立和發展起來的。文化學批評
注重文學的整體聯繫，展開文學的文化比較，探尋文學現象中特定民族
的文化心理、作家心理、人物心理，揭示文學現象中的地域文化特徵。

（二）文化研究的初步知識

　　此處的「文化研究」特指英國馬克思主義「文化研究」（Cultural
Studies）學派。英國伯明罕大學當代文化研究中心（Centre for

---

[83] 關於文化學的主要觀點參見曾小華、陳立旭：《文化學學科及其理論流派》，《資料通
　　訊》，1999 年第 12 期。

Contemporary Cultural Studies at the University of Birmingham）成立於
1964 年。該中心的主要成員與研究方向被稱為「伯明罕學派」（The
Birmingham School）或英國學派（British Cultural Studies）。該學派的主
要代表有理查・霍加特（Richard Hoggart, 1918-　），雷蒙・威廉斯
（Raymond Williams, 1921-1988），湯普森（E.P. Thompson, 1924-1993）
和斯圖亞特・霍爾（Stuart Hall, 1932-　）等。他們大多是英國的「新
馬克思主義」者，但拋棄了狹隘的經濟決定論。其知識結構遍及馬克
思主義、結構主義、解構主義、拉康理論、後現代媒體理論等領域。
文化研究學派認為，政治、經濟與文化之間存在的複雜的相互關係。
該學派將傳統的文學文本研究擴展到文學與文化不同形態的研究。文
化研究中的「文化」已經不再是傳統意義上的知識產物和活動，而是
紛紜複雜的日常生活方式。它不再簡單地闡釋文本的藝術和審美特徵
及其詩意，而是更多地從生產方式、意識形態機制、文化消費等種種
權力關係中去揭示對象產生的複雜背景和過程。早期伯明罕學派的文
化研究主要包括亞文化研究、歷史研究和語言研究三大塊。後期的伯
明罕學派，其研究範圍逐漸擴大，研究方法也異彩紛呈。主要包括階
級和性別問題、種族問題、大眾文化研究、媒體和觀眾研究、電影研
究、身份政治學、美學政治學、文化機構與文化政策、文本與權利話
語以及後現代時期的全球化問題等。經過半個世紀的努力，伯明罕學
派的文化研究終於形成了自己獨特的學術傳統和研究方法。

1. 重新界定文化的內涵

　　人們對文化內涵的不同理解反映出不同的價值立場。伯明罕學派
之前的文化研究有一種精英主義的流脈，可以追溯到馬修・阿諾德、
F・R・利維斯、T・S・艾略特等人。他們強調文化是人類高尚的道
德價值的體現。面對高雅文化與通俗文化鴻溝的模糊，社會集團和階

級的不斷分化，意識形態和權力結構的不斷重組，生活方式呈現出鮮明的多元模式，威廉斯則對「文化」一詞進行了正本清源的辨析，他梳理了從工業革命直至當代「文化」內涵的變遷，他批評了利維斯關於全部文化遺產都是由語言和文學承載的觀點。利維斯的文化定義忽略了其他的知識形式、制度、風俗、習慣等，誇大了文學的作用，實際上，「文化」一詞含義的發展，記錄了人類對社會、經濟、以及政治生活中諸多歷史變遷所引起的一系列重要而持續的反應。因此，「對於文化這個概念，我們必須不斷擴展它的內涵，使之成為我們日常生活的同義語」[84]。威廉斯從文化的歷史變遷角度提出了「文化」的三種界定方式：第一種是理想的文化定義，第二種是文化的文獻式定義。第三種是文化的「社會」定義，這種文化的界定認為，文化是對一種特殊生活方式的描述，這種描述不僅表現藝術和學問中的某些價值和意義，而且也表現制度和日常行為中的某些意義和價值。[85]他認為，文學與社會之間有多重關係，文化分析可以揭示文學與社會的多重關係。從這樣一種定義出發，文化分析就是闡明一種生活方式、一種特殊文化隱含或外顯的意義和價值。雷蒙・威廉斯關於文化的第三種定義確定了「文化研究」的獨特方向，即平民化和非精英化的特點。

2. 精英意識的消退

傳統的文化概念主要指藝術和美學方面的創造力，潛移默化地實現道德的價值。威廉斯通過重新界定文化一詞，對傳統的精英主義立場進行解構。他認為 mass 一詞所指代的大眾並不存在，而是精英觀

---

[84] ［英］雷蒙・威廉斯：《文化的分析》，見《文化研究讀本》，羅鋼等編，北京：中國社會科學出版社，2000 年，頁 124。

[85] ［英］雷蒙・威廉斯：《文化的分析》，見《文化研究讀本》，羅鋼等編，北京：中國社會科學出版社，2000 年，頁 125。

念出於偏見而構造的結果。mass culture 常被用來指代工人階級消費的低層次文化產品，或者等同於工人階級文化，這是完全沒有道理的。威廉斯明確指出：「大眾」（popular）是從民眾的視角，而不是從那些在民眾之上追逐利益或權力的人的視角出發來考察的。儘管如此，但它早期的含義卻依然存在。大眾文化（popular culture）不被民眾認可而被其他人認可；而且它依然保留著兩種較早的含義：即下等作品（可參照通俗文學、有別於上流報刊的通俗報刊）和一味嘩眾取寵的作品（與平民報刊區別開來的大眾報刊或大眾娛樂）；此外，它還包含著更現代的意味——為許多人所喜愛，當然，這種含義在很多情況下與較早的含義有些許重疊。大眾文化的新近含義實際上是指由民眾為自己而創造的文化。它與早先的所有文化都不相同；它經常被用來替代以往的民間文化，同時，這種文化還是對現代的一種重要強調。基於以上認識，威廉斯以「共同文化」、「共同利益」、「多元社群」、「多元利益」等概念取代「大眾」（mass）一詞。他對英國的階級社會以及維護階級特權的精英文化保持清醒的、毫不妥協的批判態度。他站在民眾的立場，身體力行，積極主張接受並擴大文化的內涵，解構精英文化與大眾文化、高雅文化與通俗文化間的二元對立，提升大眾文化的地位，宣導建立一種「民主的共同文化」，並以文化領域作為突破點，打破英國社會中固有的階級分化，為大多數人提供一種想像空間和精神家園，從而讓社會文化在雅俗共賞中提高整體水準。理查·霍加特在《文化的用途》裡描繪了他的青年時代英國工人階級的生活狀態，記述了 20 世紀 50 年代美國「大眾文化」對傳統工人文化的衝擊。與 E·P·湯普森的《英國工人階級的形成》比較，《文化的用途》更為細緻地論述了英國工業革命早期工人階級意識和文化的形成過程。斯圖亞特·霍爾的編碼／解碼理論關注大眾群體對資本主義媒體霸權的解碼能動性，批判主流意識形態和官方政治權力結構對大眾文

本所造成的意義上的斷裂。費斯克特別強調大眾文化消費者的抵抗性閱讀和創造性閱讀。費斯克在羅蘭‧巴特「文本理論」的基礎上提出了大眾文本「生產性文本」的主張。這種「生產性文本」是一種「大眾性的作者性文本」，它既是通俗易懂的，又是開放的。媒介接受者在解讀電視訊息時會建構起主導／霸權立場、協商立場和反對立場三種立場，從而相應形成偏好閱讀、協商閱讀和對立閱讀三種取向的解讀。總之，約翰‧費斯克強調大眾文化的參與性、快樂性、抵制性、反抗性以及大眾文化對社會變革的潛在進步意義。通過對具體的大眾文化文本進行解讀和分析，他們修正並超越了早期研究對大眾文化的單一看法，提出了新的大眾文化理論。

3. 批判精神

　　文化研究帶有強烈的現實價值關懷與政治批判傾向。文化研究的明確性就在於文化政治或政治文化。伯明罕學派具有鮮明的英國新左派政治背景，文化研究的開創性人物威廉斯、霍加特和湯普生，以及霍爾本人，都有濃重的馬克思主義背景。他們原本來自一個遠離英國學術中心的傳統，然而關心現實的文化變革問題。文化研究中心是他們退隱其中的一方土地。伯明罕大學當代文化研究所先是因為柴契爾政府，後是因為學校當局的壓力，幾度被關閉。因為這個研究中心是一個發出「不同聲音」或「抵抗之聲」的機構。從 1960 年代至今，文化研究的明確方式就是不斷反思文化層面和政治層面、符號層面和社會層面之間的關係。

4. 跨學科的聯合

　　文化研究涉獵的領域幾乎橫跨全部人文學科和社會學科，如心理學、語言學、政治學、政治經濟學、歷史學、音樂學、哲學、地理學、教育學、甚至商業管理學。它的理論支柱是西方馬克思主義（阿爾都

塞，葛蘭西）、女性主義、符號學和後結構主義、後現代和後殖民。其他理論還包括結構主義、科技文化理論、東方主義、種族與認同政治、多元文化理論、僑民散居、第三空間、大眾文化理論、同性戀理論和全球化理論。當今的文學研究已不滿足於從文化角度看待文學，而有向多領域和多學科蔓延的趨勢。文化研究與其說是一個學科或一個知識體系，不如說是一種政治策略或干預現實的立場。它是反學科、後學科或非學科的努力的結果。「文化研究」注重當代的「大眾文化」，注重那些被主流文化排擠的「邊緣文化」，注重對文化背後社會政治、經濟運作機制的分析，注重對傳統學科界限的超越。

5. 強調經驗和理論的結合

　　文化研究一方面對一系列概念如階級、意識形態、霸權、語言、主體性等等重新定義，另一方面在經驗層面上，也更多轉向注重實地調查的民族誌方法，以及文化實踐的文本研究，進而揭示大眾如何開拓現成的文化話語，來抵制霸權意識形態的意識控制。這一研究思路與威廉斯的文化研究理念是有關的。威廉斯認為生活在同一文化中的人們所共同擁有的「經驗」是無法可替代的，這種「經驗」包含著特定的文化內涵。伯明罕學派在文化分析中特別重視「經驗」作為個體性體驗的價值，採取「民族誌」方法，深入某一群體文化長期體驗，重視田野調查，從生活經驗中解讀文化意義。文化研究不僅關注文化的內在的價值，更關注文化的外在的社會關係。所以文化研究不僅研究電影、電視、小說、音樂，同時也研究這些藝術品的生產、流通和消費的過程。研究人們如何創造和體驗文化。過去被主流文化忽略的文化形式，例如工人階級的文化形式，或者大眾文化形式都被納入視野之中。[86]

---

[86] 關於文化研究的具體方法參見陸揚，王毅：《文化研究導論》，上海：復旦大學出版社，2007 年。

總之，伯明罕的當代文化研究中心從英國影響到北美、澳大利亞以及中國、日本、印度和韓國，在世界學術範圍內掀起了一股學術風潮。

二、文學社會學研究的介紹

從文學生產到文學消費，這是一個組織化、連續性的社會文化過程。這一過程受到一定的社會關係的制約，從而浸潤著社會思潮，反映著社會風貌。因此，從社會學的視角來研究文學無疑是一個非常重要的視角。文學社會學的立足點在於文學批評，從社會學的角度或利用社會學的觀點和方法分析和評價文學。文學社會學吸取了多種社會科學尤其是社會學的理論而形成自身的觀念和方法。文學社會學的淵源可以追溯到文學思想史的早期。19 世紀歐洲的實證科學及實證主義為文學社會學提供了方法論的指導。實證科學的創始人及「社會學」這一概念的提出者，法國學者和思想家孔德認為，社會學的精髓是「實證精神」。實證科學最能體現科學精神，是一切科學的指南，也位於所有學問的頂端。

法國的斯達爾夫人《從社會制度與文學的關係論文學》是文學社會學批評的奠基之作。丹納提出了「種族」、「環境」、「時代」作為文學生成和發展的理論。

馬克思認為，文學是社會意識形態之一，它受一定時代的社會經濟條件的制約。豪塞爾則指出「藝術作品與產生它的歷史環境有著密切的關係」，「每一個創造主體總是處於一種真實暫時的、特定的社會環境之中」，所以藝術是社會的產物，但是藝術和社會又是互相作用和互相依賴的，偉大藝術總是社會批判的一種形式，總是觸及現實生活與人類經驗的問題，並尋求答案。[87]

---

[87] 參見[匈]豪塞爾：《藝術社會學》，居延安譯，上海：學林出版社，1987 年，頁 32-65。

　　埃斯卡皮在《文學社會學》一書中，從社會學的角度分析了文學活動的諸要素。他認為，凡是文學事實都必須有創作者、作品和大眾這三個方面，並且這三個方面形成一個循環系統。書籍是一種工業品，由商品部門分配，受到供求法則的支配。從文學生產方面說，關注作家的出身、世代與群體、職業與資助對創作的影響，同時也注意研究文學的銷售與閱讀中的問題，如銷售制度、版權法、消費群體等。埃氏提出應該建立一門文學社會學來研究這些文學事實。他強調只有對經過系統地、不帶任何成見地整理出來的客觀資料的研究，才能更好地分析文學事實。

　　呂西安‧戈德曼提出發生學結構主義。他所說的「發生學」是指作品如何在特定的社會環境中產生的，「結構」是指把文學作品看成一個整體，構成作品的不同元素聚合成一種意義。發生學結構主義的方法，就是要研究作品的意義結構和特定的社會結構以及特定的社會集團的意識結構，即世界觀之間的「同源」關係或「意指」關係。

　　本雅明認為，藝術家的創作固然對社會起到的變革作用，但更值得關注的是媒介，媒介體現了社會生活中生產關係、技術手段以及社會階層、階級或團體的變化。電影因其「可技術複製性」改變著大眾與藝術的關係。以往欣賞者津津樂道的「趣味」為「震驚」的效果所替代，審美也變成了「消遣」以及消費。

　　洛文塔爾在《文學、通俗文化與社會》（1961）中指出，作家對材料的支持和運用與他們所處的社會環境有緊密的聯繫，通過分析這些主客原因可以對作者自我意識的導向有更深入的瞭解。而文學作品在一定程度上反映了社會歷史的真實存在狀況，因此對主題和母題的社會學討論，有助於理解文學作品中，人物形象的社會意義和時代的特徵，並能對社會發展做出一定的科學性預測。

　　伊格爾頓認為，馬克思主義批評不只是一種「文學社會學」，只考慮小說怎樣獲得出版，是否提到工人階級等等。馬克思主義批評的

目的是更充分地闡明文學作品，在特定的歷史條件下敏銳地注意文學作品的形式、風格和含義。文學社會學可能因為過分強調實證及「科學」而容易陷入機械的決定論，也可能過於偏重文學的社會屬性而忽略了其美學的特質。因此，他認為，馬克思主義文學批評的內容要比文學社會學深厚，而且目的在於文學作品的審美特徵；對社會和歷史的看重是為了更好地理解文學作品的審美特徵。

三、意識形態學說與批評的一般狀況

意識形態（ideologie）這個概念自從誕生至今大約有兩百多年的歷史，最早是由法國哲學家特拉西（DestuttdeTracy, 1754-1836）提出來的。他的《意識形態的要素》（四卷本 1801-1815）一書中，法語詞 idéologie 可以直譯為「觀念學」，指哲學上的基礎科學，關注的是認識的起源、界限和性質。他希望該學科能像動物學和生物學一樣享有科學學科的地位。

馬克思在政治學意義上對意識形態的內涵進行了重要的發展。他在《德意志意識形態》中首創德語詞「Ideologie」（意識形態）概念，把意識形態看做階級社會中統治階級的社會意識形式。馬克思說：「人們在自己生活的社會生產中發生一定的、必然的、不以他們的意志為轉移的關係，即同他們的物質生產力的一定發展階段相適合的生產關係。這些生產關係的總和構成社會的經濟結構，即有法律的和政治的上層建築豎立其上並有一定的社會意識形式與之相適應的現實基礎。物質生活的生產方式制約著整個社會生活、政治生活和精神生活的過程。不是人們的意識決定人們的存在，相反，是人們的社會存在決定人們的意識。」[88]

---

[88] 《馬克思恩格斯選集》第 2 卷，中央編譯局編譯，北京：人民出版社，1995 年，頁 32。

恩格斯晚年在《路德維希·費爾巴哈和德國古典哲學的終結》等一系列重要論著中反覆揭示了意識形態的虛假本質。1893 年 7 月 14 日致弗·梅林的信中，恩格斯總結了他和馬克思的意識形態理論，並最後對意識形態作論斷說：「意識形態是由所謂的思想家通過意識、但是通過虛假的意識完成的過程。推動他的真正動力始終是他所不知道的，否則這就不是意識形態的過程了。因此，他想像出虛假的或表面的動力。因為這是思維過程，所以它的內容和形式都是他從純粹的思維中——不是從他自己的思維中，就是從他的先輩的思維中引出的。他只和思想材料打交道，他毫不遲疑地認為這種材料是由思維產生的，而不去進一步研究這些材料的較遠的、不從屬於思維的根源。而且他認為這是不言而喻的，因為在他看來，一切行動既然都以思維為仲介，最終似乎都以思維為基礎。」[89]因此，作為科學的社會主義理論，馬克思主義的宗旨就是要將人們從意識形態的幻覺中拯救和解放出來。

　　列寧根據意識形態與生產方式的對應性，將在馬克思那裡主要作為否定性概念來使用的意識形態概念改造成描述性的中性概念，把馬克思主義看做與資產階級意識形態相對立的無產階級的意識形態。在列寧、毛澤東等人的無產階級革命理論中，意識形態變成了一個描述性的中性的概念，辯證唯物主義與歷史唯物主義便是無產階級意識形態。

　　在意識形態的批判領域，葛蘭西提出了霸權（hegemony，又譯領導權）概念。他認為，霸權意指統治階級為獲取被統治階級的認同而採取的各種手段，其中包括意識形態，它是一種「含蓄地表現於藝術、法律、經濟活動和個人與集體生活的一切表現之中」的世界觀[90]。意識形態的這個世界觀特性意味著正是意識形態創造了主體並促使他

---

[89]　《馬克思恩格斯選集》第 4 卷，中央編譯局編譯，北京：人民出版社，1995 年，頁 726。

[90]　[義大利]安東尼奧·葛蘭西：《獄中雜記》，北京：中國社會科學出版社，2000 年，頁 237。

們行動。葛蘭西認為意識形態不是「任意的意識形態」,即單個人的成見,而是一定社會團體的共同生活在觀念上的表達,即「有組織的意識形態」。這種意識形態是由知識份子製造並傳播的,其載體是葛蘭西所謂的「市民社會」,由政黨、工會、教會、學校、學術文化團體和各種新聞媒介構成,它區別於「政治社會」,後者則由軍隊、法庭、監獄等構成。資本主義社會的統治主要不是靠政治社會的暴力來維持,而是在相當程度上依靠市民社會廣泛宣傳而被人民所普遍接受的世界觀來維持的。文化霸權的提出,其意義在於通過引入霸權、世界觀等範疇,把意識形態和一般文化及日常生活的實踐聯繫起來了,這一思路對於文化研究具有重要的參考價值。

　　法蘭克福學派認為,意識形態不僅包括社會意識形態的各種形式,而且還包括科學和技術。他們更多是從意識形態的消極社會職能這一角度進行的。他們將資本主義意識形態的本質特徵描述為虛假性或非真實性,並將虛假性擴展為一切意識形態所固有的普遍特性。這種普遍性表現為操縱、欺騙大眾和為統治現狀辯護等消極功能,需要結合精神分析理論,對個體的精神幻象和社會文化傳播行為進行更為徹底的祛魅和批判。在霍克海默和阿多諾看來,理性是資產階級意識形態的支柱,它本質上就是具有暴力性和操縱性的東西,殘暴地駕馭著大自然和肉體的感性的獨特性。人們為了能一致地同自然界作鬥爭和進行生產,往往對人的本能、欲望進行壓抑和管制。「同一性思考」的機制建立了統馭一切的意識形態。瑪律庫塞宣稱,資本主義意識形態已經滲透到思想、文化、技術、社會生活等各個領域,並使藝術整合到資本主義的社會結構之中。在這個過程中,科學技術也同一般意識形態一樣,具有工具性和奴役性,因此科學技術本身成了意識形態。

阿爾圖塞認為意識形態作為一種精神結構是無時不在、無處不在的。「意識形態是一個諸種觀念和表像（representation）的系統，它支配著一個人或一個社會群體的精神。」[91]他借鑑了拉康關於鏡像階段的嬰兒如何通過身份確認而形成自我的精神分析理論，認為「意識形態是個體與其真實的生存狀態想像性關係的再現」。當我們承認意識形態並不與現實對應時，亦即承認意識形態構成了一種幻覺時，我們就是認可了意識形態構造了一個現實的幻覺，它們只需被「解釋」為發現了隱含在那個世界想像的表像後面的世界之現實（意識形態＝幻象／暗示）。」[92]意識形態通過對社會現實的想像性關係而作用於主體，參與主體的建構過程，因此，意識形態對人的控制是無形的，甚至無意識的。他強調「不僅必須注意國家政權和國家機器的區別，而且還要注意另一類明顯支持（強制性）國家機器的實體，但一定不要把這些實體同（強制性）國家機器混淆起來。我將這類實體稱作意識形態國家機器（the ideological state apparatuses，簡稱 ISA）。」因此，國家權力的實施可以通過兩種方式、在兩種國家機器中進行：一種是強制性和鎮壓性國家機器，包括政府、行政機構、員警、法庭和監獄等等，它們通過暴力或強制方式發揮其功能；另一種則是意識形態國家機器。包括宗教的、教育的、家庭的、法律的、政治的、工會的、傳媒的（出版、廣播、電視等）、文化的（文學、藝術、體育比賽等）等各個方面的意識形態國家機器，以意識形態方式發揮作用。

特里・伊格爾頓把文學看作一種意識形態的生產，這是他審美意識形態生產理論的核心觀點。他認為，文學是一種意識形態的生產，

---

[91] Louis Althusser, *Ideology and Ideological State Apparatuses,* in Slavoj Zizek, ed.,, Mapping Ideology, London: Verso, 1994. p.120.

[92] Louis Althusser, *Ideology and Ideological State Apparatuses,* in Slavoj Zizek, ed., Mapping Ideology, London: Verso, 1994. pp.123.

特別是一種審美意識形態的生產。然而，文學並非直接反映意識形態，它與意識形態的關係是一種文化生產的關係。他把文學研究的重心放在研究「作為文學的意識形態話語的生產規律」。文學的生產就是審美意識形態的生產。

詹姆遜認為，現在人們認為統治階級的意識形態的任務是合法化和領導權（這兩個詞分別來自哈貝馬斯和葛蘭西），換句話說，沒有任何一個統治階級能夠永遠依靠暴力來維護其統治，雖然暴力在社會危機的動亂時刻完全是必須的。恰恰相反，統治階級必須依靠人們某種形式的贊同，起碼是某種形式的被動接受，因此龐大的統治階級意識形態的基本功能就是去說服人們相信社會生活就應該如此，相信變革是枉費心機，社會關係從來就是這樣，等等。而同時，可想而知，一種相對抗的意識形態的功能就是——例如馬克思主義本身，作為無產階級的意識形態，而不是作為關於社會狀態的「科學」——向占領導權地位的意識形態提出挑戰，揭穿、削弱這種意識形態，使人們不再相信它，作為更廣闊範圍內奪取政權鬥爭的一部分，還必須發展自己與之相對的意識形態。[93]

導學思考

一、關鍵詞

1. 感物說：中國古代文論的理論範疇。感物說用外部世界激發主體的人生感受來解釋文學何以發生。認為創作主體在外在事

---

[93] 參見[美]詹姆遜：《後現代主義與文化理論》，唐小兵譯，西安：陝西師範大學出版社，1986年，頁237-238。

物的刺激下會產生強烈的感情，進而就會創作出飽含感情色彩的文學作品。

2. 摹仿說：古希臘哲學家赫拉克利特、德漠克利特、柏拉圖、亞里斯多德等提出的關於藝術起源的說法。認為藝術起源於人類的摹仿本能，藝術是摹仿自然和社會人生的產物。

3. 反映論：馬克思主義的文藝反映論認為，文學作品無論是直接反映社會生活還是間接地、曲折地反映社會生活，都是以社會生活為參照和依據，客觀的社會生活是文學創作的唯一源泉。文學作品中的題材、人物形象、生活情境、思想感情、審美傾向、主題宗旨的變化，都與社會生活的狀況和變化緊密相關。

4. 文學社會學：文學社會學關注的是文學批評與研究，從社會學的角度或利用社會學的觀點和方法分析和評價文學。

5. 文化學：文化學是一門研究人類文化現象及其發生發展規律的學問。

6. 意識形態：這一說法最早是由法國哲學家特拉西提出來的。根據馬克思主義創始人的觀點，意識形態主要是指建立在一定經濟基礎之上的觀念上層建築，它包括哲學、道德、宗教和文學藝術等一些精神性的觀念形態。詹姆遜將西方馬克思主義的文論中對於意識形態的理解歸納為七種模式：錯誤意識、領導權或階級合法化、物化、日常生活的意識形態或文化工業、心理主體與意識形態的國家機器、支配權的意識形態、語言的異化。[94]

7. 文化研究：20 世紀 50、60 年代英美學界興起的一個學術思潮和批評實踐。它是一種跨學科的批評實踐，包括文學、史學、哲學、社會學、人類學等等學科的研究路徑和理論視角。這是

---

[94] ［美］詹姆遜：《後現代主義與文化理論》，唐小兵譯，西安：陝西師範大學出版社，1986 年，頁 257。

一個不斷擴展的知識實踐的領域，涉及到大眾媒體、社會底層趣味、性別問題、少數族裔等等問題。「文化研究」作為一種方法，改寫了傳統的「中心」和「邊緣」的觀念，對傳統的學科理念和學科建制構成的強烈衝擊。

二、思考題

1. 梳理文學與文化從混融到疏離，再到融合的過程。
2. 如何理解文化研究的文學論。
3. 文學的意識形態內涵。
4. 文化研究的主要流派及其觀點。

三、學術選題參考

1. 如何處理文化研究與審美研究的關係。
2. 感物論與摹仿論的主要差異。
3. 回顧 20 世紀中國文學史，評判反映論文學觀的功過得失。
4. 意識形態作為文學批評方法的主要內容。
5. 文學社會學與文化研究的聯繫和區別。

四、拓展指南

文化研究的重要著作介紹

1. 霍克海默、阿多諾，《啟蒙辯證法》，上海人民出版社，2006。

《啟蒙辯證法》闡述了啟蒙精神的發展過程，說明啟蒙精神已從歷史上的教育推進作用，發展成了欺騙群眾的工具。該

書揭露批判了法西斯主義的罪行，特別是迫害猶太人的罪行，指出了當代極權主義正在增長的傾向。作者認為，只有揭露和反對法西斯主義的暴行，向有秩序的世界過渡，社會才能發展。

2. 威廉斯：《關鍵詞：文化與社會的詞彙》，三聯書店，2005。

　　　　《關鍵詞》是對文化轉變中的語言的考察與探究。作者考察了 131 個彼此相關的「關鍵詞」，追溯這些語詞意義的歷史流變，並厘清這些流變背後的文化政治；當其所處的歷史語境發生變化時，它們是如何被形成、被改變、被重新定義、被影響、被修改、被混淆、被強調的。這些語詞不僅引領我們瞭解英國的文化與社會，也幫助我們瞭解當代的文化與社會。威廉斯一生的知識工作與文化唯物主義息息相關，《關鍵詞》無疑為此提供了詳盡而有系統的注釋，也為他的「文化與社會」的方法提供了實際有用的工具。

3. [美]詹明信，《晚期資本主義的文化邏輯》，張旭東等譯，三聯書店，1997。

　　　　《晚期資本主義的文化邏輯》輯選詹氏的九篇重要論文及三篇附錄。他對資本主義的文化設置和邏輯進行瞭解構性的分析，並運用「辯證法」的敘事原則，重新審視人與環境及歷史變化的無窮盡的搏鬥。

4. 羅蘭・巴特，《神話——大眾文化詮釋》，許薔薔、許綺玲譯，上海人民出版社，1999。

　　　　巴特通過對後現代化狀況下的文化現象的分析，揭示了隱藏在這些現象下的資產階級意識形態。

5. 《機械複製時代的藝術作品（攝影小史）》，王才勇等譯，浙江攝影出版社，1993。

本雅明著重分析了攝影的出現對現代文明的重大影響，尤其是對藝術活動的革命性顛覆。他認為以攝影（包括電影）為代表的機械複製手段已從根本上改變了人類藝術的認知方式，並預言機械複製的手段將最終消解古典藝術的崇高地位，藝術的權利將從「專業人士」手中解放出來，成為普通公眾的一般權利。本雅明在這兩本著作中提出的「震驚體驗」、「韻味的消散」、「複製／創造」等概念和觀點對現代攝影理論和文化理論影響深遠。

6. 斯圖爾特・霍爾，《表徵——文化表像與意指實踐》，商務印書館，2003。

本書是一部傳播學和社會文化理論教科書，作者通過一個文化研究理論的概述和五個專題的文化個案研究，闡述了文化是通過表徵和意指實踐構造出來的；它所使用的符號具有任意性，因而與外部的物質世界不存在符合的關係；它是一個解釋的和意義的世界；表徵過程的所有參與方（包括製作方與消費方）都捲入了意義的爭奪，但這種爭奪是通過話語的方式進行的；意義不可能是純個人的，而是各方協商和表徵運作的結果；意義總是有偏向、有優先方面的。

第五章

文學與過程

任何事物都有一個發生與發展的過程，都有它的歷史與邏輯的起點。文學也不例外，它是社會歷史發展的產物。文學本身也經歷了一個發生與發展的過程。人們對於文學發展的歷史線索與性質形成了不同的看法，從而形成了不同的文學史觀。隨著社會經濟、政治、文化的演變，具有一定規模的文學思潮也隨之形成。

本章將從文學的發生與發展、文學史觀、文學思潮及其演變三個方面講述文學的歷史過程。

第一節　文學的發生和發展

文學發展是一個歷史地積累和進化的過程，文學的發展不僅是適應社會發展的需要，同時是文學自身不斷地繼承與革新、各民族文學相互交流影響的結果。研究文藝發生問題，可以解釋文藝起源的最早環節，將有助於解決一系列與之密切相關的問題，諸如文藝的本質、文藝的特徵、文藝與社會生活的關係、文藝與人類心理的關係等等問題。文學是隨著社會的發展而發展的。社會生活的發展是文學發展的客觀基礎。作為一種社會意識形態，文學的發展歸根結底要受到人類

社會生活發展的制約。社會形態和社會生活決定了文學的性質、內容和形式。社會生活的發展變化引起文學思潮和文學流派的興衰更替。文學還有自身發展的歷史規律。從各個時代文學的關係來看，文學發展有繼承和革新的規律；從不同民族文學的關係來看，它又有互相影響和互相促進的規律。

　　本節首先介紹文學發生的三種觀點：巫術說、遊戲說、勞動說。然後分析文學發展的外部因素。

一、文學的發生

　　關於文學發生的理論有很多，歷史上影響較大的理論主要有模仿說[1]、巫術說、遊戲說、心靈表現說[2]、勞動說等。這些理論都有其合理的成分，都從某一方面對人類的這種精神活動進行了探討和追尋。但它們大多對文學起源的因素僅作了較為單一的處理和解釋，而沒有從根本上考慮文學起源的複雜多元性。

（一）巫術說

　　巫術說是指從人類早期的原始宗教巫術現象入手來探索與解釋文學藝術起源的學說。文學發生的巫術說認為，文學藝術的出現與巫術的思維與儀式有關係。那麼，巫術思維是什麼呢？巫術儀式跟藝術又有什麼關係呢？人類學家泰勒認為，原始人具有「萬物有靈」的思維機制，這是人類一切社會活動和世界觀的基礎。「野蠻人的世界現就是給一切現象憑空加上無所不在的人格化的神靈的任性作用……古代的野蠻人讓這些幻想來塞滿自己的住宅，周圍的環境。廣大的地

---

[1]　關於這一問題，本書第四章第二節有過論述。
[2]　關於這一問題，本書第二章第一節有過論述。

面和天空。」[3]弗雷澤則認為原始巫術體現了原始人思維的「相似律」和「接觸律」規則。他說：「如果我們分析巫術賴以建立的思想原則，便會發現它們可以歸結為兩個方面：第一是『同類相生』或果必同因；第二是『物體一經互相接觸，在中斷實體接觸後還會繼續遠距離的互相作用』。前者可稱為『相似律』，後者可稱為『接觸律』或『觸染律』。巫師根據第一原則即『相似律』引申出，他能夠僅僅通過模仿就實現任何他想做的事；從第二個原則出發，他斷定他能通過一個物體來對一個人施加影響，只要該物體曾被那個人接觸過，不論該物體是否為該人身體之一部分。基於相似律的法術叫做『順勢巫術』或『模擬巫術』。基於接觸律或觸染律的法術叫做接觸巫術。」[4]這兩種巫術形式反映了原始人一種樸素的信仰，即認為通過事物之間的模仿或者接觸，二者會相互影響、相互滲透，從而會使具體的事物具有靈性。因此，他們為了實現生活中某些願望而創造出了一些巫術形式，包括儀式、舞蹈、繪畫以及具體的行為。而這些巫術形式都是藝術早期的萌芽狀態。史前藝術學者薩洛蒙‧賴納許（Salmon Reinach）將前述巫術理論的解釋應用於社會個案。他舉出許多洞穴壁畫作為證據。例如，著名的「黑廳」壁畫在深入洞穴 800 米的地方；而法國的馮‧特‧昌姆洞穴中的犀牛圖，畫在只有人平躺在地上方能看到的岩石縫隙上。有的畫還被一畫再畫。如拉斯科克斯洞穴的一處壁畫前後被重疊三次，據推測，這幅畫被認為可以給狩獵者帶來運氣，所以格外受到重視。原始人相信動物的圖形與動物的實體之間有一種神秘的互滲聯繫，那麼描繪動物就能夠影響動物和佔有動物。

---

[3]　轉引自朱狄：《藝術的起源》，北京：三聯書店，1988 年，頁 131。

[4]　詹‧喬‧弗雷澤：《金枝》（上），徐育新等譯，北京：中國民間文藝出版社，1987 年，頁 19。

（一）遊戲說

遊戲說是一種從文學創作的發生、性質及功能的整體上將文學歸結為無功利的自由活動的理論。康德首先從遊戲的無功利性特點來界定藝術。康德認為，藝術是一種遊戲，這種遊戲的根本特徵就在於它是排除一切外在強制的自由活動。他將文學藝術與手工藝作了區分，認為文學藝術活動的本質是自由的遊戲。他說：「藝術也和手工藝區別著。前者喚做自由的，後者也能喚做雇傭的藝術。前者人看做好像只是遊戲，這就是一種工作，它是對自身愉快的，能夠合目的地成功。」[5]根據康德的說法，文學能把想像力的自由遊戲當作知性的嚴肅事情來進行。席勒指出：「野蠻人以什麼現象來宣佈他達到的人性呢？不論我們深入多麼遠，這種現象在擺脫了動物狀態的奴役作用的一切民族中間總是一樣的，對外觀的喜悅，對裝飾和遊戲的愛好。」[6]席勒將遊戲視為人類區別於動物界的最重要的標誌。他認為人的天性中對立地存在感性衝動和理性衝動，不可避免地造成對人感性的壓迫與理性的壓制，只有在遊戲衝動中人才能有效地解決這二者的衝突，從而實現人性的完整與和諧。藝術活動的根本動力在於精力過剩，因為「不滿足安於自然和他所欲求的事物，人要求有所盈餘。起初當然還只是一種物質的盈餘，這是為了免使欲望受到限制，保證不僅限於目前需要的享受。但後來就要求在物質的盈餘上有審美的補充，以便能同時滿足他的形式衝動，以便使他的享受超出各種欲求」[7]。人的審美遊戲，與動物出於物質剩餘引發的本能性身體器官的遊戲是不能同日而語的。人在物質需要滿足的前提下，有了追求精神滿足的需要。

---

[5] ［德］康德：《判斷力批判》上冊，宗白華譯，北京：商務印書館，1964年，頁149。

[6] ［德］席勒：《美學書簡》第26封信，載北京：《古典文藝理論譯叢》，1963年第5期。

[7] ［德］席勒：《美育書簡》，徐恆醇譯，北京：中國文聯出版公司，1984年，頁139-140。

在想像力和理性的共同作用下，人類通過遊戲活動創造出了體現人的主體價值的藝術作品。英國哲學家斯賓塞從心理學的角度發揮了席勒的美學觀點，他補充說，人是一種高等動物，人區別於下等動物的特徵在於，下等動物要把全部機體力量都消耗在維持生命所必須的活動上、而人類則在維持和延續生命之外，還有過剩精力。因此，遊戲和藝術都是過剩精力的發洩，是非功利性的生命活動。美感起源於遊戲的衝動，藝術在實質上也是種遊戲。正如斯賓塞說的：「我們稱之為遊戲的那些活動是由於這樣的一種特徵而和審美活動聯繫起來的。那就是它們都不以任何直接的方法來推動有利於生命的過程。」[8]伽達默爾認為，與藝術有關的遊戲不是指行為或遊戲活動中所實現的主體性的自由，而是指藝術作品本身的存在方式，因為這種遊戲活動與嚴肅事物有著關聯。朱光潛對比了遊戲和藝術的相似點，認為「遊戲和藝術有四個最重要的類似點：一、它們都是意象的客觀化，都是在現實世界之外另創意造世界。二、在意造世界時它們都兼用創造和模仿，一方面要沾掛現實，一方面又要超脫現實。三、它們對意造世界的態度都是『佯信』，都把物我的分別暫時忘去。四、它們都是無實用目的的自由活動」。[9]朱光潛的這個對比說明遊戲和藝術都有無功利性，也不妨視為遊戲說的依據。

（三）勞動說

勞動說認為，藝術起源於勞動，原始文學藝術活動是生產勞動的結果。

8　[英]赫伯特・斯賓塞：《心理學原理》第 2 卷，見朱狄：《藝術的起源》，北京：中國社會科學出版社，1982 年，頁 121。

9　朱光潛：《文藝心理學》，見《朱光潛美學文集》第 1 卷，上海：上海文藝出版社，1982年，頁 187。

第一，勞動造就了文學藝術的主體。原始人通過長期的生產勞動鍛鍊了體格、訓練了大腦，培育了認知能力和語言能力。這些身心發展是原始人進一步從事物質勞動和精神活動的基礎。馬克思說：「只是由於人的本質的客觀地展開的豐富性，主體的、人的感性的豐富性。如有音樂感的耳朵、能感受形式美的眼睛，總之，那些能成為人的享受的感覺；即確證自己是人的本質力量的感覺，才一部分發展起來，一部分產生出來。因為，不僅五官感覺，而且所謂精神感覺、實踐感覺（意志、愛等等），一句話，人的感覺、感覺的人性，都只是由於它的物件的存在，由於人化的自然界，才產生出來的。」[10]通過勞動實踐過程，人類積累了豐富的感覺經驗，提高了基本的審美能力。

第二，文藝是勞動過程的產物。普列漢諾夫是「藝術起源於勞動」理論的有力提倡者。普列漢諾夫是俄國早期的馬克思主義者。在《沒有位址的信》一書中，他根據考古學和人類學方面的大量材料，在批判總結和具體發揮前人觀點的基礎上，闡述了藝術起源於勞動的理論。勞動為藝術的產生提供了物質的前提，是藝術起源的基礎。正如恩格斯所說：「只是由於勞動，由於和日新月異的動作相適應，由於這樣所引起的肌肉、韌帶以及在更長時間內引起的骨骼的特別發展遺傳下來，而且由於這些遺傳下來的靈巧性的愈來愈新的方式運用於新的愈來愈複雜的動作，人的手才達到這樣高度的完善。在這個基礎上它才能仿佛憑著魔力似的產生了拉斐爾的繪畫，托爾瓦德森的雕刻以及帕格尼尼的音樂。」[11]

第三，文學藝術是勞動需要的產物。原始人在勞動過程為了減輕疲勞，協調關係、交流感情，發展了文學藝術的形式。他們「在自己的勞動生產過程中樂意服從一定的拍子，並且在生產性的身體運動上

---

[10] 《馬克思恩格斯選集》第 4 卷，北京：人民出版社，1995 年，頁 126。
[11] 《馬克思恩格斯選集》第 3 卷，北京：人民出版社，1995 年，頁 515。

伴以均勻的唱和聲音和掛在身上的各種東西發出的有節奏的響聲。」中國古代文獻《淮南子‧道應訓》有生動的描述:「今夫舉大木者,前呼『邪許』,後亦應之,此舉重勸力之歌也。」魯迅也主張藝術起源於勞動,「我們的祖先的原始人,原是連話也不會說的,為了共同勞作,必需發表意見,才漸漸的練出複雜的聲音來,假如那時大家抬木頭,都覺得吃力了,卻想不到發表,其中有一個叫道『杭育杭育』,那麼,這就是創作;大家也要佩服,應用的,這就等於出版;倘若用什麼記號留存了下來,這就是文學⋯⋯」[12]

第四,勞動是文學藝術再現的內容。《彈歌》:「斷竹,續竹;飛土,逐宍(肉)。」這段文字描述了遠古時代的狩獵生活。又據《呂氏春秋‧古樂篇》記載:「昔葛天氏之樂,三人操牛尾,投足以歌八闋:一曰載民,二曰玄鳥,三曰遂草木,四曰奮五穀,五曰敬天地、六曰建帝功,七曰依地德,八曰總禽獸之極。」[13]這些載歌載舞的原始舞蹈再現了各種動物的動作以及勞動生產過程。

總之,文學起源於以勞動為中心的人類生存活動。文學的發展歸根結底受一定社會的經濟基礎的決定和制約,政治、道德、哲學、宗教等上層建築部門,也都在一定程度和範圍裡,從不同角度對文學產生影響。

二、文學的發展

文學與任何其他事物一樣,具有自身演變的過程。文學發展總是伴隨著社會歷史的變化而發展的。隨著人類歷史不斷演變,文學的性質、文學的內容與形式,也必然會發生變化,這是不以人的意志為轉

---

[12] 魯迅:《門外文談》,《魯迅全集》第6卷,北京:人民文學出版社,1981年,頁94頁。
[13] 《呂氏春秋‧古樂》。

移的客觀規律。文學的發展既是文學內容、形式各種要素的流變史，也是文學與社會、環境、意識形態等因素之間的關係史。

（一）文學發展與社會的關係

研究文學的發展，應該用歷史的觀點考察文學現象，探討其發展的原因及規律，從而才能對文學的發展作出科學的解釋。劉勰的《文心雕龍·時序》篇對晉宋以前文學發展概況進行了歷史的總結，說明了各個歷史時期文學盛衰的原因。

> 昔在陶唐，德盛化鈞；野老吐「何力」之談，郊童含「不識」之歌。有虞繼作，政阜民暇；「薰風」詩於元後，「爛雲」歌於列臣。盡其美者何？乃心樂而聲泰也。至大禹敷土，九序詠功。成湯聖敬，「猗歟」作頌。逮姬文之德盛，《周南》勤而不怨；大王之化淳，《邠風》樂而不淫。幽厲昏而《板》《蕩》怒，平王微而《黍離》哀。故知歌謠文理，與世推移，風動於上，而波震於下者也。

他要論述的觀點是，這些歌謠的寫作，是和時代一起演變的；時代像風一樣在上邊刮著，文學就像波浪一樣在下邊跟著震動。劉勰根據他對先秦至宋齊間文學演變的考察，認為「蔚映十代，辭采九變。樞中所動，環流無倦。質文沿時，崇替在選。終古雖遠，曠焉如面」。他認為，在這十個朝代中，文學經歷了許多的變化。時代是中心，文學圍繞著它不斷演進。文風的樸質與華麗隨時而變，文壇的繁榮與衰落也與世相關。歷史雖然很長久，只要掌握文學和時代的關係，就清楚得如在眼前了。劉勰總的看法是，「時運交移，質文代變」；「歌謠文理，與世推移」；「文變染乎世情，興廢繫乎時序」。

韓愈通過對先秦作家作品的研究，指出「周之衰，孔子之徒鳴之」，「秦之興，李斯鳴之」，「楚大國也，其亡也，以屈原鳴之。」[14]他認為隨著時代的發展，文學「不得其平則鳴」的呼聲也隨之出現。李贄在為《水滸傳》寫序時，把司馬遷的「發憤著書」說和文學的時代性結合起來。他說：「水滸傳者，發憤之所作也。蓋自宋室不兢，冠履倒絕，大賢處下，不肖處上」，故「水滸出焉」。趙翼詩曰：「李杜詩歌萬口傳，至今已覺不新鮮。江山代有才人出，各領風騷數百年。」[15]他認為文學的發展與時俱進，文學經典的認定也因時而變。

文學的發展有著自身的軌跡，從文體演變過程中尤其可以清晰地發現這一點。王國維在《宋元戲曲史》中認為：「一時代有一時代的文學，唐之詩，宋之詞，元之曲，明清之小說，不可更替和重現。」中國古典詩歌的流變經歷了四言詩、楚辭、樂府民歌、五言詩、七言詩、長短句的詞、散曲等階段。文體的演變和社會的發展呈現出某種關聯性。一種文體的孕育、成熟和衰亡，往往反映了文化和歷史的變遷。唐宋時代商業經濟發達，人與人之間的交往也日益頻繁，原有的詩歌、散文體裁，已不足以表現越來越豐富多彩的生活內容，因而也就需要有容量更大的文學形式適應市民階層的形成，這種需求促進了傳奇、話本等文學形式的形成和發展。隨著明清時代的資本主義的萌芽，小說、戲劇等文學體裁勃興、成熟。「五四」時期思想啟蒙的需要，召喚反帝反封建的現代小說、白話詩的崛起。內容的發展引起文學形式的變化，文學形式的發生發展與演變歸根結底是由社會生活的發展變化而引起的。日新月異的社會生活，使人們的精神生活日益豐富多彩，就必然要求文學形式不斷更新、變化，以表現新的內容。這

---

[14]　韓愈：《送孟東野序》。
[15]　趙翼：《論詩》。

一切都說明社會的發展決定著文學的發展。社會前進了，文學在內容和形式上都要發生變化。這是文學發展的一條客觀規律。

也有人否認文學發展與社會有關，認為文學發展過程是一種偶然性過程，文學發展的歷史是少數天才的個人創造的歷史。認為文學發展的過程是某種「絕對精神」、「絕對理念」自身發展過程的表現，如黑格爾把藝術的發展劃分為象徵藝術、古典藝術、浪漫藝術三個階段，它們是「絕對理念」自身發展的結果。

（一）文學發展與經濟基礎的關係

經濟基礎決定上層建築，文學作為一種特殊的意識形態，其性質、內容和形式都要受到經濟基礎的制約。馬克思說：「物質生活的生產方式制約著整個社會生活、政治生活和精神生活的過程。」[16]隨著生產力的進一步發展，出現了物質勞動和精神勞動的分工，社會上一部分人有可能脫離生產勞動，專門從事文化活動，包括從事文學藝術創作。文學隨著社會生活的發展而發展。文學的發展，具體地表現為文學的內容、形式的演變。

文學作品是作家對一定時代的社會生活的審美反映。每當社會生活發展到一個新的階段，就給文學提供了新的社會內容和新的表現對象，同時，作家的審美意識也是隨時代而變化的。因此，文學的內容總是隨著時代的演變而演變的。社會生活的發展，不僅給文學提供了新內容，同時也促進了文學形式的演變。馬克思曾經指出，某些藝術形式，只能出現在人類社會的不發達階段。他說：「任何神話都是用想像和借助想像以征服自然力，支配自然力，把自然力加以形象化；

---

[16] 《〈政治經濟學批判〉導言》，《馬克思恩格斯選集》第 2 卷，北京：人民出版社，1995年，頁 82。

因而，隨著某些自然力之實際上被支配，神話也就消失了。」[17]馬克思主義認為，經濟基礎的改變決定文學的發展變化，但是經濟發展與文學發展之間的關係是不平衡的。馬克思提出了「藝術生產和物質生產發展的不平衡關係」說。「關於藝術，大家知道，它的一定繁榮時期決不是同社會的一般發展成比例的，因而也決不是同仿佛是社會組織的骨骼的物質基礎的一般發展成比例的。」[18]這就是說，藝術的繁榮和發展，決不是簡單地、機械地按照經濟發展的步子前進，兩者的發展水準並不總是成比例的。可見，他雖然強調經濟基礎對於意識形態的決定作用，但並沒有把文學藝術發展的社會原因僅僅歸結為經濟基礎，而是同時強調了上層建築之間的交互作用。恩格斯指出：「政治、法律、哲學、宗教、文學、藝術等的發展是以經濟發展為基礎的。但是，它們又都互相影響並對經濟基礎發生影響。並不是只有經濟狀況才是原因，才是積極的，而其餘一切都不過是消極的結果。這是在歸根到底不斷為自己開闢道路的經濟必然性的基礎上的互相作用。」[19]這就說明了影響文學藝術發展的原因是複雜的，多層次的，多方面的。在特定的時期，哪種因素起主要作用，應進行具體的分析。應該看到，社會生活對文學形式的影響必須通過審美意識這一中間環節。而審美意識的變化是潛移默化的，並不與社會生活的變化同步進行，各種文學形式具有無可置疑的連續性。然而，庸俗社會學文學研究認為，文學的發展與社會的發展產生直接的對應關係，這無疑是錯誤的。

---

[17] 《馬克思恩格斯選集》第 2 卷，北京：人民出版社，1995 年，頁 113。
[18] 《馬克思恩格斯選集》第 2 卷，北京：人民出版社，1995 年，頁 112-113。
[19] 《馬克思恩格斯選集》第 4 卷，北京：人民出版社，1995 年，頁 732。

（三）文學發展與其他意識形態的關係

1. 文學與政治的關係

　　文學作為社會意識形態的一部分，它的發展除了與上述社會環境、經濟基礎密切相關以外，政治、哲學、道德、宗教等社會意識形態都和文學藝術互相聯繫、互相影響。當某種意識形態在一定社會發展階段得到高度發展時，就會對文學發展產生突出作用。它們不僅是文學內容的重要組成部分，也會影響到作家的世界觀、審美觀，直至作家的藝術方法等。

　　文藝與政治是相互作用的，體現在三個方面。

　　第一，文藝反映政治。文藝是政治之亂的反映。《左傳》記載的季箚觀樂的史實可以說明這一點。樂匠為之歌《鄭》，季箚曰：「美哉！其細已甚，民弗堪也，是其先亡乎！」他認為，《鄭》樂的音節過於繁促，反映了鄭國的政令過於煩苛。《國語》記載州鳩論樂，有「政象樂，樂從和」的說法，意思是政治狀況會反映於音樂，音樂就成了政治的表像。《樂記》提出了「聲音之道與政通」的觀點：「凡音者，生人心者也。情動於中，故形於聲；聲成文，謂之音。是故治世之音安以樂，其政和；亂世之音怨以怒，其政乖；亡國之音哀以思，其民困。聲音之道與政通矣。」這段話從音樂與情的關係說到音樂與政的關係。音樂產生於人的情感，而情感因緣於社會生活。大體而言，什麼樣的世道出現什麼樣的情感，什麼樣的情感產生什麼樣的音樂。一個時期的文學觀念或明顯或隱晦地表達某些階層的政治訴求。有些作家本人就是政治家、思想家、革命家，他們的政治理想和觀點直接影響其文學創作。

　　第二，文藝具有政治批判的功能。荀子論述了音樂有正反兩方面的作用：「凡奸聲感人而逆氣應之，逆氣成象而亂生焉。正聲感人而

順氣應之，順氣成象而治生焉。」[20]，意即樂之「正」、「奸」會直接導致社會治亂。漢代《詩大序》曰：「情發於聲，聲成文謂之音。治世之音安以樂，其政和；亂世之音怨以怒，其政乖；亡國之音哀以思，其民困。故正得失，動天地，感鬼神，莫近於詩。先王以是經夫婦，成孝敬，厚人倫，美教化，移風俗。」這段話前面部分認為文藝是社會政治狀況的反映，後面部分認為文藝對於改善社會政治狀況有積極作用。

第三，政治影響文學。政治作為上層建築，它最直接、最集中地反映本階級的經濟利益。列寧說：「政治是經濟的集中表現」，它在上層建築中處於主導地位，是經濟基礎和其他意識形態之間的仲介。政治與其意識形態相比較，它對文學的影響比經濟對文學的影響更為直接。政治意識形態對文學的滲透與控制具體表現為文藝政策的制定、文學出版與閱讀的政治控制等等。總之，文藝與政治是相互作用的關係，政治作用於文藝，文藝也反作用於政治。

2. 文學與道德的關係

道德是調整群體關係、維繫倫理信念的精神力量。它滲透在人類的一切活動中。道德關係是比人們的政治關係、經濟關係、宗教關係和法律關係等更為普遍、更為深沉的人際關係。孔子把文藝當作修身成仁的重要手段：「興於《詩》，立於禮，成於樂。」[21]周敦頤提出：「文所以載道也，……文辭，藝也；道德，實也。」[22]這裡的「道」便是關乎道德心性的義理之學。柏拉圖之所以要把詩人逐出他的理想國，其背後是帶有道德規範的隱憂的。他認為，專事模仿的「詩人的

---

[20] 《荀子・樂論》。

[21] 《論語・泰伯》。

[22] 周敦頤：《通書・文辭》。

創作是真實性很低的；因為像畫家一樣，他的創作是和心靈的低賤部分打交道的。因此我們完全有理由拒絕讓詩人進入治理良好的城邦。因為他的作品在於激勵、培育和加強心靈的低賤部分，毀壞理性部分」。[23]賀拉斯在《詩藝》中提出後來影響深遠的「寓教於樂」的觀點。歐洲基督教教義深刻影響了後世文學中的道德倫理觀念。文藝復興時期的錫德尼則認為詩人是歷史家和道德家之間的仲裁者，因為詩歌可以正確地評價善惡，「引導我們，吸引我們，去到達一種我們這種帶有惰性的、為其泥質的居宅染汙了的靈魂所能夠達到的盡可能高的完美」[24]。浪漫主義詩人雪萊也說：「詩是最快樂最良善的心靈中最快樂最良善的瞬間之記錄。」「詩增強人類德性的機能，正如鍛煉能增強我們的肢體。」[25]可見，道德倫理直接影響文學作品的內容，同時也從世界觀、道德倫理觀方面為作家提供判斷是非、善惡的標準，直接影響文學的創作。歷來的文學創作都受到一定的道德觀念的制約。

（四）文學發展與民族之間的影響

在政治、經濟的長期發展過程中，每個民族都形成了相對穩定的文化習俗、心理結構和審美傳統。審美情趣、審美理想等方面的差異恰恰成為各民族彼此互補的基礎。不同的民族的文化環境構成了文學的民族特性，這表現在獨特的民族性格、獨特的社會生活、獨特的自然環境、獨特的語言、獨特的體裁、獨特的表現手法等方面。各民族

---

[23] [古希臘]柏拉圖：《理想國》，郭斌和、張竹明譯，北京：商務印書館，1986，頁 404。

[24] [英]錫德尼：《為詩一辯》，錢學熙譯，見伍蠡甫主編：《西方文論選》上卷，上海：上海譯文出版社，1979 年，頁 233。

[25] [英]雪萊：《為詩辯護》，繆靈珠譯，見劉寶端編：《十九世紀英國詩人論詩》，北京：人民文學出版社，1984 年，頁 154 頁、頁 129。

之間的文學的交流和影響，包括文藝思想的影響、藝術形式的影響、創作原則和藝術流派的影響。

首先，同一國度裡各民族的文學之間發生相互影響。各個時代的文學，都是在批判地繼承本民族的文學遺產，並吸取其他民族文學的影響的基礎上，根據反映現實生活的需要不斷地進行革新與創造而向前發展的。這是文學發展的內在的基本規律。各民族文學之間的相互影響和相互促進，是中外文學發展史上的客觀事實，也是文學的自覺意識之一。在一個由多民族組成的國家裡，各民族文學必然相互影響、相互促進。例如，神話方面，南方少數民族和漢族在神話方面有大量共同母題。詩歌方面，屈原在楚地各民族神巫文化的基礎上，吸收北方文化的理性精神，形成了自由馳騁、神奇瑰麗的藝術風格。民間故事方面，從元代開始，經過明代，直到清代，來源於漢族文學的各種故事，諸如《孔子之歌》、《屈原吟》、《朱買臣》、《蔡伯喈》、《李旦與鳳姣》、《梁山伯與祝英台》、《孟薑女》、《董永》等，被改編為敘事詩在南方各少數民族之中廣泛流傳。如此等等，我們都可以發現中國各民族之間在文學中的相互聯繫。

其次，在世界範圍內，不同國家、不同民族文學之間的相互交流，也是促進文學發展的不可或缺的重要條件。各民族文學一經形成，不僅是自己民族的，更是人類共有的精神財富，遲早要趨向於與世界其他民族的交流。優秀的民族文學常常能突破時代、民族、階級的界限，表現世界範圍內的人們的某種普遍的思想感情。各民族文學的相互影響有它的歷史發展過程。遠在古代的奴隸社會和封建社會時期，不同民族之間，因經濟、文化聯繫的發展，文學也開始了相互交流，並發生相互影響。如古希臘文學對羅馬文學，印度文學對東南亞各國和阿拉伯的文學，中國文學對東亞各國文學，都有過不同程度的影響。在歐洲文學史上，從文藝復興到十九世紀西歐諸國文學的發展、繁榮，也是和這些國家文學間的相互影響分不開的。

　　各民族的文學之間相互交流和彼此影響對文學的發展具有重要意義。每個民族的文學都有自己的獨特性，都對豐富的世界文學寶庫作出了各自的貢獻。隨著社會生活的發展和各民族經濟、政治、文化上的頻繁交往，各民族文學的相互影響也越來越大。隨著資本主義生產方式的出現，隨著資本主義經濟的發展，各民族之間的文學和影響進入了全球化階段。

第二節　文學史觀

　　在文學史研究中，研究者通常以文學作品在時間上的線性發展序列為中心目標，尋繹文學發展的內在規律和邏輯線索。不同的研究思路相應就會形成不同類型的文學史觀。文學史（Literary history）與文學史理論是有區別的。美國史學家貝克爾對「兩種歷史」進行的區分可以帶給我們啟示。他說：「我們承認有兩種歷史：一種是一度發生過的實實在在的一系列事件，另一種是我們所肯定的並且保持在記憶中的意識上一系列事件。第一種是絕對的和不變的，不管我們對它怎樣做法和說法，它是什麼便是什麼；第二種是相對的，老是跟著知識的增加或精煉而變化的。」[26]可見，文學史是指文學存在與發展的歷史，而文學史理論是指研究者對文學發展歷史的認識和評價。按照韋勒克的說法，文學史理論是文學理論研究的重要的組成部分，它涉及到文學史研究的對象、目的、方法，文學史研究中的主客體關係、文學史的編撰原則等等問題。文學史觀是文學史理論的一部分，是指關於文學發展歷史的觀念和看法。每一種文學史觀背後都有一種相應的文學史理論。

---

[26] 見田汝康、金重遠編：《當代西方史學流派文選》，上海：上海人民出版社，1982 年，頁 260。

　　本節介紹文學史的歷時性與共時性、文學史觀的類型以及文學史的述史模式。

一、文學史的歷時性與共時性

（一）文學的歷時性

　　文學的歷時性表現在，文學在線性的時間長河中變化、發展，其語言、文體、思想、情感都在歷史中變化、延續。每一時代的文學都是依據前代的文學資源演變而成，文學的發展歷史具有前後相繼的延續性。文學史運行有其自然的軌跡，它既表現在文體更替、作家代際轉換、風格承繼上，也表現在創作觀念、審美規範以及文學模式的前後影響方面。「文學模式對文學傳統的形成起著根本作用。由於文學模式和文學形態的穩定性，才形成某種文學傳統。這種文學傳統所具備的基本文化符碼（重要的是基本藝術方法和藝術語言）不容易打破，因此，它帶有超時空性質。但某一文學傳統中的各種文學模式和文學形態，在傳遞的過程中，又帶有可選擇性。隨著時間的推移，接受主體不斷發生轉移，文本的意義也不斷地被再創造。而文學模式和文學形態的轉換，又造成傳統的變遷，這就造成文學史的歷時性。例如，我國南北方文學模式又都有自己的歷時性情節，以詩歌而言，儘管南北詩的基本風格不同，但作為詩歌形態，它則經歷了一個從四言詩體、五言詩體、七言詩體到自由詩體的歷時性故事。」[27]前蘇聯美學家鮑列夫用「創作場」這個概念說明過這個道理。他說：「前輩藝術的啟示作用不是偉大先驅的創作對後代藝術家產生直接的影響上

---

[27] 劉再復：《文學史悖論》，《二十一世紀》，1990 年 10 月，創刊號。

面，而是表現在它能造成一個後代藝術家經常要陷入其中的、特殊的創作場。這種影響比較隱蔽，但影響力更大。」[28]在這種「創作場」中，後代作家對前代作家的既有成就展開繼承、揚棄與競爭。伯里斯‧托馬舍夫斯基認為，文學史對文藝作品作為不可分割的、統一的整體來加以研究，並把它作為其他個別現象族系中的個別的和具有自身價值的現象來加以研究。他分析作品的個別部分和某些方面，僅僅力求對整體進行闡釋和理解。韋勒克提出，文學史研究的關鍵在於把歷史過程同某種價值或標準聯繫起來，歷史只能參照不斷變化的價值系統來寫，這些價值系統則應當從歷史本身中抽象出來；如果沒有一個適當的參照系統作依據，是不能寫出真正的歷史來的。姚斯則從歷時與共時的辯證角度提出文學史的接受史研究。他提出，必須以三重方式考察文學的歷史性，即，歷時性地考察文學作品的接受的相互關係，共時性地考察同時期的文學參照系，考察文學發展同歷史的一般過程的固有關聯。從這一認識出發，文學史研究者可以對文學發展的原初狀態進行理性的秩序重塑，因而文學史理論則體現為述史模式從無序到有序的建構過程。

（二）文學史的共時性

文學史的共時性表現為三個方面：

1. 文學的形式結構或者文學模式是一種超歷史的穩定的結構，
   文學的歷史被它們打斷和分割，也藉這種結構的轉換而延續。

雷納‧韋勒克把文學史理解為動態結構：「藝術確實也有某種結構上的堅實特性是在很長一段時間裡都保持不變的。但是這種結構是

---

[28] [俄]鮑列夫：《美學》，喬修業等譯，北京：中國文聯出版公司，1986年，頁329。

動態的；在歷史過程中，讀者、批評家和同時代的藝術家們對它的看法是不斷變化的。解釋、批評和鑑賞的過程從來沒有完全中斷過，並且看來還要無限期的繼續下去。或者，只要文化傳統不完全中斷，情況至少會是這樣。文學史的任務之一就是描述這個過程，另一項任務是按照共同的作者或類型、風格類型、語言傳統等分成或大或小的各種小組作品的發展過程，並進而探索整個文學內在結構中的作品的發展過程。」[29]例如，後面將要談到文學理論家弗萊的循環論文學史觀。他認為最基本的文學原型是神話，它是原始人類欲望和幻想的結構模式，後世各種文學類型無不是神話的延續和演變。從神的誕生、歷險、勝利、受難、死亡，直到神的復活是一個完整的迴圈故事，象徵著畫夜更替和四季迴圈的自然節奏，這種季節的自然節奏又對應著不同的文學類型。

2.　文學的審美價值具有超越時空的共時性。

　　社會發展固然是文學發展的外部條件和外部原因，但文學也有獨立自足的超歷史存在的一面。在審美層面上，文學的發展是超歷史的，每個時代都有獨特的美學特色。從宏觀上看，文學發展受制於社會歷史規律，但是，從微觀上看，文學又是個人創造的結果。個性化的創造往往並不循規蹈矩，而是標新立異、獨立特行的。如前面所述，文學既有歷時的延續性，文學又無所謂發展。「這是因為文學藝術屬於超越性文化。它既有與現實生活的流遷發展相連結的一面，又有超越現實和超越時空的獨立自足的一面。一部具有藝術價值的作品產生之後或一種文學模式、文學傳統形成之後，它便成為一種獨立自足的存在，並不隨著時間的流動而失去審美價值，這就是文學的永久

---

[29] ［美］韋勒克、沃倫：《文學理論》，劉象愚等譯，北京：三聯書店，1984 年。

性。」[30]屈原、李白、杜甫、蘇軾的詩歌流布千年，成為了中國人共同的審美意識，至今依舊不減其魅力。「從這一意義上說，文學無所謂發展，更無所謂從低級到高級進化。不能說李白、杜甫是屈原的進化，也不能說胡適、郭沫若是李白的進化。與此相通，荷馬史詩，莎士比亞戲劇、托爾斯泰和陀斯妥耶夫斯基的小說、海明威和福克納小說，形成文學高峰之後，便具有超時空的永久性魅力，成為獨立自足的符號系統，前高峰與後高峰只是並列關係，而不是發展關係。」[31]從這個意義上來說，文學具有超越時空、地域、民族、性別、階級的自足性、超越性與永久性。

3. 由於地理空間的差異而形成文學的共時性。

我國的南方文學與北方文學也具有地域上鮮明的風格特徵。南方文學風格上清麗婉約，北方文學風格上豪放悲壯。「文學的地理大勢（空間位置）所形成的文學特徵（不同的地方的文學特徵），總是常有共時性的特點，這種因空間位置而形成的文學模式繼承自身的原始文化符碼，形成一種穩定的藝術特徵系統。例如，中國的南方文學模式和北方文學模式，歐洲的古希臘文學模式和希伯萊文學模式，就形成相對穩定的特徵系統。在整個文學史向前流動的過程中，它仍然保持自己相對穩定的審美特點，自外於不斷流動的文學思潮，形成對文學史進行分割的特殊現象。」[32]儘管中國文學發展跨越浩瀚的歷史長河，但是這種因為空間差異而存在的文學風格在唐以前一直跨越著時代而保持著穩定性特點。這種共時性是超越時間的共時性，或者說共時的空間性。

---

[30] 劉再復：《文學史悖論》，香港：《二十一世紀》，1990 年 10 月，創刊號。

[31] 劉再復：《文學史悖論》，香港：《二十一世紀》，1990 年 10 月，創刊號。

[32] 劉再復：《文學史悖論》，香港：《二十一世紀》，1990 年 10 月，創刊號。

如上文所述，胡適強調文學發展的歷時性、時代性，而梅光迪強調文學發展的超越性、自足性。劉再復認為，「兩極互不相容，而實際上兩種觀念都符合充分理由律，都道破文學史悖論中的一端。今天，我們不應當再把這兩種觀念的對立，視為『革命』與『反動』（或稱保守）的對立，而應視為各持文學史悖論的一端。這樣，對現代文學史的評述將更加合理」。[33]總之，文學史的歷時與共時構成了延續與斷裂的兩個方面。「延續與斷裂的雙重構造，是文學史特有的個性。雙重構適，為文學研究提供了廣闊的思維空間，有利於突出文學的特殊性，是正確評價創作實績及樣式興衰的理論依據。」[34]歷時性的文學史觀與共時性的文學史在不同的層面上都有它的合理性。

二、文學史觀的類型

（一）進化論文學史觀

進化論的思想依據來自達爾文、斯賓塞的生物進化論思想。丹納認為，藝術「如同標本室裡的植物和博物館裡的動物一般。藝術品和動植物，我們都可以加以分析；既可以探求動植物的大概情形，也可以探求藝術品的大概情形」。[35]無獨有偶，韋勒克發現，從溫克爾曼、赫爾德、施萊格爾開始，西方藝術史根據某種「器官學」的進化概念，將文學史的發展看作生物的生存一樣，描述成生長、增殖、開花、成熟及衰亡的過程。韋勒克並不否認進化論文學史觀。但是，他認為：「並不存在同生物學上的物種相當的文學類型，而進化論正是以物種

---

[33] 劉再復：《文學史悖論》，香港：《二十一世紀》，1990 年 10 月，創刊號。
[34] 張榮翼：《文學史，延續與斷裂的雙重構造》，洛陽：《洛陽師專學報》，1996 年第 3 期。
[35] [法]丹納：《藝術哲學》，傅雷譯，北京：人民文學出版社，1981 年，頁 11-12。

為基礎的。文學中並不存在著不可避免的發展和退化這些現象，不存在著一個類型到另一類型的轉變。在類型之間也不存在生存競爭。」[36]顯然，韋勒克認為進化論文學史觀念是以物種進化理論為基礎，因而將文學發展與生物進化相提並論是有問題的。

中國近代的進化論文學史觀取代了古代的循環論文學史觀。近代中國人「進步」信仰的確立既有來自本國古代文化的思想基因，也有西方觀念的外來影響。康有為在《孔子改制考》中闡發了公羊三世說（據亂世、升平世、太平世）與大同理想。他的三世說與基督教傳統的直線式歷史觀（原罪－救贖－天堂）具有異質同構的關係。後來他進一步認為：「一世之中可分三世，三世可推為九世，九世可推為八十一世，八十一世可推為千萬世、為無量世。」[37]康有為社會進步的觀念源於對今文經學的激發，而嚴復則依照西學資源將進化論適時地本土化。嚴復受斯賓塞《社會學研究》的影響，將「社會達爾文主義」在《天演論》一書中演繹為「物競天擇，優勝劣汰」的進化法則。「自嚴氏之書出，而物競天擇之理，厘然當於人心，中國民氣為之一變。」[38]如劉師培說：「天演之例，莫不由簡趨繁，何獨於文學而不然？故世之討論古今文字者，以為有淺深文質之殊，豈知正進化之公理哉？故就文字之進化公理言之。」[39]俠人更把進化論作為為小說張目的一種重要的思想武器，他說：「由古經以至《春秋》，不可不謂之文體一進化，由《春秋》以至於小說，又不可謂之非文體一進化。」[40]

---

[36] [法]韋勒克：《批評的諸種概念》，轉引自錢中文：《文學原理發展論》，北京：社會科學文獻出版社，1989 年，頁 381。

[37] 康有為：《論語注》七。

[38] 《述侯官嚴氏最近之政見》：《民報》第 2 號。

[39] 劉師培：《論文雜記》：《中古文學史論文雜記（合刊本）》，北京：人民文學出版社，1984 年，頁 109。

[40] 俠人：《小說叢話》，黃霖、韓同文：《中國歷代小說論著選（下冊）》，南昌：百花洲文藝出版社，2000 年，頁 64。

進化論社會史觀直接影響了近代以來中國的文學史觀念以及文學史的編撰理念。黃人的《中國文學史》、譚正璧的《中國文學進化史》是以進化論史觀作其敘述構架的。最著名的有胡適的進化論文學史觀。胡適主張文學革命所依據的是「歷史的文學觀念」，也就是文學進化論。他認為「文學者，隨時代而變遷者也，一時代有一時代之文學」，「古人已造古人之文學，今人當造今人之文學」。他把文學發展看成一環扣一環的鏈條，每一環都各有所工，「因時進化，不能自止」。胡適的《五十年來中國之文學》以進化論的眼光看待新文學的形成，以進化的系列去構設文學史。他認為，新文學的發生完全符合文學進化的態勢，所以應以發展的眼光給予充分的肯定。胡適的進化論文學史觀對 20 世紀的文學史觀念影響很大。

進化論文學史觀非常注重時間直線式發展的單向性，不可逆性，通常使用「進步」、「腐朽」、「發展」、「停滯」、「演進」、「新」、「舊」等詞語描述文學發展的動態過程。這種文學史觀堅信文學史也是類似生物學，有邏輯地產生、發展、成熟、分化、衰落，有某種不可逆轉的必然的「規律」。進化論史觀包含著一元論、意志論、二元對立論的歷史觀念，這些看法在文學史研究實踐中具有一定的局限性。

（二）精神史式的文學史觀

黑格爾認為，藝術的發展是有規律可循的。根據「美是理念的感性顯現」，他按照理念的運動來論述藝術史的運動，論證藝術的「各個部分如何從藝術即絕對理念的表現這個總概念推演出來的」。黑格爾認為，「藝術類型不過是內容和形象之間的各種不同的關係，這些關係其實就是從理念本身生發出來的」。[41]他將藝術的發展劃分為三

---

[41] [德]黑格爾：《美學》第 1 卷，朱光潛譯，北京：商務印書館，1979 年，頁 104。

種類型。第一種情況是形式壓倒內容，物質超越精神。古埃及的金字塔建築即是例證。理念作為藝術的內容採用象徵的方式表現自己。象徵是一種符號，通過形象或感性存在，表現對象的意義或某種觀念。第二種情況是內容和形式、物質和精神達到完滿和諧的一致。希臘古典藝術特別是它的雕刻即是例證。總之，「古典型藝術的物件並不是單純的自然，而是已由精神意義滲透了的自然。所以要揚棄的就是象徵型藝術用直接的自然形體去表達絕對的那種表達方式」。[42]精神於是尋求回到自己的家園的途徑。第三種情況是內容壓倒形式，精神溢出物質。只有到浪漫型藝術中，精神才真正回到自己家園，也就是精神擺脫了物體的束縛，返回到精神本身，它的原則是內在主體性原則。不僅其內容是真正的絕對的內心生活，而且其形式也相應地是精神的主體性，即不是現成的，而是自由創造的。按照歷史順序出現的三種情況，體現為藝術領域的象徵型藝術、古典型藝術、浪漫型藝術三種類型。

（三）唯物論文學史觀

馬克思在《〈政治經濟學批判〉序言》中，提出了一定時代的生產方式決定了上層建築及意識形態的歷史唯物主義的基本觀點。按照這種觀點，一定時代的文學是該時代社會經濟結構在文化上的表現。馬克思主義的唯物主義文學史觀主張從社會和時代的廣泛聯繫中去觀察和分析文學現象。馬克思又認為文學藝術作為精神生產有其特殊性，與物質生產存在不平衡關係。這種不平衡關係表現在兩個方面，一是某些藝術形式如神話、史詩只能在物質生產的低級階段才能產生並繁榮；二是藝術發展水準與物質發展水準並不成正比例的現象，如

---

[42] [德]黑格爾：《美學》第 2 卷，朱光潛譯，北京：商務印書館，1979 年，頁 177。

古希臘和莎士比亞時代的英國經濟上與 19 世紀相比相對落後，卻產
生了第一流的文學。

　　唯物史觀的文學史觀對 20 世紀中國文學觀念產生了深遠影響。
例如，譚丕模的《中國文學史綱》以唯物史觀的社會發展史階段以及
階級鬥爭學說構建全書框架。劉大傑的《中國文學發展史》根據丹納
的種族、時代、環境三要素來分析文學現象。郭紹虞認為：「文學批
評又常與學術思想發生相互聯帶的關係，因此中國的文學批評，即在
陳陳相因的老生常談中也足以看出其社會思想的背景。」[43]朱東潤認
為：「偉大的批評家不一定屬於任何的時代和宗派。他們受時代的支
配，同時他們也超越時代。」[44]上述文學史家的觀點既體現與唯物史
觀的某種吻合，同時又沒有完全拘泥於歷史決定論。

（四）形式主義的文學史觀

　　形式主義的文學史觀反對根據作家的生平、社會環境、時代背景
以及哲學、心理學去研究文學，強調文學的獨立自主性，主張從文學
內部的語言、結構、功能等方面來研究文學的獨特規律。俄國形式主
義文學批評從文學的語言特徵集中關注「文學性」問題。雅各森說：
「文學科學的對象不是文學，而是文學性，也就是說使一部作品成為
文學作品的力西。」[45]形式主義文學史觀的研究方法是，將與作者有
關的生活經歷、社會環境等方面去除，針對文學作品的技巧、結構等
形式因素進行分析。雅各森認為，文學性不存在於某一部文學作品
中，它是一種同類文學作品普遍運用的構造原則和表現手段。文藝學

---

[43] 郭紹虞：《中國文學批評史（上卷）》，北京：百花文藝出版社，1999 年，頁 3。

[44] 朱東潤：《中國文學批評史大綱》，上海：上海開明書店，1944 年，頁 3。

[45] ［法］茨維坦‧托多羅夫編選：《俄蘇形式主義文論選》，北京：中國社會科學出版社，
　　 1989 年，頁 24。

的任務就是需要集中研究文學的構造原則、手段、元素等等。文學研究者應該從具體的文學作品中，把它們抽象出來。雅各森等形式主義者如此看重文學性的探討，強調藝術形式的分析，其重要原因之一是，他們認為文藝學只有從形式分析入手，才能達到科學的高度。因為對作品的結構原則、構造方式、韻律、節奏和語言材料進行語言學的歸類和分析，就如同自然科學一樣，較為可靠和穩定，很少受社會政治環境等因素的影響。相反，如果從作品的內容展開研究的話，很容易受政治形勢等外部因素的左右，文藝學很可能成為社會學、政治學、歷史學、思想史等學科的闡釋者。在俄國形式主義看來，文學史發展的動力在於文學自身的內部規律，也就是陌生化與自動化相互矛盾、消解、位移的張力之中。新的陌生化藝術程序或藝術模式的誕生是以舊的陌生化藝術程序的消解為前提的。程序化的藝術程序對於藝術的發展是一種限制性因素，而且，一種形式一旦達到鼎盛期，就會因為僵化的程序而走向衰落。文藝發展的危機意味著對新的藝術程序的召喚，反抗既有的程序化和審美規範的任務需要陌生化去完成。一種新的陌生化，以其獨有的新奇性、奇異性對既定的審美規範和既定手法實行「背離、反撥、變形、偏離和背反」，從而導致了文學演進中的革命性突破，——一方面表現為對現有詩學語言用法的偏離、對現實的創造性變形、對程序化的文學性審美標準和套板反應模式的反撥，以新的文學性標準即陌生化取代自動化。另一方面表現為一種自動化向陌生化的位移。文藝發展的具體規律表現為，從陌生化——程序化，到背離——新的陌生化，諸如此類的演變規律。

　　俄國形式主義文論家普洛普認為，文學史的變遷是由於文學固有因素的不同組合引起其形態變化。他在《民間故事的形態學》一書中對 100 多個俄羅斯神話與民間故事甄別後發現，這些敘事作品都可用 31 種功能的某些功能來概括，任何一個故事都不可能具備全部 31 種

功能，各個不同的民間故事無非是這 31 種功能的不同組合而呈現的不同樣式。迪尼亞諾夫認為，文學史研究中所謂的「傳統」，不過是某一種體系中的有一定用途、起一定作用的一個或者幾個文學要素組成了文學演變系列。「文學作品是一個體系，文學也是一個體系。只有在這種約定的認識基礎上，才能建立起文學科學。」[46]

形式主義文學史觀關注文學內部諸因素的功能變化，以及文學形式的變遷和文學樣式的興衰等問題，但是，它對文學的考察完全脫離時代與社會而在孤立、封閉的系統內進行，難免偏頗。把形式創新看成文學的一切，無法解釋包括內容在內的文學的全面發展。

（五）接受美學的文學史觀

實證主義和形式主義的文學史觀，都將文學意義的理解局限於審美的生產與表現領域，它們都忽略了讀者接受對意義闡釋的影響，忽略了文學作品為讀者的閱讀而創作，並在閱讀中實現其意義的事實。

姚斯的《文學史作為文學科學的挑戰》是接受理論的奠基之作，該著作系統闡述了「接受美學的文學史觀」。姚斯提出：「文學的歷史性並不取決於對過去神聖的文學事實的組織整理，而無寧說是取決於讀者原先對文學作品的經驗。」因此，文學歷史的建立是把若干代作者、讀者和批評家的文學經驗延續起來，成為一個歷史的鏈條。「第一個讀者的理解將在一代又一代的接受之鏈上被充實與豐富，一部作品的歷史意義就是在這一過程中得以確定，它的審美價值也是在這過程中得以證實。在這一接受的歷史過程中，對過去作品的再欣賞是同過去藝術與現在藝術之間，傳統評價與當前的文學嘗試之間進行著的不間斷的調節同時發生的。」在這個理論前提上，姚斯認為，與其說

---

[46] [俄]尤·迪尼亞諾夫：《論文學的演變》，見[法]茨維坦·托多洛夫編選：《俄蘇形式主義文論選》，蔡鴻濱譯，北京：中國社會科學出版社，1989 年，頁 102。

文學史是一部部文學作品的累積的歷史，不如說是一部文學作品的接受史或者說是讀者的消費史。就是說，一方面，文學作品體現了作家創造的特性和意圖；另一方面，作品對讀者的影響和效果也是這一「事實」不可分割的一部分。文學的歷史發展是由各個時代的作家和接受者共同創造的。所以，姚斯得出結論：必須走出傳統文學史研究方法論窠臼，「用一種接受和作用的美學去取代傳統的生產與表現的美學」。[47]在姚斯看來，「一部文學作品的歷史生命如果沒有接受者的積極參與是不可思議的。因為只有通過讀者的傳遞過程，作品才進入一種連續性的經驗視野」；[48]文學事件的連續性首先必須體現在當代的和後代的讀者、批評家和作家的經驗的期待視野之中。文學的歷史性存在於讀者的變化，以及讀者之間期待視野的關聯之中。由於文學作品的歷史生命並不是作者或作品本身單方面來決定的，需要讀者的積極能動才能實現，那麼，讀者意識的變遷必然帶來審美標準的變遷。他認為，「文學事件的連續性首先必須體現在當代的和後代的讀者、批評家和作家的文學經驗的期待視野之中」。就是說，各種文學現象和文學作品之間根本上是通過各個時代的各種讀者的期待視野而建立起聯繫的，這也就意味著，文學的歷史性存在於每個讀者的變化以及讀者之間期待視野的關聯之中。

（六）互文性文學史觀

互文性（Intertextualité）或稱文本間性，出現於 20 世紀 60 年代，為法國後結構主義批評家克利斯蒂瓦所創，其界定是，「任何文本的

---

47 ［德］漢斯・姚斯：《文學史作為文學科學的挑戰》，《世界藝術與美學》（第 9 輯），北京：文化藝術出版社，1988 年，頁 2。
48 ［德］漢斯・姚斯：《接受美學與接受理論》，周寧、金元浦譯，瀋陽：遼寧人民出版社，1987 年，頁 24。

構成都仿佛是一些引文的拼接，任何文本都是對另一個文本的吸收和轉換。互文性概念佔據了互主體性概念的位置。詩性語言至少是作為雙重語言被閱讀的」。[49]互文性的理論基礎是後結構主義、解構主義，羅蘭·巴特、德里達等人作了革命性發揮，互文性理論來源於對 T·S·艾略特、巴赫金、布魯姆等人文學觀念的繼承和發展。就互文性內涵的複雜性和歷時性發展來看，對它的理解應該基於這一概念漸進性的流變。互文性以其文本的交互性和文本的生產性為重要特徵，可以為文學史的研究提供一些新的思路。互文性視角的文學史觀，以符號系統的共時結構去取代文學史的歷時性進化模式；放棄只關注作者與作品關係的傳統批評方法，轉向一種寬泛語境下的跨文本文化研究。這種研究強調多學科話語分析，從而把文學文本從心理、社會或歷史決定論中解放出來，投入到一種與各類文本自由對話的批評語境中。既然歷史只是人類對於客觀存在的一種闡釋，而不等於客觀存在本身，因此不妨試圖放棄以絕對的客觀真理為核心的傳統史學觀，走向以現象學和心理學為基礎的話語闡釋。

1. 文本的交互性

巴赫金把文本中的每一種表達看作是意義眾聲喧嘩、滲透與對話的結果，指出文本互動理解的特點。克利斯蒂瓦的互文性理論由此得到啟發，她認為互文性概念雖然不是由巴赫金直接提出，卻可在他的著作中推導出來。克利斯蒂瓦進一步提出一切文本都具有互文性，巴特則接下去闡釋「任何文本都是互文本」。

文本的互文性主要如下三種類型：第一，擬作體的互文性。就文本與文本之間互動關係的研究而言，文學史上的擬作體是指文學創作

---

[49] Julia kristeva. Bakthīne, *Le Mot Le Dialogue et Le Roman*, Sèméiotiŏkè, Recherches pour une sémanalyse, París, Seuíl. 1969, p146.

中文人之間在文體或風格方面摹擬創作的現象。第二,同題文本的互文性。上述的擬作體是指文學創作中的摹擬現象,而同題創作研究是探討文學史上作家們就某一相同題目進行同題改寫、同題擴張、同題解構的寫作現象。文本的同題對舉為我們樹立了兩者對比的考察角度。20 年代朱自清和俞平伯同遊秦淮河並相約創作同題散文《樂聲燈影裡的秦淮河》,兩個文本在思想、情調、語言方面交織著似與不似的張力。第三,主題學的互文性研究。從同題創作研究可以看出寫作者超凡的想像力與創造力以及寫作的多種可能性,而文學的主題學研究不一定局限於同一題目這一表面約定,它關注的範圍很寬泛,通常以特定主題人物、情節單元、意象、純粹母題等文本為核心。這種研究方式的思路是,在文本的閱讀中通過讀者的主觀聯想、研究者的實證研究和互文分析等閱讀方法來研究某一主題在文本之間的流變脈絡,包括明引、暗引、模仿、重寫、抄襲、改編、套用等互文關係。

2. 文本的生產性

如上所述,結構主義者可以用互文性說明各種文本的結構功能、整體內的互文關係,進而揭示其中的交互性文化內涵,並在方法上替代線性影響和淵源研究。同時,後結構主義、解構主義者利用互文性顛覆結構主義的中心關係網絡,破解其二元對立系統,揭示眾多文本中能指的自由嬉戲現象,進而突出意義的不確定性。德里達把文本的意義歸結為「延異」(differance)和「撒播」(dissemination),延異否定了能指與所指的一一對應關係,那麼在寫作或閱讀的過程中字元是沒有所指的能指,字元構成的文本沒有固定的意義而是流動的「意指」(signifying),而「意指」的意義是在意指化的過程中創造出來的,這一過程即意義的「撒播」。他的觀點從哲學、文學、語言學等不同的領域出發走向對結構、符號、意義、主體等範疇的徹底質疑。就哲

學而言，便是用「書寫」、「差異」、「延異」的概念來顛覆以「語音的在場」為基礎的邏各斯中心主義和形而上學大廈；就文學而言，便是反對傳統的表現論和再現論，超越結構主義的文學觀和批評方法，在更廣闊的範圍內把握文學的本質。「互文性」概念的提出與這種超越形式主義——結構主義的努力是聯繫在一起的。在這種理論背景中，「互文性」與「書寫」、「生產」等概念相結合，成為一種批判武器直接支持了巴特同時期提出的「作者死亡」論。從巴特的《文本的欣悅》、《S／Z》中，可以看出他在文本實踐中發現了製造文本互聯的主體，就是作者、讀者和批評家。他們的寫作、閱讀、理解、分析和闡釋的能力，取決於他們對於不同互文本的累積以及將其置於特定文本中加以重組的能力。

　　在互文性理論中，作者的權威位置被取消，讀者闡釋的能動性與自由性得到了盡可能的放大。只要是讀者視野之內的文本，盡可以在互文本網路之中建立思維的連結。互文性解讀不是去探究王實甫的元雜劇《西廂記》怎樣受到唐朝元稹《鶯鶯傳》的影響，而是指出兩者作為互文本，後者作為前文本為前者的解讀提供了參照，前者的出現也豐富了人們對於《鶯鶯傳》的理解。讀者在對《西廂記》進行互文性解讀時，可以啟動古今中外所有與《西廂記》有關的文本，而無須顧及它們之間有無事實上的影響聯繫。同樣，《三國志》與《三國演義》，《紅樓夢》的各種版本，《水滸》、《西遊記》及其各種話本之間也是如此。廣而言之，互為文本的可以是前人的文學作品、文類範疇或整個文學遺產，也可以是後人的文學作品，還可以泛指社會歷史文本。總之，互文性的研究方式是，通過擺脫將歷史與真實、作品與作家緊緊束縛的傳統文學史軌道，去尋求遊戲於作品與作品、作品與社會之間的千變萬化的蹤跡。

三、文學史述史模式簡評

　　文學史的述史模式是文學史最為基本的機制，它使文學史上紛紜蕪雜的作家、作品、流派、運動等等，被整合到一個理論統合下的秩序中，使得繁雜的文學史現象井然有序，並且也使得文學史的演進過程有一條較為清晰的線索。下面擬對逆溯式、擴充式和線性進化式三種基本模式進行述評。

（一）逆溯式模式

　　所謂逆溯式，是「逆」時間之流而往上溯，是從當今的或晚近的文學狀況來追本求源，瞭解過去文學的狀貌，進而又再將這一文學系列用線索來加以貫穿的文學史模式。從文學史的實際演進過程上來講，事件、事實的發生是由前往後，是由前代影響後代，在這個意義上講，逆溯式模式是從後代文學的特徵上來尋覓前代文學上可能具有的因數，從而將這種因數從當時繁雜的文學現象中提取出來，給予專門的研究、評價。在史學理論上講，逆溯歷史線索的方式帶有一定的必然性。克羅齊曾經說過：「顯而易見，只有現在在生活中的興趣才能使人去研究過去的事實。因為這種過去的事實只要和現在生活的一種興趣打成一片，它就不是一種針對過去的興趣，而是針對一種現在的興趣的。」[50]克羅齊的這一論斷，容易使人想起當年馬克思所說過的一段名言：「使死人復生是為了讚美新的鬥爭，而不是為了勉強模仿舊的鬥爭。」[51]人們對過去事件加以關注的熱情，同對當時問題思考的焦點是相關的，甚至在看待過去的同一問題上，也會由於現實需要上的差異而有不同見識。

---

[50]　轉引自劉昶：《人心中的歷史》，成都：四川人民出版社，1987 年，頁 143-144。
[51]　《馬克思恩格斯選集》第 1 卷，北京：人民出版社，1972 年，頁 605。

（二）擴充式模式

逆溯式模式是從現實出發點來看過去的文學，它實際上也是人們對待歷史故事的唯一可能的眼光，但是，從逆溯的觀點來看文學史時，由於現時、由於當代這個出發點是隨著時間不斷後移的，所以逆溯式模式也就不可避免地要不斷移換視點。反過來，它也就會使得文學史不斷地、持續地改換容貌。對同一歷史時段的文學，在某一個時期人們可能會這樣看，而在另一時期就可能持另一看法。在歷史內涵變化不大的時段，這一移換也許不算什麼，但在社會出現急劇變革的時段，或者是在兩個時差跨度太大的時段之間，這一移換就可能使得文學史的學科體系之間顯示出斷裂感。如對魏晉文論的認識，魯迅先生曾經說過，曹丕的一個時代可以說是文學的自覺時代。這一「自覺」說是對當時文論的極高評價。因為在此之前的文論主要有兩種操作方式，一是直接由思想家所提出，其文論主張無非是他整個社會主張的一個方面，如孔子、孟子、莊子等人的文論觀都同其整個思想體系有關，或者說是從其思想（尤其倫理思想）出發來看待文學的；二是由一些專門的學者來表述的觀點，但所持的態度則是代聖人立言，其立論是以他所仰慕的思想家的思想體系作為基本座標。而到曹丕以降的魏晉六朝文論，雖然也可能有代聖人立言的動機，但已開始將文學的藝術規律、審美特性等作為專門性的課題，而在深入到這一層次後就更多將文學自身的特點作為重點來認識和表達。應該說，從文學和文學理論自身發展的角度來看，魯迅的評價是中肯的。而再看唐代韓愈在古文運動中的主張則不同，韓愈曾自述「愈之所志於古者，不惟其辭之好，好其道焉爾」。[52]從韓愈的立論角度來看，則魏晉以降的文

---

[52] 《韓昌黎文集校注》卷三《答李秀才書》。

學和文論脫離了道統的路子，恰恰是有問題的。在這一罅隙中，我們不能簡單地肯定或否定其中一方。事實上，放在各自時代的文化語境來看，他們都是合理的。韓愈觀點的合理性在於，六朝時期的文風是形式主義的，文學是一種貴族們娛樂消遣的方式，而韓愈推崇古文，就是要以漢以前的「文以載道」的文學來驅逐綺靡文風。而魯迅推崇魏以後「文學的自覺時代」，則是站在五四運動要破除傳統文化中束縛人心的一面，其中文學中的「道統」也是要破的一個重點，而這種破除不能全以新的觀點來立論，至少，這會顯得有些單薄，那麼，六朝文學中對道統的有意忽視可以說是一個很恰當的歷史材料。將其說成「文學的自覺」，算是一種正面的評價。這就是說，他們的觀點都各自體現了合理的內容。那麼，由這不同的立論就會對文學史有不同的「逆溯」，各自從文學史上找出自己需要的東西。由於它們的合理性是撰寫文學史必須充分注意的，又由於後來的撰史者還會不斷地從自身立場找出撰史者具合理性的立論點，因此文學史的撰寫就不能不是一種擴充的過程：過去的寫法不能簡單否定，後來的寫法又有必要推出。

（三）線性進化模式

如果說逆溯式是指明的文學史的立論支點，擴充式是承認文學史內容與時俱進的擴充而又不便於簡單汰除的觀點，那麼，線性進化模式則是針對這一狀況的更高層次的建構，它力圖梳理出文學史所述對象，甚至文學史自身的發展軌跡，即進化的軌跡。這一進化軌跡將前代文學視為後代文學的基點和起始階段，這種前、後兩端的對舉，形成了一種線狀的結構。

進化模式有廣義和狹義之分。狹義的進化模式認為，後代文學優於前代文學。它的理論基礎可以追溯到查理斯·達爾文。他在 1858

年 7 月 1 日宣讀了關於進化論的論文，該論文中提出了「一個嶄新的
包括從遠古到現今的世界歷史觀，並構成了現代第一個發展思想的重
要雛形」。[53]這一進化論思想，在解釋生物過程，甚至在解釋社會歷
史進程時所遇到的難點、障礙，都遠遠比不上在文藝問題上的麻煩。
因為文藝上很難找到一個恆久的關於審美價值的標準，它像是時裝一
樣，穿了大褲腿又會時興小褲腿，而在小褲腿風靡之後又會再盛行大
褲腿。由於狹義的進化模式有著這一粗陋的、難以同文學現實榫合的
狀況，因此它也就有修改了的、廣義的進化模式。譬如我們看馬克思
的藝術史觀就可以見出這一傾向。英國學者柏拉威爾在論述馬克思文
藝觀的專著中寫道：「馬克思也同浪漫主義作家一樣，把藝術的發展
比做植物的不同季節，他用了開花的季節，繁盛時期（BLIITEXEITEN）
這樣一個詞。」[54]而浪漫主義的文學史觀正是比較典型地持藝術進化
觀念的。但是，馬克思的這種「進化」觀念，是將文學藝術放在整個
社會、文化背景來看才顯示出來的，社會進化是馬克思歷史觀的基本
信條。文學藝術要適應社會的發展，因而在邏輯上它也是有著進化
的。馬克思例舉說：「成為希臘人的幻想的基礎、從而成為希臘（神
話）的基礎的那種對自然的觀點和對社會關係的觀點，能夠同自動紡
機、鐵道、機車和電報並存嗎？在羅伯茨公司面前，武爾坎又在哪裡？
在避雷針面前，丘必特又在哪裡？在動產信用公司面前，海爾梅斯又
在哪裡？」[55]馬克思在這裡其實是明確了一個道理，即文學是時代精
神的折射。當時代變遷時，就呼喚新的文學來表達它的籲求，在時代
進步的背景下，文藝也可以說有進步的趨勢，然而在文藝內部來看，

---

[53]　[美]裡夫金、霍華德：《熵：一種新的世界觀》，呂明、袁舟譯，上海：上海譯文出版
　　　社，1987 年，頁 120。

[54]　[英]柏拉威爾：《馬克思與世界文學》，梅紹武等譯，北京：三聯書店，1982 年，頁 382。

[55]　《馬克思恩格斯選集》第 2 卷，北京：人民出版社，1995 年，頁 113。

則情形可能就複雜得多。馬克思作了說明：「在藝術本身的領域內，某些有重大意義的藝術形式只有在藝術發展的不發達階段上才是可能的。」[56]這種廣義上的進化模式，是現今大多數文學史論著的述史模式。

　　文學史是一種對文學的歷時性描述。在描述中，它是由撰史者分別從不同的視角來勾勒的，各種勾勒的方式都有著它的合理性與局限性。在這不同的述史模式的對話、碰撞的過程中，實際上體現了一種文學史述史機制中的總體整合效果。如線性進化的模式必然是將早期作品作為晚近時期作品的準備階段，而擴充式則更願意將它們看成一種共時的系列。如艾略特曾說：「荷馬以來的整個歐洲文學和他本國的整個文學，都有一個共時性的存在，構成一個共時的序列。」[57]在這一模式中，不同時期文學的差異，是被比較抽象的文學性所沖淡了的，至少是不被強調的。至於文學史的萬花筒模式，則更傾向於將不同時期各種風格的文學，看成由人們出於不同意願而拼合的多面體。因此，不同文學史的模式之間仿佛是一個充滿喧囂的對話場所，大家在各說自己的話，而總體的文學史機制其實在其間隱伏，並不直觀地顯現。恩格斯曾經說，歷史是由「許多單個的意志的相互衝突產生出來的」，「由此就產生出一個總的結果，即歷史事變，這個結果又可以看作一個作為整體的、不自覺地和不自主地起著作用的力量的產物。因為任何一個人的願望都會受到任何別一個人的妨礙，而最後出現的結果就是誰都沒有希望過的事物」。[58]由此來看文學史的機制，不無啟迪意義。或許可以這樣來看，文學史寫作要在眾多的文學作品中選取那些傑出的作品，將它們作為文學史上的經典，同時還要將那些並

---

[56]　《馬克思恩格斯選集》第 2 卷，北京：人民出版社，1995 年，頁 113。

[57]　*The Critical Tration*, Ed. by DH..Richter, New york, 1989 年，頁 469 頁，見里希特編《批評的傳統》，紐約 1989 年版。

[58]　《馬克思恩格斯選編》第 4 卷，北京：人民出版社，1995 年，頁 478。

不那麼傑出的，但足以代表一個時期文學作品、文化狀況的作品加以述說，然後再將一些既不傑出、又對文學發展史沒有什麼影響的作品加以剔除、存而不論，在這一篩選、提取的過程中，難免會有一時的疏忽，也難免有撰史者個人偏見的干擾。那麼，從幾種不同述史模式的矛盾中，就可以通過互補關係，減少一些由於視角誤差帶來的失誤。

如果從各個述史模式自身的立場來看，另外的模式都可能被看成「噪音」，而從文學史寫作要將過去作品篩選和經典化的進程來看，則幾種模式間的矛盾、衝突、罅隙都是必要的，這種不和諧導致的是一個整體的動態中的和諧。文學史是由各種模式的消長關係來達到對過去作品經典化和汰劣化的目的，其總目標是明確的，而這目標的實現則有必要採取各種不同途徑。文學史的述史機制及大體的模式，在如上已有了大致的勾勒。文學史在完成經典化與汰劣的過程中，還有哪些模式是值得提出來的？既有的文學史論著中，還可以歸納出其它什麼模式？這些模式之間有著什麼樣的矛盾關係？文學史的撰史機制如何體現出撰史者的當代視點，以及這一視點與作品創作時所處文化氛圍間的對話關係？文學傳播過程在文學史中具有什麼意義？如此等等，這些都是值得進一步思考的問題。而這些問題的提出與思考，都有待於對文學史的述史機制進行梳理之後才便於展開。

文學史研究的目的是，完整展示文學發展的歷史進程，完整揭示文學史的真正面目，深入探討文學進步的歷史規律與悖論。漢斯‧羅伯特‧姚斯從接受美學的立場出發提出：「文學史是一種審美接受與生產的過程。這個過程，就接受的讀者、反思的批評家和不斷生產（創作）的作者而言，是在文學作品文本的實現中發生的。傳統文學史所包容的無限增長著的大量無限『事實』。只是通過上述過程得以保留下來；它只是被收集起來分了類的過去，所以根本不是歷史，而是偽歷史。任何人，若將一系列這類事實看作文學史的一個片斷的話，他

都混淆了藝術作品與歷史事實的重要特徵。」[59]文學的發展歷史是一種自在性的自然結構，但是對文學發展歷史演變規律的研究和思考，即上升到文學史理論的思想建構，必須經過歷史闡釋與文學闡釋才能進入現代人的視野，所以文學史研究具有闡釋學的性質。

文學史研究的過程是一個不斷思考文學史各種悖論的過程。單一模式的文學史觀，或者說單獨一部文學史並不能涵蓋文學發展史的全部。無論編寫何種類型（包括文體史、斷代史、通史等）的文學史，都應該從文學史發展中看到多種走向、多種模式、多種意識系統和話語系統互相交匯的過程。

第三節　文學思潮及其演變

文學史上出現的文藝思潮集中反映了一定社會歷史條件下形成的文藝思想、審美意識、創作傾向等問題。研究文學思潮及其演變過程，這是一種動態的觀照方式。通過認識各個不同的歷史時期文學所呈現出來的各不相同的面貌、狀態，就可以在漫長的歷史演變與發展過程中看清文學所呈現出來的不同思想潮流。

本節首先界定文學思潮的內涵，然後介紹中外文學史上主要的文學思潮的類型，最後分析文學思潮演變的外在影響與自律性因素。

一、文學思潮的界定

隨著社會經濟、政治、文化的變化，文學思潮也隨之變化。文學思潮形成於一定的歷史時期和一定的地域，它的出現與經濟、政治、

---

[59] [德]漢斯·姚斯：《接受美學與接受理論》，周寧、金元浦譯，瀋陽：遼寧人民出版社，1987年，頁32。

文化等發展要求相適應，往往會形成具有廣泛影響的文學思想和文學創作的潮流。文學思潮的含義包括如下要素：具有確定的時空範圍；帶有鮮明的時代性和階級性；在題材、主題、人物、風格等方面具有普遍的審美傾向和藝術主張；與特定的社會思潮、哲學思潮等相關聯；往往會形成一定規模的文學與文化運動，並影響一部分作家的創作活動。

要理解文學思潮的話，附帶還要廓清文學思潮與文學流派、創作方法的關係。第一，文學流派通常反映了一定的文學創作群體共同的思想傾向與藝術追求。一定的文學流派並不必然形成文學思潮。但是，文學思潮可以促進文學流派的產生和發展，反過來，文學流派在一定程度上也可以促進文學思潮的產生和發展。二者相互促進，相互影響。第二，創作方法體現了作家認識和反映現實生活所依據的總的原則。文學思潮可以包容各種不同的創作方法，但是創作方法與一定的文學思潮並不存在必然聯繫。當然，在特定的歷史條件下，文學思潮、文學流派和創作方法三者也會發生重合的情況。如歐洲 17 世紀的古典主義、18 世紀末至 19 世紀前期的浪漫主義以及後來批判現實主義，它們既是大規模的文學思潮，又是文學流派，也是文學創作方法。

二、文學思潮的類型

縱觀西方近現代文學思潮的發展，西方文學史先後經歷了古典主義、浪漫主義、現實主義、現代主義、後現代主義五個階段，下面選取其中主要的文學思潮進行梳理。

（一）浪漫主義

浪漫主義（Romanticism）產生於 18 世紀末到 19 世紀初的歐洲，它不是一個單一的思想運動，而是對 18 世紀中葉以來西方社會發展

的綜合反映。浪漫主義運動的鼎盛期是 18 世紀 90 年代到 19 世紀 30 年代，浪漫主義運動的理論基礎是德國古典哲學。作為流派，浪漫主義在西歐各國都有過很長的尾聲，或者是作為傳統而成為其它流派的組成部分，不過到了 1830 年以後，它的鼎盛時期就過去了。

浪漫主義文學的第一個浪潮（18 世紀末到 1805 年），英國的主要作家有彭斯、布萊克、「湖畔派」三詩人華茲華斯、柯勒律治與騷塞。德國主要作家有「耶拿派」施萊格爾兄弟、諾瓦里斯、蒂克。法國有夏多布里昂、斯達爾夫人。浪漫主義的第二個浪潮（1805-1827）批判性增強。英國的主要作家有拜倫、雪萊、司各特。德國有「海德爾堡」派：布倫塔諾、阿爾尼姆，格林兄弟、艾興多爾夫、霍夫曼。法國有維尼。浪漫主義的第三個浪潮（1827-1848），法國作家有雨果、大仲馬。德國有海涅（後轉向現實主義）。俄國有茹科夫斯基、雷列耶夫、普希金、果戈理（後轉向現實主義）、萊蒙托夫。波蘭有密茨凱維奇。匈牙利有裴多菲。美國早期作家歐文、愛倫坡、霍桑、惠特曼、麥爾維爾、朗費羅。

浪漫主義作為創作方法或者文學思潮來說，主要有如下三個特點。

1. 理想主義精神

浪漫主義突出的特徵表現為浪漫主義精神，也就是理想主義精神。與現實主義的關注現實、尊重現實、忠實於現實不同，浪漫主義作家一般都對現實生活的客觀描繪感到不滿，他們以一種超越現實的文學精神執著於生活理想的追求，用美麗的理想來代替不足的現實。在歐洲文學中，像盜天火給人間的普洛米修斯；生命危在旦夕，用心來照明道路，領人走出黑暗的丹柯等等，是理想化的藝術形象。這些文學形象表現的是作家追求真理、嚮往理想的精神。中國文學也有深遠的浪漫主義傳統。《詩經‧魏風‧碩鼠》中的「樂土」，陶淵明筆下

的「世外桃源」，李白《夢遊天姥吟留別》中的神仙世界等等，都不
是已有生活的真實寫照，而是作家理想的生活，是人類應該有和可能
存在的生活。它們都屬於浪漫主義作品的範圍。與理想主義精神相聯
繫，浪漫主義文學塑造的人物，也是通過理想化的手段把人物理想
化。中國古代文學中這類理想化的人物是很多的。例如，屈原《離騷》
中為追求美好的理想而上下求索，九死不悔的靈均；《西遊記》中上
天入地、識妖降魔、無所畏懼的孫悟空；《聊齋志異》中那個魂入陰
間為父告狀伸冤，不顧嚴刑峻法終獲勝利的席方平等等，都是這樣的
人物。

2. 主觀色彩

浪漫主義具有強烈的主觀色彩，注重表現作家鮮明的主觀情感和
個性。

浪漫主義嚮往和追求生活的理想，這種理想源於作家、藝術家
的心靈。雨果說：「人心是藝術的基礎，就好像大地是自然的基礎一
樣。」[60]浪漫主義作家沉浸在自己的內心世界中，更傾向於直覺體驗
和激情感受。英國浪漫主義詩人華茲華斯說：「詩人比一般人具有更
敏銳的感受性，具有更多的熱忱和溫情，他更瞭解人的本性，而且有
著更開闊的靈魂；他喜歡自己的熱情和意志，內在活力使他比別人快
樂得多……。」[61]波德賴爾也說：「浪漫主義既不是選擇題材，也不
是準確的真實，而是感受的方式。」[62]可見浪漫主義作家側重於表現
作家的主觀心靈。

---

[60] [法]雨果：《論文學》，柳鳴九譯，上海：上海譯文出版社，1980 年，頁 9。
[61] [英]華茲華斯：《〈抒情歌謠集〉第二版序言》，曹葆華譯，見劉若端編：《十九世紀英
國詩人論詩》，北京：人民文學出版社，1984 年，頁 13。
[62] 中國社會科學院外國文學研究所外國文學研究資料叢刊編輯委員會編：《歐美古典作家
論現實主義和浪漫主義》（二），北京：中國社會科學出版社，1981 年，頁 184。

3. 藝術手法

浪漫主義文學體現了豐富的想像、強烈的對比、誇張的描寫、奇特的情景、非凡的人物形象。在藝術表現手法上，浪漫主義作家多採用大膽的想像和誇張的手法。浪漫主義在歐洲作為一種文學思潮運動興起，它是直接和對「想像」的推崇聯繫在一起的。例如，以華茲華斯和柯勒律治為代表的英國浪漫主義理論非常重視想像的創造能力，並把它作為浪漫主義詩學的一個基本出發點。從古今中外文學史的實際看，大膽的想像、奇特的誇張的確是浪漫主義顯著的特點之一。浪漫主義的其他相關特點還有注重對生活理想和理想境界的表現；崇尚自然，強調以自然為對象和表現人性的自然本質；著力描寫和歌頌大自然或遠方異族；利用民間文學的題材進行再創造。

總之，浪漫主義文學是一種強調表現理想、抒發情感的文學類型。

（二）現實主義

現實主義文學思潮前期主要是在 19 世紀 30 年代至 60 年代，以英國、法國為中心。法國作家有司湯達、巴爾扎克、梅裡美、小仲馬、都德、歐仁‧鮑迪埃、米雪兒、瓦萊斯、克萊芒。德國作家有海涅、維爾特、凱勒。英國作家有狄更斯、勃朗特姐妹、安妮、蓋斯凱爾夫人、哈代。現實主義後期階段主要在 19 世紀 70 年代至 20 世紀初，以俄國、北歐、美國為中心。丹麥作家有安徒生。挪威作家有易卜生。美國作家有希爾德烈斯、斯托夫人、哈特、馬克‧吐溫、亨利‧詹姆斯、諾里斯、克萊恩、歐‧亨利、傑克‧倫敦。俄國作家有普希金、萊蒙托夫、果戈理、別林斯基、岡察洛夫、屠格涅夫、車爾尼雪夫斯基、杜勃羅留波夫、奧斯特洛夫斯基、涅克拉索夫、陀思妥耶夫斯基、謝德林、列夫‧托爾斯泰、契訶夫。

批判現實主義是歐洲十九世紀中葉出現的一股強大的文學流派和思潮。它比以前的現實主義在理論方法和創作實踐中都更具自覺性。批判現實主義最顯著的特色是對資本主義社會現實的深刻認識和無情批判，其作品普遍重視刻畫典型人物和典型環境。批判現實主義的代表作家有巴爾扎克、狄更斯、托爾斯泰、果戈理、屠格列夫、契訶夫等。20 世紀現實主義文學的作家們始終堅持現實主義創作的基本原則，他們以人道主義和民主主義作為重要的思想武器。其描寫方法具有「內傾性」，人物塑造上強調性格的多重性。主要作家有羅曼・羅蘭、海明威、福克納、布萊希特等。現實主義文學具有如下兩個方面的主要特點：

1. 現實主義的創作精神

現實主義文學的首要特徵是它的現實主義的創作精神。現實主義作家注重藝術與現實的關係，按照生活本身所具有的邏輯，以近似生活本來的面目來描寫生活。其基本精神是正視現實、直面人生。現實主義作家尊重生活的邏輯，客觀、真實地把握和再現現實生活。恩格斯說：「我所指的現實主義甚至可以違背作者的見解而表露出來。」[63]契訶夫說：「現實主義文學就應該按生活的本來面目描寫生活，它的任務是無條件的、直率的真實。」[64]高爾基說：「對於人和人的生活環境作真實的、不加粉飾的描寫的，謂之現實主義。」[65]韋勒克說：「現實主義是『當代社會現實的客觀再現』。」[66]現實主義對生活的忠實甚至可以達到這樣的程度，即作家為了如實地反映生活，違背自己的主觀願望而如實、客觀地描寫社會的真實面貌。

---

63 ［德］恩格斯：《致瑪・哈克奈斯》：《馬克思恩格斯選集》第 4 卷，北京：人民出版社，1972 年，頁 462。

64 ［俄］契訶夫：《契訶夫論文學》，汝龍譯，北京：人民文學出版社，1958 年，頁 35。

65 ［蘇］高爾基：《論文學》，北京：人民文學出版社，1978 年，頁 163。

66 ［法］韋勒克：《批評的諸種概念》，丁泓等譯，成都：四川文藝出版社，1988 年，頁 230。

2. 注重寫實

現實主義注重寫實，主張按照生活的本來面目表現生活；追求細節描寫的真實性和典型性的統一，著力塑造典型環境中的典型性格。

現實主義作家既然尊重生活，按照生活的本來面目來描寫生活，那就決定它在藝術表現手法上也有不同於其它創作方法的鮮明特點。巴爾扎克說：「小說在細節上不是真實的話，它就毫無足取。」[67] 喬治・桑說：「我們倒情願給現實主義取一個簡單名字，那就是：細節的科學。」[68]在這細節描寫方面，現實主義作家，尤其是十九世紀的現實主義作家進行過相當艱苦認真的努力。比如，巴爾扎克在《高老頭》中對伏蓋公寓的細節描寫非常逼真，令人如臨其境。恩格斯說，在經濟細節方面，巴爾扎克的《人間喜劇》所提供的比當時所有的「職業的歷史學家、經濟學家和統計學家」還要多，這也說明現實主義作家在細節表現方面的確具有超凡的能力。

總之，現實主義標舉反映現實、干預生活的文學精神，既是一種文學思潮，也是一種重視藝術再現的文學類型。

（三）現代主義

現代主義文學產生於 19 世紀末，在 20 世紀初開始波及西方各國。20 世紀 20－30 年代是現代主義文學藝術的鼎盛時期，二戰以後，作為文學思潮的現代主義開始逐漸衰落，所謂的後現代文化在西方各國嶄露頭角，並逐漸成為 20 世紀後期文化和文學藝術的主要事件。現代主義文學思潮主要是由象徵主義文學、意識流文學、超現實主義

---

[67] ［法］巴爾扎克：《巴爾扎克論文學》，北京：中國社會科學出版社，1986 年，頁 68。
[68] 中國社會科學院外國文學研究所外國文學研究資料叢刊編輯委員會編：《歐美古典作家論現實主義和浪漫主義》（二），北京：中國社會科學出版社，1981 年，頁 139。

文學、表現主義、存在主義、荒誕派戲劇、黑色幽默等等文學思潮或
文學流派所構成。唯美主義和早期象徵主義文學的產生，是現代主義
的萌芽。愛倫‧坡和波德賴爾等人被公認是現代派的遠祖。後期象徵
主義則被視為現代派文學的第一個流派。後期象徵主義的代表人物有
葉芝、艾略特、瓦萊里、里爾克、龐德和梅特林克等。西方現代主義
不是一個統一的文學流派，包括了 20 世紀眾多的文藝思潮和創作主
張，其文學觀點龐雜，創作方法五花八門，表現形式多種多樣。現代
主義產生的社會根源和思想根源是，資本主義內外矛盾的發展和加
劇；兩次世界大戰帶來的災難性後果；社會主義革命風起雲湧；物質
生產和科學技術飛速發展；反傳統和非理性的社會思潮成為主流觀
念。總之，作為現代工業社會和壟斷資本主義歷史時期的產物，現代
主義文學表現了 20 世紀西方社會動盪不安的的思想、情感和生活。
對既往文學理論傳統的顛覆是現代主義文學最為顯著的特點。

　　20 世紀 20－30 年代後期象徵主義流行，這一階段主要成就體現
在詩歌。主要代表作家有英國的艾略特、愛爾蘭的葉芝、法國的鮑爾‧
瓦萊里。奧地利的里爾克、美國的龐德。象徵主義強調詩歌應有鮮明
的個性，要表現出詩人的創造才能；創作應側重於表現詩人的心靈，
不能滿足於模仿現實；創作就是暗示與象徵，以此去表現隱秘的內心
世界。表現主義關注現實生活中人生的迫切問題，帶有某種哲理性；
作品的主人公大都身份不明、來去無蹤；慣於用象徵性的手法去表現
抽象的真理。意識流小說出現於 20 世紀 20－30 年代，意識流文學著
重表現人物的意識活動本身；注重自由聯想；注重內心獨白。主要代
表作家有法國的普魯斯特、英國的伍爾夫、愛爾蘭的喬伊絲、美國的
威廉‧福克納。荒誕派戲劇從各個方面表現資本主義社會的荒誕性和
人的全面異化；表現人與人之間相互隔絕、孤獨、陌生的狀態；藝術
表現形式和手法上一反傳統，別出心裁，沒有故事情節，也沒有矛盾

衝突，使用象徵手法，道白常是枯燥無味，不斷重複嘮叨的絮語。從內容來看，荒誕派戲劇可以說是以存在主義哲學來理解和表現人生與社會的戲劇。荒誕既是荒誕派戲劇所表現的基本主題和藝術表現手法，也是它的人生觀和世界觀。未來主義 20 世紀初產生於義大利，該文學思潮否定、拋棄傳統，歌頌機械文明和都市混亂，打破形式規範，屬於文化虛無主義。代表作家有義大利的馬利奈蒂、法國的阿波利奈爾、俄國的馬雅可夫斯基。超現實主義產生於兩次世界大戰期間的法國，追求「內部現實」與「外部現實」的統一；注重幽默的手法，主張採用「非理性知識」的自發性方法進行「無意識寫作」。廣泛使用「自動寫作法」和「夢幻記錄法」；風格晦澀艱深、離奇神秘，它對後來荒誕派、黑色幽默、魔幻現實主義都有重大影響。代表作有法國布勒東的《磁場》、《第一號超現實主義宣言》、《娜佳》等等。現代主義文學的特點主要表現為如下三個方面：

1. 強調表現內心生活和心理的真實

現代主義強調表現內心生活和心理真實，具有主觀性和內傾性特徵，注重表現和象徵，反對再現和模仿。現代主義文學傾向於表現人的心理生活，包括潛意識心理與非理性的思想。象徵是現代主義文學常用的表現手法和技巧，它通過暗示的方式來表達抽象的、隱晦的意義。讀者通過符號形式、象徵意象來理解、感悟其隱含的意蘊。

超現實主義作家布勒東提出「下意識寫作」，意識流小說著力記錄人內心的潛意識的流動。現代派文學普遍重視直覺、夢幻、象徵等手法。現代派文學還提出心理現實主義的理論。普魯斯特認為，不是現實本身，而是心理回憶和體驗才是最真實的東西。藝術也不是生活的拓片，相反，藝術中的生活才是真實的生活。福克納要求作家描寫人類的「內心衝突」和「心靈深處亙古至今的真實情感」。沃爾夫則

認為一切都是恰當的小說題材；作家可以以每一種感情、每一種思想、每一種頭腦和心靈的特徵為題材。現代主義文學對心理的重視和開掘，豐富了文學經驗，也有助於更深刻地揭示人們複雜的心理世界，它在文學發展史上是有重要意義的。

2. 強調藝術形式的創新

現代主義運用象徵、隱喻的神話模式追求藝術的深度；提倡「以醜為美」，「反向詩學」，大量描寫醜的事物；熱衷於藝術技巧的革新與實驗，具有形式主義傾向，信奉藝術本體論，認為形式即內容，追求「藝術的非人格化」。

現代主義文學認為傳統的文學形式和文學觀念屬於過去的時代，已成為束縛作家創作的繩索，必須破除。赫伯特・李德在《現代藝術》（1933）中說，現代藝術「對全部傳統進行了一次突然的爆炸」。[69]伍爾夫在《論現代小說》認為現代派作家是「精神主義者」，他們和物質主義者相反，「不惜任何代價來揭示內心火焰的閃光」。[70]

現代主義文學的形式創新有某種積極因素，但過於標新立異，甚至違反文學創作的規律去獵奇、杜撰，一味否定傳統的文學創作技巧和手法，則給文學創作帶來了消極的影響。

3. 關注現代社會的人性異化現象

現代主義文學產生於 19 世紀末、衰落於 20 世紀中葉，它是現代工業社會和壟斷資本主義歷史時期的產物。現代主義文學表現了動盪不安的 20 世紀西方社會的思想、心理和生活，體現了作家對人與自

---

[69] 《英國作家論文學》，劉保靜譯，北京：三聯書店，1985 年，頁 564。
[70] ［英］佛吉尼亞・伍爾夫：《論小說與小說家》，瞿世鏡譯，上海：上海譯文出版社，2000 年，頁 4。

然、人與社會、人與自我之間異化現象的揭示、批判與反思，表達了
文學對於解決現代各種社會矛盾的願望。

三、文學思潮演變的外在影響

　　文學思潮的形成原因，可以分為外部的和內部的兩個方面。雖說
文學思潮的形成有文學自身的運動規律和審美因素，但是還有許多對
文學思潮的形成發生了重要作用的各種外部原因，一個時代的社會觀
念、哲學觀念、道德觀念乃至政治觀念的發展變化影響著一定的社會
思潮、文化思潮或哲學思潮的形成。即便是文學審美的新要求，往往
也來自哲學、政治和道德上的變化。

（一）文學思潮與社會的發展

　　文學思潮與社會的發展存在非常密切的關係。劉勰《文心雕龍・
時序》曰：「歌謠文理，與世推移」、「文變染乎世情，興廢繫乎時序」。
白居易認為「文章合為時而著，歌詩合為事而作」。文學思潮的出現
往往是由多種因素形成的。其中最主要的是社會經濟形態的變化和由
此產生的新的思想要求，這兩者是文學思潮形成和發展的客觀基礎。
此外，歷史文化的傳統與文學思潮的形成也具有淵源關係。文學史上
任何一種新的文學主題的出現，都可以從它產生的時代找到促使它出
現的原因。李長之在《論研究中國文學者之路》一文中就認為文學與
文化之間有內在聯繫：「專就文學而瞭解文學是不能瞭解文學的，必
須瞭解比文學的範圍更廣大的一民族之一般的藝術特色，以及其精神
上的根本基調，還有人類的最共同最內在的心理活動與要求，才能對
一民族的文學有所把握」，「不瞭解一個民族的文化的整個，依然不能
瞭解一個作家」，因為「文學的內容不是獨立的，而是有文化價值的

整個性的」。[71]在中國文學史上，我國從漢末到魏晉時期突然出現了一大批具有很強的主體意識的詩作。這是一個現代意義的文學觀念覺醒的時期，對於以後中國文學的發展產生了巨大的影響。如《古詩十九首》等作品表現出對個體生命的珍視與對美好愛情的嚮往。曹操等人的詩作表現出用個人奮鬥去創造歷史的豪情與自信。阮籍、稽康等人的詩作表現出對世俗名利的蔑視與對個性自由的追求。此外，李白等人的詩歌的大氣磅礡也與盛唐社會的繁榮有關，詩人們由國力的強大而產生強烈的自信心態。

（二）文學思潮與政治思潮

　　文學不可能完全擺脫政治，政治思想和思潮不可避免對文學思想和思潮產生一定影響。文學思想和思潮也常常會反映出一個時代的政治思想和思潮。文藝思潮，雖與政治思潮有著明顯的區別，但由於不同階級為了自身利益的需要，它們總是要對文學加以利用和控制，總是力圖將本階級的政治思想貫穿到文學中去。政治思潮對文學思潮的影響，主要是對文學思潮性質的影響。例如，法國大革命所信奉的自由、平等、博愛等觀念是當時政治思潮的主要內容，這些理念出現於法國資產階級面對封建王朝的政治大革命氛圍之中，它們也是浪漫主義文藝思潮的核心觀念。浪漫主義所提出的「文學上的自由主義」有著特定政治意向，是法國新興資產階級政治思潮中激起的回聲。

（三）文學思潮與哲學思潮

　　哲學思潮往往是一種新興文學思潮的先導，同時，一種新哲學思想往往也是與此相呼應的文學思潮的核心觀念。17 世紀古典主義文

---

[71] 李長之：《論研究中國文學者之路》，郜元寶編：《李長之批評文集》，珠海：珠海出版社，1998 年，頁 402。

學與笛卡爾的唯理論，18 世紀啟蒙主義文學與洛克‧狄德羅的唯物
主義哲學，19 世紀浪漫主義與空想社會主義、德國古典哲學，批判
現實主義文學與黑格爾的辯證法、費爾巴哈的人本主義唯物論，20
世紀現代派文學與非理性主義哲學，社會主義現實主義文學與馬克思
主義哲學等等之間存在著鮮明的對應關係。當一種哲學成為一種社會
思潮時，它將影響一定時期文學的面貌，使作家的思想和創作方法被
某種世界觀所支配。如西方現代文學思潮就是在西方現代哲學思潮影
響下形成的，西方現代哲學思潮是西方現代文學思潮的先導。叔本華
的直覺主義、柏格森的生命哲學、尼采的權力意志、薩特的存在主義
等都對西方現代文學思潮產生了深刻的影響，也是西方現代文學的核
心觀念。中國文學的發展情況也不例外，明代李贄提倡「童心說」。
在他為代表的重情哲學思潮影響下，形成了以袁宏道、湯顯祖為代表
的重情文學思潮。

四、文學思潮演變的自律性因素

正如阿多諾所說，藝術具有雙重本質，它既有自律性，又是一種
社會現象；人們必須從兩個方面考慮藝術的本質。「一方面是作為自
為存在的藝術，另一方面則是它與社會的聯繫。藝術的這種雙重本質
顯現於一切藝術現象中；這些現象本身則是變化和矛盾的。」[72]我們
在思考文學思潮的演變規律時，應該注意文學發展的這種雙重性質。

文學除了外在的歷史文化影響作用之外，它還有自身的發展軌跡
及其內在原因；而且外在的歷史文化因素對文學的發展產生影響，必
然通過文學自身內在各要素的調整、變化來體現。「五四」時期梅光

---

[72] [德]阿多諾：《藝術與社會》，周憲等編：《當代西方藝術文化學》，北京：北京大學出
版社，1988 年，頁 67。

迪說：「蓋文學體裁不同，而各有所長，不可更代混淆。而有獨立並存之價值，豈可盡棄他種體裁，而獨尊白話乎？文學進化至難言者，西方名家（如美國十九世紀散文及文學評論大家韓士立），多斥文學進化論為流俗之錯誤，而吾國人乃迷信之。且謂西洋近世文學，由古典派而變為浪漫派，由浪漫派而變為寫實派，今則由寫實派而變為印象、未來、新浪漫諸派，一若後派必優於前派，後派興而前派即絕跡者。然此稍讀西洋文學史，稍聞西洋諸論者，即不作此等妄言。」[73]文學思潮的產生往往也是文學自身演進、變化的結果。文學思潮的變遷推動文學的發展，由於文學思潮涉及的範圍廣，延續的時間長，所以對於文學發展的影響尤其重大。文藝復興運動從義大利發源以後，波及到德國、法國、西班牙、英國等廣大的國家和地區，湧現出薄伽丘、彼特拉克、馬丁‧路德、拉伯雷、賽凡提斯、莎士比亞等文學巨匠。

總之，文學思潮具有作家的集團性、文學綱領的共同性以及在社會上影響的廣泛性和特殊性。文學思潮的影響遠遠大於文學思想，它包括時代、民族、階級、地域各個層次上的共同的文學思想傾向，並對文學創作起著導向作用。它與政治、經濟、文化的發展變革相一致，也與一定時代人們的審美意識和思想文化心理相一致。馬克思主義經典作家運用唯物史觀看待文學現象，把文學當作社會意識形態之一，因此也非常重視從思潮的角度研究文學發展的歷史。丹麥的文學批評家勃蘭兌斯撰寫的《十九世紀文學主流》，就是一部全面考察一個歷史時期文學思潮的有影響的著作。

研究文學思潮具有不可忽視的意義。可以從宏觀視野把握作家的創作；可以從文學運動和文學潮流中，把握文學與一定歷史條件以及與社會思潮、哲學思潮、讀者審美需求的關係；可以從總體上發現和

---

[73] 梅光迪：《評提倡新文化者》，北京：《學衡》1921 年第 1 期。

把握文學的特性及文學的發展規律，有助於更深刻地理解文學和時代的關係，從而推動文藝學的發展。可以發現影響文學發展的諸多因素，總結文學發展的規律，從而順應這些規律，促進文學的繁榮和發展。

問題研討

一、文學發生學的概貌

關於文學起源的原因，本書有多個章節論述了幾種代表性的觀點。下面對這些觀點進行辨證的評述。

（一）與巫術的關係

根據人類學研究與考古學發現，原始民族都經歷過巫術統治的階段，巫術在人們日常生活中扮演著極其重要的角色，巫術思維與觀念滲透了人類生產和生活的一切領域。藝術作為生活的一部分，與巫術有著千絲萬縷的聯繫。作為宗教意識萌芽的巫術觀點，與萌芽的審美意識各自產生並相互滲透、相互促進。同時，巫術與藝術活動還具有多方面共同的思維特點，如想像和情感投射等。巫術說從原始文化、原始思維的角度解釋文學藝術的起源。但是，巫術並非審美意識之源，從而也不可能是藝術發生的最終根源。在這個意義上，巫術說顯出了它的片面性。

（二）與遊戲的關係

藝術與遊戲具有共同的特點，在娛樂功能上，原始藝術是無功利性的。在審美感受上，藝術活動如同遊戲一樣可以獲得審美快感。遊戲說從上述兩個方面揭示了藝術生成的一些重要條件。但是，藝術活

動畢竟也不是絕對無關功利目的的。它不能脫離原始社會生活的實際
狀況。遊戲說偏重於從生物學和生理學的意義上來看待藝術及其起
源，因而有忽視藝術的社會內容和動因的缺點。遊戲說大多形成於假
設的推理，缺乏對原始社會和原始藝術的田野調查。在研究文學藝術
起源時，還有待於掌握史前考古學資料、原始部族的民族學資料、古
籍中關於文學藝術起源的記述等等。對比起來看，史前考古學資料最
為可靠。但主要憑藉口頭流傳的原始文學，同音樂、舞蹈等藝術形式
一樣，很難在史前考古學資料中留下痕跡。這是我們研究藝術起源的
難處所在。

（三）與潛意識欲望的關係

　　潛意識欲望說強調文藝與潛意識欲望的密切關係，強調無意識在
藝術創作中的重要作用，有一定的合理性。但是，我們不能將人的社
會活動降至動物本能的無意識的層面。第一，人與動物的最大區別恰
恰在於動物只是按生物本能活動，而人類雖然也有無意識的本能活
動，但絕大多數的活動是受社會思想意識支配的。第二，藝術是一種
社會行為，它的產生的原動力應該具有社會性的因素。第三，潛意識
欲望說只是一種心理學的假設。這種理論抹煞了藝術家的個性，與藝
術創造的實際並不完全吻合。

（四）與勞動的關係

　　根據馬克思主義關於社會存在決定社會意識這種歷史唯物主義
思想，藝術起源的勞動說解釋了勞動作為人類實踐活動對藝術起源的
決定性作用。藝術起源於勞動的觀點，其基本核心是可取的。然而，
勞動說也不是沒有缺陷。第一，勞動說只是指出了藝術起源的終極原
因和基本動力，而不是直接起因。第二，勞動說過分地排斥其他因素

而有單一化之嫌，面對原始藝術中與勞動呈間接關係或不反映勞動生活的藝術活動和藝術形式時，就顯示出它的不足與局限。可見，藝術的起源是一個歷史過程，推動這個歷史過程的不可能是某一單一性的動因，所以我們研究原始藝術產生，不應僅僅停留於人類最基本的實踐活動──勞動，人類的生存活動是多方面的，我們應從社會、審美、心理等諸多方面來擴大探討問題的視野。

總之，上述四種說法共同的不足之處在於，它們都對藝術起源的複雜的、多元混合的因素，作出了較為單一化的處理和解釋，從而不能涵蓋原始藝術門類和現象的豐富性和複雜性。也就是說，它們各自的合理性是與某種程度上的片面性交織在一起的。

二、文學發展學說的概貌

繼承與革新，是文學發展歷史過程中普遍存在的現象，體現了文學發展的內在規律。繼承體現了文學發展的延續性，革新體現了文學發展的變異性，它們從不同角度體現了文學發展的需要。對文學屬性的認識，必須以這種矛盾運動的動態觀察為基礎。繼承文學遺產並不是目的，它是為了創造新文學。沒有繼承，革新和創造就失掉了基礎，文學當然不能發展；而沒有革新創造，一切效法前人，亦步亦趨，文學同樣不能發展。文學發展的歷史證明，有革新才會有真正的繼承，否則就會阻礙文學的發展。我國明代以李夢陽、何景明為代表的前七子和以李攀龍、王世貞為代表的後七子曾提出「文必秦漢、詩必盛唐」的主張，其本意是要糾正以歌功頌德為主要內容的「台閣體」的詩文弊病，結果卻忘記了革新創造的根本目的，結果走入了復古主義的死胡同。而唐代詩人創造了一個前無古人的詩歌高峰，就是緣於唐代詩人不斷繼承和創新。

（一）「通變」說

《周易·繫辭下》曰:「《易》,窮則變,變則通,通則久。」「變通者,趨時者也。」這是通變說的哲學基礎。《易傳》總是把通與變這兩方面聯繫起來、統一起來的。而在這種聯繫和統一中,《易傳》更為強調的還是變。「日新之謂盛德。生生之謂《易》。」[74]正是天地萬物的連續不斷的變化生新,才體現了宇宙的永恆的生命,才生成了無窮無盡的宇宙整體。也就是說有變才有通,有變才能久,變是主要的、決定性的方面。《繫辭下》說:「神農氏沒,黃帝、堯、舜氏作,通其變,使民不倦,神而化之,使民宜之。易窮則變,變則通,通則久。」神農氏死後,黃帝、堯、舜氏開始,通達其變革,使百姓不怠倦,神奇而化育。使民眾相適應。易道窮盡則變化,變化則(又重新)通達,能通達才可以長久。《繫辭下》又說:「《易》之為書也不可遠,為道也屢遷。變動不居,周流六虛,上下無常,剛柔相易。不可為典要,唯變所適。」《周易》這部書不可疏遠,它所體現的道,經常變遷,變動而不固定,周流於(卦的)六位,或上或下無常規,陽剛陰柔相互變易,不可當成不變法則,唯有隨爻之變而有所(生成)之卦,其(陰陽)屈伸往來皆有法度這就是說,「變」是《易》的基本精神。

劉勰的《文心雕龍·通變》從文學理論上提出了「通變」說。中國古代文論中的通變說是指文學發展中繼承與革新的關係。在南朝的文壇上,「競今疏古」的風氣盛行,普遍存在著「儷采百字之偶,爭價一句之奇」的傾向[75]。劉勰反對這種偏重在形式上詭誕求奇的文風,主張「還宗經誥」,因而提出了「通變」說。「通變」並非復古,

---

[74] 《繫辭上》。
[75] 《文心雕龍·明詩》。

而是主張探本知源，做到「通則不乏」、「變則可久」。把繼承和創新結合起來，才是「通變」精意之所在。

首先，劉勰論述了文學創作「通」和「變」的必要性。

> 夫設文之體有常，變文之數無方，何以明其然耶？凡詩賦書記，名理相因，此有常之體也；文辭氣力，通變則久，此無方之數也。名理有常，體必資於故實；通變無方，數必酌於新聲。故能騁無窮之路，飲不竭之源。[76]

劉勰的意思是，作品的體裁是一定的，但寫作時的變化卻是無限的。例如，詩歌、辭賦，書箚、奏記等等，名稱和寫作的道理都有所繼承，這說明體裁是一定的；至於文辭的氣勢和感染力，惟有推陳出新才能永久流傳，這說明變化是無限的。名稱和寫作道理有定，所以體裁方面必須借鑑過去的著作；推陳出新就無限量，所以在方法上應該研究新興的作品。這樣，就能在文藝領域內馳騁自如，左右逢源。

其次，他聯繫魏晉以前歷代作家作品的發展情況，來說明文學史上承前啟後的關係，強調繼承與革新應該並重。「矯訛翻淺，還宗經誥。斯斟酌乎質文之間，而櫽括乎雅俗之際，可與言通變矣。」意思是，要糾正文章的不切實際和淺薄，也還要學習經書。如能在樸素和文采之間斟酌盡善，在雅正與庸俗之間考慮恰當，那麼就能理解文章的繼承與革新了。

最後，他論述了通變的方法和要求，提出必須結合作者自己的氣質和思想感情來繼承前人和趨時變新。「參伍因革，通變之數也。是以規略文統，宜宏大體。先博覽以精閱，總綱紀而攝契；然後拓衢路，置關鍵，長轡遠馭，從容按節。憑情以會通，負氣以適變；采如宛虹

---

[76] 《文心雕龍‧通變》。

之奮鬐，光若長離之振翼，乃穎脫之文矣。」[77]他認為，應該在沿襲當中又有所改變，這才是繼承與革新的方法。所以考慮到寫作的綱領，應該掌握住主要方面。首先廣泛地例覽和精細地閱讀歷代佳作，抓住其中的要領；然後開拓自己寫作的道路，注意作品的關鍵，放長轡繩，駕馬遠行，安閒而有節奏。應該憑藉自己的情感來繼承前人，依據自己的氣質來適應革新；文采像虹霓的拱背，光芒像鳳凰的飛騰，那才算出類拔萃的文章。

在此之前，陸機的《文賦》已經觸及到繼承與革新的問題。「收百世之闕文，采千載之遺韻；謝朝華之已披，啟夕秀之未振。」他認為，應該博取百代未述之意，廣採千載不用之辭。前人已用辭意，如早晨綻開的花朵謝而去之；前人未用辭意，像傍晚含苞的蓓蕾啟而開之。

「通變」是一個矛盾的兩個方面。在文學發展過程中，就其先後傳承的一面而言，則為「通」；就其日新月異的變化而言，則為「變」。把「通變」連綴成一個完整的詞義，是就其對立統一的關係而說的。因此，必須於「通」中求「變」，同時又要「變」而不失其「通」，把「會通」與「運變」統一起來。劉勰講「通變」是兼顧這兩個方面的。他在《通變》正文裡強調繼承，認為「楚騷」是「矩式周人」；「矯訛翻淺，還宗經誥」，側重繼承；在「贊」裡則強調革新，像所謂「日新其業」、「趨時必果」、「望今制奇」等。

（二）「新變」說

「新變」一說出自於南朝梁蕭子顯《南齊書·文學傳論》：

---

[77] 《文心雕龍·通變》。

> 文章者，蓋情性之風標，神明之律呂也。……習玩為理，
> 事久則讀，在乎文章，彌患凡舊。若無新變，不能代雄。建安
> 一體，《典論》短長互出；潘、陸齊名，機、岳之文永異。江
> 左風味，盛道家之言，郭璞舉其靈變，許詢極其名理，仲文玄
> 氣，猶不盡除，謝混情新，得名未盛。顏、謝並起，乃各擅奇，
> 休、鮑後出，咸亦標世。朱藍共妍，不相祖述。

蕭子顯指出，兩漢以來的復古文風作為經學的附庸，他提出了「新變」
的文學發展觀以救弊。他認為文學具有賞心悅目的娛樂性觀賞性，若
久而無變，便會使人失去新鮮感，從而產生厭倦，詩歌作品尤其如此。
因此，如果詩人要求自己的作品為人所賞識，並企求取代過去作家的
重要地位，便必須重創造求新變。

（三）「因革」說

　　劉勰在《文心雕龍・通變》中提出了「因革」說：「參伍因革，
通變之數也。」劉勰的《文心雕龍・物色》又進一步闡釋道：「情曄
曄而更新。古來辭人，異代接武，莫不參伍以相變，因革以為功；物
色盡而情有餘者，曉會通也。」[78]歷代作家前後相繼，其文學創作錯
綜複雜地演變著，他們在一面繼承、一面改革中取得新的成就。要使
文章寫得景物有限而情味無窮，就必須把《詩經》、《楚辭》以來的優
良傳統融會貫通起來。

　　葉燮認為，「學詩者不可忽略古人，亦不可附會古人。忽略古人，
粗心浮氣，僅獵古人皮毛。」[79]他論述了詩歌前後之間的承續關係。
他說，前後代詩歌之間，「前者啟之，而後者承而益之；前者創之，

---

[78] 劉勰：《文心雕龍・物色》。
[79] 葉燮：《原詩・外篇下》。

而後者因而廣大之。使前者未有是言，則後者亦能如前者之初有是言；前者已有是言，則後者乃能因前者之言而另為他言。」總之，「後人無前人，何以有其端緒；前人無後人，何以竟其引伸乎？」[80]葉燮講的是繼承和創新之間的辯證關係。

（四）「轉益多師」說

唐杜甫《戲為六絕句》（之六）提出文學發展的師法問題：

> 未及前賢更勿疑，遞相祖述復先誰？
> 別裁偽體親風雅，轉益多師是汝師。

杜甫這首詩的意思是，輕薄之徒看不起前賢，這是錯誤的。前人總有值得後人學習的地方，但學習和繼承離不開鑑別，對於那些毫無生命力的「偽體」之作應該剔除。而杜甫正是善於師法百家之長而成就「詩聖」之典範。元稹評價杜詩道：「上薄風騷，下該沈宋，……盡得古今之體勢，而兼人人之所獨專矣。」[81]秦觀說：「猶杜子美之於詩，實積眾家之長，適當其時而已。……於是杜子美者，窮高妙之格，極豪逸之氣，包沖淡之趣，兼竣潔之姿，備藻麗之態，而諸家之作所不及焉。然不集諸家之長，杜氏亦不能獨至於斯也。」[82]清代毛先舒提出的稽古日新與杜甫的主張有相通之處。他說：「始於稽古，終於日新。」[83]說明詩人從事創作必先經過一個學習古人的階段，然而最終又須以追求創新為目的。要求詩人創作，必須學古與創新、繼承和發展相結合。

---

[80] 葉燮：《原詩‧內篇下》。
[81] 元稹：《杜工部墓係銘》。
[82] 《淮海集》卷二十二。
[83] 毛先舒：《詩辯紙》卷一。

（五）「奪胎換骨」、「點鐵成金」說

北宋著名詩人黃庭堅提出「奪胎換骨」、「點鐵成金」的創作理論和寫作綱領。據宋代惠洪記載：

> 山谷云：詩意無窮，而人之才有限，以有限之才，追無窮之意，雖淵明、少陵不得工也，然不易其意而造其語，謂之換骨法，窺入其意而形容之，謂之奪胎法。[84]

黃庭堅認為，詩人詩意無窮而自身之才力有限，因而往往心有餘而力不足。如何克服自身的局限呢？他提出「奪胎換骨」的思路。「換骨」的意思是，通過自己語言上的創造去表達他人詩歌中同樣的意義，但是自己所做之詩在境界比他人更勝一籌。黃庭堅詩曰：「瘦藤拄到風煙上，乞與遊人眼界開。不知眼界闊多少，白鳥去盡青天回。」[85]即化自李白的「鳥飛不盡暮天碧」，「青天盡處沒孤鴻」。「奪胎」的意思是，深入體悟他人的詩意，而自己進一步根據自身體驗加以開拓，從而達到求新的目的。蘇軾南中詩云：「兒童誤喜朱顏在，一笑那知是醉紅。」詩中的「醉紅」來自白居易。白居易詩曰：「臨風杪秋樹，對酒長年身。醉貌如霜葉，雖紅不是春。」該詩中的「醉貌」指的是秋天的霜葉。蘇軾詩中的「醉紅」意思是，並非青春時的容顏。這一詞語是對白居易「醉貌」的借用與發揮。

有人曾經詬病黃庭堅的這種創作方法。王若虛說：「魯直論詩有『奪胎換骨、點鐵成金』之喻，世以為名言，以予觀之，特剽竊之點者耳。」[86]元人韋居安則認為：「『奪胎換骨』之法，詩家有之，須善

---

[84] 惠洪：《冷齋夜話》卷1。
[85] 黃庭堅：《登達觀台》。
[86] 王若虛：《滹南詩話》。

融化，則不見蹈襲之跡。」[87]韋居安說出了黃庭堅這一創作方法的關鍵處，即「須善融化」，否則容易弄巧成拙，甚至剽竊。

黃庭堅在《答洪駒父書》中提出了「點鐵成金」的觀點。他說：

> 老杜作詩，退之作文，無一字無來處，蓋後人讀書少，故謂韓、杜自作此語耳。古之能文章者，真能陶冶萬物，雖取古人之陳言入於翰墨，如靈丹一粒，點鐵成金也。[88]

黃庭堅的原意是，建議他的外甥應該學有淵源，師法大家。「熟讀司馬子長、韓退之文章」，「更需治經，深其淵源。」他認為，古代的大家往往能夠融匯萬物、陶冶於胸，擷取古人之陳言，通過自己的創造性轉化，化腐朽為神奇。黃庭堅強調詩人要在學習古人詩文精華的基礎上創造昇華出新的詩歌意境。借用古人詞語融於自己的詩作，貴在恰到好處，貴在賦予陳語以新意。

人類社會經歷過很多歷史階段，但是每一個階段都是在前一個階段的基礎上發展的，無論是社會生產還是意識形態，都具有繼承性。馬克思說：「人們自己創造自己的歷史，但是他們並不是隨心所欲地創造，並不是在他們自己選定的條件下創造，而是在直接碰到的、既定的、從過去承繼下來的條件下創造。」[89]文學發展中的繼承性表現在作品的思想內容上。文學的繼承性在藝術形式上表現得更為突出。文學體載一旦形成，就具有自己發展的獨立性和相對的恆定性。文學的繼承並不是對古人的一味模仿，也不是對文學遺產和傳統的因襲與照搬，而是需要在繼承的同時勇於革新和創造。社會生活的發展，向

---

[87] 韋居安：《梅磵詩話》卷上。

[88] 黃庭堅：《答洪駒父書》。

[89] [德]馬克思：《路易・波拿巴的霧月十八日》，《馬克思恩格斯選集》第 1 卷，北京：人民出版社，1972 年，頁 585。

文學創作提供新的內容，也提出新的要求。文學要繼承是不夠的，還需要在文學的既成基礎上進行革新和創造，以產生異於前人和超越前人的作品，這就是文學的革新性。文學的傳統與創新的關係是文學的重要理論問題。

導學思考

一、關鍵詞

1. 巫術說：雷納克、泰勒、哈特蘭特、弗雷澤等人認為，原始人的一切創作活動都包含著巫術的意義，都是原始巫術的直接表現，巫術的思維法則促成了藝術的誕生。

2. 遊戲說：源於康德，後來由席勒、斯賓塞、格羅斯等加以發揮和補充。這種觀點認為，人們總是想利用剩餘的精力創造一個自由的天地，這就是遊戲。藝術與遊戲一樣是一種非功利性的純粹審美的生命活動，藝術起源於人類擺脫物質與精神束縛、追求自由天地的遊戲本能。藝術和遊戲，是過剩精力的發洩。

3. 潛意識欲望說：奧地利心理學家佛洛德認為，在作家的心靈深處，有著為社會倫理道德所不容的本能欲望，這種被壓抑的性本能是文學藝術的內驅力，文學藝術的創造類似於白日夢，經過壓抑、轉移和感官意識的加工，使作家被壓抑的欲望與本能得到幻想形式的昇華與滿足。

4. 勞動說：代表人物有馬克思、普列漢諾夫、高爾基等。這種觀點認為藝術起源於勞動，原始藝術是適應著勞動的需要並在勞動實踐過程中產生的，具有明顯的功利目的。

5. 文學思潮：是指文學發展史上一定歷史時期產生、流行的一種文學潮流，它是一定社會歷史背景下形成的美學思想、文藝思想、創作傾向的集中反映，對文學創作實踐起著積極的或消極的影響。它的興起和消亡，與一定時代的政治、經濟、文化有著密切的聯繫，具有歷史的必然性。文學思潮往往會形成一定規模的文學文化運動。

6. 現實主義：現實主義是作家在一定世界觀和文藝觀的指導下，按照實際生活存在的樣子，通過藝術概括和典型創造，真實具體地認識和反映生活，塑造藝術形象的一種創作原則。

7. 浪漫主義：浪漫主義是指在現實生活的基礎上，採用大膽的想像、誇張和變形等手法來塑造理想化的形象，通過直接抒發內心的激情來表達對理想世界熱切追求的一種創作原則。

8. 現代主義：西方現代主義文學產生於 19 世紀末，在 20 世紀初開始波及西方各國，20 世紀 20-30 年代是現代主義文學藝術的鼎盛時期。它不是一個統一的文學流派，包括象徵主義、意識流、超現實主義、表現主義、存在主義、荒誕派戲劇、黑色幽默等等文學現象或文學流派。它強調表現內心生活和心理真實，藝術形式上強調創新，熱衷於藝術技巧的革新與實驗。

二、思考題

1. 文學繼承與創新的關係。
2. 文學史與文學史觀的聯繫與區別。
3. 文學史觀的主要類型。
4. 文學思潮演變的規律。

三、學術選題參考

1. 文學發生學各種觀點的主要成就和存在的問題。
2. 文學發展的自律與他律的關係。
3. 各種文學史觀的哲學基礎。
4. 文學思潮發展演變的內在關聯。

四、拓展指南

文學史理論的有關著作介紹

1. 劉勰，《文心雕龍·通變篇》（參見劉勰《文心雕龍》，周振甫注釋，人民文學出版社，1981。）

   劉勰認為文學發展的規律體現為窮則變，變則通，通則久的邏輯關係。在日新中要參古定法，同時法規也要與世推移。

2. [美]韋勒克，《文學史上進化的概念》（選自韋勒克《批評的諸種概念》，丁泓等譯，四川文藝出版社，1988。）

   韋勒克考察了進化觀念在文學史上的變遷，他認為進化論文學史觀念是以物種為基礎的，但將文學與生物學上的物種相對應並不恰當。他承認黑格爾的進化論承認藝術中競爭與革命的作用、將藝術與社會的關係視為一種平等交易的辯證過程，有其合理之處。文章對文學史模式建構中影響很大的進化觀念進行了清理，並作出了中肯的剖析。

3. [德]馬克思，《政治經濟學批判》導言（參見《馬克思恩格斯選集》第 2 卷，人民出版社，1972。）

   馬克思認為，一定時代的生產方式決定了上層建築及意識形態的歷史唯物主義的基本觀點。由此推論，一定時代的文學

藝術是這一時代社會經濟結構在文化上的表現。同時，馬克思又認為文學藝術作為精神生產有其特殊性，與物質生產存在不平衡關係。

4. [俄]迪尼亞諾夫，《論文學的演變》（節選自托多諾夫編《俄蘇形式主義文論選》，蔡鴻濱譯，中國社會科學出版社，1989。）

　　迪尼亞諾夫認為，文學史的對象是文學的手段和形式，文學史研究的是形式的創新史，也就是，藝術中的舊形式與規範不斷被破壞，而新的技術和規範不斷湧現的歷史。它的任務是研究形式要素的功能的可變性，在某個形式要素中這種或那種功能的出現以及該要素與這一功能的結合。

5. [德]姚斯，《作為向文學科學挑戰的文學史》（節選自湯姆金斯編，《讀者反應批評》，王衛新譯，文化藝術出版社，1989。）

　　姚斯認為，讀者在作者、作品與讀者這一三角形關係具有重要的能動性。讀者在閱讀文學作品之前，總處於一種前在理解和閱讀期待之中，那麼，文學接受過程就成了不斷建立、修正與再建立期待視野的過程。作品總是處於其他作品與接受者的歷史鏈條之中，處於這一鏈條上的接受者總是處於從已有狀態到預期更新狀態的變化之中，因此所謂期待視野是不斷建立和改變的。

後記

本書為什麼要這樣寫？

為了向讀者諸君有個交代，我們想說明一下本書知識資源、框架安排、寫作思路的依據，這種依據便是如何理解文學理論。

文學理論是一門具有抽象性、邏輯性、普適性的特點的學科。它包括文學原理、文學批評與文學史理論三個主要組成部分。文學理論考察文學的規律、性質、原理、特徵的問題。文學批評考察作家、作品、思潮、流派、運動等具體的文學現象。文學史理論考察文學發展的規律與歷史經驗。文學理論主要具有如下三個方面的特點：

第一，跨學科性。文學理論在文學學科中具有重要的基礎性地位。因為它既包含文學、語言學等方面的內容，又可以向人文科學與社會科學吸取知識資源，以至跨越學科邊界，成為學科的綜合體。跨學科研究意味著學科互涉，即兩種或兩種以上的學科知識系統的相容，而不是一個學科完全取代另一個學科。文學理論思考的是和文學相關的普遍性的問題，因為其關注問題的普遍性，因而不可避免涉及到眾多學科領域。文學理論與人文科學、社會科學有多方面的學科互涉。例如，與社會學、心理學、倫理學、語言學、歷史學、政治學、民俗學、宗教學、民族學等學科有十分密切的關係。N‧弗萊認為：「文學位於人文科學中，它的一端是歷史，而另一端是哲學；文學本身並非一個系統的知識結構，批評家必須在歷史學的觀念框架中尋求

事件，從哲學的觀念框架中尋求思想。」[1]文學理論以作品、作家等文學現象作為考察對象，但它賴以闡釋的思想資源和知識依據則不能離開其他學科。19 世紀以來，文學理論經常從美學、社會學、心理學等學科那裡借取方法、觀念以及術語、概念來建立自己的話語系統，並進一步研究文學的本質、特徵等基本原理和原則。

　　文學理論研究不能局限於某一單一學科的言說，而必須從豐富的文本體驗出發，突破現有的學科邊界。美學固然是文學的本質屬性，但是並不能僅僅把美學作為文學理論的學科邊界和最高標準，還應該包括哲學、歷史學、政治學、人類學、心理學、社會學等多種學科知識。因此，文學理論只有進行跨學科研究才能適應文學的實際情況。

　　第二，反思性。文學理論是對於常識之類的基本經驗的研究，那麼自身意識也是自我反思的對象。笛卡爾的「我思故我在」、康德的「先驗理性」即是自我反思的開端。這種反思意味著，主體反身以自我為客體，猶如在鏡中觀照自己的形象一樣。康德的批判理論就運用了這種反思哲學的方法，他把理性作為最高法官，在其面前一切發出有效訴求的存在都必須為自身辯護。黑格爾認為事物的本質並不是直接呈現在我們面前的，要想認識它就必須深入到事物的背後，對它進行反思。思想是對事物的「反思」的結果。文學理論的研究者應該通過對個體經驗的理解，在反思基礎上建立起理論的學術品格。總之，文學理論是一門反思性的學科，它是對各種文學實踐活動和文學現象進行理性沉思的結果。它通過理論上的反思、概括和研究，為理解和評價文學活動與文學現象提供理論依據與價值尺度。

　　第三，歷史性。文學是一種社會歷史現象，文學理論自然也不例外，它的存在和發展是一種歷史性的過程。王國維說：「一時代有一

---

[1]　Northrop Frye: *Anatomy Of Criticism Four Essays. Princeton University Press*, New York, 1967. p.12.

時代的文學，唐之詩，宋之詞，元之曲，明清之小說，不可更替和重現。」²不僅一個時代有一個時代之文學，而且一個時代有一個時代的文學觀念。文學理論是對於具體的文學作品、作家、讀者的研究，也是對於文學發展的歷史規律的探討，因而，每一時代的文學觀念都不可避免會打上具體時代的烙印。任何對於普遍性文學理論觀念的建構都必須建立在歷史性的基礎之上。文學理論是對於某一個時代的文學的反映和實踐經驗的總結，因而歷史化的理解和研究文學理論才能最大可能地認識某一理論的特殊性。通過研究文學理論動態變化的發展史，可以揭示文學理論的真實過程及其內在演化規律，可以展示文學理論演變的真實面貌，以及演化的必然性和可能性。總之，正如每個人都是歷史性存在，而不能超越歷史性，文學理論也不例外。人們必須置身於歷史性之中並對自身進行歷史性解釋。同樣，文學理論與其它人文科學、社會科學一樣，在本質上它是一門歷史科學。

基於上述認識，我們在寫作過程中儘量加以貫徹。

我制定了本書的大綱和細目之後，我和李松分頭撰寫部分章節。最後，經我審定後，由李松負責統稿。在本書的寫作過程中，我們儘量吸取了中國大陸內外現有教材的優點，以及同行專家的最新研究成果，藉此機會對學界前賢表示衷心感謝。

本書能夠與臺灣讀者見面，全賴東華大學劉秀美教授的支持，她為書稿的修訂提出了極為寶貴的建議。此外，本書責任編輯王奕文女士具有極端負責的敬業精神。感謝她為本書出版付出的辛勤勞動。

對於本書存在的錯漏與缺陷，歡迎讀者嚴厲指正。

張榮翼　李松
2012 年 6 月於武漢大學

---

² 王國維：《宋元戲曲史·自序》。

新銳文叢20　AG0142

新銳文創　文學理論新視野
INDEPENDENT & UNIQUE

作　者	張榮翼、李松
責任編輯	王奕文
圖文排版	張慧雯
封面設計	陳佩蓉

出版策劃	新銳文創
發 行 人	宋政坤
法律顧問	毛國樑　律師
製作發行	秀威資訊科技股份有限公司
	114 台北市內湖區瑞光路76巷65號1樓
	電話：+886-2-2796-3638　傳真：+886-2-2796-1377
	服務信箱：service@showwe.com.tw
	http://www.showwe.com.tw
郵政劃撥	19563868　戶名：秀威資訊科技股份有限公司
展售門市	國家書店【松江門市】
	104 台北市中山區松江路209號1樓
	電話：+886-2-2518-0207　傳真：+886-2-2518-0778
網路訂購	秀威網路書店：http://www.bodbooks.com.tw
	國家網路書店：http://www.govbooks.com.tw

出版日期	2012年11月　BOD一版
定　價	550元

Printed in Taiwan

國家圖書館出版品預行編目

文學理論新視野 / 張榮翼, 李松著. -- 初版. -- 臺北市：
新銳文創, 2012.11
　　面；　公分.
　ISBN　978-986-5915-15-5（平裝）

　1.文學理論

810.1　　　　　　　　　　　　　　101017674

讀者回函卡

感謝您購買本書，為提升服務品質，請填妥以下資料，將讀者回函卡直接寄回或傳真本公司，收到您的寶貴意見後，我們會收藏記錄及檢討，謝謝！

如您需要了解本公司最新出版書目、購書優惠或企劃活動，歡迎您上網查詢或下載相關資料：http:// www.showwe.com.tw

您購買的書名：_____

出生日期：_____年_____月_____日

學歷：□高中 (含) 以下　　□大專　　□研究所 (含) 以上

職業：□製造業　□金融業　□資訊業　□軍警　□傳播業　□自由業
　　　□服務業　□公務員　□教職　　□學生　□家管　　□其它_____

購書地點：□網路書店　□實體書店　□書展　□郵購　□贈閱　□其他

您從何得知本書的消息？

　□網路書店　□實體書店　□網路搜尋　□電子報　□書訊　□雜誌
　□傳播媒體　□親友推薦　□網站推薦　□部落格　□其他_____

您對本書的評價：(請填代號　1.非常滿意　2.滿意　3.尚可　4.再改進)

　封面設計____　版面編排____　內容____　文／譯筆____　價格____

讀完書後您覺得：

　□很有收穫　□有收穫　□收穫不多　□沒收穫

對我們的建議：_____

_____

_____

_____

11466
台北市內湖區瑞光路 76 巷 65 號 1 樓

秀威資訊科技股份有限公司　　　收

BOD 數位出版事業部

....

（請沿線對折寄回，謝謝！）

姓　　名：_____　年齡：_____　性別：□女　□男

郵遞區號：□□□□□

地　　址：_____

聯絡電話：(日) _____　(夜) _____

E-mail：_____